田 瑛◎著

南方出版传媒
花城出版社
中国·广州

图书在版编目（ＣＩＰ）数据

生还 / 田瑛著. -- 广州 ： 花城出版社，2018.10（2021.7重印）
ISBN 978-7-5360-8710-1

Ⅰ．①生… Ⅱ．①田… Ⅲ．①中篇小说－小说集－中
国－当代②短篇小说－小说集－中国－当代 Ⅳ.
①I247.7

中国版本图书馆CIP数据核字(2018)第183614号

出 版 人：肖延兵
责任编辑：李 谓 安 然
技术编辑：薛伟民 凌春梅
内文插图：谢春彦
书名题写：汪惠仁
装帧设计：林 希 视觉传达

书　　名 生还
SHENG HUAN
出版发行 花城出版社
（广州市环市东路水荫路 11 号）
经　　销 全国新华书店
印　　刷 北京一鑫印务有限责任公司
（北京市顺义区北务镇政府西 200 米）
开　　本 787 毫米×1092 毫米　16 开
印　　张 19.5　7 插页
字　　数 355,000 字
版　　次 2018 年 10 月第 1 版　2021 年 7 月第 2 次印刷
定　　价 75.00 元

如发现印装质量问题，请直接与印刷厂联系调换。
购书热线：020－37604658　37602954
花城出版社网站：http://www.fcph.com.cn

谨以此书献给

生养我的人和养育我的土地

序

峭壁上的石匠

王　干

　　第一次见到田瑛是在南京。那一次聚会的召集人是周梅森，做东的却是田瑛。周梅森说：《花城》家大业大，于是狂点好酒好菜。那一次喝的是五粮液，好像不止一瓶，我看了都有些心疼。不知道田瑛回去有没有顺利报销，但我知道田瑛是个为了刊物的面子自己花钱也干的主儿。

　　《花城》在田瑛的主持下风格有了较大的变化，注重文本，注重探索，注重新人，这些原是《钟山》的看家本领，却在田瑛那里发扬光大，成绩卓著。一个刊物搞探索并不难，难的是十几年痴心不改。而今，《花城》显然渐行渐远了，显然有些孤独，显然有些脱离大众。但是，正因为有了《花城》的无私奉献，文学刊物才不那么一个腔调，文学的探求者才会找到归宿。这对一个刊物来说，是很艰难的，然而田瑛和《花城》的同仁们坚持住了，并坚持得很好。虽然在我写这篇序言时，田瑛已经是《花城》的名誉主编了，但《花城》与田瑛的联系在文坛还是要流传很多年的。

　　可以说，《花城》在为中国当代文学史默默无闻地做奉献。奉献是一个好听的词，但真要自己来实践是不容易的。比如田瑛吧，其实小说写得很好，很有点鬼斧神工的传奇之气，但看得出，办刊以后明显写少了！记得当初他在《钟山》上发表《大太阳》时，我们以为湘西又出了一个鬼才呢！

　　田瑛的小说不多，与时下某些高产作家相比，实在是低产，甚至算得上是歉收。或许田瑛把更多的精力投入到《花城》杂志的工作当中去了，或许他对小说的数量不感兴趣，总之他的量是太少了。但这并不能影响作为有个性的小说家的存在，因为田瑛的小说不是用笔写出来的，而是用"锤子"镌刻出来的。他的文字仿佛是一个一个敲击出来的，读他的小说就像是看画像石刻一样，不是一般意义上的阅读，而是用眼睛从石缝里将历史的岁月勾出来。

田瑛是以一种反文化的姿态来进行小说创作的，虽然他的小说里经常出现现实生活的一些痕迹，但他的兴趣却在史前刀耕火种的先民生活。他的代表作《大太阳》《金锚》都是对旷古原始生活的直接书写。《仙骨》虽然是写现代文明与原始文明的冲突，但要表现的还是巴洞人混沌未开的生存状态。

或许由于过早离开家乡的原因，或许田瑛本身就是一个迁徙者。在田瑛的小说里经常出现迁徙的情节，这种迁徙带着先民们生活的印记，而田瑛几乎是围绕着迁徙来组织小说的。《大太阳》里出现的迁徙，则造成了整个部落的毁灭。在迁徙的过程中，人和牛发生了前所未有的冲突，结果是牛获得了生机，"人一概变成了化石"。这是一个寓言，又仿佛是一个预言。这部写于很多年前的小说，至今读来依旧初始一般新鲜。它是一个远古神话，又是一个现实的警示录。

在人与自然的关系上，田瑛总是写自然的胜利。自然在田瑛的小说里是一个无所不在的神秘之物，或者说自然的力量被田瑛神化，当然他是借助远古先民的视角来完成的。在某种程度上田瑛是一个泛神论者，他的小说中的一草一木都带着灵性和神采，"天空出现了一丝云彩，像一个人光洁的前额无意奋拉下的一根发丝。云彩起着戏剧性变化，也许是风也许是内力的作用，云彩一分为几烟雾般散开，那么发丝就不再是一根而是一绺。呈烟状的云系没有彻底分散，它们缠在一起，翻卷，滚动，渐渐聚成了一团乌云。"这是《大太阳》中的一段描写，但这不是一般的景物，因为牛见了这云彩之后就疯狂地追逐过去，结果牛淋到了雨，得了救，而人却因停在原地失去了获救的生机。在这里，云彩是通神的，牛也是通神的，而人却因为嘲弄牛遭到了报应。这种原始的故事，与田瑛内心的世界观有某种默契。

法国人类学家列维·斯特劳斯有一本很有名的著作叫《野性的思维》，他在书中将非科学性的原始思维称之为野性的思维，以区别于那些普遍性的思维。田瑛有没有读过这本书，其实是没有必要去考察的。作为湘西出身的土家族人，他的写作有一种天然的野性思维，即使他没有读过这本书，他也会按照这一思路去进行写作的。在1985年前后，曾有一批湖南的作家到湘西去采风，以获得"野性的思维"，如今看来这是一个可笑的事情，就像有一些人模仿法国人的口吻批判中国的后现代一样可笑。这种缺乏独创精神的模仿，无非是受到拉丁美洲的魔幻现实主义成功的影响，想迅速制造出中国的《百年孤独》来。而真正的魔幻是模仿模不出来，是采风采不到的。魔幻在于一种野性思维，思维则是不可以克隆的，它不像文学形式那么容易复制。田瑛这种野性的思维则是原创的，或者说从骨子里自然生长出来的。

　　郭小东在评论田瑛的小说时说："田瑛是内向的，他的一切问题都是向着灵魂发问，同时自说自话，这就导致他的小说带着一种心智涂抹的色彩，我称之为沉稳的黑色语言，那种既有浓烈的抒情性，又有沉重郁结的语言，有时显得灵秀，有时又滞重化不开。"郭小东用"黑色"来概括田瑛小说的语言给我留下了很深的印象。他在《大太阳》里有这样一段话可用来形容他的小说风格："老酋长凝神谛听着类似屋檐滴水般的叙述，眼前始终有一把剃刀的阴影在闪烁。"田瑛小说也在用一种屋檐滴水般的叙述来营造他的小说，有时候你会觉得他的修辞到了泛滥的程度，他状物写景给人一种穷而后工的雕凿感。但是他的修辞的目的却是一种反审美的阅读效果，"眼前始终有一把剃刀的阴影在闪烁"。这个阴影就是田瑛的美学追求，或许可以称之为"残酷美学"，就是田瑛小说中大量出现的残忍、狰狞、野蛮、阴毒的场景。他用这样一种反常态的场景目的是为了对应他走进远古、逼近原始的生命意识，但残酷、残忍作为一种审美的禁区，至今并没有很多人涉猎，即使涉及了也是小范围的实验，余华在《现实一种》中曾有过类似的描写，也曾引起了人们的非议。田瑛由于将故事设定在远古、蛮荒的土家人世界之中，或许逃避了某种责难。但这种以残酷、残忍为特征的审美思潮，却是需要我们直接面对的。

　　来到二十一世纪，田瑛突然为读者奉献了《生还》《尽头》等小说。田瑛新作所透露出的是他有感于时代，颇为现代性的另一面。《生还》依旧将故事发生的时间置放于历史之中，但决然不是为了打捞历史的沉船，宣扬封建思想，也不完全像以前的小说那样展开"野性的思维"，而是书写了一个极为现代的命题：人与自己的相处。作品中的向二拥有神奇的体能，身怀绝世武功，任何人无法制服他。向二不愿落草为寇，也不愿为官家所用，他放弃了金钱利诱，只愿做一个独行侠，专打抱不平。某次行侠，为一女桃子讨公道，误杀两人，向二去衙门自首。侠者，自然要讲究一个"义"字，行侠为义，自首也是为义，向二如此自处只能领罪受死——尽管他出入大牢如履平地。为挽救向二，母亲用亲情诱之，桃子以身相许，向二皆不改赴死之心。义，在《生还》中是脱离世俗话语体系的天道，高于政治、经济乃至生命，向二的赴死于他自己而言是义的生还。《生还》套用了武侠故事的框架，但故事中流淌的是现代性的血液，与所谓的传统已大相径庭。

二十世纪九十年代的中国社会现实，在市场经济这一魔棒的驱使下出现了无法回避的变化。市场商品经济热潮对意识形态功能的淡化，社会价值观念更新对人的金钱意识的强化，给人文学科的刺激无疑是一场破坏性极强的地震，文化的裂谷豁然醒目。虽然往昔文化的表象依旧存在，但断桥在深层结构已经形成。文化断桥已经横亘在中国知识分子的心头，不管你视它为一处风景也好，还是把它看作不顺眼的障碍也好，反正它已经进入了人们的视野而且不会轻易消失。深刻的社会变化，自然是影响了田瑛的小说创作。作家与整个社会的文化意识形态亲密无间，作家对社会政治现实认同与某种看似拒绝的否定，都表明文学自身的运转来源于社会政治文化的巨大吸力。在一个文化、哲学盛行的时期田瑛选择书写人与自然，在泛商品经济时代田瑛选择书写人与自己的相处。

《尽头》是一篇以"寻找"揳入旨要的小说。在赶集的路上，小说中的农民父亲"他"，弄丢了和自己藏猫猫的儿子。父亲寻找儿子的过程，消耗了十二年，寻找是一个惭愧的父亲的自处方式，也是这位父亲自我救赎的方式。这十二年，儿子在城里过着富足的生活。儿子被警方找到后，却不愿承认这个贫穷的农村人是自己的父亲——至此，在语义上"儿子"的"捉迷藏"及被拐卖，具有了另一层意义。儿子的养父突然带着厚厚一沓钱到农村找"他"，因为儿子精神出了问题，养父希望"他"告诉儿子，"他"并不是儿子的父亲，以此排解儿子的精神障碍。一个背叛父亲的儿子，无法与自己和谐相处。儿子可以背叛父亲，但父亲却不能出卖自己的儿子。父亲来到医院，用方言叫了儿子一声，儿子下意识地就叫了一声"爹"。《尽头》所描述的"尽头",是人类永远无法背叛血脉至亲,否则难以自处。田瑛的新作《生还》《尽头》,站在我们身处的时代来看,其书写可以说是入木三分。

和当年的很多作家一样,探索和尝试会陷入停顿,田瑛早年的创作或许曾陷入某种困惑,因而和那些强写的作家不一样,他主动停下来思考。他意识到他在营造新的美学精神,但他只是直觉地去体味把握,更多地停留在描写的语言层面上,还不能有更为深刻的整体理性观照。因而田瑛给我们印象最深的还是那些"黑色语言"镌刻的场景和语言本身的冲击力。现在的田瑛显然有了走出这种困惑的自觉意识,他的整体的思维超越了语言的层面,再更广阔的小说空间中获取新的灵动。我在读他的新作时,是充满期待的。

纵观田瑛几十年的创作,他笔探人类生存环境,潜入人物意识渊薮,摹刻人性的小说作品,已然是显示了他的厚与深。

在当代小说家中,田瑛是一个坚守在悬崖绝壁之上的石匠。

平常看不到他,只有猛然抬头,才会发现他孤寂的身影。

■ Contents
目 录

1

生还

一

　　赶尸，人们只听说，没见过。它确实存在，湘黔官道上曾经屡现赶尸匠的身影，那当然是过去的事情。

　　按本地风俗，凡外出做官、从军，或经商，若客死他乡，须得将尸体运回老家安葬，否则死者灵魂就会不得安宁，长期在外受苦、流浪。风俗的源头可以追溯得更远，传说苗族先祖蚩尤兵败中原，退守时发誓要悉数带回亡故将士尸首，便作法，一时大雾迷漫，倒下的人纷纷复活，站起，经由蚩尤一路驱赶回到故土。蚩尤作为首领兼大巫师，无疑成了历史上第一个赶尸者。后来赶尸业兴起，恐怕与这一传说不无关系。湘西境内山高，路险，溪河阻隔，人力运送尸体比登天还难。这时候，定有一个最先敢吃螃蟹的人，或许受到传说启发，异想天开竟要让死者自己行走，这样，赶尸匠便应运而生了。

赶尸者通常日宿夜行。为避人耳目，白天歇憩在路边破庙、山洞或岩崖下，还有专门为其设立的客栈。与其说怕骇倒别人，不如说惧怕恰在自己一方，属于他们的秘密很脆弱，像一张纸，一旦戳穿，这个行当的饭碗就要被打破了，所以故意制造神秘和恐怖，让世人躲瘟神一样远离，是其本分。一些村寨位于官道边，必须由此经过，他们无论怎样躲藏，也绕不开，于是就要鸣锣开道。锣一响，就都晓得赶尸匠要进寨了。

锣是阴锣，铜制，月盘大小，形状也酷似月盘，声音远没有大铜锣那般雄浑、响亮，皆因它通常只在夜间突然敲响，听来就格外惊心，有如鬼喊。赶尸匠的声音接踵而来，那是真正的鬼喊：牲口来了，各家各户，狗子关好！反复三遍，中间间以锣响。将死人称作牲口，是行话，想必自有说法。作为赶尸匠，其地位并没有人们想象的那样神圣，反而低贱得被人看不起。但凡人终有一死，只要置于他的鞭下，你地位再高，哪怕是皇帝老爷，也不过是他驱赶的一头牲口，毫无高贵可言。其中道理恐怕连神仙也讲不清楚的。现在，他在尽一个灵魂引渡者的职责，重点提醒人们看管好狗，狗是不谙人情世故的，若是冲撞了赶尸，那么主人便脱不了干系，噩运就要降临到你的头上。所以，凡大小狗都得关好或拴住，千万不能放出来闹事的。

这次响锣的是卯寨。总共十几户人家，散落在官路两旁。所谓山高皇帝远，说的正是这样一个地方。卯寨人对赶尸并不陌生，每年都会碰到几回，何况今天赶来的是本寨人，住在寨头上的向二佬，听讲他在外面跑江湖犯了命案，被砍脑壳死的。这说明王法还是管到了这里。白天，寨里人已经帮他布置好了灵堂，把本来给他娘老子打就的一副杉木棺材搬进堂屋，揭了盖子，单等他睡进去，再合上棺，这样就等于他过完了阳世，去到了另外一个世界，寨子上从此再也见不到他这个人了。

一个熟得烧成灰也认得的人，不久前还转来过一趟，没有想到最后竟然以这种方式归来，大家心里难免有些惊慌。进寨时辰是师傅特意挑选的，不早也不迟，正当寨上熄灯时分，他手里的尸鞭一挥，一抖，喊道：驾势！驾势，开始的意思。尸鞭为一根两三米长的竹条，鞭梢在空中打着旋转，如悬空的陀螺，搅得空气呼呼地响。打头的徒弟得到指令，使劲地敲了一下阴锣，继而让锣音任其拖长，使之余音绕梁。这时候，反应最快的是就近的一条狗，其实它早已经有所察觉，听见了不远处的响动，闻到了死亡气息。它先是紧张地竖起耳朵，几乎在响锣的同时，盲目地朝天狂吠。夜间狗吠，可以视作山寨的警报，起到了一呼百应的效果，全寨所有的狗都加入进来，群吠不止，整个山湾充塞了狗的狂噪，好一个汪汪汪的世界。紧接着是人类的介入。夜幕下，看不见人们所为，仅凭声音，便能听得出他们手忙脚乱地在驱狗。狗不敢跑远，边吠边沿着屋场兜圈，和主人周旋。人类愤怒至极，严厉呵斥加棍棒齐下。狗毕竟是奴才，一遭打，就驯服了，这场集体造反终敌不过人类镇压，都统统关进了地楼脚，连同它们的声音。地楼脚四周围砌了砖石或结实圆木，一旦堵住出口，就密封得严丝合缝，纵然狗再清狂，也是徒劳的，只能够乖乖地待在里面，直至主人愿意放它出来为止。

接下来，天地间出现了死一般宁静，静得人喘不过气来。人们都已经紧闭门窗，蒙在被窝里屏息凝听。你不听也要听，这由不得你，除非是聋子。外面任何一点风吹草动，都无异乌雷轰顶，骇得人心惊肉跳。胆子大的人便贴着门缝往外看。这个夜晚，天老爷是帮忙的，天遂人愿地赐予了星星和月亮，光明如同白昼。天老爷存心想让卯寨人最后看一眼向二佬，要不就是，让向二佬专门来和寨上人道个别。时间显得无比漫长，准确地说，时间停止了，根本就没有走动，连寨前的小溪也一改往日喧闹，流水无声。卯寨人恨不得那个时刻赶紧到来，或者赶紧过去。

人影出现了，由远及近，朦朦胧胧三个人。月色虽好，但也不能够辨别出他们的面貌。提锣的徒弟打头，师傅殿后，居中的想必就是向二了。他身穿拖地长衫，头戴斗篷，斗篷压得很低，遮住了整张脸，即使在大白天，也休想看清他的真相。走路一跳一跳，这倒是和以往赶尸如出一辙。据说尸体的膝盖骨是僵硬的，不能弯曲，只能机械地跳跃，完成他的行走。经验告诉人们，这种双脚并跳的走法，只适宜平地，遇到坎坷的坡路，坑洼，怎么办？其实担心是多余的，赶尸匠有本事让死人复活，那走路自然不在话下。他们经过寨子时，影影绰绰，脚步轻飘飘的，像是踩在棉花上。阴风飕飕，四周景物惨白，你若有幸亲眼所见，一辈子都不会忘记这一幅地狱般的图景。

二

烧夜火的时候到了，人家瓦背上都冒起了炊烟，向二他娘却蹲在屋脊上还在捡瓦，远远看去，活像一只猴子。这应该是男人做的事情，因为男人病在屋里起不了身，一切重活都由她代替了。她身子虽然瘦小，却并不缺少一个强壮男子的力气，掌犁、拖木、打谷子，样样在行，连捡瓦也很里手。趁太阳落土之前，她要捡完最后几片瓦才能收工。

这时候，听到背后一个喊她男人的声音，这当然也要由她来答应了。转过脸，只见一个衙役模样的人站在屋场上朝她张望。

你下来，给你讲个事。来人口气生硬地说。

我不得空，有话现在就讲。她说。

现在讲怕你骇得滚下来。那人话里明显暗藏杀机。

你讲！她说。

你儿犯了死罪，过几天就要砍脑壳，看你们哪个来衙门接头收尸。那人丢下一句狠话转身走了。

她死死地抓住一根瓦椽，并没有滚下来，但感觉掉进了无底天坑。在坠落过程中，天旋地转，平时稳扎扎的房屋、大树，嘎嘎嘎地摇晃，随时要倒塌的样子。睡在屋里的男人分明听到了外面的对话，先用一声啊做了回应，紧接着剧烈地咳嗽，好像一口痰或一口血卡在喉咙管半天吐不出来。

她不晓得自己是如何回到地面的，也不知在岩坪场站了多久。痴痴地举目望天，天没有好脸色，阴沉沉的，天好像从来就这副表情。适才倾斜的房屋和大树恢复了原样，仿佛什么事也不曾发生。这表明，地并未塌陷，天却垮下来了。

鸡进了笼，猪在用它的嘴频频撞击栅栏，发出饥饿的信号。一阵被压抑的呜咽声隐约传来，她这才想起病床上的男人。转身进屋，穿过堂屋、火塘，到达里屋，男人就近在眼前了。他蜷缩成一团，背对着她，掩面而泣。

他爹！她说。这对夫妻都习惯以他爹她娘相称。

田瑛說部生冠

戰載當前吾當雁之湘西
作家田瑛君以命筆為
其寫插圖四紙歲月
悠悠相忘於湖人六朝
忽得新人命又有
生還與作此正與
術悲又舊為智者五口少時即
少遊斯俗而河岳內者難祥其
解後兹一源仿佛悟之戊戌夏

你要哭就敞开喉咙哭，快莫窝在心里头。她说。

他反而止住了哭，转过脸望着女人。女人只咬着嘴唇，没有哭，她的眼角亮晶晶的，像夜空的两颗星子，照着他，星光里映着他的影子。

"你要挺住，等儿回来。"她又说。

他嗡了一声，显然带着哭腔。

这餐夜饭不打算做了，即使山珍海味，两个人都吃不下一口的。但男人的药要按时吃，药罐煨在火炕边上，她便去找碗，倒药。通常这个时候，挂在火屋板壁上的灯罩里点着枞膏油。寨上每家都有一个这种灯罩，铁制的，它和聚满膏脂的枞树苑合作，树苑劈成块状，每一块都会得到充分燃烧，这样，山里的照明便有了保障。今天她一反常态，放弃或拒绝照明，懒得点亮。一切都在黑暗中进行。这和瞎子没有区别，她的摸索贯串了整个通宵。

隔壁猪圈的猪哪管你人间变故，用更加猛烈的撞击和号叫催促主人给它喂食。猪过于性急了，总是等不及食，主人稍迟一步，它就像要饿死似的焦躁不安。猪是为过年养的，它肯吃就好，食量大才长膘。但是等不到过年了，明天一大早就得牵到镇上卖掉它，给儿子善后用。路上的盘缠，打点，请赶尸匠，都全靠这头猪了。她决定给猪做餐好吃的，莫亏待它。用粮食喂猪，是人的奢侈，她没有吝惜苞谷，撮了一大瓢，放在碓里舂烂，当熬成粥倒进猪槽里时，愚蠢的猪居然视作异物拒绝进食。它平时吃惯了糠壳、苕藤或野草，这种东西从没有见过。怪事，主人愣在那里，想不通，也许她太小看一头猪了。

猫头鹰的出现，注定这个夜晚更加诡异。它不知从哪里飞来，站在屋档头的柏籽树上，连声哇咕哇咕直叫。一不觅食，二不歇巢，白天见不到它的踪影，夜来就不做好事，报丧一样把死讯传递给人类。诸多鸟类，唯猫头鹰和人类有仇，人一直把它当作不祥之物，或干脆说死亡的化身，是有道理的。它一出声就意味着要死人，所以人类对它既恨又怕，也奈它不何。

天刚麻麻亮，她就牵猪出门了。一头懒猪，身子肥妥妥的，腿却细短，走起路来远没有人那么轻快。如果是一头赶去配种的母猪，情形就大不同了。因为有欲望驱使，它是用不着牵的，而是抢在前面拖着人走。大凡猪无非两种命运，要不留下做种，要不幼崽时就阉割掉，从此只管长肉，成为年猪，一如眼前的这一头。山间起了雾岚，浓得化不开，它遮掩了人们视线，没有人发现这个卖猪的早行人。一路脚步匆匆，再加上心急如焚，途中倒是未有耽搁，她便顺利地到达了镇上。

做生意是需要耐心的，必要的等待往往会赢得时机，好价钱就存在机会之中。但时间对她是更值钱的东西，她只想尽早出手，接着要去办更为重要的事情。当她在街边刚一蹲下，就有人来问价。一眼看得出来，那是个真心想买猪的男人。

你出多少？她反问道。

这有违买卖规矩。通常应该由卖方先出价，但既然你这么问了，他也只好回答。

五十。他说。

五十就五十。她二话不说，就把牵猪的绳头递给对方。

他一惊，不敢接。分明是个压得很低的便宜价，她居然不还价，这更加不合常理。他瞪大眼睛，认真打量着这个不同寻常的卖猪人。她迎着他的目光，明示给他的是恳求的眼神。他敏锐地发现，她的眼神背后，实际上隐藏着巨大的悲伤。他心软了，猜想她一定遇到了什么难处，要不然这个季节怎么肯舍得卖猪呢？

我再多加五块吧。他说。

成交。她总算松了一口气，但心头的悬岩依旧，起码有千斤重量。她宁愿这么承受着重压，也不想让它落地。这不是一般的岩头，而是她身上的一坨肉，这坨肉曾经从她身上掉下来过，那便是向二出生。她抬眼望着县城方向，视野里出现了一条关山重重的路。她盘算一下路程，有一百大几十里，也许更长，甚至没得止境。

三

向二到达县城时，衙门刚刚休堂。公差们忙完一天公务，相继散去，只留下一个杂役值更。厚重的铁门正待关闭，向二的一只脚跨了进来，但即刻遭到了阻拦，他的另一只脚搁在门外，成骑门之状。一时进退不得，僵持在那里。

这不比平常人家，是衙门，岂能随意进入？向二不管，便用手打破了僵局，一股蛮劲聚于掌心，把拦门的衙役掀得倒退几尺远。

让我进来讲嘛。向二说。

分明来者不善，才敢闯衙门，衙役愤然，却不敢动怒。

有事明天升堂再来。他说。

我有急事。向二说。

喊冤还是报案？

投案。

投案？犯什么事啦？

杀人。向二随口说出杀人二字，把衙役骇了一跳。

杀死了没？衙役急欲知道人的死活，这关系到案子的轻重。

当然杀死的了。向二依然面无惧色。

衙役更加惊骇不已。他明白杀人抵命的道理，心想，那么你怎么还不赶快逃命，来送死呀？

向二就是来送死的。通常犯下命案，无人不趁机逃亡，或上山入伙，做了山大王，官府也拿他无法。向二偏不走这条路，而选择了投案。世人想不通，替他惋惜，都说他哈（哈在当地与傻同义）。岂止哈，硬是哈到家了。

团转几十个寨子，无论老小，都晓得向二，是个狠角色。从小打架出名，成年人也怕他三分。十几岁就力气过人，这力气用来做阳春，当成犁耙好手。父亲早年落下病根，不能下地，日后一应重活，就指望向二来承担了。屋里需要个掌犁的，母亲便逼着他学犁。向二心不在此，哪里甘愿一辈子同泥土打交道。那天，他扛起犁铧，铧口硌着腔部，割肉般疼痛，便无端地迁怒起犁头来。开犁时，故意将犁弯向下倾斜，这样犁尖就钻地很深。牛背不动了，四脚打战，身子弯成一张弓。牛当然拖不起整块地走的。这时候，向二猛地抽了一鞭，牛便奋力向前，紧绷的犁绳戛然断了，犁头深陷也取不出来。牛回过头，瞪起铜铃般的大眼，委屈地望着小主人。

一心向往着山外世界，向二便开始了江湖生涯。走江湖得有一门手艺，命里注定他什么都学不成。弹棉花嫌太单调，做木匠没得耐心，做劁猪匠手脚不知轻重，劁过的猪死多活少。

后来学赶尸。赶尸可以满足他的好奇心，便怀了极大的兴趣去拜师。师傅是邻寨的一个道士兼阴阳先生，懂得法术，平常帮人看风水或做死人道场，赶尸只是附带，一年也难得有几回。这是个与死人和阴魂打交道的职业，收徒弟额外有讲究，师傅会用各种方式考验徒弟的胆量。这次是要向二夜里去野外坟山取一样东西回来，那是师傅事先画好的一幅咒符，系在两坟之间的桃树上。向二去了，借着蒙蒙夜色，迎接他的先是一团鬼火，忽闪忽闪，继而是鬼的窃窃私语。若相信有鬼的胆小者，定然会吓得汗毛竖起，夺路奔逃，要么干脆大吼一声给自己壮胆，走拢去看个究竟。向二显然属于后者，这好像并不需要多大胆量，他三两步就到了坟前，发现暗处一个晃动的黑影，便一手逮住，正欲施展拳脚，不料鬼讲话了：快放手，我是你师傅！

嘿嘿，师傅。向二有些不知所措。

师傅站起身，打燃火镰，照了一下眼前这个长了豹子胆的徒弟。

嘿嘿，师傅，嘿嘿。向二不好意思地搓着手，这手适才刚刚冒犯过师傅，现在不晓得往哪里放才好。

你还是莫喊我师傅。师傅冷静地说，你的胆子太大，我不敢收你做徒，搞不好哪天把师傅都要骇死。

这骇师傅的事，后来真的又有过一回。徒弟没有做成，向二还是认人家做师傅的。那天听到锣响，得知赶尸的来了，众人都躲进屋里，他却想去打声招呼，便站在路边等待。老远就喊师傅！师傅！这一喊惊扰了赶尸，师傅不但不搭理他，反而挥舞鞭子示意他赶紧让开，或要他背过身去。这是规矩，有时难免遭遇夜行人，若避之不及，另一方就得迅速背身闭着眼睛给赶尸者让路，即使结伙的强盗和劫匪也不例外的。向二对此不以为然，想大路朝天，各走一边，你走你的，我并没有挡你路呀。依他的胆子和脾气，也许真正用意是想近距离看一下赶尸，顺手揭开尸体的斗篷也是有可能的。向二的行为阻碍了赶尸，一行人只好就地停下，重新开始鸣锣开道。

艺高人胆大，这句话很适合用来形容向二。一个身怀绝技的人，难怪他厌弃农事，又无心手艺，原本天生就是来吃功夫饭的。他有过三年失踪，不知去了哪里，再见到他时，完全变成了另外一个人。光脑壳，胡子一掐长，脸上多了一块刀疤，那疤真的像一把刀嵌在横肉里，看上去充满杀气，地道一副江湖游侠相。听他说去北边庙里拜了高僧，跟着练武，后来功夫超过师傅，便有了另立山头的资本。临别时，师傅送他一字真言，说这是一道谁也参不透的秘诀，时刻想着它独自修炼，日后会有更大功业。向二记住了师傅的许多话，却单单忘了这一字言，脑子里有个幻影若隐若现，又说不清具体为何物。回到卯寨，他每天只做一件事，便是三更半夜去后山习武，雷打不动。偌大一块天然岩坪，成了他的练武之地。踩烂无数双草鞋，岩坪磨得光滑如镜，照得见人影。坪坝边的几棵古树枝丫横陈，好像专门给他用来练习飞檐走壁的，上面留下了他攀爬的痕迹。有人去偷窥，除了一道黑色闪电和呼呼风声，别的什么也看不见听不见。现实中，这才领教他的真本事。寨里挑选了几个年轻人与他对打，概拢不了他边，反被他打得个个趴地。又眼疾手快，非常人所能比。他能清晰辨别任何飞行物的轨迹，比如箭矢或火枪霰弹，一眨眼瞬间发生和消失，在他眼里，却是很慢的过程。你若扔一块飞石砸他，他能一手接住。当你扬起的手还没有收回，石头反过来就砸到你自己身上。在人们的印象中，凡侠客必然随身佩带刀剑，这是唯一证明他们身份的标志，任何一个游侠的一生无不伴随着刀光剑影，几乎没有例外。向二的与众不同处，正是他不带刀剑。见他总是打着空手，像个游手好闲者。有人问：你不怕歹人吗？他一笑了之。又问：万一碰到老虎豹子豺狗怎么办？他淡然作答：那我就捉给你看。豺狼虎豹自然没有得捉，倒是可以用狗代之，于是就有人挑了最

生
还

恶的一条狗和他打赌，说若捉到那条狗算你是角色。他去了，不一会真的徒手将狗提了来，人们全然不知他到底如何制服那条狗的，由此关于他的诸多神话很快传开。

但凡有了名声，就会有人慕名而来。先来找向二的是想拉他入伙的劫匪。他们在路上拦住了他，几个人一字排开，拱手作揖。这是道上的礼节，当然通常也是先礼后兵的前奏。

兄弟，我们大哥有请。一个说。

问及，这个大哥也远近闻名，叫杠子，一个响当当的名字，连官府都惹不起的人。一次潜入县令卧室，将菜刀搁在他的床榻前，意思是不言而喻的。从此，官府对他是明捉拿，暗地里却放他一马的。

请我做什么？向二问道。

这时候，众人散开，杠子出现了。

做个拜把兄弟。杠子说。

原来并非来打架和过招的，向二有些失望。他知道这伙人的底细，尽做杀人越货勾当，他跟他们不是一路人。

你们莫拦我，我也不坏你们的事。向二说完，大摇大摆地走他的路，头也不回地远去了。身后隐约传来杠子的喊声：兄弟好走，有难处再来找我！

官府也想收募向二。捕快中若有他这样的高手，自然都会少一些悬案，更重要的是，也许就能够借他的手除掉杠子这个心腹之患。于是，官府派人上门约谈，强调了做公差的种种好处，还答应给他一份特殊俸禄。结果等于对牛弹琴，遭向二一口回绝，说我没有吃皇粮的命。向二的娘老子得知消息，几乎都怄死过去，这么好的差事，等于从天上打落下来的糍粑，哪里得？便双双来恳求儿子，只差下跪。向二照样不动心，他的心是铁石做的。从这件事上可以看出向二是个明白人，也是讲话作数的人，这话便是那天路上给杠子的承诺：我也不坏你们的事。他知道杠子一伙盘踞的山头，于是朝那个方向自言自语，仿佛杠子正张着耳朵听到了他的说话：兄弟，我对得起你了。

四

　　向二既不曾另立山头，也不肯归顺官府，决意只做他的独行侠。这当然只能由他。难过的是父母亲这一关，祖上好不易积攒下来一份家业，要靠他继承，家族香火也要他来延续，你总不能就这样打流下去吧？打流是比流浪都还要难听的话，通常只用来比喻那些不走正路的人。在挽留向二这件事上，父母大人是费尽心思的。世人都想得到，要拴住向二的心，得赶紧给他娶一个媳妇，但是这一招显然不灵，提亲的媒人跑断了脚杆，向二就是死活不肯见面，这样一切便无从谈起；向二的脾气比牛牯子还犟，纵使母亲以死相逼也枉然。母亲拿出一根索子当着他面要上吊，说你这么不孝我们老的都莫活了。向二将那根足以承受几个人重量的麻绳当场扯断，丢进火炕里烧了，然后像抱婴儿一样一把抱起久病的父亲，说："娘，你跟我来。"他抱起一个人还能健步如飞。母亲不知道会发生什么，一路小跑跟着到了地头。向二放下父亲，说：你们不就是要我守着这块地做工夫吗？现在就做给你们看！说完一闪身唰唰地钻进苞谷林。

　　这是入秋的一天上午，太阳当顶了，成熟的苞谷正待收摘，向二用一次神一般的劳作，一口气做完了母亲需要两天时间才能完成的活。他取来柞笼，呈喇叭状的柞笼足有人高，是山里人最大的载物工具。把摘下的苞谷砣装满柞笼，再一层层往上插，直到插成一座宝塔才收手。背起来，那塔尖便耸入云霄了。几个飞快地来回，就把一坡的苞谷运到了屋里。整个过程仿若一梦，让坐在地边的两个大人看痴了。秋日的阳光很暖和，它的照耀是直抵人心的，加上风吹，温暖又不失凉爽。向二的爹娘经历了秋季里最宜人的一天时光，都心满意足地笑了。

　　这是向二演出的一场戏，一时感动了父母，以此证明了他的孝心。但是这孝心终不能持久，向二的心依旧在路上，隔几天果真又上路了。他的行走是随意的，并无明确方向，甚至漫无目的。他乐于走村串寨，也乐于助人，有一身蛮劲，随时可以派上用场，帮人家搬动重物，抵得上几个人手；偶尔展露一下拳脚，也能博得众人欢心。坊间有些纠纷，连清官也难断的家务事，他一到场，不偏不倚讲一句公道话，都听他的，案子自然了结。人缘好，到哪里都当作贵客招待他，江湖上传说的宋江也不过如此。

但是江湖毕竟险恶，向二并不知道背后已经被人算计，更不知道将要上断头台，当灾难临近时，他还蒙在鼓里。自从和杠子分手的那一刻起，他就没有离开过杠子的视线，杠子的一双鹰鹚般的眼睛始终在紧盯着他，掌握着他的行踪。若和向二联手，他就如虎添翼了。这个心机很深的人，知道收人先收心的道理，便布下圈套，要让向二不知不觉地钻进去。杠子的计谋可谓狠毒，他要让向二摊上血案，成为官府缉拿的逃犯，那样他就会死心塌地上山入伙了。

这地方自古出强人、歹人，也出行侠仗义血性汉子。同在江湖，都是些提着脑壳走路的人。不畏死，不怕事，不怕流血，是他们的共同禀性。在人情交往中，一根筋，认死理，为一些芝麻小事，或争一口气，就凭着血性或匪气把事情搞大，搏了命，砍头也只当碗大个疤而已。何况置身阴谋中的向二，必有一劫是迟早的事。几乎毫无一点征兆，一切和往日并无什么不同，太阳照常从东边升起，天气也没有任何异象，连噩梦都不曾做一个，噩运就不幸降临了。也许是偶然也许是必然，一个与他毫不相干的陌生女子，只是流星般在他眼前滑过，就成了他命运的灾星。那天，他路经镇街边的一家酒馆，见到那女子蹲在门口伤心哭泣。是个标致而朴素的乡下女孩，出于同情与怜悯，便上前探问。

妹，你是受人欺负了吗？他问。

女子并不搭理他，却哭得更大声了。

换一个人，也就作罢，可向二偏是个爱管闲事的人，非要打破砂锅问到底。

我在问你，听见没？妹！他又问。

我又不认识你，给你讲有什么用？她说。

那未必，讲讲看到底受了什么委屈？他说。

我恨不得杀了那两个人。她说。

这显然是一句气话、狠话，却从一张柔弱的女子嘴里说出，想必定有内情。

杀人易得，但要有个理由，该杀就杀。他轻松地说。

其实并无天大冤屈，女孩只是临时帮助亲戚照看酒馆，来了两个醉鬼胡闹，吓跑了别的食客，生意一下子冷清了。那两个人还在店里发酒疯，半天赖着不走，口口声声说要她陪他们在这里过夜。

听完女孩哭诉，向二一闪身进到里屋，突然出现在那两个人面前。

跟我出来一下。向二说。

两个家伙一点不觉惊奇，心里像早有准备，相互迅即交换了一下眼色，脸上露出一丝不易察觉的笑，笑里藏刀那种窃笑。酒似乎醒了，又似乎更加不省人事，居然乖乖地尾随向二来到屋外。

给她赔个礼。向二正色道。

赔礼？那其中一个嘴角撇出轻蔑的表情，手同时伸到腰间的刀柄上。那把半尺多长的刮刀一旦掏出，局面就恐怕难得收拾了。这时候，一只更有力的手制止了那只手的放肆或放纵，只一按，便听见一声骨头断裂的脆响，佩刀者就瘫软了下去。

要你赔礼，是敬酒，你却不吃，偏要吃罚酒。向二说。

妹，你来铲他一耳势，算给你出气了。向二又说。

女孩见事情闹大，慌忙跪下求情：大哥，算了，快莫搞了。

事到如今，是万不可就这样算了的。同伙中另一个持刀的扑了上来，但未及拢边，向二飞起一脚，刀就弹到几丈之外。紧接着，围观的人看见了稀罕的一幕：向二两手各揪住一个头颅，一用劲，双头相对一撞，且碰撞处是各自脑门。这沉重一撞所发出的响声，同两个西瓜破碎的声音无异。于是二人当场倒地，急急死。

整个事情本来简单，皆因背后有一双无形的手操纵，就变得无比复杂了。阴谋者的阴谋得逞，冤死的却是两个被收买的贪财者。原来以为取闹一场便可了事，到头来却搭上了身家性命，其中原委到了阎王殿也未必能够明白。

向二自己毫发未损。离开时，他先安抚女孩，说：妹，你快走，这件事与你无关。又对众人说，我晓得，杀人抵命，我自己去报官，去偿命，讲话作数，要他们家里人到衙门来找我。

五

县城边的一座拱形石桥，是她最熟悉的建筑，现在对于她，具有了家的意义。白天，桥上人来车往，很是热闹，夜来就静了，静得只剩下一个影子，映在河水里，也是一个影子，两个影子一虚一实，合成一个完整的圆。向二的母亲已经来县城好几天了，晚上就住在桥脚下，这几乎是流浪者的不二归宿。看河水流动很容易打发时间，只要置身桥下，她的眼睛就没有离开过河水。流水的声音在她听来好像源自内心，呜呜呜地哽咽。连河风吹过的声音也莫不如此。自从得知儿子的噩耗以来，她在人前一直强装镇静，坚持着不哭，当独自一人时才忍不住哭出声来。她是用一根棉帕子捂着嘴哭的，那闷在心里的哭没有人听见，却在她听来惊天动地。喉咙经不起这样的哭，很快就嘶哑了。

日子如流水，记忆也如流水。河水从上游源源不断地流下来，带来了很多往事，每件事都那么清晰地流经眼前，又随水远去。有时她的眼睛死盯着河段的某个地方发痴，嘴里喃喃自语。如果那些或沉或浮的往事可以打捞上岸，她一定会奋不顾身跳进河里，把它们都捞起来，其中尽管有一些不如意甚至伤心的事，也都一件不漏地莫让它们流走。哪怕再苦的日子，她都愿意从头再过一遍。她是个只有过去没有未来的人，那把无情的断头刀眼看就要落下，她不敢往下想。在城里，她已经无任何事可做，单等到接完儿子的头，就转回老家去。接头习俗在当地流行已久，即犯了死罪的人，行刑时脑袋不得触地，必须由血缘最近的人当场接住，这和将人尸身赶回老家安葬同一道理。究竟如何接法，这种事无经验可言，连行刑的刀斧手也说不出所以然。经人指点，向二母亲寻访到了那个职业刀斧手，从打照面的那一刻起，一个凶神恶煞的形象就刻在了她脑子里，忘不掉，抹不去。一脸横肉，配以两只阴鸷的三角眼，天生就是杀人不眨眼的角色。死刑犯的家人暗知得罪不起，得私底下好好打点他才是。既然死不可避免，就得求他刀下留情，让人死得干脆利落些，少受点罪。行刑时，那藏在手拐后的鬼头刀很有讲究，全在于刽子手随心所欲，或在人脖颈处稍作比画，然后瞬间一抹，那颗头颅就像割韭菜一样不得信搬家了，死人连喊一声都来不及的，也就无所谓痛苦；否则的话，就得分两三刀才可能了结人的性命。对于死者，刀与刀之间哪怕拖延一秒钟都是残忍。向二母亲按照礼数，将收买刀斧手的钱用白绸包好递给他，他不用看，只拿在手里一捏，就掂出了一块光洋的分量。向二母亲问："头怎么接？"他冷冷地说："接到起，莫滚落地上就是了。"向二母亲快快地告辞，心里盘算着也只有见机行事了。如果要想让儿子体面地魂归故里，她还得去求助赶尸匠出面帮忙。她晓得事情重大马虎不得，于是专程上门去请师傅。赶尸匠得知向二母亲的来意，脸上的表情倏忽几变，先晴转多云，又多云转雨，不禁难过得打落了眼泪。他喊了一声天老爷，心想若是当初收了向二为徒，就不会落到这个下场了吧。他爽快地应承了这单交易，内心却自责不已。望着向二母亲远去的背影，他站在原地独自叹了半天气。

将近半夜时分，河面出现了异样。一团黑影贴在水底下的桥边上，原来是一个倒映的人头。那人趴在桥栏杆上，望着桥下久久出神。看轮廓，能判别是个女子，或女孩，头发垂落下来，在风中飘拂。向二母亲警觉起来，凭一个农妇的见识，猜测十有八九是来跳河的。她再也坐不住了，本能地起身，要去安慰或是去解救那个她以为是寻短的人。她就这样来到桥上，但并没有即刻走拢去，她要考虑一个适当的方式接近对方，于是轻轻咳了一声，那声嘶哑的咳嗽只是传达一种善意。其实，那个人也早发现了她，她们就在相距几米远的地方怔怔地默然以对。夜深了，全城人都已经入睡，天地间就剩下她们两个还醒着，或者说，她们更像是站着睡去了一样静若无声。虽然彼此看不清脸，却都能感觉到对方的呼吸。后来，还是向二母亲打破沉默，说：妹，你莫怕，我不是鬼。她的嗓子很疼，勉强吃力地说出了一句完整的话。她当然不是鬼，接下来的话更加证明是现世活菩萨。妹，你千万莫想不开，天大的事也没得活着重要。说完，自己整个人像一棵风中之树，全身禁不住瑟瑟抖索起来。这个被称作妹的人，果然是个年轻女子，长得不高不矮，不肥不瘦，瓜子脸，大眼睛，说穿了就是那个帮人看管酒馆的姑娘，叫桃子。向二案发，消息风一样传开，团转大几十里人都在议论，众说纷纭，有人敬佩有人幸灾乐祸，更多的人在替向二惋惜，说他这样犯事实在不值，死得太冤枉了。世人都不能理解他的行为，这太有悖常理，天底下怎么会有这样苕的人。这地方偏偏就出了向二这样一个不在乎死的人，哪个都拿他无法，天老爷出面也未必说服得了他。桃子是来探监的，来探望帮她出气送了命的男人。世界上有许多巧合、奇遇，一如向二母亲和桃子。命运偏要安排她们在此时见面，是偶然，也是必然。隔着夜幕，她们便开始了如下对话。

桃子：你是哪个？怎么晓得我有天大的事？

向二母亲：你的事再大也没有我的大。

桃子：有比人命关天还大的事吗？

向二母亲：有。

桃子不由得打了一个冷战。眼前这个和她母亲年纪相仿的女人，应该喊她伯娘吧，原以为她不外乎家里穷才出门讨饭，落宿街头或桥脚，没想到是个有着更大苦楚的人。也许真的是看错她了。

伯娘，你到城里来做什么？桃子问。

做什么？向二母亲犹豫了一下，然后说：过些天我要去法场看人家砍我儿的脑壳，我要当场接起带回去。

这话像雷霆，在桃子头顶上炸响。她差一点站立不稳，身子几经摇晃，但最终没有倒下去。一种前所未有的力驱使着她挪动步子，艰难地走完了那几脚路，来到向二母亲跟前。这时候，她已经泪流满面，扑通一声跪倒，并且脱口喊了一声娘。娘——声音响亮而悠长，山谷给了它应有的回应，使得这个长夜不再安宁。

这一幕除了天老爷看在眼里外，还有一双人类的眼睛密切注视着它，这个人刚才一直躲在暗处，现在不失时机钻了出来。

你们莫怕，我也不是鬼。那个人说。

待走近，发现那人一脸漆黑，想必是用锅烟子涂抹的，只露出两颗眼珠子。

你明明是个鬼！向二母亲说，你想搞什么？

你跟向二递个口信，动刑那天我们来救他。他不应该死。那人说。

原来是杠子派来的人，杠子的影子无处不在。

你们想劫法场？她说。

那人嗯了一声，作了肯定的回答。

夜空里像有一颗星子划过，她的眼前倏然一亮，像救星降临般一亮，但复又归于黑暗。唉——她长叹一口气，又摇了摇头。

他自个要找死，没得救了。她说。

六

这样的堂审，只能在这个小小县衙见到，历史上任何地方都不曾有过，恐怕以后也再难重现。

县令的惊堂木一敲，衙堂里一下子静得鸦雀无声。通常受审的囚犯不是五花大绑就是戴着枷锁，县令大人喊一声"跪下"！就得乖乖跪下，不得违拗。再喊重杖三十或五十下不等，于是就有两个手持哨棍的衙役应声上前，不管三七二十一棍棒齐下，都下手很重，不重不足以显示衙门权威。今天的情形有别往常，甚至滑稽，严肃的衙堂简直成了儿戏场所。押解到堂前的向二，根本不像受审的重犯，居然免去了一切束缚，挺直腰杆站着，这当然是得到特别允许的。从一开始就死不戴刑具，为此还差点和衙役大打出手，闹出新的命案来。坐牢岂有不上刑具之理？收留关押他的那一天，县令吩咐，按照规矩，叫人拿来头枷和脚镣，要把向二铐起来。头枷为结实的青枫木制作，看似一块整板，凿有一大两小三个圆洞，是留给头和手的位置，一旦打开，套上，合拢，固定上锁，这些程序一完成，人犯纵然插上翅膀也难逃脱了。向二偏不从，他火起，头枷被他夺得在膝盖上使劲一磕，遂断裂成两节。

你们这是豆腐跟屁做的，卵用。他说。

你这是毁坏刑具，要罪加一等的。县令显然想通过语气扳回面子，心里却发怵，缺少足够的底气。

我是诚心来偿命的，要杀要剐由你们，但在死之前，我得做个自在人。我如果想跑，就不会主动来投案，现在跑也来得及，不信试下看。向二说着，一个箭步就去了几丈远，到了大门口，没有什么障碍能够拦得住他。县令和几个衙役还没有反应过来，向二又踽踽地往回走，重新站在他们跟前。

这实在让衙门棘手、为难，却又无可奈何，只好依了向二。

牢房对于向二，只是一个暂时的居所，牢门形同虚设，没有上锁，任由他随便出入。一个真正囚犯的生活，离他既近又远。他无拘无束地在牢房里外来去自由，根本不像是坐牢，而是和衙门的公差杂役没有区别。每当他从一排监牢前经过，一溜的监视孔后面，犯人们无不投来惊疑与妒羡的目光。只要他愿意，尽可以同他们打声招呼或停下来多讲几句闲话，交谈中，他的姿态是居高临下的，优越感也是显而易见的。

一次，他问一个死囚犯：你怕死没？

对方答得很硬气：怕卵，不怕。

向二一眼看穿了那个家伙的心虚，尽管强装镇静，却难掩内心的恐惧。

我看你怕。向二说。

果然是个怕死鬼，一讲到死，就显了原形。他给向二使了一个眼色，一个乞求的眼色，示意帮他打开牢门，让他趁机逃离出去。现在唯有向二能够给他一条生路，帮忙开下门，于向二是举手之劳，于他却是起死回生。

这是犯法的事，搞不得。向二不肯，拒绝得很干脆。

你犯的法还小吗？比起你杀人，这算得上事吗？你不开门也免不了你死罪。那人说着，适才眼里泛起的一点亮光迅速黯淡，变成翻白的鱼眼。

一码归一码。向二说。

早晨，是衙役们的出操时间，只要天不落雨，他们都会准点来到操坪。晨跑是例行科目，通常是沿着院墙跑上十圈，再练一番拳棍。早起的还有向二，他先做看客，然后来到他们中间，戏说他们的哨棒是刨火棍。他想传授几个招式给他们，皆因从来没有使用过这么轻巧的棍棒，故无从教起，只好作罢。衙役们都不敢惹他，任其耻笑。练习臂力的环节到了，那些检验衙役们臂力的练武石每一块都足有百把来斤重，一字在操场边排开，专等人们来一试身手。石头呈圆形，中间一个方形抓孔，酷似铜钱，抓起来就等于抓住了天底下最大的铜钱。向二照例先做示范，他嗨一声喊，一手将石头抛起，待它在空中打几个转急速下坠，再接住。整个过程有如耍把戏，耍完他就像履行完公事一样甩手而去。那些采自山里的顽石，打磨成练武石以后，还没有人如此这般抛过，即便几个人合力也未必能够做到。衙役中也不乏大力士，但是和向二岂能相比，只有自叹不如的份。

故事依然要回到衙堂，一场法定的堂审才刚刚开始，还不知道如何收场。向二坏了衙门规矩，坏得很彻底。县令要他跪下，这是最后的底线，否则衙堂就威风扫地了。县令平常往堂上一坐，总会摆出一副神圣不可侵犯的架势，凡是掌管生杀大权的人，大概莫不如此。但是今天他一改往日威严，说话用了几近哀求的语气：你要明白自个身份，得跪着讲话，这才像个堂审。

往下的情形是可想而知的。向二说：我一辈子只给天跪，给地跪，给娘老子跪，其余的都莫想要我弯磕膝头。

县令一下子仿佛找到了把柄。法大如天，你现在就是给天地下跪。他正想这样说，但忽然担心陷入更大的僵局，自己下不了台，便欲言又止。

在向二的印象中，他真还没有给天地下过跪。给娘老子跪这也才是第一次。母亲来探过监，她的脚步匆匆，裹挟着山里的疾风。她走路从来都是这样风风火火，像是永远停息不下来似的。年岁并不大，刚近五十，但一夜之间头发白了，看上去无异60多岁老人。头发未经梳理的缘故，乱得如一堆荒草。一见到儿子，竟然忘了眼前处境，就急忙扯住他的衣袖要走，说：佬佬，我们转去。

向二站成一根木桩，扯不动。待扯动时，他的身子不是跟随母亲往前行走，而是垮山一样轰然倒塌，双膝触地的声音很响。跪下的同时，他抱住母亲的脚，头紧紧地贴着她的裤腿。裤腿沾了露水或稀泥，冰凉的，却又是湿热的。

母亲捧起了向二的脸，好熟悉又好陌生的脸。他的样子一点都没有变，特别是眼神，透露出一股争强好胜的犟劲，这一点很像她自己。一切不用多说，所有的话都装在各自的眼睛里。

佬佬，娘替你去死。母亲说。

向二听懂了。娘的眼神告诉他，娘是这么想的，也是说得到做得到的。如果能够，娘愿意用她的十次死换取他一次的生。但是他的回答却不能够让娘满意。

娘，这个你替不了。他说。

母亲眼泪哗地冒出来。泪水是母亲的河流，一旦决堤，是收不住的。她就这样用无尽的泪或河水浇灌着儿子。向二仰起脖颈，张开嘴，贪婪地吸吮着，还不时地咂一下舌头。接着，母亲做了一个大胆的举动，这举动旁人看来很荒唐，在她看来合情合理。她也跪下来，取了和向二平行的姿势，撩开衣襟，露出乳头，塞进儿子的嘴里。

儿，你还没长大，再吃一口娘的咪咪就长大了，懂事了。她说。

在母亲的心目中，儿子永远是个没有成熟的孩子，更深一层意思是，儿子选择主动偿命，简直天真幼稚到了极点。母亲是用心良苦的，她想到了作为母亲的错，儿子小的时候，她只顾忙活，没能够尽心喂养他，这辈子她欠儿子的一口奶，现在给他补上，给他喂上最后一口奶。向二一点都不觉得意外，他像个很听话的孩儿，顺从母亲意愿乖乖地把头依偎在她怀里。母亲说：你攒劲咬，把奶头咬下来，这样娘才对得起你。向二试图再度顺从母亲，但是几近努力也不能够做到让母亲遂愿，他的牙齿纵然咬得断钢铁，却对一粒乳头无能为力。他用和乳头一样柔软的舌头舔着，儿时的记忆潮水般涌来，顿时有一种被冲刷被淹没的感觉。喂奶也许并不说明什么，只是一个象征，一个母子间的仪式，但对于向二的生命，是结束，也是开始。

七

大铁门哐啷一响，惊动了一牢的人。狭长的露天过道两边，是一间间小监房，里面关押的尽是些厉害角色，一些凶禽猛兽式的人物。他们现在都剪了翅膀或捆了手脚，有的正在服刑，有的面临提审等候发落。大门的每一次打开，跟他们有关无关，所有人都会本能地警觉起来，竖起耳朵听是必然的，继而睁大眼睛透过牢窗往外看，看究竟发生了什么或不发生什么。无数个白昼和夜晚，除了想一些想不完的心事同做不完的梦，耳朵和眼睛仿佛只用来专注开门这一件事。遇到阴雨天，他们的心情一如天气阴沉沉、湿漉漉的，即使天晴也好不到哪里去。这些清一色的男人，坐久了班房，长期见不到女人，若不犯事尽可以在外头世界放纵身心，天老爷也管不了的。现在虽然被斗大的囚室管住了身子，却关不住他们撒野的欲望，这欲望如同埋在灰烬里的一颗火星，遇到干柴随时都会轰的死灰复燃起来。

这次大门是给桃子开的，她的出现，犹如仙女下凡，在牢房里引起了一阵骚动。先是由紧挨牢门的一个男囚发现并喊出声来，接着是一片众声附和，吹口哨的，打呜呼的，喊痞话的，尖叫的，清一色的雄性嗓音充斥着牢房，此起彼伏。牢房过道天窗洞开，就像是被日光劈开的一道裂缝。正值夕阳西下时分，霞光见缝插针般倾泻进来，照亮了人间的这处幽森洞穴。桃子全身沐浴着晚霞款款走过，径直走向过道尽头，那儿是向二单独的监房。等到她影子消失，嘈杂声才像关了闸的坝水渐渐垂落下去，直至了无声息。

桃子，这个来自边远乡下的姑娘，在这种完全陌生环境里一点也不怯场，应该说她是有备而来的。穷人的孩子成熟得早，年纪轻轻，就明白了世间的好多事理。案发后，她回了老家，一进屋就倒在床上蒙头大睡，接连三天不思茶饭。事情已经传到了母亲的耳朵里，她猜想女儿也许真的病了，也许是害了比病还要严重的心病。她心疼女儿，放下手里的一切活计守护在床边。端上来的饭菜凉了又热，热了又凉，任其原封不动地搁在床头，桃子始终没有动一下筷子。直到第四天，桃子仿佛如梦初醒，自己突然掀开被子，翻身坐起，对母亲开口就说：

娘，我要出趟远门。以后不转来了。

你要去哪里？母亲着急地问。

我去嫁人。桃子说。

你莫讲癫话。母亲赶紧伸手抚摸女儿的额头，以为她烧得忘魂了。其实她已经揣摩到了女儿的心思，就是万万没有想到她会做出这样一个选择。

你要嫁个死人？她说。

他是为我死的，我要为他活着。桃子没有读过书，不识字，连学问高深的秀才也未必有这般见识。人，这个最好认又最难读懂的字，其中的奥秘有些做了一辈子人也朦胧不知，而桃子像是无师自通学会了的，所以才讲出这番话来。

母亲是通情达理的，尽管有万般难舍，此时也不能阻拦女儿，这是命。她不再多嘴，仅用无语算作了默认。接下来桃子忙开了，准备针线，挑选布料，要亲手给向二赶做一双鞋。鞋是男女双方定亲的信物，这道手续不可少，现在送还不迟，来得及。人离不开走路，任何时候都需要一双鞋，尤其对于一个即将去天国的人，到那里路途遥远，更加不能缺少一双鞋的。不晓得穿鞋人的脚板大小，她就依照心里设想的尺寸去裁剪鞋样。宜大不宜小，大了可穿，小了打脚，这是做鞋的起码原则。桃子自小心灵手巧，巧到闭起眼睛也能够穿针引线。针线活是跟母亲学的，这方面母亲是天生的师傅，她的悉心传教，做女儿的最容易心领神会，还学会了绣花。绣花关系到女儿家终身大事，一生绣花无数，但只有绣在定亲鞋上的两朵才是她生命中最重要的花。待纳完鞋底，轮到绣花时，桃子稍有迟疑，一走神，针尖戳破了手指头，一滴血渗出来，慢慢地凝结成一颗滚圆的血珠。有如神灵指引，桃子明白不该浪费这滴血了，便干脆让它滴落在鞋面上，再漫延开来，渐渐地就成了一朵花的图案。有了这一朵，另一朵如法炮制，于是，桃子便做成了一双天底下独一无二的鞋，这双鞋只配英雄来穿，穿上它，才能够显出英雄出征的悲壮来。

鸡叫三遍，是桃子出门的时辰，她一刻也没有耽搁，准时上路了。临走前，她去看了关在栏里的牛，圈里的猪，笼子里的鸡，算作道别。小麻狗眼尖，又最通人性，像是看出了桃子的行动不同寻常，它先赶了几步脚，然后咬住桃子的衣角不放。桃子打了它一下，说：回去！它才像做错了事的小孩，松口愣在那里，嘴里却还在呜呜呜地叫唤。桃子知道此时不能心软，不能回头，哪怕稍一犹豫放慢脚步，或轻喊一声狗的小名，它即刻就会箭一般地射上来。

通向山外的路弯弯曲曲，像一根藤，沿途散落的干槛式木楼是它结出的爪。从这里走出去的人，没有不回来的。可是桃子跟别人想法不同，她前途未卜，甚至凶多吉少，她没有一点回转的理由，所以她的出走是毅然而决绝的。

一旦离开，值得留恋的东西很多，田土、山林、小溪，这些都不能一一作别了。唯有水井，一口供全寨人饮用的水井，它和一个女孩的关系总是藕断丝连的，又因为必须路过水井，它理所当然地留住了桃子的脚步。见到水井，桃子不禁怦然心动。她想到应该打扮一下自己了。井水清澈见底，这是大自然安置的一面镜子，人往里看既可以望见头顶上的天空，同时可以照见自己的容颜。据说水井的源头很远，在更深的大山里。若遭遇天旱，井水干枯，镜子被老天爷临时取走，只留下它的残骸，这说明水井和长在它旁边的三月泡一样都是有季节性的。三月泡一年一度开花、结果，成熟在阳春三月。三月，是姑娘们的节日，她们蝴蝶般纷纷飞来，以此作梳妆台，井水为镜，三月泡是天然的胭脂。摘下状若自己乳头的果子，对着镜子挤出汁液，涂抹在脸蛋上，于是人人两颊绯红，美若天仙了。现在正值深秋时节，桃子惊异地发现，三月泡树居然奇迹般地挂满了果实，粒粒饱满、透熟，一时仿佛置身梦中。她反复地揉眼细看，才相信眼前的事实。这是上天给她的馈赠，额外送给她一份美丽。

要是姐妹们都在就好了，她想。

姐妹们其实都在，在前面的垭口等着她。她们相约而来，特意选择了在这里等待，足见大家用心良苦，这是她们经常练习哭嫁的地方。一练嗓子，二练胆子，一切练习都是为了有朝一日自己出嫁那一场哭。路边不远处，天造地设了一间岩屋，里面有供人围坐的石磴，冬暖夏凉，只要从那里面传出歌哭，就证明寨子上有人要嫁女了。凡女孩在少女时期都要跟着学哭，过哭嫁这一关。歌词是现成的，无非都是些诅咒媒人，埋怨婆家，诉说娘家种种好处的内容。当然也有即兴编的新歌。姐妹中不乏有才华者，偶尔现编了一段精彩的新词，大家就会在哭的过程中即刻转哭为笑，继而形成嬉笑打闹，于是貌似悲伤的哭嫁就变成了姑娘们的集体狂欢。

一翻过山坳，桃子就和她玩得最好的几个姐妹迎面相遇了。她们不光是来替她送行的，还要郑重地主持一个只属于她的出嫁仪式，陪她好好哭一场嫁。与以往不同的是，规定一律不准唱熟悉的老歌，每人都必须想好一首新的哭嫁歌送给桃子，并且按年龄大小顺序唱下来，中间不得断

生
还

气。但事到临头，套路全乱了，打头的姐妹见了桃子，忍不住说了一句：桃子，我们好舍不得你，不管你到了哪里，我们都去看你。话音刚落，正式的哭嫁还没有开始，大家就抱着哭成了一团。此时，什么歌词都是多余的，都不能够表达她们的心情。过去是学哭嫁，是做戏、假哭，这次是真哭，个个都哭成了泪人。天色还早，惊扰了落宿在附近丛林的一群小鸟，它们仓皇地起飞，却没有飞远，只在上空打几个盘旋，发现下方并非它们想象的是非之地，才又重新归巢，接着用叽叽喳喳的鸣叫作为回应。鸟的加入，使得人类的哭声少了些许悲伤，而多了几分欢快。

八

　　桃子突然出现，向二的眉毛跳了一下，说不清是惊异，还是意外，也许什么都不是，只是一种习惯而已。他依旧保持着一副处事不惊的表情。

　　坐。他平静地说。

　　请坐也是一种习惯，客套话。其实并无坐处。室内几乎一览无余，仅有一张简易的木板床，孤零零地搁在墙角，其他班房的床也是一样的摆法。那儿阴暗、潮湿，终年照不到阳光，一个囚犯却要在那张床上打发他所有的牢狱时光。

　　桃子是来过夜的。她曾经无数次想象过自己未来的洞房，就是万万没有想到会是这样一间囚室。她将在此度过她的初夜，让少女的梦得以实现或者破碎。她痴痴地望着向二，用的是久别新婚的渴望眼神。这个旋风般席卷过她生命的男人，人站在那里，也具有一股力拔千钧的气势。这气势像一道无形的屏障阻隔着她，对面的人可望而不可即，只能远观，而不能够接近。

　　给你。桃子隔空递过一双鞋子。

　　向二接过鞋子，一眼看到鞋背上的血迹，他的眉毛又跳了一下。一个内心再强大的男人，总有被触到软肋的时候，他把心隐藏得再深，也难免不露出蛛丝马迹来。那不易察觉的眉毛一跳原来就是他心跳的反应。桃子通过一双鞋表明了自己的来意，向二看懂了，他睁大眼睛久久逼视着这个萍水相逢的女子，这个给他出了天大难题的女子。

我今天就要做你的女人。桃子迎着向二火焰般炽烈的目光，鼓足勇气，开门见山把心里的话直接说了出来。

我不能让你替我白死。我要帮你家接上香火。桃子又说。古代的律法普及到了民间，其中有一条桃子记得，死囚犯如果没有子嗣，需要留下骨血的话，享有家眷探监留宿的权利，所以她的决定并非盲目，而是名正言顺的。她只是不想声张，否则在牢房里大大方方举办婚礼也是做得到的。婚姻是你情我愿的事，两者缺一不可。人在做，天在看，日光就是天的眼睛，它在为人间的这桩姻缘做证。日光一寸一寸在缩短，直至收敛了最后一点光亮，向二仍旧一言不发，他的沉默给这个黄昏陡添了变数。

人类也在看，从一开始就自发地参与其中，密切谛听着过道尽头的消息。这些天生爱管闲事的人，自己身陷囹圄，也不忘记为身外之事操心。桃子的身份让他们费尽猜疑。她到底是向二的什么人？亲戚、亲属，还是屋里人？是屋里人就证明他们是夫妻关系。有的人想到这里，不禁愤然起了邪念，想这样乖的女子若陪我睡一夜，死也值了。时间在一刻一刻过去，由于久无动静，这对所有人来说都形同煎熬。直到一阵女人的呻吟石破天惊地响起，一切便真相大白了。

是的，该发生的终会发生，不该辜负的也都不会辜负，别人、自己，包括天地、祖先。向二的身体像一座储存的火山，是桃子引爆了他。一个黄花闺女，初次经历男女之事，全无经验可言，怕是害羞、慌神，不知所措，或至少是半推半就的吧？但不是的。如果这是一出戏，恰恰是桃子首先主导了这场演出。连生死都置之度外的人，还在乎什么，有什么放不下的？该喊就干脆痛痛快快喊出来，喊给全牢里的人听，喊给全世界听，以此昭告天下，我桃子就是向二的女人！

牢房里反而出奇地安静下来。但可以肯定的是，没有人睡得踏实，都醒着。桃子无所顾及的喊声波浪式般贯串了那个夜晚，由她和向二制造的这个不眠之夜，对于其他人来说，是更加难挨的煎熬。

生
还

九

看杀人去啰！

城街上有人这样一喊，人们都晓得郊外的河滩上又有杀人的戏看了。河水流到这里拐了一个大弯，圈出一片很大的滩，可容纳上万人观看行刑。通常胆子大的都会抢占就近的位置，胆小者便立在远处，不敢轻易拢边的。这河滩除了做法场，做砍脑壳的地方，几乎别无用途，平时任其荒着。总有那么一块固定的地方，一种叫蒿草的植物长得格外茂盛些，每次行刑，事先必须将其除去，但人一走，它们很快见风又长，蓬勃如初，仿佛要急于掩盖什么似的，把裸露的河滩伪装起来。

这一天，下起了毛毛雨。雨天也无碍行刑。行刑日子已定，是雷打不动的，即便下刀子也不会改期。一干人各自佩带了五花八门的雨具，聚集到了河滩上。这种天气，无论给官府组织者还是看客，都造成了麻烦。油纸伞，斗笠，蓑衣，既碍手碍脚，又遮天遮地。真正带来麻烦的是刽子手，他是不能够穿戴雨具做事的，淋雨倒在其次，最棘手的问题是，他从来没有遇到过给向二这样站着的囚犯行刑。他心里一直在打鼓，打着频频撞击胸腔的腰鼓，打退堂鼓显然来不及了。他必须硬着头皮上阵，以古怪的方式，完成他职业生涯中的致命一刀。为了获得他所需要的高度，临时搬来了一副农人的囷桶做垫，这副配合秋收扮禾的囷桶，现在却要收获一颗人头了。轮到主角登场，向二从压阵的衙役队伍中大摇大摆走出来，几个手持哨棒的衙役紧随其后。与其说是押解，不如说是护送。蒙蒙细雨，模糊了众人的视线。人们越想看清楚一个视死如归的人的脸，天公偏不作美，雨越下越大了。天要落雨是天的权利，人类往往自作多情地比喻成天在落泪。雨并不是天的眼泪，天绝不会轻易为凡间的一个人死感动得流泪的。入秋一旦下雨，就难以停歇，所谓秋雨绵绵，说的正是这样的季节。一切准备就绪，刽子手也已经就位，他提着刀，手脚并用地爬上囷桶。桶倒扣着，底朝上，很牢靠，承受一个人体绰绰有余。他在囷桶上站稳，四下张望，寻找前来接头的人。这时候，向二母亲浑身透湿从人群中跌跌撞撞冲出来，一路小跑，边跑边解开满襟衣服的布扣。扣子一旦悉数解开，麻制的靛青色满襟衣迎风飘起，像极了大鹏鸟展开的翅膀。她就这样转眼间飞到了戽桶跟前。

向二昂着头，一动不动地站在雨中。雨点击打在他的额门上，水花四溅。他若有所思地仰视前方，目光所及处，围观的人群密密麻麻，他们的站立也是一动不动的。透过雨帘，有一双特别的眼睛依稀可见，它大大地睁开着，又仿佛紧闭着。除了母亲，这是他至死都要记住的另一个女人。天空中沉雷滚过，电光忽闪忽闪，他把它当成了她在眨眼。这场雨也该是替她下的吧？按照乡间说法，姑娘在出嫁途中遭雨打湿花轿，将视为吉兆，是求之不得的事情，叫添喜。

刽子手在下刀之前，撸了一下袖子，俯首对向二耳语道：你娘求了我的，要我利索点，你也别为难我。

他的这话是有来头的。据说历史上有些武功高强之人，真的有刀枪不入的本事，若犯了死罪，受刑时猛然运气，颈根硬得如岩石，刀砍不动，一刀下去，会震得刀子卷刃，甚至折断。刽子手当然不希望这种事发生在自己身上。

接着是母亲的叮嘱：儿，这时候你就莫充狠啦。作为母亲，她同样希望这种事不要让她看到。

往下的场景是不宜细述的。向二必然死于刀刑，这一点用不着怀疑，头被母亲接住也属意料中事。需要特别交代的是刽子手的结局，他实在有辱一个刀斧手的声名。刀法是无懈可击的，但像晚节不保的人一样，手起刀落以后，向二脖颈上的血冲天而起，在雨空中化作一道彩虹。但向二的身子并没有倒下，依然呈挺立姿态站在那里。面对如此情形，刽子手感觉到了头晕目眩，腿一软，整个人一头从戽桶上栽了下来，这就给看热闹的人造成了错觉，误以为他才是那个被砍了脑壳的人。

十

向二被赶进了家门。卯寨人心里都布满了疑云。从县城到卯寨200多里山路，山重水复，天远地远，他真的是靠双脚一步一步走回来的吗？连脑壳都搬了家的人，是如何做到的？当然，这得归功赶尸匠的法力。据说人的各种死法，上吊、跳水、服毒，包括断手断脚，身首异处，在赶尸匠看来，都不过是损坏了的物件，经他作法加以修理就能复原，完好如初。更具法力的是他的那根尸鞭，一旦举起，鬼神也要惧怕三分的。

人赶回来了，还得给他做道场招魂，超度亡灵，再送上山入土，这样，赶尸匠才算是尽完他的责任。现在，他摇身一变，肩负起道士先生的职责来。一寨人都来吊丧，更多的人是出于好奇，来一睹向二死后的遗容的。因为他死于非命，算不得善终，法事也只是走走过场，所以人们对法事本身是心不在焉的，众望所归的是等待某个时辰的到来。作为一道必不可少的程序，本来业已合上的棺盖将再度开启，让向二重见一下天日，同时寨上人也和他作最后诀别。当棺盖在几个男子的合力下缓缓移开时，向二以他惯有的神态出现在世人面前。一寨人依次绕棺而行，都亲眼看到了睡在棺材里的向二。他脸色红润，穿戴齐整，只是头发胡子长了些，的确是他本人，假不了的。但是众人的犹疑仍旧挥之不去，总认为其中定有什么名堂。蹊跷也许正好隐藏在衣冠背后，一层布是足以能够使尽障眼法的。内情仅限于赶尸者知道，外人无从晓得，包括死者家人，从入门的那一刻起，家人都得闪避一边，绝不能擅自接触尸体，待一切收拾停当，才允许进入灵堂验尸，确认无误后，再封棺。纵观整个过程，赶尸匠的行迹显得神秘而诡异，说是鬼鬼祟祟也不为过。若要彻底揭开谜底，还得从向二的死说起，还原真相并不是一件困难的事情。

河滩上只剩下赶尸匠和他的徒弟，还有向二的尸体，他被一块黑布覆盖着，直挺挺地躺在那里。身首分家是暂时的，最终要合到一起，重新组成一个完整的人体。雨停了，天暗下来，夜像是一块更大的黑布，又或是撑开的一把大黑伞，赶尸匠就在这夜幕背后摸黑给向二收尸。夜晚是他的白天，职业决定他习惯了暗地里作业，久而久之，习惯便成了自然。在这之前，向二母亲接了儿子头颅，顺势脱下衣服包紧抱在怀里，后来如约移交给了赶尸匠。事隔半天，赶尸匠通过他的手，感觉到向二的头还在发热，眼睛未闭，向二的目光像两只萤火虫，透过裹头布熠熠闪光。赶尸匠毫不顾忌那目光的用意，想你向二再狠，也只是我驱赶下的一头牲口。他拍了一下向二的头，说：你这种角色，还要我赶吗？你自个回去！说着，就将它丢进事先备好的背篓里。

背篓为竹篾编织，扁状，做工粗劣，它只能视作背篓的雏形，或半成品，其使命极其特殊，虽不能够当真正的背篓使用，却承载了一场赶尸的全部秘密。人们忽略了一个至关重要的细节，赶尸匠师徒三人，加上向二，理应为四人，但是赶尸途中，并不见多出一个人来，想必其中必定有诈。事实上，中间那个戴斗笠、着长衫的人并非向二，而是其中一个徒弟的替身。若摘下斗笠，就会露馅，再若撩起或脱掉长衫，一个惊天悬念就昭然若揭了。长衫掩盖了一只背篓的存在，里面装的不过是死者的头颅和四肢，身体的其余部分已不知去向。赶尸匠的这一手脚做大了，将移花接木手段用到了极致，背篓进屋，是现成的人体骨架，穿上衣服，再安装好头颅和四肢，就成了一件偷天换日的杰作。当然，这些留下的有用部位是经过防腐处理的，即使再炎热的夏天，用辰州出的朱砂，配以当地土药，就能够使尸体保存数日，这是唯一见证赶尸匠硬功夫所在。至于他掌握的那些符咒、口诀，鬼晓得真假，也难免故弄玄虚罢了。

赶完向二，赶尸匠像是悟出了什么人生大道理，执意放弃独门手艺不再赶尸了，也算是金盆洗手吧。赶尸充其量只能当作一门手艺，一节竹鞭的学问，没有多少窍门的。他总有一种不祥的预兆，赶尸这碗饭迟早要砸在他手里。它实在是不堪一击的。他把两个徒弟喊到跟前，像交代后事一样，说：我赶了一辈子尸，累了，赶不起了，你们各奔前程吧！不过一定要管好你们的嘴巴，莫惹出是非来。

似觉言犹未尽，又说：像向二这样的人，你不赶，他也能回到老家。若不是，你把他赶回来，又有何用？

但是徒弟并不想就此罢手，说：师傅，我们还没有学到你的真本事哩。

所谓真本事，指的是那些咒符、口诀，以及使用朱砂等巫术。

师傅说：你们跟我这些年，都看到了，看到了就学到了。

师傅把徒弟带到卯寨的天坑边，将阴锣、竹鞭、斗笠等一应赶尸用具丢进了无底天坑。阴锣在坠落过程中不断撞击岩壁，响声悠长，像一个人正在敲锣远去。好多年以后，卯寨人凡是经过这里，还能够听得见天坑深处的锣声回鸣。

十一

桃子生了。从她进门那天算起,整整300个日夜,向二的父亲是掰着手指头一天天数过来的。眼看桃子的腹部日渐隆起,他的心情渐好,身体也跟着起变化,如一棵被虫蛀空的老树,慢慢恢复了生机,长出了新枝嫩叶。直到他盼望的那声婴啼落地,他一个激灵,听见自己的骨头咔嚓一响,长期错位的卯榫对上了。他奇迹般翻身坐起,试着下床,腿脚居然异常灵便,很听话地帮助他挪动步子,来到房门口。他倚门喊道:快抱来看下子!帮助接生的向二母亲喜颠颠地跑出厢房,报告说:是颗辣子!辣子就是男儿的意思。他抬眼望着窗外天空,长舒一口气,说:天老爷,你还是长了眼睛啊!

又一个冬去春来,向二的坟前开满了野花。正值清明时节,一家人趁早去给他上坟。九个月大的孙儿可以满地爬了,只将他往松软的草地上一放,就自动地向前爬去,直到额头只差抵着墓碑才停下来。桃子说:喊爹!自然远未到知事年龄,尚不知碑石后面长眠着永远也喊不醒的爹。但这一声母亲的召唤,对于刚开始牙牙学语的婴儿来说,是充满了诱惑的,于是就跟着喊出了他人生的第一声:爹——

他的身后,有两个老人在微笑,远处是太阳公公,近处是爷爷,他们笑得很像。

尽头

佬佬——

在山坳口，他扯起喉咙喊了几声。当地话把儿子叫佬佬。这里是儿子丢失的地方，具体讲就是从那块大岩头后面消失不见的。

回音把他的喊声传得很远，寨上人听见，都晓得他又回来了。当然他主要是喊给屋里人听的，这阵子，她不管在做什么，都会丢下手里的活计，沿着大路一路小跑迎上来，开口就问：佬佬挪得没？

挪是找的意思。

佬佬挪得没？今天照例又这样问。

其实不用问，她已经从他的脸上看出了结果。他一脸闷闷笑，那笑瞬间就像雷一样炸开。她的心不禁狂跳起来，真的？这消息和当初听说儿子失踪一样来得突然，眼前一黑差点晕倒。丈夫脚快手快一把扶住了她，顺势一揽抱紧了。他的蛮劲通过手臂传达给了她，箍得她出不得气，骨头都要被箍断了。

整整十二年前，哪月哪日哪个时辰，他都清楚地记得。那是他命中最黑暗的一天，天垮下来了，一颗铆钉扎进了他的独心，他忍着不让它生锈，每天带着锐痛去寻找儿子，这样他的信心才不至于有丝毫动摇。

逢场的日子，他一早起来看天，看出了晴朗，便决定带儿子去赶场。儿子才两岁，顽皮如小狗，起初要背，背到坳口见了大岩头来了玩性，要和父亲捉迷藏。不料这出游戏玩大了，一玩十二年。他躲在岩头后面，却让父亲钻天入地也找不到他。

岩头屹立在三岔路口，仿佛专门要制造一场人间悲剧，在那里埋伏了一万年。岩头以前在他眼里是一尊菩萨，现在成了吃人的巨兽。悔不该听儿子的话，要他离岩头远些，无非是想给自己留下足够隐身的时间。当他回到岩边时，还以为儿子就躲藏在路旁的石缝里或草丛中。他天真地逗着儿子：我看见你了，看见你了，出来吧！其实他四顾茫然，什么也没有看见。回应他的是窸窸窣窣的风和不知名的虫鸣。他一点也不着急，干脆坐下来点了一根烟，用抽烟的方式和儿子比着耐心。其他赶场的人从他跟前经过，问他怎么不走，他坦然作答：歇下气。这一歇气不要紧，注定他从此身心再也歇不下来了。他哪里晓得，他在原地死等的同时，不谙世事的儿子存心不让他找到，已经随意选择一条路越跑越远，后来肯定是落到了人贩子手里。

一声晴天霹雳把屋里人击倒了，呼天喊地要他赔儿子。天底下居然有这样的赔法，好像儿子是她一个人的。如果用他的命斟得回儿子，他当然愿意，但是这由不得他，他只能够用死也要找到儿子的誓言来安慰妻子。

若不是去找儿子，他这一辈子都不可能去那么多地方，特别是那些陌生城市。想起日后路长，他在胶鞋底下套了一双草鞋，避免直接磨损鞋底。草鞋是他亲手打的，总共打了十双，剩下的随身带着，路上好斟换。他蹲在屋檐下打草鞋的时候，根根金黄色的稻草如同丝线，编织着他的梦。梦若成真，他的心就要醉了，而现在心是碎的。他不时地抬头瞟一眼屋场下的水田，自然想起秋天收割谷子的事，怎么偏偏想到要多留几捆稻草，好像就是为这一天做准备似的，真的是鬼摸了脑壳。

他就这样以一副典型的农村人形象出现在城市。他走了很多地方，把所有的车票都保留下来，车票准确地记录着他的行踪。和无数城里人相遇，又擦肩而过，很少有人留意到他，当年网络上流行这个哥，那个哥，却都恰恰忽略了这个草鞋哥。他不顾别人怎么看他，只管走他的路，足迹遍及每一条街道，不放过任何一个角落。人海里找人形同大海捞针，这个道理他懂，他就是要找到被他搞打落的那根针。到底走了多少路无法计算，直到最后一双草鞋快要磨烂，他决定回一趟老家。夫妻俩分了工，妻子在屋里做事，供养他，包括他所有的花销。他想这次回去多带些盘缠，多打几双草鞋，以后多一些在外面的日子，少耽搁寻找儿子的工夫。

行走漫无边际，这样下去何时了得，他心里实在没有底。到了晚上，他无异乞丐和浪人，落宿在桥下、街头，或者废弃的工棚，脚步一旦停顿下来，心里反而空洞得如同深渊。一天早晨，他好像刚刚入睡，就被一个稚嫩的声音吵醒：爸爸，他怎么在这里过夜呢？睁开眼，只见三三两两穿着相同的小孩被大人牵着手，然后送进了旁边的大门。原来这里是一家幼儿园。他立刻振作起来，确切地说人一下子变得痴呆。他不知如何走完从起身到大门之间那几步路的，好像夜游一般没有记忆。沉重的铁门紧闭，他心里却有一扇亮窗打开，想我的儿子也肯定上幼儿园了，不在这里就在别处，以后他不必盲目乱跑了，找遍天下幼儿园不就晓得儿子下落了吗？

放学前，他夹杂在家长们中间，盼望放学时刻的到来。如果不是来接孩子，闲人没有理由来凑热闹。他两者都不是，却更有理由站在这里等待。门开了，几乎所有的人都迎上前去，他反而成了碍事的人，便赶紧避让到路边旁观。他眼睛鼓鼓地在人群中搜索，希望发现他熟悉的那张脸，但是命运并没有能够让他如愿。结果，每个大人都牵着一个小人儿走了，唯独他的手上是空的。那一刻他感到天色唰地阴暗下来，天提前黑了。

公园的周末，就没有平常那么清静了，成了孩子们的天下，好像幼儿园搬到了这里。许多家长带孩子来玩耍，他也来了，而且最先到达，早早就蹲在门口守候，既是迎来又是送往。通常他是不进门的，感觉不会再有人来了，便转去另一家公园。今天的情况不同，他看见一个男孩长得很像他儿子，于是就跟随进了公园。世界上有些事情巧得很，他发现公园里竖立着一块和山坳口形状同样的岩头。更奇怪的是，男孩一下子挣脱父亲的手，直奔石头而去，嘴里喊着：捉迷藏！捉迷藏！他吓倒了，曾经的一幕仿若眼前。他本能地冲上去制止那个身为父亲的男人，而又更像是制止自己：这个搞不得！千万搞不得！父子间的游戏被打断，男人疑惑地看他一眼，冷冷地说：管什么闲事，走开！他如梦初醒，才明白自己的身份，愣了半天回不过神来。

是的，儿子是人家的，城市也是人家的，关我什么事！他快快地回去了。

类似经历还碰到过。不是他眼睛差，而是同龄小孩子穿了同样衣服很容易混淆，不好辨别。他是想儿想疯了，恨不得有孙悟空的本事，变出一个儿子来。后来他又认错人，惹了祸，被人铲了耳光。他本来并没有那么莽撞，经过几天蹲守，细看，才认准那个小孩就是他儿子的。那几天，他不晓得是怎么过来的，整天魂不守舍地在幼儿园门口来回游荡，心里的一块石头时而落地，时而又悬了起来。儿子是找到了，这一点他感到很踏实，但是一想到他是在人家的地盘跟城里人争儿子，心里又缺少足够的底气，因为一个胆子再大的乡下人一旦进城都不免胆怯的。最后，他终于鼓起勇气，在幼儿园放学的时候，大胆地拦住了那个男孩，并且喊了一声：佬佬！

男孩显然受到了惊吓，想转身逃走，但是被一双鹰爪般的手抓住了，固定在了原地，动不得。

他把男孩的身子扳正，自己蹲下来，扬起自以为是父亲的脸让儿子辨认。其实他是想跪下来，这个父子相认的时刻，他理应跪谢天地。

佬佬，你好神看下，我是你爹！他的声音发颤，全身都在打抖。已经大半年时间没有这么近距离面对儿子，儿子长高了些，又嫩白嫩白的。城里的水土就是养人。他想。

那个耳光就是这个时候在他的耳根边炸响的。下手很重，他的嘴歪向了一边，一丝血从嘴角里渗出来。

放开他！这是配合耳光同时炸响的一声雷霆。

他的双手依然紧紧地抓住男孩不放，生怕一松手，儿子就会像小鸟一样飞走。

他是我儿。他说，声音几乎带着哭腔。

那只扇他耳光的手再度举起，但是在落下的瞬间出现了迟疑。这个身为男孩父亲的男人被一双乞求无助的眼神打动，心里的愤怒化作了怜悯，他意识到了肯定是一场误会。

你的儿子丢了吧？他说。

嗯。他说。

你先放开他，怎么证明他是你的儿子？儿子，你认识他吗？他说。

男孩惊魂未定，使劲地摇了摇头。

他的屁股上有颗痣。他说。这将是他出示的最有力的证据了。接下来，验证一颗痣便成了必不可少的环节。光天化日之下，男孩的裤子被当众扒开，露出两瓣小光腚。他清楚地记得儿子长痣的部位，那个地方现在却光洁如玉，连一点印记都没有。他不相信眼前事实，瞪大眼睛死死盯着男孩的屁股，恨不能即刻长出痣来。最后，他喊了一声天，天自然帮不了他，若能帮他也不至于落到这步田地。

你报案了吗？男孩的父亲问。

报案？报什么案？他反问道。

你这个傻卵！男孩的父亲骂了一句粗话。出于好心，他带他到就近的派出所报了案。提供资料时，他从怀里掏出了儿子失踪前照的相片。儿子一如既往地微笑着，但就是不晓得人在哪里。照片每天被他拿出来看无数遍，四角都磨起了毛边。儿子的确长得像极了眼前的这个男孩，简直就是他本人或者同胞兄弟。他是不是应该庆幸这次遭遇，一个耳光把他打醒了，让他明白了报案的重要。儿子的照片挂在了网上，等于全国的公安都在帮他寻找，这要抵多少人工，光靠他自己，纵然三头六臂也是徒劳的。

日子过得风一样快，四季轮换都好像是一眨眼的事情。说时间会改变一切，但对于他是个例外，改变不了他的信念。几年过去了，儿子依然杳无音信，你以为他会就此罢休就错了，他始终都没有放弃，一刻也没有停止寻找。他曾经碰到过好多摆地摊的算命先生，又去有名的寺庙里抽签和卜卦，还费神拜访过民间传说中的高人，给他们许诺，说哪个若讲准他儿子下落，他将用全部家产谢恩。牵涉到人命关天的事，除非真的是神仙，否则没有人敢答应他的条件。结果他想通了，什么人都靠不住，只能靠自己。有人好心相劝，说你们还年轻，趁早再生一个吧。这话妻子听进去了，动了心。女人一旦有了某种念头，是非要去做不可的，她在等待时机的到来。

他从里屋搬出一个木箱，打开，里面装满了这些年积攒下来的车船票。如果把票面上的地名串起来，将构成一幅密如蛛网般的线路图。他就是网上一只不知疲倦的蜘蛛，常年往返于这些城市之间。他花了几天工夫，将票据按时间顺序排列，然后熬了一锅糨糊，把它们依次贴在几大张拼接起来的报纸上，再挂上堂屋的板壁。于是，家里便有了一幅纸糊的壁画。做完这一切，他仰天长叹：老天爷，你长眼睛了没？你看见了吗？山里人敬畏天地，他们理解的老天爷就是至高无上的神，神若存在，此刻就应该在附近或隐藏在云端里，它无时无刻不在注视着人间的一切行径。正值太阳落山时分，要落不落之际，它要把最后的辉煌留下来，接替它的将是月亮，月亮已经从天空的另一端露出了半边脸。日和月可能就是代表老天爷的两只眼睛，分别看管昼夜。现在光线还很明亮，只是带着一点血的颜色，从敞开的大门斜斜地照进来，正好打在他的脸上，看上去他的面容有些沧桑。他面壁而立，凝神，或发呆，记忆的潮水滚滚而来。从第一张车票数起，那是他最初出发和到达的地方。他看见自己匆匆的影子，上车，下车，然后汇入城市的人流。后来他的目光在某一个点上停顿良久，事实上他可能在那里经历了刻骨铭心的一幕，现在想起来不禁泪流满面了。正在忙着家务的妻子几次从他身后经过，没有惊动他，他也没有察觉。妻子看不懂那幅壁画，但是她猜得透丈夫的心思，她和他的心都一起痛着。天色渐渐地暗下来，他仍然纹丝不动地站在原地，站成了一根木桩。

在山里，月亮才能真正显示出它的大而圆来。它每次总是挂在岭岗的那棵大树冠上，从来不会挂错地方。它是纯银打造的吗，要不然发出的光何以和银子相似？长辈人说，好月亮等于半个太阳。有月光照耀，不需要灯也可以做事。以往这样的夜晚，她是不会浪费月光的，总有忙不完的事，但今天她辜负了月光，早早地洗脚，上床，只借助月光纯粹想她的心事，这心事自然和另一件真正的大事有关。

两口子睡在一头，这是年轻夫妻通常的睡法。床铺挨着窗台，月光直接照到床上，看上去月亮近在咫尺，好像贴在窗户上面，只要起身，就可以伸手触摸到它。这些年来，他们聚少离多，难得睡到一起，好不容易同一张床，也往往各睡各的。尽管身体相挨，却都没有反应。沉默是他们达成的默契，交谈不用出声，呼吸、叹气就是他们的耳语，是无尽的枕头话，闭着眼睛也听得懂对方在说什么。有时候，他们默契到几乎不约而同睁开眼睛，同时看着窗口出神。开窗已经养成习惯，尤其有月亮的夜晚，他们投向窗外的视线是久久收不回来的。彼此都晓得各自的秘密，都怕说穿，一说穿就会戳到两个人的痛处。与其说是在望月，不如说他们的眼神是冲着月亮旁边的一颗星子去的。它一闪一闪，按乡间说法叫一眨一眨，眨眼睛的意思。他们都清楚地记得，儿子顽皮时，小眼睛就是这样子眨巴的。今夜，星子格外亮些，也就格外牵动了人间的两颗心跟着跳动。

有那么一刻，他感觉身边人出气有些异样，便侧过脸，发现月光下她的眼角湿了，慢慢凝聚成两颗露水般的泪珠，一边眼睛一颗，晶亮的。

你怎么啦？他问。

她趁势抱紧了他，接着腾出一只手捂住他胸脯。这只被锄头柴刀之类农具磨出厚茧的手，既擅长稼穑，又可以充当爱的天使，在解风情方面，是丝毫不亚于别人的。男人有一撮胸毛，她曾经梳理头发一样一遍遍梳理着它。手上的蚕茧不是白长的，对于男人，起到了意想不到的效果：蚕茧刮着毛根，如活的蚕虫爬过，形同撩拨、搔痒，男人就在那一刻被调动起来，兴奋得不能自己了。但是今天男人却一反常态，他拒绝了那只手，用自己更有力的手摁住了它，将它视作入侵者，制止了它的侵入。

我已经几年都不想这个事了。他冷冷地说。

我想再生一个儿。闷在她心里的话终于脱口而出。

要生你自己生，又没有哪个阻拦你。他说。这话很适合调情，眼下却不是场合。生孩子怎么是她一个人的事，这分明是在气她。她委屈得哭出声来，泪水由两滴变成了两行。

尽
头

037

我发过誓，若找不到儿，这辈子宁愿做孤老。他说。

是的，他一直是这么说的。她了解他，脾气比牛牯子还犟，儿子是他搞丢的，惩罚自己，就是赎罪。如果再生一个，那么他的心思就在这个身上了，就等于放弃丢失的那一个，这样怎么对得起儿子？

到头来，还是依了他。床上复归平静，不得信鸡叫了三遍，天快亮了。

这次回家，他带来了儿子的消息。一连串的事情，简直像做梦，连他自己都不敢相信。事隔十二年，人贩子落网，供出了儿子的下落。儿子先是被卖到了一百多里外的邻县乡下，后来随做生意的父母住进了县城。公安还帮他们做了亲子鉴定，证明儿子是他亲生，并且安排好了认领时间。

苦日子总算熬到了头，两口子欢喜癫了。他们请来了三个木匠，把东头的房间装修一新，又打做了新床和书桌。家里唯一的电灯，原来挂在屋檐下，现在也牵进了新房。他们自己没有多少文化，但是知道灯光对于读书人的重要。夜深时分，他蹑手蹑脚来到门前，眯起眼贴着门缝悄悄地往里面窥视。在他的想象中，儿子正在熟睡，他仿佛听见了儿子轻微的鼻息或鼾声。这一幕恰好被妻子撞见，她忍不住扑哧一声笑出声来。这时候，夫妻俩其实是心照不宣的，明天就要去接儿子，他们已经等不及了。行李老早就准备好了的，儿子爱吃的灯盏窝、板栗，刚摘的阳冬梨，还有送礼用的两块腊肉和一大包野生木耳。这些城里人有钱也买不到的特产，都装在篾制的背篓里。一应物品，最不该拉掉的是那幅车船票糊就的壁画，他把它揭下来，卷成筒状，并且用塑料纸包好以防打湿。带上它，说明了他的用心良苦。这次出远门非同寻常，穿着要有讲究，妻子翻出了结婚时的嫁衣，想此时不穿再也没有机会穿了。先试了一下，依然合身，便就穿上了，但看上去怎么也不像新娘。而他呢，几乎没有选择，只能将就着挑一件洗干净的旧衣服作罢。

他们就这样见到了久违的儿子。当地公安带着他们敲开了城郊的一幢别墅大门，开门的是一对和他们年龄相仿的男女，大概就是这里的主人了。这对夫妇自己没有生养，却能经商，儿子就生活在这户有钱的人家，算有福气。久别重逢的时刻到了，这一人间仪式，自有天地作证，证明凡违背良心的事，终会得到纠正，一如今天的情形。儿子是这出戏的主角，他是很不情愿被推到前台的，喊了半天，才慢慢腾腾从自己房间里走出来。一副典型的城市少爷形象，脸上稚气未脱，相貌和神态酷似年少时的生父，简直就是一个模子刻出来的。意料中的事情发生了，他连背篓也来不及解，就喊了一声"佬佬"，人跟着扑过去，要去拥抱儿子。意料之外的事情也发生了，他扑了空，儿子显然缺少准备，两岁前的经历早已经失去记忆，也不愿接受还有一个乡下父亲的事实。当这个土里土气的父亲真的突如其来，他吓倒了，像老鼠见猫一样掉头就跑，躲进了自己的房间。接着听到他声嘶力竭地叫喊：不——可——能——

房门很牢实，用很厚的原木做的，敲不开，他便改用额头撞击，嘭嘭地响。打死也想不通，明明是我儿，怎么会不认我，我挪你挪得好苦啊！

回应他的是死一般的沉寂。

危急时候喊天，是山里人的习惯和本能，他又喊了一声天，天再次塌下来了。

山湾里散布着他的田土，树林，以前劳作，只见妻子孤单的影子，现在有他做伴，两口子从此形影不离了。天地间，他们用行动演绎着夫唱妇随的神话。特别需要二人合作的农活，他们配合得天衣无缝。冬天是种麦子季节，他挖坑，她播种。锄头扬起，落下，她便将一把草灰连同几粒麦种准确地丢进坑里，动作协调得有如舞蹈。不远处，两只喜鹊在觅食，它们的巢就筑在土坎边的木油树上，巢里的小喜鹊嗷嗷待哺，相比人类，喜鹊父母的劳动显得更有意义。每喂完一次食，喜鹊总要站在枝头叽叽喳喳一阵，将它的喜悦广告天下。传说喜鹊是报喜的信使，它的聒噪，在人间的这对夫妻听来很烦人，不禁悲从中来了。

一天，山路上出现了一个人影，一摆一摆直朝他屋里走来。原来是城里的那个儿子父亲。

见面就只差下跪。说求他们再进一趟县城。

从来人语无伦次的叙述中，他得知儿子精神受到刺激，害了心病，现在不吃不喝躺在医院里，又拒绝打针吃药，连医生都束手无策了。医生最后说，解铃还须系铃人，唯一的办法是让乡下父母来当面认个错，错在误会，承认他并不是他们亲生的，这样孩子的心结才有可能解开，得救。

尽头

来人打开提包，取出一样东西，放在他的面前。东西用报纸包着，捆扎着，表面形状像砖头，其实远远超过砖头的厚度，由此断定世界上不可能有这种砖头。

一点小意思。他说。

明白人一听就明白，这是一摞现金，是钱。钱有时候很灵，摆得平好多事情。尤其于一个缺钱的农村人，面对一笔数目可观的钱，是难免不动心的。但是在他看来，那就是砖，甚至不值一块砖。他的眼睛望着一边，心根本不在钱上，而是有两个自己的声音在吵架，一个说：连老子都不认，凭什么去？另一个说：毕竟是亲生的儿，怎么能不去？结果第二个声音占了上风，他决定去了。

清早起床，推开门，他的眼睛扎实晃了一下，一夜之间，满世界耀眼的白。老天爷赶在他出门之前把雪下了，足有膝盖深。这是什么兆头？农村人很在乎天气，雪的降临给了他好心情，首先联想到年成，雪下得越大心里就越踏实，好像不做功夫都可以坐享其成了。雪又给他即将出行制造了麻烦，意味着要走更远的山路才能搭上班车。当然这难不倒他，他的行程是雷打不动的。两口子按时动身，深一脚浅一脚地往山外走去。脚像绑了磨盘一样沉重，每挪一步都要格外攒劲。至山垭口，必然遭遇那块岩头，想绕都绕不过去，便干脆停下来歇一口气。由于雪的覆盖，岩头一改往日形象，变成没有棱角的雪人。雪打扮了它，戴了帽子，穿了棉袄，也遮掩了它的凶神恶煞相。照一个农人逻辑，他曾无端迁怒一块石头，视其如仇，想起就血翻，碰见就要狠狠地踢它几脚。一回大热天，出脚时才意识到自己打的赤脚，想收回已经来不及了。脚伤得很重，断了大脚趾，血流了一地，几个月才复原。那种钻心的疼终身都不得忘记。今天怪了，怪在他没得了脾气，适才还一肚子火，见面居然就烟消云散了。他惊异于自己的变化，究其原因，恐怕就是落雪的缘故，雪能改变万象，也是能改变人心的。于是，人和岩就在那一刻达成了和解。

直到他们走进医院，雪还在下。他们是披着满身雪花进入病房的。儿子斜靠在床头，目光痴呆地望着门口，其实眼睛里空洞无物。一进门，他愣住了，怔怔地看着几步开外的儿子。这期间室内的空气几乎凝固，墙壁上的挂钟也停止了摆动。不知道过了多久，他终于艰难地走完了那几步，来到儿子床前。一路上，他都在反复背诵那句违心的话，一再告诫自己千万别说错了，说完他算是最后尽到了父亲的责任，就打算尽快回去，可是话到嘴边怎么也说不出口。他心如刀绞，咬紧嘴唇暗暗地用劲，目的就是想把那句话憋出来，临到张口嘴巴背叛了他，却喊出了一声："佬佬！"

儿子听到了，脸上露出一丝微笑，接着回叫了一声：爹——

他做梦也没有想到，儿子认他做爹了。

雪停了。天气很晴朗。通往山寨的路上，出现了三个人的脚印，路的尽头是他们的家。

大太阳

牛贩子进山是初春的某个早晨。老酋长亲自接待了这位远方客人。老酋长没有让牛贩子进寨，他们之间的生意是在寨外的山垭口进行的。这次相会，给主客双方都留下了刻骨铭心的印象。在最初见面的瞬间，首先进入老酋长视线的是一张五官不全的脸。双方几乎是不约而同地进行了一番目光对射，然后是长久的沉默。沉默的过程使老酋长有足够的时间研究那张脸到底缺少了什么，原来缺少左眼珠。对方一目了然地窥探了老酋长的心思，于是飞快地眨巴眨巴那只瞎眼，在充分暗示这只眼具有特殊口才时，便口若悬河地叙述起他的冒险生涯来。老酋长凝神谛听着类似屋檐水滴落般的叙述，眼前始终有一把剜刀的阴影在闪烁。老酋长恰恰忽略了这一点，没有意识到阴影背后潜伏着危机。其实，从他们见面的那一刻起，山外人就给老酋长贩卖了灾难，而那类似屋檐水的滴答之声正是灾难的美妙前奏。

牛贩子口若悬河一阵以后，感到是拿出实质性东西的时候了。他略一闪身，一队牛群便逶迤地出现了。牛群一直站在牛贩子背后，被一根麻绳牵引着，其状如长藤结瓜。牛群的出现转移了老酋长的目光，那目光可以解释成见异思迁。然而，这正是牛贩子所期待的，他从老酋长的眸子里看到了成功在即。

验收的过程极其漫长，仅点数就费了半天工夫。牛儿不多不少刚好十头，但老酋长用全部智慧才凑足这个数目。他更多的心思是在此之外，比如检查毛色时，他如数家珍般一根根拨弄着牛毛，地道一副吹求毛疵相。他喜欢清一色，绝不允许牛身上存有一根杂毛。牛儿皆长得标致，体格大小毛色如一，俨然出自一个模子。唯一不同之处是生殖器，生殖器将牛儿性别严格区分开来。十头牛雌雄各半，这正巧符合老酋长内定的常规，自然也没有违反阴阳调和的法则。牛的生殖器让老酋长想入非非，眼睛在那上面久久徘徊。老酋长从那上面看到了某种希望，若一道门，走出一支庞大的牛的家族，老酋长于是就眉开眼笑了。老酋长这一笑致使悬在牛贩子心头的一块巨石砰然落到了实处。

老酋长如此着迷于牛的性别或者干脆说牛的生殖器定有缘由。那是一页烙印很深的历史。如果把时光再倒回半个世纪，那页历史就会以现实的面貌展现出来。某年某月某日凌晨，居于千里之外的部落酋长忽得一梦，早逝的祖先梦言屋檐地气已尽，三日后将塌陷，故部落须溯流而上北移千里至河的源头另辟家园。酋长当即用一声呜呼催醒众人，催醒的理由是说明此梦至关重要。此时说梦收到了意外的效果，酋长趁众人未能完全清醒之际，就直接将大家引入了梦境，变成了祖先的亲自托梦。所以当众人真正梦醒，无一不信以为真，于是便有了一次遥远的迁徙。

酋长组织了这次迁徙。酋长很年轻，但他的资历很老，老得无法用时间计算，自从有酋长这个位置他就是酋长了，尽管此前经历过无数次换届，那无数届酋长皆已相继作古，但只要他和最早的酋长同一血脉，不管他此后几世几代出生，命里注定总会轮到他当，并且直当到部落消亡。他的梦拯救了整个家族，可谓功德无量，族谱上记载了这个梦和这次迁徙。

迁徙异常顺利。在最后一个夜晚，众人皆睡得很沉，很安然。失眠者也不例外。夏夜悄无声息，原野空旷得如同没有，仿佛一切都睡去了，或者死去了。只有满田满地的庄稼自作情种，忠实地孕育着收成：苞谷秆在兴奋地拔节，秧苗在愉快地扬花吐蕊。它们竟然不知灭顶的天灾和被遗弃的人祸即将降临，仍一厢情愿地走着季节之路。此时，若有人置身其中，定能听得见这一片爱的絮语。然人类已等不到秋熟了，等待的只是一声划时代的鸡啼。他们约定鸡叫头遍就动身，现在是抓紧做梦和睡眠的时候。连日来，他们用家畜家禽的血洗刷了寨子，人人满足了一次杀生欲。鸡已宰光，每只鸡的下刀处正是歌喉，好像专门为了杜绝鸡唱才这么干的。不过，他们全部忘了这个事实，仍在习惯地等待公鸡报晓。

半夜里，他们如愿以偿地听到鸡叫，一声、两声，然后是一片鸡的合鸣。婴儿的闹夜代替了鸡啼，其声足以乱真，做父母的都没有分辨出来，权当出发时辰已到。婴儿的哭并非有意，与迁徙无关，他们生下来就这么哭，哭到现在，说明哭声毫无意义。但今天的哭非同寻常。一个家庭全靠其提醒及时上路，以致幸免于难。最无意义往往最有意义，一如这婴啼。或许是天意使然，他们不该遭灭族之灾吧。

于是，他们在一片婴儿的哭声中从容启程，赶在了祖先预示的期限之前。他们像落叶归根般走得轻松、自然。婴儿在箩筐里、在肩背上继续歌哭，他们就这样挑着、背着一片哭声走了，渐渐远离了本土。他们没有驻足，没有回首，更无恋惜悲戚之感，其情形根本不像背井离乡，倒像是去走亲戚，去赶集。一个梦铡刀一样把他们和故乡彻底切开，从此永远断了联系。在曙色初露之时，众人才齐声打起呜呼，以示告别。呜呼声惊天动地。呜呼声最后一次震撼了故土，唤起一阵腥风血雨，然后融入茫茫山水之中。

一队牛群跟随人同行，人选择了与牛为伴，但不是牛的全部，而是一部分，另一部分则剥成皮带着。牛皮的坚韧将会充分利用。种种牲畜唯有牛与人类分离不开，人类的耕耘少不了它们，即便死了也将以另一种形式活着，为人效力，做鞋、做鼓面、做抱木绳……原来人类视牛类为患难之交是有道理的。牛皮一路滴血不止。牛皮和牛身分离不到一天，此前它们各属一个生命，被主人牵到岩坪场集合，等候酋长裁决生死。

"牛嘛，不能都带走，得杀一半留一半，不然会连累人的。"

酋长是站在一堆篝火边说这番话的，声音仿若仙乐从天边飘来，轻言

细语，悦耳动听。他俨然一尊罗汉菩萨，满脸和善、满脸慈祥。

牛们听了都感动不已，皆用声声长哞表达了他们的心情，感动的原因是听懂了酋长的话。相形之下，牛比其他畜类幸运多了，酋长没有说杀绝，那么总还有一线生的希望存在。

透过红红的火光，牛们发现酋长手里一柄长刀耀眼地一闪。刀光比火还红，它们知道那是什么颜色染成的。刀口并不锋利，缺了牙齿，缺口刀吃东西好比过锯，远不如快刀干脆利索。这是牛们通过眼睛获得的经验。

牛们很熟悉酋长的这把刀，每和刀打一次照面，便有一个同类或父母或兄弟或姐妹或妻子儿女消失。它们曾多次亲眼看见同类被人类捆了四脚，一声吆喝砰然放倒在地，再用石板镇压，石板上坐三五个悠闲汉子。酋长手提牛刀款款走来，刀先在牛身上一比。牛们谙知酋长这个动作的含义，他要估摸牛脖子至牛心脏的距离，以便确定刀的深度。这是关于牛任人宰割的生动画面，关于人的良心通过一把刀传达给牛的故事。这时，刀已经从牛软软的脖子里锥进去，然后转九十度弯直插心脏。刀尖一路几经受阻，喉管、前胸等坚硬部位构成了刀艰难的历程。有时，牛体格偏长，那段距离也长，酋长须整只手和半个身子跟着刀钻进牛身里去刀尖方能抵达终点。牛耐力著世，忍痛力也著世，其负痛方式是咬牙，当然也流泪，红色的。牛善良无比的天性此时也得到了验证，自己受屠反担心碍人手脚，便做出全力配合状帮助人完成宰割。整个过程看不出它在挣扎，全身放得很松，凡任人宰割者大概莫不如此。当刀尖点到心脏的瞬间，它身子才一紧，腿一蹬，表示好了，到位了，可以抽刀了。这时，牛的两排坚硬的牙齿经痛苦软化，已不再坚硬，松松的，轻轻一扯就出来。它眼睛未闭，眉宇间有一种洞穿人世的哀情，眼珠翻白，仍为两颗滚圆铜球，很耐看。

酋长的话在刀刃上碰出了铮铮声响，却又神秘得难以分辨。牛听懂了，然而人装着听不懂，各自把头深深埋进裤裆里。精明使人类具有了这种姿态，这是明哲保身的妙法。各户皆有牛，都希望留我的杀你的他的，结果我的你的他的概杀不成。此事须酋长亲自面断，酋长为避偏袒之嫌，公正地说："那就打卦吧，铜钱正面为生，反面为死。"于是，牛的历史上便有了一卦定生死的壮举。卦相乃天意，非人为，人生死在天，何况牛呢？酋长亲自占卦，牛该死该活，全在于那铜钱一抛，自然抛得你死我活。牛何去何从，就这么定了，丝毫不能含糊的。

牛血的膻腥味浸透了老屋场的这个夜晚，让人感觉到空气中牛无处不在。这次屠杀无疑是老屋场惊心动魄的一幕。酋长给该死的牛一一过刀，然后交给牛主自己去剥皮。酋长一口气让十几头牛断了气，十几种不同的腥味同时在他身上弥漫。当酋长的刀很顺利地捅进最后一头牛的脖颈时，一声鬼叫阻止了他的手延伸，那声音说：

"酋长，拐了，剩下的全是公牛！"

酋长的动作如同一个笑容戛然而止。一束松明像个小太阳一直映着酋长亘古不变的脸，此时却倏地起了惊世骇俗的变化，其状无以形容，似乎喜怒哀乐同聚一脸，总之很滑稽。他仰天长啸一声，持刀的手下意识地收回，刀却留在牛脖子里了。继而想到大概牛还有救，便又复伸手去取刀，手在牛脖子里翻江倒海半天，抽出来仍是空手。终于，他的身子如没有放稳的麻袋开始倾斜，人们眼看他的头发迅速泛白，额头三道皱纹龟裂成沟。他扑倒了，泪水合二为一，汩汩地在岩板上流。火把久久照耀着这条日渐衰竭的河流。就这样，酋长的最后一刀奠定了部落的历史走向，一部灾难史从而初现端倪。

酋长从此便成了老酋长，如梦所示，老酋长率众跋涉千里，果真找到了河的源头。源头为一岩洞，形似龙嘴，故为"龙洞"。龙洞俯瞰下的陡峭河岸，做了人的新屋场。

至于老屋场是否真正塌陷，部落人无从知道。族谱上不见记载，族谱上记载的是个纯粹的梦和这次迁徙。但这就够了，等于塌陷了。那么，后人跪倒在一座迁徙的丰碑下，或崇拜，或敬仰，或歌颂，这在家族史上是自然而然的事情。

牛的命运是不言而喻的，人类天大的疏忽导致了可以想象的结局。牛们惨死于一场集体角斗。难以抑制的情欲酿成了这起生死角逐。人们从那纯属情欲并非仇恨引发的牛角撞击声中，听到的其实是历史册页唰唰翻动的声响，部落的悲剧被这些清一色的雄性力士共同推向了高潮。牛的世界由雌雄二性组成，缺一不可，否则牛是活不长的，挨不过一个春天。牛心甘情愿任人宰割是在它满足了食欲性欲的时候，倘若到了发情季节没有那个，它就里外骚动不安，本来潜藏很深的微弱野性基因成倍地膨胀，一旦突破临界线，那牛就完全野了，疯了，牵不住，关不住，驾驭不住，任它四处狂奔，长哞，寻衅，如遇同性，免不了一场生死恶斗。牛类的情欲之火是人类无法扑灭的，尽管龙洞人做了种种努力，终也枉然。据说牛怕开水，怕火，龙洞人便提着滚沸的开水，猛然向四角相绞的两头牛头顶浇去，这不啻火上浇油，牛斗得更凶了；人类不得已只好以蛮制蛮，采用更残忍的办法，用烟火熏烧，点一束长长的火把置于两牛之间，想驱开它们。然牛一见火反倒恶蛇抵杠般僵持不动了。熊熊火舌轻狂地舔着牛的嘴脸，牛皮爆裂哗剥有声，山野间顿时弥漫了牛肉的香味。这样，牛便毁了，无救了，剩下的事只有剥皮。在生命行将耗尽之时，牛同时双双跪下，彼此表示了敬意，然后约好了似的，身子猝然颓倒，如垮两座小山。

接替牛疯狂的是人，他们扑上去趁热剥牛皮，欲把业已毁灭的再毁灭一次。牛却未遂人意，它们自我毁灭得很彻底，连皮也无用了，皮不再具有结实坚韧的特性，脆如草纸，不用剥，一撕就碎。

这年春耕，人充当牛的角色拉犁。牛绳绷得很紧，很直，绷出声声"嗨嗯"来。

一支《拖犁歌》就诞生在这个春天。

犁手们唱道：

嗨嗯，嗨嗯，
犁头弯哎犁头铧尖，
我是山里拖犁汉，
若是免了拖犁苦啊，
宁肯三年不吃饭。
田也宽哎土也宽，
走断脚杆不到边，
腰背变成老虾公啊，
鸡巴屙尿挤半天。
嗨嗯，嗨嗯，
嗨嗯，嗨嗯，

……

……

山大，山空，有回音和共鸣，声声"嗨嗯"经山一反唱，竟成了"报应"！"报应"！

老酋长猜测牛贩子进山贩牛之前，定有过一次神秘的侵入，要不然，他何以知道这里偏偏缺牛呢？牛贩子提出用金子斛牛。金子？老酋长心里空虚了一下，精明和愚蠢同时布置在他的脸上，那神情足以说明金子不知为何物。牛贩子伸出虬枝般苍劲的左手，同时突出了无名指，老酋长一眼看见那指头上匝有一个黄色小箍，金属的，亮亮的有些晃眼。"这是戒指，金子做的。"牛贩子说，言下之意他那只手指也是金子做的。老酋长听了脸上即刻多云转晴，愚蠢的那部分表情消逝了，单剩精明。老酋长吩咐人随便拿了一样东西来，是一只饭碗。牛贩子的眼睛闪亮了一瞬复又黯淡，因为他看到这碗像是刚从粪坑里捞起来，积满污垢，且碗口残缺不齐。这碗除了装饥饿不能装别的，但牛贩子还是接了过来，漫不经心地拂去一块尘面，一拂他的眼睛死灰复燃，五官的积极性全调动起来。掂过，看过，嗅过，舔过，再听，一听更不同凡响。碗掷地无声，地道一只金碗。

"就用它换牛吧！"牛贩子说，他想这下子要占一个天大的便宜了。

老酋长执意不肯，说一只破碗哪能值十头牛的价钱，便要牛贩子跟他进寨，多捡几样东西送他，像这种烂碗烂锅寨子里多的是，根本不值钱的。

牛贩子尾随老酋长穿越一段难忘的时光，停留在历史的某个点上。牛贩子独一无二的墨绿色瞳仁里映着一排木楼和几具悬棺。河畔，木楼依石而筑，勾勒出随遇而安的景象；死人的王朝在更高处，棺材临崖悬挂，可见死人的地位在活人之上。牛贩子惊异于龙洞人这一独特的生死方式，尤其那几具悬棺，拙朴而智慧，它以圣殿的姿态在呼唤他，诱惑他，他居然莫名地有些向往。

牛贩子感到自己走进了历史深处。幢幢木楼向他敞开，蓦然展现了一个黄金世界。金子在这里毫不稀罕，随处可见、可捡，其价值和石头泥土并无二致。金子已进入每个家庭，一应家什皆为金制。金子成了山寨的标志，只要愿意，任其抓一把泥土，就可以炼出一坨纯金来。

"你下次还来吗？"老酋长问。

"来，有金子就来。"牛贩子答。

"来做什么？"又问。

"带些更好的东西来，你们没见过的。"又答。

"我们什么东西都不要，只要牛。"

"那就带牛。"

"牛也够了，多了是灾。"

尽管这里黄金遍地，但老酋长未能履行多送几样东西给牛贩子的诺言，他已改变初衷，仅答应了牛贩子一只碗换十头牛的最初要求。老酋长现在已经认识到一只碗抵十头牛的价钱了。

"你怎么晓得我们需要牛呢？"老酋长开始纠缠。

"一个传说告诉我的，具体说来，是一个梦。"

"你真的还要来？"

牛贩子语塞，不知如何回答，因为他看见老酋长眼里爆出了幽蓝火花。牛贩子的犹豫本身等于回答，老酋长一眼看穿了他来或者不来。

"你到底来不来？"老酋长说。

"你发誓！"老酋长说。

"留下一样东西作证。"老酋长说。

"留脑壳留鸡巴由你挑！"老酋长说。

老酋长看见牛贩子手里捧着的那只碗猝然掉到地上，他想天也掉到地上了。牛贩子顿时觉得脖颈和阴茎有一种切肤之痛，痛楚袭遍全身，渐渐成死亡气息凝固在脸上。到这时，牛贩子才猛然醒悟，他的进山之行，原来是命运给他和死亡安排的一次约会。

身首异处的体验对牛贩子来说是终生难忘的，可惜这一体验无法诉予人知了。他明知难逃劫数，反倒十二分坦然，这叫龙洞人大惑不解。牛贩子眼睛玩味着龙洞山水，惬意地吹响口哨，吹出一种视死如归的韵律。

就这样，牛贩子的头颅理所当然地掉了，皮球一样弹到地上，咕噜噜往低处滚动，口里哨音却一路不绝，至河边，更加嘹亮了一下；末了便喊："我还要来的！我还要来的！"又喊："金子！金子！"事隔数日，龙洞人发现那头颅仍浮在河下游深潭中，独眼未闭，一直注视崖上悬棺，死也不肯离去。

山头翠色就是这时候被层层剥削去的。老酋长的意志诱发了这次剥削。老酋长说："原来金子这么宝贵，我们要造一座金山，有了它，可以把整个世界买下来！"老酋长的话像瘟疫一样蔓延了龙洞山寨。老酋长的想法变成了龙洞人的行动，他们结伙走进密林，用集体的目光打量他们当年亲手栽下的林子。林子皆为上好的用材林，其名字分别叫松、柏、杉。树的家族此时显得井然有序，整齐地排列成队，迎候主人的到来。树们都很争气，个个成了栋梁之材，但他们不可能去做栋梁了，等待它们的是燃烧的结局。不远处有一口口土窑，土窑各属一个家庭，正张口召唤着什么，其状形似坟墓，于是山寨就无端地多出一排与户籍等量齐观的墓群，让另一种死亡安葬其中。此地不淘金，只炼金，炼金术始于一次烧土灰的偶然发现。有了这一发现，才酿成后来的燎原之势。在一片砍伐声中，树们仍然没有泯灭做栋梁的念头。它们是欣然倒下的，落地轰然作响，只有大地真切地感受到了它们应有的分量。未及剥皮，人类就直截了当地对其进行了劈截和肢解。无数个昼夜，天地间就充塞着树木的倒塌和破裂之声。被砍伐得七零八落的森林，开始了新的组合和云集，碎块成若干堆高高地垒在那里，接受风干和烈日暴晒。当人类确信其焦干之时，一粒火星引燃了它们。

老酋长的影子幽灵般地出现在烧窑仪式上。他手擎一束葵蒿，步履轻盈地从土窑前走过。每经过一口土窑，那葵蒿的火舌便朝窑口一舔，顿时窑里爆炸似的腾起一股浓烟，接着是满窑火焰。一次大规模炼金由此拉开了序幕。此后，老酋长踪影消失，但他的声音几乎无处不在，他的关于造一座金山的号召俨然炼金的咒语，日夜在土窑上空萦绕不断。

农具、耕牛和土地，都无聊地闲置了。人们只顾炼金，忘了耕耘或者懒得耕耘。犁耙锄头种种农具在生锈；耕牛任其放野，它们像一群游手好闲的懒汉整日在山间游荡；那些田土呢，往年从不误农时接受耕耘播种的田土呢，今年却破例地荒芜了，没有一点人迹、牛迹以及一粒种子光顾它们，只好让野草疯长。一日，一位与老酋长同辈的老者颤颤地登上了老酋长居住的木楼，他是经过一番无比痛心的巡视以后才做出这个决定的。他跪在那道高高的门槛前，反复地吟诵民以食为天的古训。后来，老酋长用一根皮鞭热情地打发了他。老者当场气绝。老者的死并没有使崖上多出一具悬棺，他的死是耻辱的，死有余辜，其尸一如牛贩子，只能随水东流。

老酋长一直闭门不出，他把自己关在木楼里，茶饭都是用人从后门送进来的。老酋长的木楼自然取了一寨最好的位置，基脚正好扎在龙脉的龙头上。一扇宽敞的楼门朝河而开，既当阳又视野开阔。以往的日子，老酋长总是常常伫立在楼门前，向远处近处眺望，他的土地和他的臣民劳作的情景尽收眼底。从任何一个角度，人们几乎抬眼就能望见他的影子，那影子从日出到日落一直凝然不动。而今，楼门严严实实地关闭了，久久不见开启。人们怀疑那儿根本没有门，纯粹是一面装死的板壁。只有老酋长心里明白，他已完成一生的监督，可以放心地关闭这扇门了。老酋长已改眺望为俯瞰，那俯瞰的所在就是楼顶的一扇小窗，他能看得见人们，人们却看不见他。窗口透进唯一的日光，他的目光也是唯一的，他和这个世界联系的通道也是唯一的。他显然很满意这扇小窗。

河对岸有一块大坪，聚集了炼金的人们，人像蚂蚁觅食或搬家似的在那里忙碌。大坪四周的山头和土坡已挖得千疮百孔，人们还在挖，往深里挖，往远处挖。窑中高温分解了那些泥土，一半成金，一半成焦土。大小不等的金块码石头一样集中垒砌在大坪中央，渐渐成一座金山了，很高贵地堆在那里；焦土则垃圾一样随意堆放，这一堆，那一堆，堆堆不成体统。森林砍伐殆尽，如山的柴垛几乎一夜之间消失不见了，是那些土窑吞噬了它。窑火已经熄灭，可一张张黑乎乎的窑口还大张着，显得很贪婪，很狰狞。尽管老酋长的眼力大不如前，但他还是看透了窑底的深邃。老酋长的目光巡视完一百个热火朝天的日子，和土窑同时冷却于那个熄火的黄昏。接下来月光皎洁了一个星期。月光零零星星漏进土窑，月光在土窑里酷似冰炭，但就是不燃。由于人类再无东西喂它，土窑便从此开始冷峻的沉默。月光笼罩下的大坪倒像一张酝酿美梦的温床，此时最宜睡眠，天地昏昏，人也昏昏。龙洞人从一百个不眠之夜里走来，走进这个睡意浓浓的星期。龙洞人皆和衣躺下，取的仰天姿势，目的在于他们的眼睛不肯

大太阳

失去金山。龙洞人就这样满目金光遍身银光地躺着，做一个新的关于金子的梦。龙洞人的眼前是一座实实在在的金山，在通往梦乡途中，他们在同想一件心事：正如老酋长说的，有一座金山，就可以把整个世界买下来。他们想这个世界现在已经属于他们的了，只是这个世界到底是个什么模样却全然不知。一星期后，龙洞人不约而同地醒来，醒来的第一反应是全体人的眼睛瞳孔再度放大，眼神里出现了惊诧的成分。"金山！金山！"他们用变了调的声音喊道。他们不知道这金山正是他们亲手所造，而当是新发现。他们完全遗忘了炼金的全部过程。龙洞人擅长幻想缺乏记忆，其记忆力连同柴垛喂给了土窑，化作一去不复还的青烟。老酋长的眼睛回收了炼金的全过程，没有漏掉一个细节，眼下他正回收一个狂欢场面。这个场面至关重要，所以他动用耳朵同时回收了来自现场的欢呼之声，声音波浪般排着队朝他走来，通过耳朵时有一种浑浊的感觉，他便断定这是一条污染了的河流，河面沉渣泛起，河水缺少理想的绿豆色，不过是一股山洪而已。狂欢至高潮时，老酋长反而关闭着耳朵，老酋长这样做证明他对某种希望产生了破灭。

继一个星期的月光之夜，天象出现了另一种反常——连日有昼无夜地晴朗起来。天上无一丝云彩，更无一滴雨水，空气干燥得很危险，仿佛一点即燃。唯见天边一团殷红，红得流血，整个世界都沐浴在它的血光之下。这是关于太阳定格的画面，从画面上可以看出，世界末日已经为期不远了。

龙洞水很现实地干涸了。滔滔不息已成为它的历史。龙洞人万万意想不到，他们信手毁掉大片森林时，等于切断了龙洞的水源。树木的每条根须都和洞水一脉相通，这层关系龙洞人至死不会明白。由于洞水干涸断流，使得一个氏族濒临绝境。

随之枯竭的还有老酋长的生命。老酋长老了，已经卧床不起，形容枯槁，躺在那里地道一棵干柴苑，难以置信这具躯壳内还存在叫生命的东西。老酋长的居室很宽敞，占据了整整一层楼。但室内有两处不和谐，一处为床头挂鸟笼，鸟笼硕大无朋，金制的，专养喜鹊，喜鹊驯养有素，通人性，懂得用世界上最好听的声音侍候主人，从鹊笼的规格和质地上看得出主人大方有余；二处为那扇小窗，小得太不成比例，充其量只能算作一道缝隙，这又足见主人小家子气。嗜好喜鹊是老酋长的家传，喜鹊声已成为这个家族历史的一部分，它伴随这个家族走过了许多世纪，至今叫声不衰。出入老酋长木楼的除了用人只有喜鹊师，喜鹊师的地位在一人之下众人之上。喜鹊师虽矮小，却精干，驯养喜鹊有方，久而久之就懂得了喜鹊的语言。在做人方面，喜鹊师是众人的典范。他统一了众人的思想和言行，每每都以一个群体的化身出现在老酋长的面前。他总是笑着出现，笑多了，难免有假，好在老酋长并不顾及这些，只要笑就行了；但喜鹊师的声音绝不能亚于喜鹊，否则，他是坐不稳这个位置的。

一日，老酋长找喜鹊师聊天，散心，他问：

"你除了会养喜鹊，还会什么呢？"

老酋长是笑着问的，但喜鹊师看到笑容背后别有用心。

"酋长，你还需要我做什么呢？"喜鹊师反问，且笑，笑得更加高深莫测。

"比如乌鸦，你也会养吗？"

"乌鸦是不祥之物，怎么……"

"那未必见得。喜鹊声我听厌了，有时倒想听听乌鸦叫，看到底如何？"

老酋长说完长叹了一口气，他看喜鹊师时眼睛里光线很暗，样子有些可怜。他几乎是在乞求喜鹊师了。

"既然我们习惯了喜鹊的叫声，又何必去破坏这个习惯呢？"喜鹊师本来想这样说服老酋长的，但话到嘴边又咽了下去。他琢磨老酋长的用意，觉得老酋长的这番话意味深长。

几天后，喜鹊师套来了一只乌鸦。乌鸦浑身漆黑，想必它的叫声也是漆黑的。在龙洞人心目中，黑色是罪恶的颜色，所以喜鹊师送上门时不走正道，而是鬼鬼祟祟转弯抹角地登上老酋长的木楼。这只乌鸦性野而矫健，关在笼子里极不安分，尖利的黑嘴啄击金制栅栏，两种色彩磕碰出一种十分古怪的音响，既悦耳又刺耳，既动听又难听。老酋长闻之失色，一脸夸张的表情。此时，手提鸟笼的喜鹊师正一脚门里一脚门外，见状赶紧抽了前脚并掩了门。只听见老酋长在里屋惊呼："我的耳朵要炸了！我的耳朵要炸了！"接着是一阵咬牙切齿的声音。末了又喊："杀了它！杀了它！"喊声像被咬破了，艰难地从断裂的牙缝中挤出，再穿越狭窄的门缝，所以喜鹊师接收到的只是无数块声音的碎片，那是一种真正刺耳真正难听的声音。

从老酋长居室的窗口可以目及龙洞口的飞瀑，这是大自然昔日给老酋长专门制作的一幅山水画。现在，大自然又毁灭了这幅画。老酋长一直蒙在鼓里。尽管卧床的日子他也没有停止瞩望，但一块窗帘布蒙骗了他的眼睛。人们不愿让老酋长看到洞水干涸的现实，出于好心，悄悄地挂上了那块窗帘。窗帘绣有彩色图案。老酋长望着它或静止或飘动，一直以为是天边的一片云霞。

事情并没有瞒过老酋长，他终于识破了那个挂着的阴谋。久而久之，那片一成不变的云朵引起了他的怀疑，他认真研究了几天才得出受骗的结论，便叫来喜鹊师，问：

"是我的眼睛瞎了吗？"

他双眼闭拢，装一副瞎相。喜鹊师想他真的这么瞎了才好。

"酋长，您的眼睛永远明亮，怎么会瞎呢？"喜鹊师用喜鹊般美妙的声音说。

"那么我怎么看不见龙洞的水呢？"

"是那块窗帘遮住了它。"

"我的耳朵聋了吗？"老酋长又问，他想装聋却装不像，因为大凡聋子并不缺少常人的耳朵。

"您的耳朵没有聋，永远也不会聋。"

"那么，我怎么听不见水响？"

"河水多静啊，酋长您听，几乎没有声音，连我们也听不见声音。"喜鹊师觉得回答得非常拙劣，他有些难堪。

"把那块窗帘布取下来！"老酋长口气一下子硬了，硬得毋庸置疑。

"把那块窗帘布取下来，它太遮眼！"他又强调一句，口气仍然很硬。

于是，喜鹊师的手痛苦地抬起，伸向窗口，窗帘揭得也很痛苦，他如同揭下自己的头皮。

窗帘揭去，室内光线依旧。唯空气流动，让人有点新鲜感。老酉长仰躺床上，凝望着窗口出神。云霞消失了，还原为一洞空白。老酉长感到生活失去了某种色彩，显得单调、乏味。尽管那色彩是虚饰的，也比真实的值得留恋。那方窗帘布让他好生惋惜了一些日子。

连日来，老酉长感到闷得慌，胸闷，他把它归结为室内空气的沉闷。他觉得自己像一头关在牢笼里的野兽，甚至老兽不如。有时，他忽发奇想，恨不能将所有的门打开，或者干脆拆除四壁，散一散闷气。他没有勇气这样做。他不敢想象全面开放会给他带来什么。一切还是老样子好，他想通了，其实他早已习惯幽闭生活，习惯成自然，还是顺其自然吧。

然而窗口越来越强烈地诱惑着他，诱惑可望而不可及。他明显感到身体内部有些东西开始老化、死去，或者已经老化、死去，不能再生。他心里滋生了凄凉，他用声声空叹抒发着这种凄凉，让时光无情流逝，那扇窗口的重新开通仿佛加剧了时光的流逝。和凄凉同生的还有一种欲望，他想看看久违的窗外世界。这些天来，他一直在做努力。他几次试着起身，他想再加一把劲就可以做到，他并不缺少那把劲，那把劲只不过暂时离开了他，它还会回来的。他不信自己就这么长卧不起。有了这个信念，所以他拒绝人扶，他要自己站起来。他在等那把劲。

一天，他的床前出现了一张苦瓜脸，一张被剥夺了笑容的苦瓜脸，烧成灰也认得出是喜鹊师。喜鹊师一反常态没有笑，他像是永远不会笑了；也不说话，嘴哑巴似的张开。嘴看上去酷似洞穴。这张嘴形象地再现了龙洞干涸的情形，而整张脸恰好是龙洞干旱土地的翻版。

他领悟了喜鹊师的用意。"我懂了，但我不信。"他说。

"酉长，这是事实，您要信。"

"我不信！"他说。

"我偏不信！"他又说。

"我死也不信！"他再重复一句。

"那么，您亲眼去看一看，我们扶您。"喜鹊师说。

"我不看！"老酉长说。

"我不想去看！"他又说。

"你们骗我还要骗到什么时候？"他有些愤然。

"那么您该看看他们，您的臣民。"喜鹊师说。

"是的，他们，他们快渴死了。"喜鹊师说。

"他们都来了，在门外等着。"喜鹊师又说。

听者昏昏欲睡，他果真睡去了。睡得很死，鼾雷在他的鼻腔里滚动，即便外界的雷霆也惊醒不了他。他的脸像一块冰，千年未化。他怕要永远昏睡下去。

喜鹊师仍催眠一样继续说："他们都来了，只求见您一面，有话对您说。他们几天几夜不吃不喝了，没有水，他们吃不下。您看，他们给您下跪了。"

临河的那扇门无声地启开，启开一道缝。门缝上嵌了几颗脑袋。从里往外望出去，可以看见一次苦瓜的聚会，楼梯上挂一串，楼脚下堆一堆。龙洞人或跪，或匍匐在地，其虔诚、其庄严如等待日出。他们总是一脸晦气。他们的思想和语言极为有限，所以干脆一概不声不响，他们与生俱来就不声不响。他们的身后是那座亮晃晃的金山。由于无处交换，金山权当一堆烂石头废弃了。一个拥有整个世界的氏族膝盖骨居然那么软，说跪就跪了，而且跪了那么长久。这是用金山买来的罚跪，够龙洞人跪千年万年的。

老酋长睡了几个世纪，醒了。他侧过头，眼睛转向最光亮的门缝。门开一道缝就卡死了，门只能开这么大。不能进出人，却不影响视野。门在窗户旁边，门现在代替小窗户绰绰有余地完成了一次瞭望。近处是跪地乞求的人群，远处是那幅毁灭了的画，他的目光舍近求远地看到了那幅画。

良久，他撤退目光，转移到近处。他的目光像刀子一样地逼视着喜鹊师，似问："他们要求我什么？"

"迁移。"喜鹊师说，声音有气无力。

"眼下就这条生路，他们求您发一句话，或点一个头。"喜鹊师越说越没了底气。

"迁移。"喜鹊师唯恐他听见似的又在喉咙里咕哝一句。

他动了一下。他的身子发出伤筋动骨的响声。他的脸很慈祥，很值得研究，但研究的结果让人害怕。慈祥像一副面具，喜鹊师用心眼剥开了那副面具，喜鹊师看到了面具背后的千年顽固不化。

"下天坑！"他突然说，同时精神为之一振。现在那把劲回到他身上了，扶他起身，下床，又帮他完成了一身披挂。这是个奇迹，族谱上详细地记载了这个奇迹。

"下天坑！"他加重了语气。

于是就有了后来的求雨仪式。求雨是在龙洞的天坑里进行的。天坑里有阴河，阴河通大海，大海有龙宫。人类要向龙王挑战，激怒它发一场大水。

老酋长匆匆忙忙地赶到了龙洞口。

老酋长身着牛皮法衣，所以他的形象无异于一头直立行走的老牛。他穿一双麻耳草鞋，草鞋踩出的音响很绝妙，比真正的牛蹄声还要真实。他的神色既严峻又愤怒，头上斜插的两根锦鸡尾毛正配合他的表情也在愤怒地颤动，这给他更加增添了凶神恶煞之感。他从石雕般排列的人丛中穿过，戛然而止在洞口边缘。这时，那些大大小小石雕的脸色都统一活泛生动起来，目光一致地跟随他的背影抵达了那道悬崖。他们假设他再跨越一步将是怎样一种情形，于是同时倒抽了一口冷气。他用一个马桩粉碎了他们的假设，老鹰展翅般扎稳了脚跟。接着，他回过头，于是出现了两道目光和许多道目光的对流。他感到流向自己的目光发源于一堆破破烂烂的灯笼，灯笼即将熄灭，光源极其微弱、暗淡，所以空越尽管毫无遮挡的空间也那么吃力。他发现那些灯笼形状一点也不圆，又瘪又苍白，各自被一根纤细竹竿挑着，显得险象环生，随时可能被风卷入天空或吹落在地。他认定这是世界上最杰出的悲剧性画面，画面却衬以最富喜剧色彩的背景：那是一座金灿灿的高山。他觉得如此光芒万丈和暗淡无光居然并存于一幅画上，好比太阳和月亮同时出落一样太无道理。

他痴呆了一阵。不知为什么，他的颈根僵硬，像是有刺在喉，既咽不下，又吐不出。由于久不见阳光，一旦置身阳光下，竟有些晕眩。冥冥之中，有先人形象迭现。他发现先人们在一座布满圈套的迷宫里钻来钻去，周而复始，没完没了。而他自己正重蹈先人的覆辙，加入了那钻圈套的行列。眼下的求雨仪式就是无数圈套中的一个。

　　他毕竟身体虚弱，是硬挺着来的，等于把毕生精力集中使用一次，提前支付给这场仪式。他信不过别人，非亲自挂帅不可。他手中的牛角司刀唰唰地抖响了，表明向龙王挑战的序幕业已拉开。

　　他们一行六个人，除了他，还有五个青壮后生，他做法师，其余的皆为徒弟。一个徒弟照亮，一个背枞膏油，一个挑锣鼓，锣是金锣，鼓是牛皮鼓，另两个抬牛头。牛头是赠给龙王的礼物，他们准备先礼后兵，这似乎是古来的规矩。从洞口到洞底，有一道绝壁，一架软梯把他们送了下去。他们来到了另一个世界。这个世界黑天黑地，被流水冲刷过的路面很坚硬，极难走，连亮也难点，纵然满灯罩松明疯狂地燃，也只能照亮短短一截路程。这个世界不分昼夜，一味地黑，他们不知摸索了多久，也许一天，也许一个月，也许一年。路似无尽头。他们不知道距龙王居住地还有多远，他们期待的流水声一直没有出现。

　　背枞膏油的徒弟感到背上的分量在减轻，他的步子却愈加沉重起来。灯罩里每添一块枞膏油，如割掉他一块心肝就疼一下，他担心枞膏油燃完以后的前程。打灯罩的徒弟显然没有想到这一点，他的全部心思已化作亮的一部分，照在老酋长的脚下。挑锣鼓的像是自己蒙在鼓里，只顾朦朦胧胧跟着走。抬牛头的徒弟则是另一番心境，他们畏惧卸下牛头的那个时刻，倘若龙王果真出现，那个时刻就不可避免了。他们想献给龙王的恐怕不止一个牛头，再加上两个人头难说，所以他们宁肯永远这么抬着。一头牛走在他们中间，彼此挨贴很紧，组成一个相依为命的整体。亮照到后头就暗了，牛眼珠却显得异常明亮，比那亮还亮。牛眼在走向灭亡，他们预感到自己的命运一如那牛眼也在走向灭亡。

　　老酋长停下来，大家跟着停下来，还有灯，还有一切，都停下来。湿漉漉的地上，现出了一个脚迹，形似鸡爪，却硕大无朋。亮就照在那上面不动了。脚迹如深渊，如天堑，阻挡了人前行。脚迹在迅速变大，灯光照不到它的边沿了。他们断定这绝非鸡爪子，这么大的鸡世界上还没有养出来。他们知道是什么脚迹了。

　　脚迹成了天然屏障，人类就以此为界，设起擂台，先献上牛头。牛头供在脚迹边上，悬悬的，要掉下去一样危险。接着敲响一阵锣鼓，唤醒龙王或者邀请龙王出来。那面金锣响声不同往常，几乎是一声惨叫，原来锣破了，破锣是唱不出悠扬歌声的。鼓呢，也是烂的，破锣配烂鼓，那声音才好听哩，用于发丧倒适宜不过，在这种场合显然太煞风景，太丢人脸面。老酋长作法需得助于紧锣密鼓，靠其提神聚气，然锣鼓声却帮了倒忙。

老酋长耍着司刀。以往，他的司刀耍得天衣无缝，一个氏族的强悍和骁勇全在那唰响声中。今天仅耍了几下，就显露破绽，一片破烂不堪的声音接踵而来。人类就用这破烂之声摇撼着龙宫。

起风了，龙卷风。龙卷风是龙过身时刮起的旋风，却不见龙。龙王始终没有出现。龙王有理由出现或不出现，不出现照样施于人类恩赐或惩罚。若在地面，龙卷风能轻易拔倒大树或掀翻木楼。若遇穿戴斗篷行走的人，它就要来揭人斗篷，人不肯，定要死死护住斗篷，于是连人带斗篷凌空提起，于是人就鸟一样飞翔起来，眨眼间从山这边轻飘到山那边，落地无声，若一个梦。眼下在地深处，风自然卷法不同，有如狂涛巨澜，人以为果真发大水了。

人有救了。老酋长想。此时，激流席卷了一切，独剩他和徒弟们在漩涡中挣扎。与其说是挣扎，不如说是戏水。他们时而浮出水面，时而沉入水底，玩得很开心。什么也看不见，却能听得到，感受得到。整个空间充满了水和水的声音，他们的心里也充满了水和水的声音。后来，他们疲乏了，干脆身不由己了，便以波浪作摇篮，任其晃荡。

这场大水成了老酋长的终身印象。他是随水漂出洞口的。在无边的黑暗深处，一颗星星给他指明了出路。那就是龙洞口，洞口亮着一线生存之光，他迎接了那道光。

他一身透湿返回地面，在曾经驻足的洞边站定。徒弟们尾随其后，也是湿漉漉的，个个若落汤鸡。他解下厚重的牛皮法衣，形同仙鹤的干瘦躯体脱颖而出。他放眼四顾，目光所及处仍是一派干旱景象：田土龟裂，道道裂口像焦渴的婴儿张嘴要水喝；河床干涸，烈日暴晒得鹅卵石目不忍睹，它们辗转打滚，以此让身体各部分分别承受一点痛苦；人呢，横七竖八的哪里是人？分明是三分像人七分像鬼。这就是他的土地，他的洞河，他的臣民。他无论如何不敢置信这一事实。他愣在那里一动不动，努力回

大太阳

忆着什么，末了问随行的徒弟：

"水呢？大水呢？"

"水？"徒弟们很惊奇，皆用陌生的眼光打量着他。

他也打量他们，发现他们身上干干的，并不像被水浸湿过，毫无水迹证明他们根本没有下过天坑。他们的身后是龙洞，洞口空空，不曾见水的影子，倒是有一种似有若无的水声渐渐远去了。

"我们刚才去了什么地方？"他问。

"下过龙洞？"又问。

"龙洞？"

"龙洞？"

众人呆若木鸡，皆不能回答他。他忽又想起了什么，再问：

"我做梦了吗？"

"梦？"

"梦？"

"……"

……

他已朦胧，全然混淆了梦和现实的界线。但尚残存一点理智，那就是对水不可磨灭的印象。他以为自己眼花看虚了，便反复擦拭眼睛，仿佛如此，就可以擦出一条河流来。擦拭的结果是绝望。他仍不死心，非要再看一眼他亲身经历的那场大水不可，便使劲一睁眼睛，睁出两颗晶亮的眼球，水珠一样坠落在地，碎了。红色的液体在他的足下汩汩漫开。他就这样站立着死了，成了一具永恒的化石。人们眼看着他的皮肉离他而去，剩下一副骨架立在那里。更准确地说，立在那里的不是一副骨架，而是一种精神。

山路上，跋涉着一支人牛混杂的队伍。人终于开始了迁徙。人又选择了牛做伴。人空着手，一切负荷都在牛背上，老人和孩子，被褥和家什。牛默默跟着人走，从远古以来就这么走着。牛的蹄窝印在山路上，沿途逶迤蜿蜒。山路漫长而曲折，于是牛的历史也漫长而曲折了。

喜鹊师走在最前面。喜鹊师是新任酋长，他一上任就彻底否定了老酋长，毅然决定迁徙，从而轻易赢得了人心。喜鹊师走路姿势很像已故的酋长，其背影与之相比更是如出一辙。所以人们以为在前面引路的仍是老酋长而并非喜鹊师，人们牢记着前者，忘记了后者。喜鹊师既然继承了酋长位置，属于酋长的一切他也继承过来了，作为酋长，他是走不出自己的影子了。队伍沿河而下。与上次迁徙方向相反，河的终端并非龙洞而应是一片湖泊或大海。龙洞人感觉在重温旧梦，在走若干年前那次迁徙的老路，尽管离龙洞越来越远，但他们等待的是龙洞屋场的再度出现。

人和牛同时歇憩在一道峡谷里。峡谷很窄，却没有阴凉。阳光无处不在地占领了每个角落，或者说阳光穿透了一切遮蔽物峡谷才无阴凉可言。两岸石壁上残留着水印，由此推断昔日的河水很深，很湍急。人和牛同时凝望那水印，想象河水从舌尖上流过的感觉。如此一来，更增添了渴感。牛显然受了水印的诱惑，在一头老公牛的率领下，向石壁靠拢。它们伸出舌头，去舔那道水印，舔出一种类似磨刀的声音。牛在磨一把生命之刀，牛的历史检验了这把刀，证明在任何硬物面前不会卷刃。牛磨刀的动作突然猛烈起来，接着又静下来，静若石壁。牛们个个嘴贴石壁，神情专注如牛犊吮奶。人的眼睛没有放过这一细节，人很想知道牛们到底吸吮到了什么，难道是泉水不成？牛离开了，人们发现被牛舔过的地方一片殷红。人们恍然大悟，原来牛借石壁磨破了舌头，饮了自己的血解渴。于是，人们就触目惊心了。

又上路了。队伍乌龟似的爬行。牛的步伐拖延了行进。牛是水牛，经不起热和干渴，已经出气不匀了，涎液吊得老长。人不耐烦了，举起鞭子。人没有吝啬气力，细细竹鞭重重地砸下去。牛只是一惊悸，却不动。人将竹鞭化作雨点落在牛身上，牛权当淋浴痛快地享受着。人不罢休，摘下路边阎王刺去锥牛屁股，锥得血肉模糊。领头的老公牛调转身，并且高高地翘起尾巴。牛尾微微摆动，俨然一面义旗飘扬。后面的牛群受到了感召，都调转头来。牛就这样形成了统一战线，集结在那面旗帜下。一张张牛脸扭曲成狞笑，这笑足以使人类胆怯。人丢掉鞭子和阎王刺，开始后退。牛各自举着两柄弯角耀武扬威地步步紧逼。牛眼睛此时一致盯着人的下身部位，其用意显而易见，它们知道那里能流出泉水一样的尿来。人退到了绝处，不退了，索性闭目等死。人的心提到了喉咙管，准备那致命的一击到来时作一声拼命地呼喊。这种呼喊珍贵得与生俱来只有两次，分别表示诞生和死亡。人感到自己真的死了，灵与肉相脱离，身子很飘忽，仿佛没有一点重量。现在，他们的灵魂正走在通往天国的路上。去天国必须先经过一个阴森的所在，即阴曹或地府。这段路程是人的白骨铺就的台阶，从上至下，一直铺到他们生前所说过的鬼地方。于是，他们就到了这个鬼地方，亲眼见识了刀山、火海、油锅、断头台种种。他们生前经历的全部恐怖加起来也不啻这一趟地狱之行。一幅接一幅血淋淋的画面无声地展开，正是这一有形无声的场景才令人恐怖万分。最后出现了一座血污池，龙洞人方知抵达了台阶的尽头。血污池滚沸不止，不时地翻露出几颗人头。有的人头似曾相识，在张口呼唤着龙洞人的名字。一道绚丽的虹桥横亘于血池之上，虹的对面一坦平阳，无山、无川、无草木花果，光光的什么也没有，只见一地的金屑闪烁。无数队人群结伴而来，源源不断地通过虹桥，在桥那头消失了。龙洞人认定这就是天国之路。龙洞人发现在前面引路的是老酋长，便跟其踏上了虹桥，至桥心，忽被一牛头马面鬼拦住去路，那鬼不问青红皂白举起金叉将老酋长叉下虹桥，落进了血污池。龙洞人熟视无睹地目送老酋长入水，直至不见了踪影。龙洞人想这大概就是报应。老酋长的命运结局并没有动摇龙洞人去天国的信心，他们继续往前走，不料那鬼收回金叉，立于路边给他们放行。眼看就要过桥，但又遇一慈祥老妇，自称是开茶店的，要每人喝一碗茶方能过桥。问是什么茶，答曰"迷魂茶"，具有收心效果，喝了它就能忘记后人和前世，一去不想回来了。龙洞人走得很累，很口渴，此时却不想喝茶。"不想喝就转去。"那老妇说。转去就转去，于是龙洞人都转去了，一转就转到了阳间，原来人的生死竟这般容易，凭一念之差就能办到了。

　　龙洞人都睁开了眼睛。牛在他们的对面静卧着，相距一步之遥。人不明白这种局面是如何形成的，不明白牛为什么没有跨越置人死地的一步。人和牛相互久久打量，双方都感到十分陌生。这支临时凑合起来的队伍本已分裂，却又藕断丝连。龙洞人从牛贩子手里接过这批牛以后，就一直没有使用过，没有合作耕耘过的人和牛毕竟缺少一份情义，但一种天然的缘分注定人和牛必须生死相依。人牛之间的相互打量其实是彼此意志的较量，较量的结果自然是牛甘拜下风。人从牛的目光里找到了叫奴性的东西，人从而恢复了主人的尊严。人重新拾起鞭子，鞭影一闪，那领头的老公牛首先顺从地站起来，它低垂的尾巴摆了几摆，企图再次树起那面旗帜却没有成功。于是，人凭一根鞭子重又制服了牛类，牛乖乖地跟其上路，去完成一次收获生存的耕耘。

峡谷无限地伸长，人和牛恐怕难以走出这死亡之谷了。在不得不再次歇脚的时候，人和牛不约而同地仰起脸绝望地望天，乞求天老爷恩降一场救命雨。峡谷的豁口展示了一块铁板一样的天空，这就是天老爷的脸色，天老爷并没有长眼睛，没有发现峡谷中这群奄奄待毙的生灵。人和牛仅尚存一口气，这口气只能说明生命的暂时延缓，而根本不能用作跋涉了。

天空出现了一丝云彩，像一个人光洁的前额无意奋拉下一根发丝。云彩起着戏剧性的变化，也许是风也许是内力的作用，云彩一分为几烟雾般散开，那么发丝就不再是一根而是一绺了。呈烟状的云系没有彻底分散，它们缠在一起，翻卷，滚动，渐渐聚成一团乌云了。云团从峡谷上空滚过时，发出了雷鸣般的隆隆声响，透明的天幕上留下了一道车轮碾过的深深辙印。

牛群骚动了，骚动产生了一股动力，帮助牛支起身子。牛有犍牛、老牛、病牛、牛犊，它们用最后一口气或奔跑，或摇摇晃晃行走，或就地滚爬，拼命地去追逐那团乌云。天上的一团云牵动着地上的一群牛，情景十分壮观。雷的轰鸣和牛的长哞遥相呼应于天地之间，让人感到生命力的巨大搏动，同时又具有一种丧钟的死亡韵味。云速越来越快，牛群显然力不能支，渐渐地落伍了。那些青壮犍牛累得口吐白沫四腿打闪，仿佛一根草就可以绊倒它们，但仍在紧追不舍；老牛、病牛已经跟不上趟，被远远地抛在了犍牛的身后，然依旧在做垂死挣扎；有的牛连爬也爬不动了，只好倒毙途中，但眼睛仍死死追寻着远去的云团。

眼看着云和牛群一同远去，人无动于衷。人以为牛发疯了，在心里报以冷笑。把生存寄望于一朵渺茫的云，还不好笑吗？人认定牛经过这一番生死消耗，是彻底无救了，它们只要倒下，别指望再站起来。人的理智告诉自己，必须珍惜这最后一口气，让它延续生命的旅程，这样倒还有走出峡谷的可能。人在蓄积脚力，准备作更艰苦的跋涉。

这时候，一群乌鸦列阵飞来，人听到了乌鸦的集中鸣叫，叫声似一条河流滚滚而来，很快就如雷贯耳了。鸦群制造了一块偌大的阴影，笼罩了峡谷，也笼罩了人心。山里所有野物早就逃之夭夭，唯有乌鸦惦记着人类，特地从远处赶来，在人类头顶久久盘旋，属于它们的呱呱声也在盘旋。这声音于人类，是警示，是提醒。但人类听惯了喜鹊的吉祥之声，而极端憎恶乌鸦，乌鸦的鼓噪向来是不祥之兆，所以人懒得理睬。乌鸦叫得更响亮更凄婉了，似乎夹着哭诉。人此时蜷缩原地，越发不敢轻举妄动了。有胆大妄为者提出步牛的后尘赶紧上路，但遭到了酋长的严厉制止。酋长神态十分镇定自若，坐在那里，如一块雷打不动的坚固磐石。

酋长不动，其他人是休敢动一步的。

牛还在追逐云团，牛的顽强和执着是人类所不及的。有那么一刻，牛停止了追逐，牛在人的视野里成了几个凝然不动的小黑点。接着，牛置身的那个世界迷蒙起来，天地间混混沌沌一片，于是牛的影子便模糊不清了。人起初以为是起了雾岚或是暮色降临，但即刻就真相大白了，那是一场雨，是那团乌云化作的行雨。牛在雨中仰脸畅饮，尽情地接受着雨水的浇灌，兴奋到真正发癫发狂的地步了。

人群骚动了，人类这才想起追逐。人重复了适才牛追逐云彩的全部过程，但为时已晚，他们没有赶上那阵行雨，他们错过了一次生存的良机。

这山里，从此只剩下一群牛活着，而人一概成了化石。

煎熬

　　一家人把脚洗完，都上床困觉了，床是乡下常见的大木床。床铺前，摆有一张结实的踏板，那是通向床的桥梁，一般只有先跨上桥梁，然后才能到达床上。

　　提起床，我们不能不提及与床有关的一些事物，比如稻草，比如臭虫，等等。稻草用来铺床，每年秋后，待新稻草出来，才将睡了一年的陈旧稻草弃之不用。换草的时候，我们便可发现一道奇观，原来残存在草结上的干瘪谷壳落满床板，与之为伍的是一些同谷壳形状无异的臭虫。臭虫白天窝居不动，到了夜深才出来。虽然隔着床单或篾席，但它们属于无孔不入一类，总能找到偷袭人类的途径。农人不晓得臭虫是如何滋生同繁殖的，即使刚换新床不久，它们就有了，随便翻开床板，就可以发现它们偷偷摸摸的身影，藏匿在稻草丛中或床板缝里。臭虫的生命力极强，长时期空腹也无碍，假若一张床半年或一年没有睡人，按理说无血可吸，但你以为臭虫们在备受煎熬就错了，它们捱得起，照样活得好好的，只不过身子一如谷壳干瘪些罢了；床上一旦睡人，它们就会真的像谷子一样粒粒饱满起来。

我们现在开始讲人的故事，讲睡在这样一张床上的人的故事。

娘，我饿，我要吃饭。老大说。

娘，我也要吃饭。老二附和着说。

接着老三也喊饿。这样从大到小喊下来，正是母亲生养他们的顺序。

这是发生在日里的事情，那时父亲正在山野间转悠，为一家人找吃的，见葛挖葛，遇蕨采蕨。他是个没得夜饭米也不晓得发愁的人，家里有几张嘴巴喊要饭吃，他没看见没听见，如果他在场的话，也有的是办法堵塞漏洞一样堵塞那些嘴巴，他会变戏法似的变出一些酸果来，让他们吃个饱。尽管是些酸掉牙齿的东西，孩子们照样爱吃，爱吃就好，人只要嘴巴硬，什么都能吃，天老爷也拿你无法的，想饿死你都做不到。

这一天，他实在不大走运，转了半天，哪个刺垅都钻遍了，也没有挖到一根壮葛，收获的净是些葛鼻子。山上到处都被人挖过，留下了无数葛坑同枯死的葛藤。要是饥荒再继续下去，葛恐怕要绝种了。葛没挖得，却意外地得到一根蛇，一根乌梢蛇，那蛇冬眠在葛苑的深土下，冬眠之前吃了壮药，所以很肥。他把蛇用锄头勾出来，摊在地上如一圈缆索。蛇依然一动不动，它是要睡一个冬天的，只有来年的春雷才能将它惊醒。但已经等不到那一天，它很快就要成为农人的盘中餐了。

太阳落土时分，他收工了。他一脸菜色，这是饥馑年代人的基本脸色，与众不同的是，他的菜色脸上看不出一点忧愁。他的心情很好，一路唱着当地流行的歌谣回家去。家人老远地就听见了他的声音，声音立刻化作喜悦笼罩了全家。事实上，他照例要让家人失望的。

快活，你转来了。妻子说。

嗯。他应承着。

看你快活得，莫非捡到了金子？

金子没得，银子倒是捡了一背篓。

待背篓打开，将那些被他称为银子的葛根蕨根倒出来，妻子已经无话可说。

佬佬，都快来！这个名叫快活的男人招呼他的几个儿子，儿子们一窝蜂扑到他的跟前。

猜下看，爹给你们带来了什么好吃的？他说。

眼睛最尖的老大一眼发现背篓底里还有一条乌黑的长蛇，于是蛇一声惊叫起来。

这不是蛇，是龙，今天我们家有龙肉吃了！说着，就提起蛇要剥蛇皮。不料妻子前来劝阻。等几天就过年了，留到过年时吃吧。妻说。看来，这是一个很会划算很会持家的女人。

他哪里肯听劝，便一脚踩了蛇头，又用刀破了蛇颈，只听见一声撕裂布匹的脆响，一条完整的蛇就成了两部分，皮是皮肉是肉了。生来难得一快活，今天就要把年过。他一边自编自唱，一边将锅从火炕端到坪场，再搬来三个岩头做撑架。依照乡下规矩，是忌讳在室内煮蛇的，怕落了阳尘吃不得。

见劝他不住，妻子只好呆立一边静静地看丈夫忙碌。几个儿子如同过年欢喜癫了，他们一直围着锅转，嘴馋得流口水。水开了，锅盖边冒出热气，他们便争相去闻那热气，确切地说，享受蛇肉的美味从此时就开始了。

现在，几个吃饱了蛇肉的孩子都已入睡，两个大人却醒着。夜很静，孩子们的呼吸声清晰可闻。最小的老四起初和大人睡一头，睡在二人中间，此时已被移到了旁边，这一格局的变化似乎预示着夫妻间有什么事情即将发生。虽身为四个孩儿的父母，不过他们结婚早，都还年轻，年轻夫妻自有事做。他们已经好久没在一起了，自然日子穷苦，但那种点点滴滴积攒起来的欲望还是够亲热一次的，只是白天忙于生计，他们没得机会或者说没得闲心，甚至拖过了一个又一个夜晚。今夜头有些不同寻常，上床半天竟然没得一点睡意，人醒着，心也醒着。他们开始试探对方，那是两只手你来我往地抚摸，摸到要害处都停止不动了。妻顺藤摸瓜般摸到了他那里，握住一样东西在手心。这是妻的习惯，经验告诉她，那东西会风快地生长，她觉得这很有意思，很有味。有意思有味的事情还在后头，

煎熬

这时丈夫的手伸到了她那里，她感觉自己同样也在风快地生长。每当此时，丈夫就问：是不是妹妹想哥哥了？这是他们的暗语，妹妹和哥哥分别代表各自的私处。这一对夫妇浪漫得可以，远远胜过有文化的城里人。有时，他们的情话被眼睛尖耳朵也尖的老大偷听到，于是便问：爹，你总是说妹妹妹妹的，我怎么只有弟弟没有妹妹呢？四兄弟只要有一个醒着，就注定他们什么也做不成，连情话也不敢多说的。另外，六口人拥挤一床，再大的床仅能容身，再宽的被子仅能遮身，所以哪里还有多余的空间供他们行事呢？本事再大的夫妻也难有作为的。好在今天孩儿们都很乖，都困得很死，做父母的心里便踏实了许多，他们开始为一件久违的事情努力了。我们都晓得，夫妻之事要做到毫无动静几乎不太可能，难免弄出一些声响，尤其寒冬腊月天气，除了响动还有人为制造冷风，那么熟睡的孩子难免被吵醒，吵醒后的任何反应都可能直接打断事情的进行。今夜的情形便是如此，睡在两边的小孩最先受到冷风的袭击，他们同时喊娘，说风好大，冷。娘边示意爹暂停下来，边安顿道：好，没得风了，老实困觉。话刚讲到一半，风声又起。丈夫想赶快把事情做完，已经顾不得孩儿冷与不冷了。明明有风，而且风越来越大，母亲偏讲没得风，孩儿们感到受了欺骗，于是同声喊还有风还有风。母亲显然火了，厉声呵斥他们老实困觉。孩儿们已经完全清醒，发现父亲是风的源头，便一致埋怨说是爹困觉不老实。在老大的带领下，他们在被窝里乱蹬乱踢以示抗议，致使床上不成场合，这样就彻底打搅了一场好事。

几天很快过去，再过一天，一年也就过去了。不用讲，一年中的最后一天于农人是多么重要，家里再穷也要吃一餐好的，尤其不能缺肉。如果时光倒回去几年，那样的年才叫年。临近年关，家家杀年猪是必然的，猪的喊叫整日回荡在山湾，那个把年字拖得很长的声音说明年真的来了。我们不必太过回顾往年，回顾难免让人伤心的。现在要紧的是，这个一无米二无肉的六口之家，年到底如何过。妻一直为此愁叹，她的叹息感染了小孩，他们跟着母亲愁眉苦脸起来。俗话说，大人盼种田，小孩盼过年，这样的年还有什么盼头。唯独父亲快活如往常，他的达观并不能改变眼前窘境，反而使妻小心里更加凄凉。都愁些什么，到时候自然有你们肉吃。他说。此话并非没有一点道理，原来他在山里又加安了几处雀套，那是他的希望所在，他不相信都会落空。这天吃过早饭，所谓早饭不过是一块糠粑，他对着凉水咽下那块糠粑，然后去山里巡视，或者说去寻找他的希望。路是漫长的，他穿着草鞋来来回回丈量着它，并不觉疲倦。天暗了，他仍舍不得归屋，原因是他不甘心空手而归。换一个人的话，对这些空套是不会再存指望的，察巡半天，仿佛雀都死绝了，不但雀没套着，连雀毛也没见到一根。再走下去终也徒劳，他骂了一声朝天娘才打转身。从队里仓库边经过时，他突然感到步履沉重，便干脆痴立在那里，望着仓库出神。这用作装粮食的仓库空有一个仓库的名字，尽管它照样挂着一把铜锁，但世人皆知是一座空仓，里面没有一颗粮食。自从队长宣布封仓的同时宣布再不用守仓那一刻，在场的人都呆了，有的人脑壳晕或腿肚子发软站立不稳，当场瘫坐在地上。过苦日子年代，仓库成了人们唯一的依赖，虽然它供给人们的口粮极为有限，但只要它一天不空，家家户户就不至于断炊。人们都留恋守仓的日子，守它其实是守命，仓没了，还有什么命可言。难怪许多人从此害怕看见仓库，他们宁肯绕路也不愿从仓库前经过。有的人则相反，他们久不久专门来看看仓库，或瞻仰，或凭吊。

一阵细碎的铃声由远及近，他方知已抵达自家屋场。一头水牛频频摇响颈上的铃铛在迎接他。这是寨里唯一的耕牛，这几天轮到他家喂养。本来队上已放弃耕耘，田土都任其抛荒了，作为农事的主要角色，牛自然闲置无用，但还是保留了它。有人提议卖掉或杀了分肉，最终都没有采纳，牛还是牛，它被人轮流牵来牵去，这里那里吃着闲草，像一个被族人供养的老祖宗。牛的清闲是人的悲哀，人落到这步田地全在人为，怨不得牛的。

牛关在屋边的栏圈里，正在啃吃年草。将干草洒上些盐水，使之湿润又略带咸味，牛最爱吃的。牛也要过年，人再节省也要在大年三十这天匀出点盐给牛，由此可见牛多么牛气。

牛，你在过年，有年草吃，我们人比不得你，无年肉无年饭。他对牛说，心里生出些嫉妒来。

应该到了吃年饭时分，往常，各家各户都要争相放一串爆竹以示热闹。今年哪家都放不起爆竹，即使放了，必定视作轻狂遭人唾骂。山湾静静的，一个本来火热的日子变得冷冷清清，没有一点生气。

煎熬

069

家小在等待他归来，或者说等他回家团圆。所谓的年饭已经做好，摆上了小方桌。他吃惊地发现，是一鼎罐米糊和青菜掺和而成的年饭。米从哪里来的？他问。是我悄悄攒了半年攒下的。妻说。他望着如此会过日子的女人，想讲一句快活话却讲不出口。我的饭有了，你的肉呢？快活话反被妻子讲去了。他如梦初醒，哦，肉，肉会有的。他说。今天无论如何也要凑一份肉，哪怕沾一点肉腥也好。他又说。可是，临时到哪里取肉呢，天上飞的，地上跑的，概是扯耳朵不到口的事情。

其实，适才回家途中，他就酝酿了另一个猎肉计划，即捉几只老鼠当年肉，并且想好了捕获的细节。他需要几个儿子做帮手，于是将他们喊到身边，很郑重地问：

佬佬，你们想肉吃吗？

想？儿们齐声应答。

想什么肉吃？又问。

什么肉都想吃。又答。

那就好。他说。他像指挥作战一样调遣着他的部队，让儿子们分兵把守老鼠经常出入的要道，而他则负责搜索和驱赶老鼠。儿子们以柴棍为武器，皆做埋伏状于门后或壁角，随时准确给老鼠一击。与其说这是打仗，不如说是一场猫抓老鼠的游戏，他就是一只人类之猫，躬身趴在床底下，学着猫叫，意在把老鼠吓出来。也许这一招适得其反，他白叫半天，整个房间没有一点动静；又用棍棒四处敲打，敲打毫无目的，等于白费劲。人类虚张声势对老鼠不起作用，它们藏在人看不见挪不到的角落或洞穴，任凭天塌下来也不肯轻易露面的。另外一种解释是，人类置身的这个屋场到底有无老鼠值得怀疑，老鼠们早迁去别处谋生也说不定，因为这户人家实在太穷，它们怎么会在不适合生存的地方久留呢？

坐夜，坐三十夜，坐等财喜和好运，祖上传下来的旧俗，不会因为灾年荒年而改变。小孩子坐不起，坐不起就不坐，睡，大人坐就是了。有神圣的年柴做伴，怎么样也要坐通宵的。年柴是一个形似猪头的大树根，数月前就备好，放在柴屋风干着，时刻等待燃烧，当它化为灰烬之际，农家的好日子理应开头了。

这样的夜晚，夫妻间有足够的时间讲话或做事。火烧得很旺，间或发出呵呵的笑声。男人恢复了快活脾性，说：火笑财哩，莫非明年我们真的会转运哩。妻向来讨嫌男人的顽皮，想处他几句又忍住了，因大年忌讳说怄气话的。借着柴火的光亮，她在专心纳一只鞋底。她的手在代替她说话，告诉丈夫，讲空话不如做一件实事。

男人靠拢来，此前，他坐在火炕对面，某种念头促使他跨过火炕，和妻子挤在一根板凳上。莫纳了，讲讲闲话啰。说着便抢了鞋底。

我问你，今天几时？他说。

我不晓得几时。妻答。

我们都过年了，给他（它）们也过下年不得？他说。

给哪个他（它）们？她明知故问。

他（它）们。他正在兴头上，边讲边手不老实起来，欲解她的裤腰带。

她阻止了他的进一步侵入，将他的手移开，且推了他一下。你有神，我没得。她说。

他收了手，也收了兴致，整个人木头似的僵在那里。妻看他一副可怜相，心软了，手主动伸过来，表达了和好的意思。妻并非扫他的兴，妻有妻的难处。作为女人，她想得更远一些。

我不是不想，我怕。她说。

怕又怀上，怕生得起养不起。她又说。

妻说的是实情，四个儿够拖的了，再添一张嘴如何下席？那年代的人不懂节育，唯一的措施便是禁止房事。

我们都忍下子，等日子好了再那个。她安慰丈夫道。

忍到哪年子？丈夫说，忍久了，像没结婚一样想。

好一阵，他们都闷不作声，一个继续纳鞋底，一个埋头想心事。他偶尔抬头看一眼妻子，看一眼为这个家操碎了心的女人，觉得太愧对她了。他娘，他这样称呼妻子，我想清楚了，反正我这东西没得用，索性割掉它算了，省得它讨厌。他说得很轻松。

女人吓得鞋底打落到地上，怔怔地望着他，说：你癫了你？

我没癫。他坦然地说。

没癫就莫讲苕话。

真的，我是替你着想哩，留着它是个祸害，割掉你我都省心了。

女人感到了事态严重，吃惊地打量着丈夫，丈夫的形象陌生又模糊。不管事情真假，她脑子里只有一个念头，定要阻止丈夫的行径。我不干！她说。

我的东西我做主。他说。

我也有份。她说。

给你你又不要。他说。

你莫逼我啰！女人仿佛受了委屈，呜呜地哭出声来。人到动情处，已顾不上什么禁忌，她哭得很伤心。男人一见闹拐了场，慌忙解劝，像哄小儿一样哄起她来：快莫哭，我跟你讲耍的，你以为我真的舍得割吗？好，给你留到，等日子好了再那个。说着，扯了衣袖替女人揩了眼泪同鼻涕。

女人终于明白，不过一场荒唐游戏，她破涕为笑了。

说来说去，到头来还是依了妻子，只得等待。等待并不是最坏的结局，有了等待，人就能把苦日子一天天熬下去。

开春了，天老爷照例先落一场雨，这是必不可少的开春仪式。雨很大，山野各处涨了水，若干细流汇聚在一起，然后匆匆流入天坑。雨是季节的使者，它报告一个春的信息就走了，剩下的事全交给人去做，耕耘、播种、收割等等。人当然也可以不做，人已经打算不做了。

早种苞谷！苞谷雀模仿人类的口音声声叫唤，显得比人还焦急。通常情形下，人是坐不住的，在苞谷雀开叫的当天，就及时下锄，撒种，据说这一天种的苞谷长势好，棒子大，可以留下来做种。

但是今年，我们期待的阳春来得很迟，因为缺少种子。在无法挨过的饥荒中，人们把粮种当饭吃了，把未来的年成一口吞了。

忽一日，队长挨家挨户通知开会。都要来啊，他督促道。所谓都要来，是指各家派一个代表的意思。他的口气诡谲而神秘，好像隐藏了天大的秘密在里面。人们追问到底开么子会，他的嘴巴关得很紧，始终不肯透露半点风声。不过人们还是从他的脸上觉察出什么，觉察出那个年月里难得的一丝喜色。但是人们万想不到这次会和他们命运攸关，种子有了，是社里补发下来的；钢铁不炼了，大家从此可以安心搞生产；取消集体劳动制，把田土重新分给个人。会议的情形是值得描述的，人们围着一大堆篝火，瞪大了眼睛和竖直了耳朵，屏息聆听队长传达上面精神，生怕漏脱一个字一个音。在山寨的开会史上，人们从来没有这样认真过，似乎过去开的都不是会，今天开的才叫会。快活开完会急忙回家报信，跟妻子开口就讲：你信不，苦日子要到头了。

苦日子要到头了，此话应验在庄稼的长势上，田土用它的忠诚做了保证。秋收季节，快活两口子在自家坡土里摘苞谷，快活如顽童，将一颗苞谷摆弄许久，然后剥了壳，露出肉色棒心，问：他娘，你看这像什么？

像牛角。妻懂得流行民间的一个比喻，顺口答道。

还像什么？又问，且笑笑的。

妻这才领悟男人另有所指，全是不正经问法，于是扯了一片并不能致痛的苞谷叶追打去，边追边笑骂道：像你脑壳！像你脑壳！

正巧这句话又正中男人下怀，男人得意似神仙。讲得好，像我脑壳，他说。

很快地，苞谷摘满了两栅笼。栅笼形似喇叭，比背篓深，是农人常用的负载工具。适才还分散在秆上的苞谷，通过人的手，一一集中到了栅笼里，它们分别为一粒种子长成，春播时，人是怀了赌徒心理下注的，对手是天老爷，人心里无底，不晓得输赢，直到栅笼装不下了，才松一口气，才敢讲把年成赚到手了。

现在是太阳当顶时刻，二人择了背阴处坐下来歇气。他们置身在罩岩下，既凉爽又舒适。四周静静的，有蝉曳鸣叫同鸟啼。从罩岩下望出去，二人目光同时落在一棵苞谷秆上，那儿有两只重叠的蚂蚱。蚂蚱不会无缘无故相叠，必是一公一母在交尾。山风摇着苞谷林，那节奏一下一下撩拨着人心，且眼前有两个活物做榜样，人要装着坦然无事几乎不可能。女人更容易进入角色，主动拉了男的手放置到自己胸前，把一个大奶子交给那手揉着。我现在不怕了，她说，脸上现出了少有的潮红。

显然是一只缺少勇气的手，它白长在一个强壮男人的身上了，只怯怯地揉了几下就缩了回去。这有悖情理的举动犹如给女人泼了一瓢冷水，女人惊讶了，茫然地审视着丈夫，仿佛不认识这个人。

煎熬

你听我讲，我好像搞不得事了。他说。

好久都没有硬过了。他又说。

光嘴巴硬，家伙不硬，你卵用！女人在气头上骂了一句痞话。

你试下着。男人说，他想靠女人帮他创造奇迹。

于是，一双刚才还在摘苞谷的农妇之手，现在要尽医生的责任了，它从老地方出发，去到另外的老地方，拯救一个麻木的生命和灵魂。做法与以往并无不同，结果却两样，男人懒懒地躺在那里，怎么也提不起精神，任凭女人努力，也唤不起他的雄风。男人到此地步就废了，没得救了。女人自认苦命，朝天长叹一口气方才罢手。

太阳懒懒的，风也懒懒的，整个世界仿佛可以用一个懒字形容。由于人的某种无能，纵然一个好年景，人也没得好心情，他们必须面对另一种歉收甚至终身无收的岁月。

阳光一寸寸移走，夫妻俩背起栅笼下山去了，或者说背起好日子下山去了。

风声

古历六月是南方山区最燥热的季节，作为当地的主要农作物苞谷，业已蔚然成林。苞谷正值生命茂盛时期，它灌满了浆，并且长出了与我们人类相仿的长长胡须。某一个夏夜，苞谷须正迎风吹拂，我的父亲朝它走来。父亲的出现，说明一桩盗窃案即将发生。

父亲性别男，案发当年36岁，体弱，多病，尤其患有严重眼疾。父亲36岁就已经双眼昏花，看不清他这个年纪应该看清的事物。说明这一点至关重要，如果父亲具有常人的眼光，这个故事便不会成立。父亲有一个难听的绰号，螺蛳壳。老家人各自都有父亲式的绰号，它们的出处无法考证，查起来比一桩案情还要复杂。比如说冬杆子、苦斑鸠、二茄子、冷根虫等等，它们分别代表我的几个叔婶。我一直不明白它们的真正含义。它们在我的叙述中，将相继出场，甚至反复出场。

那天夜里，父亲孤身出门，去做一件为人

所耻的事情。父亲着一套饥馑年代仅有的麻布衣裤，重重叠叠的补疤缀满全身，前途未卜的父亲步履踉跄。月光如水，流淌在麻石路面，月光流淌淙淙有声。父亲逆水而上，后山一个叫尔比座窝座的地方是这溪流的源头。

一路上，父亲身心分离，他时而身不由己地快走几步，时而受到良知的阻挠踟蹰不前。他清醒地意识到自己去做什么，却几次驻足自问：我这是去做什么呢？

父亲就是这样一路迟疑来到后山。

尔比座窝座是一块祖传的山地，传到父亲手中却易了主，和其他土地一起划为公有。所有土地的原主一概变成公社社员。随之归公的有耕牛、犁耙、种子，还有锅碗，等等。人们统统被纳入新生活的轨迹，历史上的公共食堂由此诞生。

那年头，人们每天被喊工的呜呼声惊醒，匆匆向预定的工地聚集，一个刚满五岁的小男孩总是混迹在稀稀落落的出工队伍中。小男孩并不直接参与劳作，他唯一的任务是看闹热和玩耍。他自然不同于一般游手好闲之徒，因尚不到出工年龄，所以他看闹热和玩耍是天经地义的。小男孩名叫"腊妹"，腊妹是我的乳名。我生于腊月，为便于易养，父母给我取了一个女孩的名字。

我五岁就具有了成年人的看法，看出了那时的世态炎凉。由于前一年天旱歉收，我们无法阻止春荒的到来。饥饿像疟疾在乡间流行，人传染上无不脸色焦黄，眼窝子深陷，身体如风车架子摇晃不定。我们去食堂领取集中熬制的药物。小碗一日两餐定量供应的稀饭外加两片南瓜或者两颗辣椒。有些人身体一天天肥胖，那不是真正的肥胖，而是比瘦弱更可怕的浮肿，肌肤失去弹性，一摁一个很深的指印。公社里说这些人缺少阳气，于是发明了一种还阳的蒸笼。蒸笼是特制的，它硕大无朋，一次可以容纳几个人。我看见父亲挤在排队待蒸的行列中。轮到他了，他却犹豫着不敢进去。父亲的胆小，使他错过了一次还阳的机会，事后他惋惜不已。后来，听说那些蒸过的人都相继死去，父亲便又暗自庆幸。那座蒸笼作为一件遗物废弃在荒草丛中，远远望去，隐约可见它完整的轮廓。它酷似一座无人祭扫的空坟。偶尔有牧童钻进去避雨或在近旁燃烧一堆篝火，人们才发现历史和现实的某些巧合之处。

春天是万物萌发的季节，许多故事也发生在春天。新翻耕的土地里，活动着点点春种的人影。他们两人一组，通常情形下是男女搭配，男的挖坑，平土；女的丢灰，播种。妇女们一改往日从属男人的地位，站在主宰山寨命运的立场上。她们掌管了种子就等于掌管了众人命脉。妇女们的手势一次次划过春天的原野，动作十分优雅，这是我想起人类最原始的舞蹈。我说过我是工地唯一的闲人，是看客。我有一双鹞子的眼睛，很尖，很敏锐，一眼能洞穿许多事物，譬如说我着迷于蚂蚁搬家这一非人类场景，我能从蚁群中辨认出向导、工蚁、蚁王，甚至公母。对于人类自身的观察就更不在话下。很快地，我从风景如画的画面上发现了一处破绽，说穿了那是妇女们劳作时一个多余的动作，她们边撒种边趁机往自己嘴里丢着什么，尽管隔得很远，我也能看见她们分明在嚼咽某种食物。天地间静无声息，唯独人类咀嚼食物的声音清晰可闻。我走拢去，样子神气得如同监工干部。

你们在偷吃苞谷种。我说，我的话像平地一声炸雷，一下子吓住了她们。我的准确的判断来自我入木三分的目光。

外号叫冷根虫的么婶娘代表妇女挺身而出，她一面笑盈盈地走上来，一面手伸进篾篓拨弄几下，那些晒得很干的苞谷种一经挑拨，碰撞出是非不明的脆响。那年头，我们可以拒绝任何诱惑，但很难对这种声音充耳不闻。那是食物召唤肠胃的声音，它强烈地刺激了我的食欲，我流涎水的习惯大概就始于那个午后。

腊妹，你饿吗？么婶娘俯身问我。

饿，当然饿，就兴你们饿不兴我饿？我说。

来，给你。么婶娘沾满土灰的手摊开。手心里跳动着一把黄澄澄的苞谷籽。苞谷在阳光的照射下格外耀眼，像荡妇卖弄风情时散乱的目光。我竟有些晕眩，仿若置身睡梦里。

莫乱讲。么婶娘嘱咐道。

跟我爹我娘呢？

也莫讲。

我接过那把苞谷，心想我接过的是一把金子。几年以后，我认识了贿赂两个字并理解了它的含义，这把陈年老苞谷就历史性地在眼前重现。这算不算一次受贿呢？当初我细心数过，一共五颗，正好和我的年龄同数。我决定好好消受它们，一天吃一颗，趁家中无人，我悄悄从珍藏处取出它们，先玩赏半天，才将其中一颗小心地埋入火堆，焦急地等待它开花结果。这是制造爆米花最原始的工艺，易得掌握，苞谷籽一经膨胀便爆裂开来，具有节日点放鞭炮的喜庆效果。果然，随着一声闷响，土灰炸开一个圆形小洞，一朵爆米花灿然开放其间。我随之心花怒放，快活得如过生日，这快活自然一直持续了五天五夜。

这件事成了我人生最初的秘密，我死死地守住了它，从没有向外人透露。但不知为什么还是走漏了风声，由此妇女们遭到了一致责罚。妇女们不认账，不服气，这就惹怒了监工的二茄子。大会上，二茄子像一头狂暴的野牛，恶声恶气地逼问众人：

哪个不服气？！哪个不服气？！

冷根虫一拍大腿站起：老子不服气！

这不啻火上浇油，二茄子冲过去要扇冷根虫嘴巴。你还敢充老子，你是哪个老子！但在他的巴掌未到达之前，冷根虫的手脚更快，抢先逮住了他的下身，狠狠的一逮。男人的这个东西平时在女人的另一处地方可以逞强，让女人死去活来，或弄成一摊泥，一旦被女人逮在手里就不同了，拐弯了，它是经不起一逮的。冷根虫就那么当众抓住二茄子的那东西，其状无异于刀子架在人家脖子上，二茄子只顾负痛，无半点反抗办法。旁人不敢拢去插手，否则女人一用暗劲，二茄子的东西就可能不成东西了。在场的妇女们都很开心，而男人们则下意识地夹紧裤裆，感到一只无形的手抓着自己。从此，二茄子的男子气魄就在那一逮之下丧失殆尽。

这是一场由告密引起的风波，风波并没有就此平息，一个小男孩的出现使其节外生枝。那时候，告密的事是经常发生的，但我诅咒发誓不是我告的密。在大会上，我目睹了众人只有形式没有内容的木讷表情，唯么婶娘的笑意味深长，那意思分明认定我是告密者，我感到蒙受了天大的委屈，于是放肆地号哭起来。我的哭声惊天动地，使那个神圣的夜晚不得安宁。我用泪水为自己洗刷着不白之冤，我自己站出来替自己帮腔，一人哭万人应，那是无数个我自己的回音。四面大山站在我一边，它们凭空把一个五岁男孩的哭闹渲染得十分悲壮。我记得是被人拖出会场的，但我的哭声仍留在那里继续作祟。

　　尔比座窝座的四季景致是值得描绘的，现在春天已过，夏天便穿着浅绿色衣裙悄然来临了。苞谷苗已经长至半人高，正是薅头道草的季节。今年的稼苗长势比往年缓慢，是种子经桐油浸泡过的缘故。桐油延迟了种子的发芽和生长。将好端端的种子浸泡桐油，人类的精明和愚蠢足见一斑。为了防止再偷吃粮种，有人想出了这一荒唐办法。饿慌了的人们照样尝试那浸透桐油的苞谷籽，奇怪的是并没有出现发明者所预料的反胃呕吐。饥饿年代人们的肠胃功能异常发达，几乎可以消化一切包括桐油本身。

　　初夏的原野，我们看到稼苗和杂草竞相生长。人们荷锄而来，为稼苗铲除它的天敌。人类的援助极为有限，因为人类自身的日子正值青黄不接，他们仅有的一点气力早已消耗在出工的路途上了。他们虽已在地头站定，摆开了薅草的架势，但是半天不见有人扬起锄头。他们举目仰视刚刚升起的太阳，心里就怀着它早点落山的企图。早落早收工，这是人们劳动的起码态度。太阳老人偏偏不遂人愿，它总是不慌不忙地行走，在经过人们的头顶时，还故意放慢了脚步。在烈日的灼烤下，人们的叹息声、咒骂声四起，他们恨不能像传说中的后羿拥有一支神箭射落日头，那样就彻底省心，从此再不用出集体工了。可是他们只有一柄无可奈何的锄头。锄头作为农事的主要角色，忙碌了整整一个夏天，它几乎不得空闲，即使在除草间隙，人们也要利用它去支撑一下疲惫的身体，锄头的直立和人体的弯曲形同弓状，构成家乡常见的自然景象。

　　诸种农活，人们最乐于做的是给苞谷薅二道草。时隔月余，人们怀着一个秘不可宣的念头，再次结伙走进苞谷地。苞谷苗已长至人头，并且开齐了天花，牛角般的苞谷在它每棵秆子上朝天耸立。这是苞谷生长中最得意的季节，它们以种族的优势统一了土地，把种种杂草踩于足下。杂草本来大势已去，却不甘灭亡，它们疯狂再生，显示出和稼苗拼死一搏的势头。假如没有人类的介入，植物界的这场争斗或许以杂草的胜利而告终，大凡失去管理的土地无处不是草类的天下。

　　饥饿仍然伴随着人们。饥饿至极的人们见到刚刚灌浆的苞谷，馋得流口水，恨不能摘下一颗连壳带毛囫囵吞下去。人们一边佯装薅草，一边打野眼，欲趁人不备偷咬一口苞谷，碍于人多眼杂，下手的机会毕竟很少。于是，只好寄望于一次小解，独自一人躲到一棵苞谷秆后剥吃起来。吃是动物式的吃法，然后再将壳合上，恢复苞谷原状。整个夏天，苞谷地里随时发生着这类事情，然而一切静静的，一切都好像不曾发生。秋收时，那些边角地带的苞谷多数残缺不全，明知是人所为，却可以名正言顺地把责任转嫁给野物，野物糟蹋庄稼是无从追究的。

故事的每个环节几乎都和尔比座窝座有关。父亲选择的作案地点恰好也是尔比座窝座。那截茅路一旦走完，证明父亲已经艰难地抵达。父亲先藏身在地边草丛里谛听动静，判断值夜的人此时守候在何处。凡有苞谷的地方都盖了守夜的窝棚，这是人类针对自身构筑的城堡，它遍及各个角落，里面随时可能亮出一杆火铳或一柄柴刀。连过路人也得格外小心，任何有意无意踏入都会视作盗情辩白不清，所以说苞谷林里是危机四伏的。父亲从草丛的空当间望出去，俯视跟前熟悉的苞谷林里是大片齐刷刷的苞谷林静若深潭，绿波一层层翻卷过来，涌至他的足下。父亲视力不济，嗅觉却很灵敏，他闻见了弥漫在空气中新鲜苞谷的气息。父亲有些激动，跃跃欲试，想拨开草丛跳出去，起跳了几次都不成功。夜深处，有几点光亮一眨一眨，分不清是流萤，是鬼火，还是守夜人抽烟的火星子；还有飒飒声由远及近，好像守夜人巡逻走过，又像是风吹草木所致。这一自然抑或人为的响动压迫着父亲的神经，他如一只受惊的野物，龟缩在原处不敢出气，更不敢乱动，一投足就唯恐掉入陷阱或钻进猎人的圈套。父亲天生胆小怕事，说全世界数他最胆小也不为过，如果寨上有一个人不做强盗就该是他而不是别人。可眼下事实是，隐藏在地头即将行偷的偏偏是他而不是别人。我们假设父亲若这次事成，将永远留下一桩历史悬案，怎么查都查不到他头上，也许哪个背时鬼替他受过说不定；相反的结局是，事若败露，父亲当场被人捉住，那么守夜者一时准会误以为抓错了人，他们无论如何想不透一向胆小如鼠的父亲怎么一夜之间就胆大包天了。他们无数次激将我父亲并打赌量试他也未曾使他起一回盗心。即便哪里有一批现成的东西要他去取，他非要邀一个伴才敢动身的，尤其在我父亲年轻时期，他和他所处的那个时代格格不入。老家是有名的匪区，通俗一点说法叫土匪窝，它给外界的印象是无人不匪。有一部反映剿匪的电影就是取材我的老家，那个叫田大膀子的匪首并非虚构人物，他是田氏家族中真实的成员，我的堂伯。田家历代尽出土匪，但我父亲是个例外，当他的同辈乃至长辈结伙为匪时，他正在一丘祖传的板土里拖犁，这是一个慑于刀枪的人的必然命运。父亲几乎匍匐在地，棕制犁绳绷得很紧，犁绳的另一端是苍老而瘦小的祖母。祖母对这个生性懦弱的儿子并无怨言，她相信玩刀者刀下死，耍枪者枪下亡那句民谚，儿子不偷不抢不为匪不成盗正是母亲所希望的，所以在家里缺少犁手的时候，祖母毅然站出来给儿子扶犁。由于多数人不务正业，使得大部分山地抛荒，唯有尔比座窝座的耕耘一如既往。一天黄昏，祖母和父亲还在犁土，突然山垭口出现一队人马，清一色男子，有的肩枪，有的挎刀，有的持棍，面孔都很陌生。一看便知，这是外地来的新抢犯，今夜去抢列夕镇，后面跟着一大拨背篓客。抢犯们个个神情懒洋洋的，走路要死不活的，过几个时辰，就会变成一股旋风席卷整个列夕镇。此地抢劫有时是明目张胆的，抢犯的规矩是先礼后兵，进村之前必放三枪表示他们的到来，放完枪，便坐下从容地吃一袋烟，以留下足够时间让人家逃离。真正抢犯的人数并不多，更多的是些被他们沿途召引来的背篓客。打起发去啰？他们逢人便喊。这是一句行话，人们闻讯背着背篓赶来，加入到他们的行列中。背篓客和抢犯的区别在于，他们不直接参与抢劫，等抢过以后，他们才收捡一些抢犯弃下剩余之物，通常是粮食、布匹、家什之类笨重东西。做背篓客也有做发财的，有时偶尔所得往往出人意料。所以说背篓客是不冒风险不劳而获的受益者，何乐而不为？这次抢列夕的背篓客中，有许多我父亲的熟人，他们路经尔比座窝座时没有忘记邀喊我父亲。他们说，来吧，跟我们走一趟抵你做一年阳春。父亲只是一味地微笑，这笑在那个冬日的黄昏多少有点暧昧，父亲是不是心有所动？事实证明，父亲最终连做背篓客的勇气也没有，他仍旧背负那架沉重的枷轭，一天天打发他的青春时光。

我的一次窃米未遂是父亲行偷的直接动因。

这又得说起我们的公共食堂。要知道，我们一天也离不开食堂。食堂俨然神圣的庙宇，一日两次接受我们的朝拜。穿越我家东头丛林，林边有一幢老式瓦屋，屋脊上常年生长着寨里唯一的炊烟，那便是食堂。做仓库用的里间，囤积了全寨所有的口粮，谁也不晓得它到底装了多少粮食。对于外人，它像是长期关闭着的，从来没有敞开过，一把古怪的长方形铜锁经亘古不变的姿势挂在门楣，经常有一个五岁男孩倚着门槛眼巴巴望着它。其实男孩对锁并无兴趣，只是关心门背后粮食的着落。我的目光像钻头穿透厚重的柏木门板，看清了各种粮食的本来面目，稻子、苞谷、豌豆、小米、高粱……它们既分类成堆，又连绵成一道山脉。无数只大大小小老鼠在粮食的山脊和峡谷奔跑。墙角有硕大一个壁洞，那洞一定和地楼板下的若干暗道相通。老鼠们通过这些洞口进进出出，把粮食源源不断地运到地深处，运到人类无法企及的地方。我很气，人的口粮怎么这样让老鼠随便占去呢？难怪我们缺饭吃，原来都被老鼠偷吃光了。我尚不知发生在那个年代的天灾人祸。因为饥饿，我无端迁怒于一群老鼠，同时也像替自己以后的行为开脱责任。

事情就出在这天中午。大人都出门上工去了，留下我在家里照看三岁的妹妹。妹妹长得极乖，脸瓜子乖性情也乖，假如她不夭折于那场饥荒，保证会出落成世界上最美貌最贤惠的女子，哪家娶了她是哪家的福分。妹妹虚弱得站立不起，躺在火炕边啃咬一枚煮熟的螃蟹苑子。螃蟹苑形似螃蟹，是一种劣质可食植物，只有无任何东西可吃的时候，人们才拿它止饿。当然还有葛根，它是我们饥饿岁月的食谱之一，即把葛根洗净捣碎，沉淀成粉，制作上好的葛粑，山民们都爱吃的。但葛根难挖，植物中最狡猾一类当数葛根，它往往躲藏在几尺深的岩穴，你必须撬开那些磐石才能得到它，所以它只属于身强力壮的人。父亲体弱，挖不起葛，他几次上山都是空手而归，仅弄回一些干瘪瘪葛须，怎么也做不出一块葛粑。后来，父亲专门只挖螃蟹苑，每次回家，把背篓往地上一踱，一斜，无数只螃蟹苑便倾巢而出，顿时爬满了堂屋。这些螃蟹苑平时分散在各个山头，现在为了一个共同目标，走到一起来了。起初，我们掩饰不住丰收喜悦般的心情，想从此再不会挨饿了；但同时，一种更甚于饥饿的恐惧感接踵而来，我们是人，人光吃螃蟹苑过得日子吗？吃了几天，果真就厌了，因为它太难下喉，又胀肚子不易消化。寨上土医师说，螃蟹苑属祛寒之药，怎么能当饭吃呢？是我们顾不了医师的训诫，当务之急是填补空腹。厄运最先降临我的妹妹。妹妹三岁的牙齿啃噬着邦硬的螃蟹苑，苦于无从下口，啃噬十分艰难。但她显得极有耐心，吃法酷似老鼠磨牙，一个完整的螃蟹菀终于被咬得残缺不全。母亲说，妹妹害就害在嘴巴太硬，比大人的嘴巴还硬，什么都能吃。什么都能吃成了妹妹致命的原因，不到半个月，妹妹就吃拐了肠。妹妹死得很突然，从中毒病发到断气仅几个时辰。我看见妹妹将一枚刚吃一半的螃蟹菀从嘴里吐出来，螃蟹菀砰然落地滚向一边，但它并没有脱离妹妹的视线，妹妹的目光始终依依不舍地追踪着它直至地板尽头。妹妹到此时厌弃螃蟹菀为时已晚。我拾起螃蟹菀想再送妹妹。这时候，我才发现自己的错误，当螃蟹菀重新置于妹妹的眼前时，妹妹一脸恐惧状，双手掩面哇地惊叫起来。待她恢复平静，却对眼前事物一概视而不见，脑子里只剩下某种单一的念头。

哥，我要吃饭。她说。

哥，我要吃饭。她又说，这一次已近乎乞求了。

……

我就是这时候毅然出门的。在阶沿上驻足良久，一时不知去向。我处于三岔路口，朝前走，可直达对门坡凉水井；往右，是通向列夕镇的官道；往左，是去食堂的必经之路。我一不背水，二不赶场，而是专门替妹妹找吃的，当然只能选择去食堂的路了。食堂距我家很近，仅隔一小片丛林，但这一次它显得十分遥远，我费了半天工夫才走拢边。我之所以来到食堂，是因为这里才有我需要的东西。我知道还不到开餐时间，甚至灶房里没有烧起夜火，整个食堂静若无人。我接连喊了几声苦斑鸠三叔，未能得到应有的回应。厢房石碓里盛满舂好的稻米，未及收拾，说明主人没有走远，只是暂时离开。四周一片冷寂，听不见半点响动，连夏日无处不有的蝉鸣也销声匿迹了。现在回想起来，这是一个充满欺诈的时刻，大门阴险地敞开着，一切像早有预谋似的，单等我前来作案。五岁的我不谙世道深浅，甚至不能严格区分偷和拿的界限，我是实在经受不起稻米诱惑才把手伸进石碓里去的。我掩饰不住慌张，并且毛手毛脚，年龄决定我做这类事情远不如大人那样有经验，那样从容不迫。我的双手如两只小撮瓢插入稻米中，连糠带米掬起一捧转身就走。在我下手撮米的地方，原先是一个平面，现在形成了不大不小一个坑洼。我走了，留下了坑洼，等于露出了破绽和马脚。我一路奔跑回家，指缝间不断泄漏出糠屑和米粒，糠屑和米粒在路面上描绘的线索明晰可辨，以致管理食堂的苦斑鸠得以寻迹而来，正是根据这一线索认定是我所为。我几乎挟带一股风飞回家里，顺势关了大门，闩上门栓，然后找来簸箕。簸箕的作用是让米和糠分离。当我摊开双手，发现满捧稻米少了大半，充其量只能簸出一小把米了。毕竟值得庆幸，就用这一小把米给妹妹煮一碗稀饭吧。我想。我依照必要的程序簸起米来，稻米纷纷扬起，跌落，滚动，我无意再现了一派田园风光，一片稻浪翻卷的金秋景象。这时候，一阵打门声伴随喊门声不期而至，急骤而沉重。是苦斑鸠。苦斑鸠用鬼哭般声音叫着我的乳名，叫得十分难听，足以使脾气再好的人也要起火的。来者不善，我偏不开门。苦斑鸠放弃了喊门的努力，改为推门。苦斑鸠不乏一个男人的力气，他攒死劲推着。我们的陈年老屋并不牢固，结构松松垮垮，来自人类和自然界的任何一点力都会使它摇摇欲坠。我遂持一把柴刀守候在门后，如果破门而入的事情发生，我的柴刀会毫不客气地迎上去。推门终也徒劳，苦斑鸠便将两根手指探进门缝，企图拨开门栓。我认出那是中指和食指，它们寻找门栓的样子非常滑稽，简直像两个盲目乱窜的瞎子。现在，我有足够的闲心做个局外人，先冷眼旁观一番再说。只要我愿意，随时收拾它们不迟。指头在艰难地接近门栓，它们全然不知面临的灾难，不知一柄利刀正对着它们张着血盆之口。要是它们触到门栓，就意味着它们末日来临。不料，它们突然卡住了，进退两难，似两个溺水者开始做垂死挣扎。我们懂得一种套结，一旦被套住就动弹不得，否则越套越紧。眼下的两根指头正好比落入了这种套结，光靠自身是无法解脱开了。眼看它血色渐少，干干地僵在那里。只有我能够帮助它们，我能见死不救吗？我动了恻隐之心，手也软了，于是便捉住那两截指头，我感到了另一个人体的生硬和冰凉。我小心翼翼地帮它们往空隙处挪动。人的感情真是个怪东西，适才还是刻骨仇恨，转眼间却变得满腔热情了。我和苦斑鸠里应外合，终于使他的指头得幸脱险。指头一旦获救，即刻活泛起来，龟头一样缩了回去。

很快地，苦斑鸠搬来了救兵。救兵便是我的父亲。这个世界上我什么都不怕，不怕天，不怕地，就怕父亲。我想天底下所有男孩子都患有恐父症，因为父亲对我们拥有独断专横的权力。我听到父亲急促的脚步声渐近，感到父亲的威风在向我逼近，心想这一回又躲不脱一餐毒打了。父亲抵达家门，照例先咳嗽几声，以示他的到来。这是父亲多年养成的怪毛病。父亲的喉咙和眼睛一样糟糕，使用之前总要清理。今天，父亲不同往常，咳得短促有力。未等父亲叫门，我就主动拔掉门栓，门一打开，一个行偷未遂的作案现场便暴露无遗。父亲和苦斑鸠一前一后立于门外，眼色各异地审视着我。有时候，从人的脸上可以看出一种季节的更替，看出夏天到冬天的转变是那么短暂。现在父亲脸上呈现的正是一幅冰封雪裹的寒冬景象。父亲的这个冬天阴冷而漫长，胜似我经历过的几个真正的冬天。末了，父亲说话了，父亲的声音具有大河解冻般的效果。

父亲先对我说：佬佬，把米给他！

接着，父亲转身对苦斑鸠说：你把米取走吧！

苦斑鸠弯腰收米。米散落各处，苦斑鸠用尖利的指甲驱赶着它们，然后归拢到一起。有一粒米嵌进篾缝不肯出来，苦斑鸠动用两个最得力的指头轮番去抠，抠得人心疼。我看见，正是我刚才帮助过的那两个手指，两个忘恩负义的手指。

若干年后，我和苦斑鸠偶尔在镇上相遇，这是历史给我们安排的一次戏剧性会面。此时，我作为南方某都市的行政官员衣锦还乡，而他却已沦落为叫花子。苦斑鸠做梦也没有想到，我们的命运会有天壤之别的一天。不然的话，他当年管理食堂时是不会做得如此绝情的。我们几乎同时认出了对方。尴尬是难免的，但我很快恢复了常态，他却一直那么尴尬着。按通常情形，对方换作别人，我衣袋里的零钱就会蠢蠢欲动，我敢说，乞讨者将会得到一次前所未有的施舍，不过，苦斑鸠没有这个福分。面对他，除了一声必要的招呼外，我别无多言。但我并不想即刻离开，我觉得我们之间的戏没有演完。当天镇里传出笑闻，全在于我多待了几分钟的缘故。我掏出一支高档洋烟悠闲地抽着，还递给他一支，并告诉他这支烟的价值。苦斑鸠起先不敢接，后来想接手却颤抖得厉害，怎么也接不稳，这一欲接不能的场面僵持了很久。旁边有人插嘴，说你干脆打发点零钱给他吧！是的，此话实在不错，与其送他一支烟，不如送他一支烟的零钱，这足够他半个月的油盐。但是人们不谙内情，我承认递烟之举是别有用意的，我只能这样做。我的零钱们最完好地躺在衣袋里，一如主人的心情异常平静。

风声

　　只有妹妹目睹了往事的全过程，换一句话说，往事的全部过程恍若妹妹的一个梦，一切因她开始，又因她结束。其间妹妹已经虚脱昏迷，小小灵魂正游荡在天国的路途上，至于身边发生了什么和不发生什么她一概不知。妹妹临死时也没有吃到她渴望的米饭。傍晚，待我取了夜饭归屋，全家人已哭声四起，用泪水替妹妹送行了。从此，家里少了妹妹，深山牛路边多了一堆黄土。守牛的日子，我从土堆旁经过，双脚生根似的移不动了，人呆成一个岩桩。牛远去了，我仍在那里久久发痴。一年以后，我再次凭吊妹妹，坟茔仍然，只是被大蓬青草覆盖，我发现一条小花蛇盘伏其间，一动不动，像是睡着了，十分安谧，永远不会苏醒的样子。小蛇花色斑斓，图案酷似妹妹生前的衣装，睡态一如妹妹妩媚动人。隐隐地，我听见"哥，我要吃饭"的呼唤，声音分明来自坟茔深处。那一刻，我止不住哭了，呜呜地远近闻名。老家的那座深山空寂了千百年，但在那个夏日的中午，被一个男孩的哭声填满，远近的人们，你们听到了吗？呜呜呜，是谁和我同哭？比我还伤心，动情。回首一看，是父亲。原来，有好心人告知我父亲，说山里有个伢儿在哭，听声气像你的腊妹。父亲便闻讯赶来。倘若光是我哭略嫌单调的话，那么父亲的加入无疑哭出了高潮。

　　对于父亲，这个夏夜显得过于漫长。时间没有边际，夜没有边际，心思也漫无边际。刚失去女儿，像挖掉他身上一块肉，伤口还在滴血；儿子偷米是另一块心病，时不时隐隐作痛。接连数日，父亲板着脸，沉默寡言，地道一副哑巴相。父亲过度悲痛，无心追究我的过失，但不等于放过我。

　　一天，父亲的心情似乎好转，他抓住我，是老鹰抓小鸡那种抓法，说：

　　跟我讲，你为什么偷米？

　　我感到陷入了插翅难逃的困境。

　　为妹妹。我说。

　　为妹妹？

　　妹妹问我要饭吃。

　　妹妹问你要饭吃？

　　妹妹她饿，是饿死的！我突然加重语气，这语气仿佛也成一种理由，强硬得不容辩驳。

父亲的手松开了，人遭霜打似的萎缩下去。他再度沉默，这次沉默彻底改变了父亲，脱胎换骨成另一个人。父亲焦躁不安地来回踱步，鼻腔里哼哼不止。父亲在为一件事下着决心，他已摆好拼命架势，单等时刻到来。天刚煞黑，父亲穿上草鞋，背起背篓。我们不明白他要去做什么。父亲眼睛差，向来不宜做夜事的。临出门时，父亲的计划才揭底，他说：

这年头不做强盗是不能活了！

又对我说：佬佬，你太小，做不了强盗，今夜头，看老子做一回！

你癫了你！瞎起眼睛去找死！母亲当即阻拦，抢父亲的背篓。

莫挡我！父亲如同狮吼。

于是，一个执意要去，一个极力阻挠，二人围绕一只背篓拉扯得不可开交，仿佛哪个得了背篓便是赢家。这是一场真正的争夺，我们常见的民间纠纷莫不如此。父亲凭借男人的优势占了上风，母亲颓然撒手坐地，得胜的父亲旋风般卷走了那只背篓。

苞谷林近在咫尺，挨边的几颗苞谷挑逗似的做频频招手状，既伸手可摘又远不可及。大半夜过去了，父亲仍然蹲伏原处不敢轻易下手。他定了定神，终于鼓足了勇气，一只脚大胆地跨进地界，另一只脚萎缩着往后退，于是形成了进退两难的局面。他伸出手去，触到一片苞谷叶，苞谷叶对于他，好比一艘船的缆绳，凭借它，他拉纤一样拉着一颗苞谷，直直的苞谷秆便弯成弓状。此时，父亲的眼睛已失去作用，他的另一只手全靠苞谷叶的指引才找到梦寐以求的苞谷棒。父亲摩挲它许久，几次欲摘又止。事到如今，父亲仍在犹豫不决。后来，父亲竟然放弃了苞谷棒，而对苞谷须情有独钟起来，抓住一绺，整个人如荡秋千悬吊在一颗苞谷上。父亲最终没能偷得一颗苞谷，仅象征性地收获了一把苞谷须。山风摇撼着万物同时摇撼着父亲，父亲头发根根竖起，在那个风声鹤唳的夏夜飘拂不止。我们揣测父亲心绪的变化，窥视到他的某种信念产生了动摇。父亲的行为有悖初衷，他的全部努力似乎与饥饿无关，不过满足一次做强盗的欲望罢了。毕竟缺少应有的胆量，做起事来，才如此不得要领，只得皮毛。我们设想父亲撤离现场的尴尬情景，因过度恐惧，他的腿脚像抽了筋迈不开步子，撤退成了一件更为困难的事情。

　　守夜人的意外发现注定这个夜晚不得安宁。守夜人大吼一声，接着开始了意料之中的追逐。父亲窜上大路，听到紧追不舍的脚步声，深知在劫难逃。这时候，他的眼睛帮助了他，拐弯处让他一脚踩空跌下路坎，他顺势滚进刺蓬中隐蔽了自己。追赶者沿着山路直追过去。追赶是徒劳的，但他驱走了全寨人的睡梦，人们连夜集合在晒谷坪，不知道到底发生了什么。

　　葵蒿燃起来了，葵火是黑夜唯一的眼睛，它瞪得贼亮的，使夜的面目更加恐怖而狰狞。它给队长冬杆子提供了一个很好的视觉，冬杆子的目光和它同流合污在一起，共同审视着在场的每一个人。冬杆子的目光所到之处，总要停顿一下，看看哪一张是他需要的脸，可是每一张脸都令他失望。冬杆子说，刚才，哪个到尔比座窝座偷了公家苞谷，自个儿老实招出来，坦白从宽，抗拒从严。

　　坦白从宽，抗拒从严，都听到没有？冬杆子再次重申。

　　我的父亲出现了。父亲出现是必然的，只是不合时宜，此时出面无异飞蛾扑火。父亲刚从山里归来，样子既神气又狼狈，一副视死如归的表情，搭配一身破烂衣着，衣服上有几处新洞，显然在逃窜途中被荆棘挂烂的；脸上也有几道划伤的痕迹。父亲自己明白，在这种场合下投案需得比偷盗更大的胆量的，这样才显英雄本色。父亲决意做一回英雄了。

　　是我。父亲说。

　　是你，怎么会是你？冬杆子惑然。

　　是我，就我。

　　何以见得是你？是你的话，快把苞谷交出来！

　　父亲的背篓空空，交不出苞谷。但父亲拿得出足以证明他行偷的凭据，他从怀里掏出一把揉乱了的苞谷须。

　　冬杆子接过，置于火光下辨别真伪，然后一阵爽然大笑，这一笑彻底改变了苞谷须的性质。哈哈，莫非是你的卵毛吧！他的笑引起了众人类似的笑声。

　　人们如此不信任他，父亲感受到了莫大的屈辱，他后悔当初手软，没有真的扳几颗苞谷来。

冬杆子当即派人去现场调查盗情，结果发现并不见遭偷迹象。冬杆子再次大笑，做了如下结论：

今夜确实有贼出没苞谷地，但不是人，是野猪。

做强盗不成，做英雄也不成，全部心血白费，这一下父亲真正感到悲哀了。

炊烟起处

一

有船自下河来，两条，分别为杉木和青枫木造就。杉木船先些天到达，船吃水很浅，载一家人还那么轻巧，如一匹树叶随风飘至。来人不是路过，不是造访，一来就生根不走了。他们好像早就听说或晓得这块荒蛮之地，专门来此落脚定居的。

彭家人先入为主，他们尽兴挑选平坝地带归自家所有。半年前，他们和另一户姓田人家各置了一条木船结伴逃难，半途中，设酒席将姓田人家灌醉，弃下自家的青枫木船，悄悄调乘人家的杉木船打头走了。

彭家人将看中的地方提草为记，即于地头挽一草结，表明此地有主。这是人类带来的第一个风俗，一个具有某种霸占意味的风俗。

事隔数日，青枫木船才缓缓抵达。船吃水很深，要沉不沉的样子。这种行程将近持续一个月，现在总算到边了，可是田家人丝毫没有登岸的意思，船停泊在深潭中央不动，宁愿一副要沉不沉的样子。正是彭家烧夜火时分，一灶炊烟准时地从彭家窝棚顶上升起，形状酷似一只频频挥动的手臂。夕阳悬在河谷上空，夕阳像是特意等待这趟班船似的迟迟不肯落土。彭家老小发现了来客，并排站在河坎上齐声呼喊，既像是叫一个人的名字，又像是吆喝某种牲畜。作为同类，田家人始终不能明辨声音所在，于是，他们以同样的方式对应起来，天地间一时充满了人类的喊声，此起彼伏。喊的结果是青枫木船动了，徐徐向岸边靠拢。其实，这正是彭田两家关系史上的再度靠拢。

第二天一大早，两家主人相邀去勘地。他们都没有睡醒，或者吃醉了酒，一出门就迷失了方向。他们总是走不到一起，俨然两个梦游者各自东游西荡。几次相遇，你以为他们要说点什么，没有。他们只是彼此友好地望一眼，然后擦肩而过。有时好不容易同路了，但是没有走几步，随便一棵树或一块石头又把他们岔开，你只有惋惜地看着他们背道远去。这样一天下来，他们丈量完了所有的土地，便在约定的地点碰头。末了，田主说：

看来，平坝都被你占了，剩下山坡是我的了？

你看呢？彭主说。

你看呢？

我看山有山的好处。

山是有山的好处。田主这样说，等于认了账。其实，这账是以一口气为代价的。从上岸的那一刻起，田家人就已经咽下了这口气。

二

这地方不存在季节更替，基本上只有冷热两季；天气也只有两种，非晴即雨。一开始，彭田两家对于季节的态度界限分明，可以说各有所爱。彭家人欢喜雨天，他们巴望天天落雨。彭家将平坝改造成了几丘山田，也叫雷公田，田要灌溉，唯一的水源全靠落雨。雨天是彭家最忙碌的日子，抢水蓄田等于抢收粮食，人牛皆不得闲。如果天气一旦晴朗，彭家人的脸上就会做出相反的反应，逐一阴沉起来。在彭家人看来，他们的农田不需要阳光，仅有雨水就足够了。所以，彭家老小对雨水充满了无穷的渴望。凡遇到晴日，彭家人就莫名地焦躁不安起来，就要派人出门看天，其余人一律呆坐家中，共同打发难熬的时光。有时，天边出现一丝乌云或一声干雷，彭家人准以为大雨将至。云和雷是雨的先兆，大雨往往隐藏在云或雷的背后。好几回，天老爷偏偏要弄人，云和雷刚一出现就消失不见了，天空复现毫无落雨迹象，彭家人便加倍地焦急，开始诅咒或怨天怨地。假如天硬不遂人愿，坚持要晴下去，那么人类自有对策。人类把自己放到最卑贱位置，面对苍天而跪，当然得筑一祭坛，杀一头牲口，将牲口头颅端置坛上。人类通常求雨莫不如此。彭家也不例外，他们把源于千里外老家的仪式照搬到新寨来，凡参与者，不管男女老少，一概打赤膊，裸露处涂满污泥，欲极尽人间可怜之相来感动上苍。天老爷一旦睁眼看见这副惨象，就会自然明白，原来太阳太大，晒得人衣服都穿不住了；难怪人身上脏成那个样子，也是天旱无水洗澡的缘故，看来应该给他们赐一场雨水了。

与彭家相反，田家欢喜晴天，天晴好上山。田家将所属的山坡砍了火畬，种植了桐树。晴天丽日宜于桐苗生长。作为一家之主，田公做梦也没有想到，他会因为桐油意外地发财。这自然是几年以后的事情，眼皮底下他只能关注桐树长势。天上有一颗很好的太阳，他有一份很好的心情，就这么回事。天色已近傍晚，田公想他的好心情是可以保持到天黑的，不料在他收工途中出了变故，好心情便到此为止。面前是新命名的彭家湾，他无意中走进了彭家的求雨仪式，目光似水流过彭家老少的头颅和背脊，然后脸色像变天一样阴沉下来。彭家人没有发现来者，更没有察觉阴天的笼罩，他们仍旧跪伏在地，各自口中喃喃自语。谶语声声入耳，田公听到的是对晴天的无情诅咒。这一仪式倒是给了他某种启示，由此他酝酿好了另一场仪式，一场祭奠太阳神的仪式。雨季来临之际，田家人也将赤膊登场，和彭家的仪式形成打擂的阵势。田家人动用全部响器，诸如铜锣、锅盖、铧口、戽桶等等，凡人皆手持一件放肆敲打，意在驱赶吞噬太阳的天狗。据说地上敲一万下天上才听到一下，因此敲打是经久而绵长的，田家人在用一片虔诚和耐心期待着雨过天晴。

若天公果真有灵，定为人间的是非头疼。人类之间何以水火不相容呢？到底天晴还是落雨，真是晴也不是落也不是。原来天老爷也有为难的时候。

三

屋场其实是一座屋场的废墟，它作为屋场的时间并不长。主人早已经迁走，现在只剩下一片空旷的草地。人是不会无缘无故搬家的，人既然选定了它然后又弃它而去，其中必有缘由。

这自然是彭家屋场。假如你随意拨开一蓬草丛或翻开一堆瓦砾，就会发现彭家的历史掩埋其间。原来，彭田两家择地而居，事后才发觉，两家屋场之间，隔着一座酷似牛犊的山包，人们干脆叫它牯牛包。彭家居牛首，田家居牛尾，这样便形成了彭家牵牛田家赶牛的放牧局面。事情正由此引起。田家家境日渐兴旺，彭家有所不及。忽一日，彭家人都喊眼睛疼，全家老小同时患了一种眼疾，叫烂眼红，肿得眼睫毛脱落，各人只保留两道细细的肉缝。眼泪是止不住要流的，流泪使眼睛更加肿胀和疼痛。快找药去！快找药去！婆婆的声音像一道军令传开，然而从命的只有公公一人。彭公出门，全家人目送他走又期盼他早点归来。他却忘了找药使命，而是守候在通往田家屋场的路口做剪径状，一见田家人经过，他就猴子般跳拢去拦路截问：我看看你的眼睛！田家人的眼睛都好好的，看不出半点毛病。他不禁失望，也想不通，这才决定去寻找草药。走遍了牯牛包，也没有发现他需要的黄花草。后来，他枯坐在包顶岩板上想一件久远的往事。烂眼红是他家的遗传病，隔几年就集体发作一次。千里之外的老家，黄花草遍地皆是，那是伴随彭家家族而生的一种植物，专治彭家的眼病。没得药，眼睛会疼瞎吗？彭公这样想着，竟然躺在岩板上睡着了。睡梦里，依稀听到一个非人非鬼的声音说：吃彭屙田！吃彭屙田！他惊醒，四下逡巡，并无什么人鬼，只有适才那声音仍清晰地留在耳朵里。他离开牯牛包，来到与之相对的另一座山头回首遥望。在他破烂不堪的目光里，牯牛包不再是一座静止不动的山包，而是一头活生生的大牯牛，牛正张嘴嚼吃某种食物，整个彭家屋场是食物的一部分。他看呆了，很久才回过神来。他粗通一点风水，算得半个阴阳先生，选择屋场时，他是再三勘察的，怎么偏偏选了一处最背时的地方呢？半个时辰以后，他召来家人，大家一致顺着他手指的方向放眼望去，一片糟糕的目光看到的是一片同样糟糕的风水。末了，彭公的鼻孔里哼了一声，并且狠狠地跺脚。这一哼一跺是一个危险信号，充满了恶毒的挑衅意味，预示着将要发生什么或者已经发生什么。人类一切大大小小的争端或仇杀最初大概都始于某个人物类似的信号。

当天夜里，牯牛包上开天辟地响起了锤声。彭家以一把大铁锤做屠刀，开始宰杀害人的大牛。大牯牛卧在那里，卧在夜深处，一副任人宰割的模样。一堵岩壁是它的脖颈，人类就从那儿下手，大铁锤用劲砸下去，即刻火星犹如牛血飞溅。据田家人回忆，那个夜晚，锤声响彻通宵，最后，他们听到一声牛的长哞。经验告诉人们，大牯牛死了，那声长哞是它给自己留下的挽歌。牛颈根齐肩断裂，崩开簸箕大一块碎石。彭家几个后生合力，想将它掀下山去。可是那石头不遂人意，自己长了脚，偏不走斜坡，却匆匆忙忙朝另一个方向滚动，滚过平地，然后翻越牯牛头顶，轰地落到彭家大门口，霸蛮拦住人家出路。裂石滚过的地方，出现了一道很深的辙印，那是彭家历史车轮辗下的辙印。

裂石像一道天大的难题，摆在彭家人面前。一家人或站或坐或蹲聚于石头周围，情形恰似部落议事。彭公是当然酋长。现在，酋长通过一个手势询问家人，手势表达了无可奈何的意思。家人意见众说纷纭，所以表达起来是一连串花样百出的手势。

老大的手势像打太极拳，这可以理解为推翻的意思。

老二挥拳向下，用意也不言自明。

年幼的孙子不让动这块石头，他纵身一跃跳上岩板，脸上一股霸气。在很短的时间内，酋长已经易主，被一顽童顶替了。

彭公显然很不满意儿孙们的回答。他久久凝视远处山头，那儿有一道缺口，他的全部心思是如何填补那道缺口。他收回目光，再度审视面前的这块裂石，无意发现石头和那个缺口非常相似。唉，石头，石头，你怎么滚到我的家门口来了呢？他一时恍惚，虽然忘记了石头的来历，却分明暗示了石头的归宿。

于是，一家人用一根缆绳将石头捆了，再由几条扁担做配合，要把石头重新拖回山去。一个家族的力聚集在缆绳上悠悠地运行，速度缓慢得如蚂蚁搬食或太阳爬坡。跟随其后的一老一少他们根本插不上手，只插得上嘴。家婆一路怨叹：唉，早知今日，何必当初哟！少的是孙子，一块本来可供他在上面玩耍的石头，现在正离他而去，一个伙伴正离他而去。他不能阻止大人们的行径，说出的话却足以吓倒所有的大人：哼，等我长大以后，还要把它掀下来的！

这是完全可能做到的事情。重复父辈的错误是彭家历史的一大特征。孙子的狂言遭到了祖父的严厉制止，祖父目光如刀直逼过来，孙子像受惊的蝉即刻止了声。一切仍旧有序地进行，旁观的少年暂且收敛了一颗小小野心和他的誓言。

一桶油灰弥合了山顶岩缝，牯牛包恢复了它的从前模样，然一头牯牛是否死而复生呢？天晓得。

这些日子，彭家人频频集结和出动，像一窝遭袭的野蜂，不得不放弃老巢而另辟家园。一家人都在忙于搬迁，新屋场选在坝田湾里。于是，以氏族命名的彭家湾便名副其实了。

田家人目睹了彭家搬迁的全过程。他们的脸色和内心一样复杂，说不清是怜悯还是幸灾乐祸。田家人细心地发现，彭家仅带走一应家什，却不见一头牲口。原来，所有的牲口皆瘟死于那个裂石滚落的夜晚。这场瘟疫居然没有殃及到田家，足以让田家人庆幸和不解。

以祖父为代表的彭家人眼疾始终没有好转，也不见更坏。时间久了，成一种遗传，人生下来就是烂眼睛。从此，彭家人看任何事物都不准确，偏见像另一种疾病传染给每一个家族成员。在他们看来，十五的圆月总觉得它残缺不全，太阳也是稀糟的一团，刚从树上摘下的新鲜水果，诸如梨、桃、石榴等等，也有点点霉斑；相反的，他们自己再熟悉不过的手指倒是一样整齐的，并无粗细长短之分。他们去远处寻找黄花草，把草籽捎回。黄花草很快在本地繁衍，但它在这里失去了药效，再也医治不好彭家人的眼病，唯一的用处无非给新寨增添自然景色罢了。

四

自从这里有了人烟，不断有逃荒者寻迹而来，他们不知怎么听说了这个地方。便乘了自备或偷来的小船、舢板、筏子陆续抵达。河边，停泊了大大小小、各式各样的船只，更多的船一经靠岸就搁置无用了，等待它们的是朽烂的结局，唯彭田两家的船例外，年年得到保养和维修。作为运载工具，它们的使命远没有结束，才刚刚启航，它们注定是要把两家人载往富庶彼岸的。

彭田两家以各自不同的方式接纳了这些逃荒者。彭家的田和田家的山正缺少帮手，这些人一到，主仆关系便悄然形成。对于田家，他们是送上门的廉价劳力；对于彭家，其命运更加可怜。彭家失去了耕牛，他们不能像往年一样坐待春耕了。整整一个冬天，他们都在愁叹，充满了对牛的无限怀念和向往。当河面上出现一点帆影，那帆影星子般照亮了彭家人的眼睛。他们奔下河滩，像抢购一样俏货争得了第一批来客。这是一个五口之家，两大三小，贵客般的礼遇使得他们一时不知身在何处。一家人在火炕边坐定，惊异地打量主人，主人笑脸相迎，还端来一盆炭火供他们取暖。主人同样打量来客，他的目光重点放在男客身上。男客叫岩，岩身坯高大、粗壮，典型的北方汉子，典型的牯牛形象。几天以后，这牛果真就下到彭家水田里拖耙，尽一头牛应尽的责任了。

这是一种非常规的耕耘，当地说法叫赶田水。大雨在头上瓢泼，耕耙在板田里一寸一寸移动。连接耕耙的不是一个人和一头牛，而是人和人。在远处，在有水源的地方，具体说在彭公老家，是用不着如此春耕的。新寨则相反，春雨降临之日便是彭家手脚忙乱之时，人被雨水拧成的绳子牵着鼻子走，你不得不走。抢田水，抢季节，季节的翅膀一闪而过，倘若动作慢了捉不住它，等于打脱一个阳春。

这时候，我们必然要提到蓑衣，一种厚重的制品，它和这个季节的农事休戚相关。设若没有棕榈这一植物，我们不知道彭家人该用什么遮蔽风雨。胶、塑料乃至尼龙等防雨制品的使用是几百年以后的事情，对于当时的新寨更是遥不可及，所以蓑衣才是新寨人唯一的雨具，它历经千年风雨至今仍未过时也不一定。

岩就披着这样一件蓑衣穿行在春天的风雨中。类似蓑衣当然不止一件，另几件归彭家所有，它们共同为彭家分担着雨季。由于故事需要，我们只能着重描述属于岩的这一件蓑衣。在当地的蓑衣家族中，它算得老祖宗，陈旧、破烂，丢弃了又捡起，一位异姓人收留了它。从此，它和主人几乎形影不离，吃饭睡觉也懒得分开，仿若主人身上的一层皮。这层皮紧紧包裹了主人，尤其在他躬身而行耙田时，体形便和一头真正的牛无异。雨水落在蓑衣上，雨水打在牛背上，牛、耙、人，三点成一线，构成一幅天然画卷，悬挂在烟雨蒙蒙天地间，悬挂在季节深处。画面背景有时是白昼，有时是夜晚，夜晚景色尤其迷人。夜耕需要亮，于是点一束松明，松明在风雨中顽强地燃烧，它是一轮雨中的大阳，以往绑在牛角上，如今由人的一只手举着，照耀着彭家的耕耘之路。

彭公亲自掌耙。彭公把人不当人，当牛，手持一根平时打牛才用的细长竹鞭，口中斥骂声不绝，其架势真如喝牛。彭公内心焦急，雨水漫山遍野汇聚而来，他恨不能筑一道堤坝拦住那水，到需要灌溉时再放它出来。可是他无可奈何，只能眼巴巴望着它白白流走，最后消失在天坑里。

彭公手里掌管着一杆鞭子，俨然掌管了一串雷电，鞭子在空中一抖一抖，那是雷电的前奏。雷电凝聚在鞭梢，随时可能炸下来，落在岩的脑壳上或背脊上。岩浑然不知，只顾埋头拖耙。当乌雷果真轰顶时，他才惊愕地回首，做出一头牛不曾做出的反应。

东家，你怎么打我？

哦，打你，你说我为什么要打你？

岩这才回忆起适才情形，他几天几夜没得觉睡，实在太困了，大概眯了一下。

东家，我走不动了，只眯一下眼睛。

哦，是只眯一下眼睛，我不打你你晓得醒吗？

岩想伸一下腰，腰成了一张定型的弓，怎么也伸不直。刚才那一鞭正好打在腰上，隐隐地有一点疼。因为隔着蓑衣的缘故，身上并不疼，只是感到心疼。

东家，你把鞭子收起来吧。岩说。

彭公不肯。我习惯了。他说。

彭公说他习惯了。习惯成自然，习惯是难以改变的。

岩无言，只好服服帖帖拖耙。作为牛，就得从命，这是牛的天职。

农闲时节，一切都闲下来，人、犁耙，还有蓑衣。岩的那件蓑衣歇挂在晾篙上，显出真正的悠闲自得。有风无雨的日子，它总是窥视屋檐外的天空蠢蠢欲动。挂在那里的只是它的躯壳，灵魂却离它而去，像一只外出衔泥或觅食的燕子，它的影子一次一次划过田畴，贴着水面款款飞翔。偶尔一声啼鸣，只有原野的风听得懂它的叫声，那是一件蓑衣呼唤风雨的声音。

五

相比之下，田家的帮工根就幸运得多。根不曾受岩那种牛马之苦，根接受的是一桩很松活的差事，一桩连几岁小孩也能轻易完成的差事。

大清早，田公叫来根，吩咐道：你去取个火吧。

取火？去哪里取火？

去彭家。田公说。

根哦了一声，这才发觉，田公家里异常冷清，火塘浇湿的，堂屋地面有水冲洗过的痕迹。昨夜的一场风雨，对于田家不啻灭顶之灾，狂风揭开了茅苦，雨水乘虚而入，顺着天窗漏进火塘，火熄了，火塘成了水塘，连置于墙角的备用火镰岩也打湿了。

唉，人背时，屙尿都打湿裤裆。田公叹息道，神色十分沮丧。

取得火，我给你一个月工钱。田公又说。

根欣然应允。根吹着口哨上路，哨声悠扬。他两唇撮起，这是口哨的基本形状，哨孔直通到内心深处，一股喜悦从那里汩汩流出。此时，根全然脱去叫花子之壳，摇身一变成得意忘形之人了。他扯起趟子飞跑，他真的跑出了飞翔的速度，风在耳边呼呼作响，在他听来，恍若火笑客的声音。南方山区农户都有一口神奇的火塘，稀客将至，它皆能预知，哈哈哈哈，便事先发出类似人类的笑声，笑迎客人的到来。

汪汪汪，一阵狗吠代替了火笑，根方知已抵达彭家屋场。狗不是火，狗天生不懂人间礼节，不会待客，只会逐客。狗是黑狗，牙齿却极白，吠人时，咧开犬牙交错一张嘴，样子恶得像要吃人。人对付狗有招，人就地屈膝一蹲，这一蹲并非向狗类屈服，而是窝藏杀机。狗最怕这一手，以为人捡岩头打它，遂本能地卷尾而逃，钻入地楼板脚里再不肯出来，吠声仍不绝。于是，空旷的地楼板下充满了狗虚张声势的吠声。

彭家还没有开大门，彭公先是在门背后缝隙处偷窥来人，在一道狭窄的视野里，出现了一个扁形人体，待开门再看，人依然扁形，这是眼睛破烂时期看人的特殊效果。根说明来意，说昨夜头东家茅屋漏雨，浇熄了火，他是专门来取火的。

漏雨？取火？彭公满腹狐疑。

是的，骗你不是人。根赌咒道。

彭公翘首朝田家屋场方向瞩望，望出一脸乌云。以往每日这般瞩望，回回如初，今天才有些异样。正值煮早饭时分，田家屋脊不见炊烟。火塘是土地，缺少火种，自然长不出炊烟之树的。彭公通过眼睛证实了来人所言是真，脸上方云开日出了。他的烂眼睛就在这一瞬间不治而愈。当着根，彭公毫不掩饰自己幸灾乐祸的表情。嗬，田家怎么会出这种事呢？田家也有求人的时候。

根并不知道彭田两家早已疏于来往，个中缘由只有两家主人明白。根只记得自己的使命，赶快把火取回去，东家正等着烧早火哩。

火，有，有。彭公遂显得热情似火，他把根引至火塘边，你看，我家的火旺得很哩。

火的确很旺。一堆干柴码在旁边，那是火常年不熄的源泉。根想这就是新寨唯一的火了，欲伸手去取，不料半途中遭到了阻拦，手反被彭公鹰爪般的手钳着动不得，清疼的。

慢着，取火喊你主人来，我就给。彭公说。

根想不通，取个火为何非要主人出面呢？他委屈至极，空手回去如何向主人交差？讨米生涯使他习惯了乞求，情急之中他想到了下跪，便决定不惜一切也要把火取回去。我求你了，我给你磕头。他说。

磕头也没得用。彭公心肠很硬，口气也很硬。

管他有用无用，先把头磕了再说，反正叫花子生成软骨头，头不磕白不磕，留着也不值钱，于是就一厢情愿双膝一弯跪下去。

世界上有些东西磕头可以得到，有些东西用脑壳换也枉然，彭家的火属于后一种东西。

田公以一个农人惯见的姿态蹲在他的屋檐下，阶沿上，两手各握一块火镰岩反复击打。这些火镰岩平时酣睡在干燥处，倘若不出现漏雨，主人永远不会惊动它们，任它们长眠不醒的。现在，一旦被取出，就成了两只独角兽，被主人操纵着斗殴起来。主人把自己的某种情绪转嫁给它们，让它们死拼，两柄尖角频频撞击出火花，溅到事先预备好的棉绒和干草上。棉绒和干草相当于猎人布置的圈套和陷阱，专门用来捕捉火花的。但火花远不及一般猎物易得捕获，它倏忽一耀，一闪，然后一溜烟不见了踪影。田公一点也不着急，显得极有耐心，他发誓要自己取出火来，否则是不会轻易罢手的。田公再现了人类祖先击石取火的原始情景，丁丁丁丁的脆响持续不断，好像从远古一直响到如今。

彭公也蹲在自家屋檐下，张耳谛听田家屋场动静。打岩声隐约传来，像一个穿钉鞋的人朝他走来，那鞋一下一下踩在他的心尖上，压迫得他好难受。他的心恍若一块火岩，正被田公捏在手里，打岩声不止，他心跳不止。

你做事没留后路哩。他自言自语说。

要结仇了哩。又说。

和田家结仇，非彭公所愿。他怕的就是结仇，但他实实在在做了一件结仇的蠢事。

他叫来长工岩，交代说：快给田家送个火去！说完又后悔了，觉得做了一件更加愚蠢的事情。话既出口，收不回，便只好心里骂一句：狗日的，算老子再输你一回！

岩遂入火房，从火炕里抽取一小截火柴头。送火途中，岩唯恐人们看不见，他高举着那火，同时高举着彭家的慷慨和吝啬。忠厚者有时也难免轻狂，一如岩。岩不愧为彭家的使者，走路大摇大摆的，一副典型的彭家风范。岩手中的火流星般划过寨空，然后陨落在田家屋场。

快莫打了，我把火带来了。岩说这话时，人已立在田公跟前。他把火递过去，把一个天大的人情递过去，火只差触到田公的鼻尖。

田公似没有听见，也未看见，他只顾敲打，心思沉浸其中。偶尔抬头，与岩目光相遇，并不觉意外，而像早有预料，意外的倒是岩。

火，喊你东家送来。田公说。

岩愣在那里，他猜想田公在赌气。他和根一样不得明白，取火、送火，这理应由下人做的小事，为何都偏要主人出面呢？他们皆属外人，弄不清东家之间的芥蒂所在，两家主人似乎都渴望相见又都躲着对方，其中奥妙深得无从探知。

现在，岩专心致志看田公打火。田公的手磨起了泡，一串生葡萄样的血泡。岩想你这样打得出火才怪哩。

真的怪，真的打出了火。火成全了田家，死灰复燃，重新烘热了冷却的火塘，潮湿的茅屋也随之干爽如初。炊烟升起来，炊烟长成一棵树的形状，很直，很招风，不得不令彭家人刮目相看了。

几天以后，彭公和田公在路上不期而遇。大碰头，彼此都想躲开对方为时已晚，于是索性大大方方打招呼，坐下，抽烟，讲闲话，亲热得如同兄弟。他们的话题绕山绕水，始终沿着田家的桐山和彭家的水田徐徐而行，只字不提火的事，离火远远的，生怕一不慎惹火烧身。其实，他们正从事着一桩火的生意，抽烟需要火，劣质草烟尤其需要火的传递，一袋烟往往要熄无数次火，于是，一颗火种在他们手中传来传去，烟抽得断断续续，话也断断续续。他们谈论着天气、年成以及一些家务琐事，话题像一碗白开水，寡淡的。话已穷尽，他们还不肯罢休，天煞黑了也不归屋，彼此宁愿相对无言干坐在那里。接替他们交谈的是两只铜制烟嘴，烟嘴吧嗒吧嗒不知疲倦，只要主人的烟瘾尚存，它们的絮叨就了无止境。家小们出门找人，喊声一阵一阵传来，他们皆听到了，偏不作答，而是继续他们的沉默。夜幕重重地垂挂下来，遮挡了眼前景物，也模糊了对方面目。唯一清晰的是烟嘴的轮廓，它们一眨一眨地亮，似端坐在天幕上的两颗星星，彼此挨得那么近，又那么遥远。它们能从对方的口气中听出各自主人的心思，这心思不久将被道破，那是彭田两家关系史上一次正式较量。

六

九月间，坝湾的谷子熟了，老天爷给了田主一个好年成。可是彭家并不知足，人为地夸大了这一年成。他们将谷子加以伪装，在背篓底里铺垫稻草，皮上覆盖一层谷子。于是，收获的谷子就起了量的变化，变一石为几石，然后按照主人旨意，由一行帮工背着，打起呜呼故意经田家屋场招摇而过。世人皆明白彭家的用心，他们无非是向田家炫耀一种虚荣。

自从彭家人下田收割以来，田公就从嗵嗵的挞谷声中听出了弦外之音。彭家挞谷仿佛不是收给自家用，而是收给田家看的。帮工们简直得意忘了形，一束谷穗本来挞几下就净了，偏不放手，偏要无端地多挞几下，以此拖延响桶的时间。所以，挞谷声听来很不实在，多半是空响；整个收割也很不实在，充满了多余的水分。一行背粮人从田家人眼皮底下经过时，个个装成负荷很重的样子。田家人疑心其中有诈，却不能当众揭开别人的背篓看个究竟。拥有大米等于拥有天下，所以彭家人要得意也奈他不何。

但是，彭家人仅仅得意了几年。某一个冬夜，彭家人被一种雷霆般的响声惊醒，声音来自田家油房。田家有意选择夜深人静的时刻开锤，人为地制造了这声惊雷，彭家人便不能等闲视之了。彭公当即起身，披了一件老棉袄来到堂屋，刚拨开门闩，大门就自动敞开，一股冷风夹带一道刺目的白光迎面扑来，他吓得倒退几步。入冬的第一场大雪不得信降临新寨，积雪覆盖足有半尺多厚。一夜间就改天换地了，彭公感慨道，同时有一种天下易主的不祥预兆。

田家油房位于不远处山脚边，就着一堆柴火的光亮，隐约可见油房的全貌，那是一幢临时搭盖的简易木房。一副石碾，一口铁锅，一堆剥开的桐籽以及一杆油锤，构成了油房的全部内容。田家的几个油工以火光和雪夜做背景，在这里开掘一条桐油的河。他们攥紧悬锤，身子退到极限，然后将油锤对准前方油砧奋力冲去。撞击是惊天动地的，有关榨油的场景描写莫不如此。然而桐油的流淌却静无声息。桐油从油槽的缝隙间艰难地渗出，有时虽也呈喷射之状，但你始终听不到它流淌的声音。我们应该了解桐油的特性，它的诞生属于默默无闻一类。

一连几天，油房成了新寨最热闹的去处。打油于当地是件新鲜事，于是招来众人观瞻。凡来者除带了一颗好奇心外，还顺便送上一些奉承话。突然，人群中起了争执，原来是彭田两家的小孙子，他们恶蛇抵杠般对峙着互不相让。虽然正值幼年的两个顽童，在维护家族尊严方面却毫不逊色于他们的长辈。

一个说，我家有大米。

另一个说，我家有桐油。

那个说有大米的又说，桐油有卵用，能当饭吃吗？

那个说有桐油的岂肯认输，又说，桐油能卖钱，钱能换大米。

我家的大米不给你换。

要你家的大米刨卵，你以为只有你家里有米，下河有的是，我们到下河买去不得？！

这场大米桐油之争自然难分雌雄。似乎双方都有理，然理和理之间往往不能相容。非要类比两种不同物质的优劣，那是神仙也做不到的事情。

后来，果真就依了田家少年的说法，桐油被主人用船运到下河油行卖了，换得几坛大米并一应年货。船返回途中，正巧和去下河卖米的彭家船相遇。两船匆匆擦舷而过，恍若两个路人擦肩而过。在很短的时间里，两家主人一眼看清了对方舱中货色，并顺便交换了米市行情。一家买米，一家卖米，田家的米买得贵，彭家的米卖得贱。本来可以就地成交的买卖，省时省力又互为有利，他们偏不做，宁愿舍近求远也不肯把好事让人，结果自己吃了亏，还以为占了便宜。

田家倒是在这次买卖中意外地发了横财。卸船时，一伙计突然一声鬼叫，说这坛米格外重些。田公亲自试手去搬，果然异常压手。他手插进坛中去抠，插进寸许就触到硬物不能深入，刨开一看，原来是一坛铜钱。田公一时痴在那里，不知如何处置这坛天赐之物。定是米店老板疏忽，把装钱的坛子当作米坛错发给他。

田公没有急于回家，他在河边坐下来，边吃烟边想心事。心很乱，总是没有头绪。他想到猴子屙痢马长角之类事情，这类千载难逢的稀罕事居然落到他田家人头上，定是哪座祖坟埋得好，旺财，过些时候得回老家祭祭祖才是。接下来，他的心里具有了某种阴毒的念头，想这一回该好好

炊烟起处

103

出一口恶气了，这口气像一个屁闷了几年，直到今天才有出气之日。想到此，田公的面前浮现出彭公的幻影，那是一个疼瞎了眼的盲人形象。

几坛米和一坛铜钱，本来有几个人送回去足够了，可是田公嫌不够，他招来了所有帮工并全家老小。于是，我们看到了一次田家人和运载工具的空前云集。田家的手段并不高明，也不新鲜，他们所做的不过是当年彭家运粮的故伎重演。一时间，河滩上大大小小鹅卵石都被人当作宝贝收捡起来，装进一只只背篓里，然后盖上一层铜钱加以伪装，这样，当铜钱出现在彭家人眼前时，再不是一坛，而是几大背篓了。

一坛铜钱经过伪装，像一个人经过伪装一样，就变质了。正在得意的田家人，还不知道要为此付出的代价，那是多少坛铜钱也补不回来的。从河滩至田家屋场，仅隔一道斜坡，走完那截茅路便可到家；但是，田家背钱的队伍放弃了这条近路，他们好像要把钱送给彭家，一路浩浩荡荡直往彭家屋场而去。你以为当真把钱送给彭家不成？天底下没得这种好事。田家人纯粹仿效彭家的做法，做给彭家看的，这和彭家当年背粮的做法没有两样。

嗨嗬，嗨嗬，田家人踩着号子爬坡，他们像拴在一根绳子上，形同拉纤。人还在半途，号子声却提前到达彭家屋场。彭家人纷纷出门，排成一字形长队迎候亲家或冤家。当看清田家背篓里的铜钱时，眼睛都睁得比铜钱还大。他们大概懂得铜钱的价值，经过简单换算，得出一个灾难性的结果，他们的全部家产相加也不抵人家的一背篓铜钱。田家的队伍渐渐远去，田家人的号子留下来，像惊蛰的炸雷，继续在彭家人的头顶上轰响，把天都要震垮了。好一阵，彭家人木桩似的待在那里不动，因为彭家的天垮了。

在这个不幸的时刻，彭公正和米行人讨价还价，没能赶上家门口的这场好戏。几天以后，他出船归来，家人像一群麻雀拥向河码头。刚下船，大家就七嘴八舌给他描绘着那场灾难。他只觉满耳一片麻雀的叽叽喳喳，听起来十分烦躁，便手一挥，堵了众人嘴舌，场面才变得鸦雀无声。回到屋，家婆坐在门槛上等着他，一见面，就拦住他问：你晓得了吗？

晓得什么？他反问道。

家婆无视他的反问，她已完全丧失听力。她指着自己的耳朵说：我聋了，听不见讲话了。你晓得了吗？她再次固执问道。

这一回，彭公觉得应该用摇头回答她了。他仔细端详一下家婆，心里不禁一阵紧缩。她岂止聋，而且说话也口齿不清，几近嘶哑。几天不见，她怎么变成这副样子了呢？

那边，那边。家婆抬起干瘪的下巴，指了指田家屋场方向。彭公心里其实明白家婆所指，适才不过是明知故问罢了。忽家人来报，说田家在晒铜钱，要好几天才能晒完哩。

晒铜钱？难道铜钱会发霉，会长锈？彭公想再不能小看这件事情了，他翘首打望田家屋场，依旧是那几间茅舍，那一家人，过去他从没有放在眼里，现在却要另眼相看了。这真是一次不同寻常的打望，彭公的眼神里少了以往的轻蔑，而是充满十足的敌意。他的目光久久停留在屋场背后的桐山上，欲收不能。冬天的桐林掉尽了叶子，只剩下光秃秃的枝丫，实在算不上一处风景，可是一到春天，它摇身一变抖落残雪和冰凌，长出一串串铜钱。四到八处都是田家的桐林，它们一片片逼眼而来，足以让彭公眼睛流血，又反悔莫及。

七

太阳老人在这个冬天显得格外热情，它好像专门为田家而出，接连晴了几天。它分明一直站在远处的什么地方注视着这里，田家的船一拢边，它就及时赶来帮忙，把光辉洒满新寨，洒满最需要它的角落，田家的晒坪正是这样一个角落。

那张用作晒东西的篾垫一旦铺开，田家人的脸色也随之喜笑颜开了。于是，业已分散的铜钱又开始新的团聚，它们像一只只长翅膀的小鸟，纷纷从背篓里起飞，然后落进篾制的新巢，一张篾垫团结了它们。

其实，铜钱是根本不需要晒的，田家无非借此展览或炫耀自己的财富罢了。田公醉心于翻晒铜钱，摸遍了每一枚，翻一次数一次，数来数去还是那么多。他的神态有如顽童，铜钱是他的伙伴，彼此共同玩着一个开心的游戏。铜钱呈空心状，酷似其小嘴，它和人类的一张老嘴相对而笑，那笑贯串了晒钱始终。

钱晒完了如何存放，田公为此很费心思。悬挂，收藏，或埋入地窖，都不是办法，都让他放心不下。随身带最保险，他想。于是，他搓了一根长长的麻绳，把铜钱悉数穿起，然后一圈圈盘绕在腰杆上。田公的腰杆就这样从此粗壮起来，像桶，或者说像门板。他倒是很满意这副形象，身子虽然笨重些，行动也不方便，但心里无比轻松，踏实。以后，他不再做工夫，保管这份家底成了他唯一的责任。他习惯到处走动，把他的财富带到这里那里。走一阵歇一阵，更多的时候是躺在路边，晒太旧，或躲阴凉。凡与人相遇，让路的瞬间，他爱故意碰一下你，这时，他身上的铜钱就会代替他说话，发出一连串丁当之声。他总是用这种方式跟人打招呼，熟悉他的人便会顺手摸一下他的腰身，他不让摸，踩着蛇似的跳起来：只准看，不准摸。说着，将外衣撩起露给人看。他的身子形同鱼皮，铜钱是鱼闪闪发光的鳞片。

有了钱，田公决定先还许过的愿，给家里请个私塾先生。他这辈子莫讲了，儿子也算误了，几个孙还小，该让他们认字读书，讲不定将来考个秀才状元什么的，那样田家不就彻底翻身了吗？这愿昨天还是个梦，想不到梦今天可以圆了。新寨没有一个识字人，先生要到外地去找。过完年，他带着盘缠踏上了寻访之路，两个帮手跟随着他，船顺水而下，轻飘飘的，不用费一点力气。田公坐在船头，回忆起当年溯流而上的经历，恍若隔世。

田公的这次出门非常盲目，直到他在下游一个叫王村的大码头上岸，人一时不知去处，才突然想起先生如何找的问题。这地方陌生得很，几乎没有一个熟人，不久前，仅同油行的人打过交道，而油行是万万去不得的，也许油行人正发愁找不到他，去了找死。他在街上走了半天，觉得再走下去不是路，便在一个丁字路口停下来。这里人多，什么都有，看看热闹也好。其实他无心当看客，而是蹲在街边上留意观察过往行人，根据人的衣着打扮，言行举止，判断其身份，识字，或不识字。他几次大起胆子拦住人问：先生，你识字吗？结果可想而知，人家不是翻他一眼，就是躲瘟神一样赶紧避开。他很伤心，渐渐恨起街上人来。先生没找着，他反而差一点成为别人的先生，惹出一场祸来。那是发生在他离开丁字路口以后的事情。他不该在一个挂灯笼的地方逗留，他不认识灯笼上的字，以为这是个卖灯笼的所在。灯笼是做得好看，爱人，想以后过年家门口挂这样两只大红灯笼不爱死一寨人才怪。他有心进去问下价钱，但脑壳一伸又缩回来，因为里头光线暗得怕人，不像是做生意的廊场。这时，耳边猛然响起一个极肉麻的声音：先生，快进来呀，莫不好意思。他还没有来得及好意思，手就被人抓住往里扯。定睛一看，本来是个乖女子，由于脸和嘴巴涂了太厚的胭脂口红，才不乖，像个妖精。碰着鬼了！他一声吼，同时用一个农人的蛮劲挣脱那只手跑了。他吓出一身冷汗，见脱离危险，才敢停脚松一口气。他站在远处望去，那女子一边笑眯眯地朝他招手，一边还在喊：先生！先生！喊你娘麻痹，喊，他骂道，心想字瞎子害死人，险些当了婊子的"先生"。

　　吃了这次亏，他寻找先生更加心切。继续往前走，他来到一个算命子跟前。他眼睛死死盯住摊在地上的一张白纸，上面鬼画桃符般写满了许多字。

　　算命？那人问。

　　他对算命并无兴趣，不过他愿意出钱试试算命子学问深浅，看他肚子里究竟装有多少墨水。

　　好多钱一算？他问。

　　一块。对方答。

　　一块不多，他给得起，但不能白给，得先问清楚他的来历才是。

　　请问先生，你是个书生吗？他问道。

　　算讲到了，本人状元欠一点，秀才差一撇。对方卖了很大一个关子。

　　他摇头，不懂，便又问：先生读过几多书，认得几多字？

　　书读了几大箩，字认得几大筐。对方说。

　　仍不懂，想必学问很深吧。不便再问，只好报了生辰八字算命。

　　算命子一听，连声说：好命，好命。

　　如何好法？他问。

　　你门前有座笔架山，不出武官出文官；后坡有块墨砚台，老不成才少成才。

算命子的信口开河，让田公欢喜癫了，他仿佛看到幸运的太阳再次照临田家屋场。俗话讲，远在天边，近在眼前，眼前的算命子莫非就是他要找的先生？他说明来意，说有缘千里来相会，他是专门来请他的，只怕他不肯。

你是哪里人？这回轮到人家盘问他了。

新寨人。他说。

新寨？不晓得。

你当然不晓得，那是个新地方。

远？

远。

既然远，怎么不在近处找个先生呢？算命子步步逼问。

近处没得，全寨找不出一个识字人。田公如实相告。

算命子心里有了底，他很爽快地答应了田公。一个并不识几个字的江湖艺人，从此告别了流浪生涯，到新寨堂堂正正教书去了。

船行了几日，仍不见新寨影子，先生问：怎么还没到？

快到了，快到了。田公说快到了，其实还远得很，心想你现在急有卵用，你上了船就是我的人，长翅膀也跑不脱的。

先生脸上做后悔状，心里却巴不得路途再远些，他看穿了田公的意图，不禁私下偷笑：还以为我急，我是替你着急哩。

事实上，先生的饭碗并不好端，初进田家大门，先生就经历了一次难堪。

喊先生。田公强行把学生拉来跟先生见面。那是田家长孙，一个野性惯了的家伙，并不知先生为何人，一点也不怕。他把来人上下打量过后，冒出一句丑话：鸡巴先生，叫花子！

自然就挨了一个耳光。耳光打不出热爱，反而产生了仇恨，仇恨一旦刻骨，注定要让先生吃些苦头的。

经验告诉先生，既为人师，就该有个老师的样子。少不了要备一根教鞭，那是先生的法宝。田公从竹山挖来一根马鞭子交给先生，说：不听话，你尽管抽。先生很感激地接过鞭子，试着在空中甩了一下，鞭声很不干脆，怯怯的；再使劲一甩，不料鞭梢弹中自己额头，即留下一道紫色鞭痕。真是教书未始先伤己，出师不利，出师不利啊！他暗自叹道。

鞭子挂在显眼处？堂屋的板壁上，连同挂上去的还有先生的威严。第二天，先生欲取下他的威严有用，但是鞭子已经失踪。明知是学生所为，便拿来是问。学生死不承认是他偷的，也只好作罢。山里竹条子取之不尽，多备几根容易得很，于是就搬回一大捆堆放在先生的床脚下。按理说，先生是守着那堆鞭子过夜的，不料还是没有守住，这样，先生的威风扫地了。

另一件让先生难堪的事情是解手。先生刚来，就养成不良洁癖，吃家饭，屙野屎，嫌茅屎坑臭，解手要跑到岩壳里去。他总是蹲在一块悬岩上，姿势很古怪。那岩生得巧，像专门为他准备的一块茅屎板。起初几天平安无事，后来出事当然也算不了什么大事，他只是在解手的关键时刻踩松了悬岩，人从坎上滚下来，划破了裤子，伤了难言之处。他仔细检查了那块岩头，分明被人扳松过，十有八九猜得出是哪个扳的，皆因无法对证，便又成为一桩悬案。他只好断了牙齿往肚子里吞，认背时。

更加难堪的是替主人写对联，只差砸了他的牌子。假如有真正的先生在场，那么他将会无地自容的。

田公说：先生，给我写副对子。

先生问：对子怎么写？

我想妥了，就写：养儿不读书，等于养头猪。田公说。

田公语出惊人，连做先生的也佩服几分。这是新寨诞生的第一条格言，后来在民间广为流传，成为农家的座右铭。可惜的是，田家请来的先生枉为人师，不能完整地记录下这句格言，十个字有近半不会写。然主人的意志不得违背，先生只好硬着头皮去写，凡遇生字，便采取滥竽充数办法，以别字代之。

一个所谓先生，实际上带给东家的并非荣耀，而是耻辱，这是主客双方都没有想到的。皆因始终无人揭穿其真相，便任由他继续着误人子弟的事业。我们不能忽视这位先生的作用，他的出现，注定使新寨不得安宁。一句格言，经他之口传播，不但没有开出文明花朵，反倒结出了罪恶的果实。

一日，他悠悠地去散步，散到彭家门口，不怀好意地睨视人家门楣，那一睫睫出是非来。

彭公问：你看什么，看？

他说：我看你这门上应该和田家一样，贴副对子就好。

贴什么，贴？提起田家，彭公显然很不耐烦。

也贴养儿不读书，等于养头猪呀！

这话在彭公听来，是比骂祖宗还要刻毒的。他浑身血管膨胀得发烫，血像烧开的热水翻滚。再不能容忍田家的挑衅了，他想。

八

不吃，打眼灌。彭公气愤地说。这话是针对家婆讲的，她连日来拒绝进食，说不想吃，吃不下，每天靠喝凉水维生。她的眼睛像天坑一样塌陷下去，身子瘦得只剩下一把骨头了。

家人以为她害病了，便问：你哪儿疼没？

她总是答非所问，说：听那边又有什么响动，像打锣。

打锣，打你脑壳锣，再不吃饭，就要给你打锣了，彭公说。

你讲什么？她突然有了兴趣，又问旁边人：他刚才讲什么？

讲什么？讲你不吃饭，大家都莫吃算了！彭公改口说道。

这一次她听清楚了。好，好，大家都莫吃饭，她说，这似乎正是她所期待的，为此很高兴，脸上绽开婴儿般的微笑。

一家人哭笑不得，你看我，我看你，最后目光集中到彭公身上，要他做主。彭公是要做主的，他心一狠，想只有给她灌一条路了。人是铁，饭是钢，不吃饭怎么下席，灌！他以命令的口气说。

于是，众人分工，有几双手按住老人，另两只手做配合去撬她的嘴巴。场面类似于宰杀牲口，不免野蛮和残忍。结果却不同，前者是结束牲口性命，后者是拯救老人生命。老人并没有反抗，任人揭苕洞一样撬开嘴巴，然后把饭倒进去。这一倒拐了场，老人天啦一声喊出来，同时将那口饭射箭似的喷得老高。众人慌了手脚，欲再灌，不料老人开始出气不匀，眼珠子渐渐翻白，要到另一世界吃饭去了。

老人终于没有挨过这个春天。

彭公亲自去勘坟地。按照明坟暗屋说法，坟一般埋在高处，埋在视野开阔之地。本来，新寨地盘宽敞得很，至今不曾有一座坟，给老人选个理想去处易得。南方乡下有死人为大的规矩，人死了，尽可以随便埋葬，埋在别人地界也无妨，只要事先同地主商量，通常情形下是不会被拒绝的。但在新寨就有些不同，埋人尚无先例，习俗还没有形成，外地规矩未必适用这里。设若彭家自己有山不用求人也好办，问题是，附近可供埋人的地带皆属田家所有，彭田两家可以说积怨已深，这样，彭家老人的安葬恐怕并不是一件容易的事情。

现在，彭公已经上山，山自然是田家的桐山，他径自在人家桐林里穿行，样子是不顾一切的。家婆过世他并不怎么伤心，而那个田家先生的一句话却深深刺伤了他，他决意借机占一次强，给家婆霸块好坟地，让田家晓得他的厉害。一个卵先生有什么了不起的，只要他愿意，砍掉他脑壳量老天塌不下来。彭公一边走，一股复仇的情绪一边在心里蔓延着，不觉已来到对门坡上。他站定，足下是一块难得的土坪，地势好，方向也好。他架上罗盘，眼睛顺着罗盘指针望去，目光恰好落在田家屋场。他很满意这一朝向，几天以后，家婆将在这里安息，从此死死看住田家，看他们如何衰败或逃亡。待他就地画线做完记号，确定了一座坟的具体位置，收起罗盘转身回家时，他的冤家不得信从什么地方钻出来堵住了他。其实田公一直悄悄跟踪着他，田公的出现是必然的。

等下子。田公口气很平和地说。

我没得空。彭公说，口气一如田公平和。

你就不能另外挑个地方？

挑哪儿，挑到你家门口搞得没？

这儿正对我屋场，明知犯冲，埋不得人，你硬要霸蛮？

我霸蛮？我还没到霸蛮的时候哩。还有得讲没？田公已近乎哀求了。

我家都是猪，你家才是人，猪和人没得讲的。

彭公把话封死，田公的心凉透了，脑壳里一片空白。我要告你！他对着彭公的背影吼了一声。彭公回首报以一个冷笑，一个已经打赢官司似的冷笑。田公方才明白，这里山高皇帝远，天不管地不管，喊天不应喊地不

灵，到哪儿告状去呢？想当初，他们都憎恨一种叫王法的东西，才合伙找
到这个无王法管束的自在地方落户，没想到这里仍然需要王法，少不得，
少了不能安生。现在王法远不可及，靠不到，一切只有靠自己了。他甚至
想一走了之，但实在舍不得丢弃多年创下的这份家业。我这样走算什么，
我还有脸在世上活吗？他环顾四周，望不尽满目桐花，又一个好年成在等
着他；再看一眼跟前，一大串刚被人踩过的脚迹清晰可辨；还有那个用利
石刻下的标记，它像是划在田公身上的一道伤口。田公不禁火起：这是我
的桐土哩，由得你乱挖乱砍乱埋人吗？除非田家人死绝了，不然你莫想动
一下锄头，动了不跟你拼命我不姓田。

　　田公气呼呼地回家，心很乱，步子也乱，走路时身子像一棵摇摆不
定的树。途中，一个重大决策在胸中酿成。刚进门，看见先生在教孙子学
字，他不想打搅，便立在背后看，听。他从来没有这样看孙子读过书，心
想，佬佬，好神读，今天读过饱，怕日后没得你读的了。直至歇课，他还
嫌不够，说：读吧，再读一阵。于是又读。末了，他把先生扯到跟前，眼
光直直地盯着先生。先生经不住这般逼视，吓得倒退几步。他感觉自己失
态，赶紧想换副笑颜，但无论怎样努力也做不像。他毕竟可以讲话，喉咙
又被什么东西堵住似的发不出声。经过半天清理，才终于把意思说出来。

　　你莫怕，我不会吃你，我是要求你。他说。

　　东家快莫这样讲。先生的声音有些打战，他预感到有什么大事要发
生了。

　　田公问：先生，我田家对得起你没？

　　先生连声答：对得起，对得起。

　　那你要对得起我。田公说。

　　先生马上反省自己，不明白哪儿得罪他？东家，我怎么对不起你？他
问道。

　　我不是讲以前，是讲以后。田公说。

　　哦，以后，先生应着，心放松下来。

　　你赌咒，你发誓。田公的口气突然强硬起来。

　　我赌咒，发誓，我以后若对不起你天打五雷轰，这辈子不得好死！
先生赌起咒来很让人感动，为了使东家相信，他只差咬破手指写一份血

书了。

那好。田公边说边脱掉上衣，袒露出他的铜钱之身。他非常利索地解开铜钱，解钱时，腰身迅速地瘪下去。他把钱卷成一抱对先生说：你走，今天就走，我这些钱都给你，屋里还有什么你看得起的东西也尽管拿。先生糊涂了，一时呆若木鸡，他无论如何不能理解眼前现象，心想，难道这就是他求我的事情？

当然，我不是白送你，田公接着说，我求你把他带走，我要给田家留一颗种。

先生这才幡然醒悟：看来，彭田两家一场恶架非打不可了。他尚不知道自己扮演的角色，但本意是不愿卷入这场械斗的。现在，东家把一个逃兵的任务交给他，他自然求之不得。

这时，田公的一只手按着孙子的头颅，孙子一改往日顽皮的脾性，变得极乖顺。他分明感受到了祖父手掌的异常分量，眼睛鼓鼓地望着他。

佬佬，你记得这个地方吗？田公问孙子时，不觉鼻腔发酸，嗓子哽咽，两行老泪吧嗒吧嗒打落下来。

孙子知事地点点头。

喊什么？

新寨。

田公很满意孙子的回答。他将孙子引到屋当上，那儿有一根天然的大石柱耸立，它既是田家祭神的图腾柱，又是田家屋场的标志。作为人家，也许何年何月将从这里消失，然石柱是经得起岁月销蚀的，它会铭刻一个家族兴亡的历史。田公的用意也在于此。他要孙子牢记住根石柱，将来凭着它，闭起眼睛都可以找到这个屋场。他还把几架桐山指点给孙子，把一种精神指点给孙子，告诉他，祖父是如何将荒山变桐林的。当然，更没有忘记把一句复仇的嘱咐托交给他。

这是一个特别的送行仪式，四周静静的，仿佛都在听一个人诉说。全家人跟在老人后面，跟在一个声音后面。大家皆明白，送行完过后，他们将跟着迎接一场腥风和血雨。

天煞黑时，田公把先生和孙儿送上船。下水船，不要划的，掌稳舵，让它漂就是。他的语重心长贯串了送别的全过程，直至最后一刻。

他把船使劲推离岸边，船缓缓驶走了，家族的某种希望或未来浮在一片水上漂走了。

九

田家人手脚快些，赶在彭家人上山挖坟之前，抢先占领了地盘。从远处遥望，桐坡上出现了几座城堡一样的建筑，很威严地矗立在那里；不时有烟幕升起，又犹如古代的烽火台。这是田家人临时搭盖的窝棚，窝棚就是他们的城堡或烽火台。田家人倚山据守，凡能拿得起家伙的人，不论老幼，手头上皆持有一件利器，或刀棍，或锄头扁担，还有两杆火枪，这算得上当时寨上最先进的武器，它灌满了火药和铁砂，随时可以点火射击。田家人个个俨然戍边的将士，各就各位，准备和彭家人决战。

作为组织者，田公表现出非凡的统帅才能，家人一致响应自不必说，他还召拢了几乎所有的帮工。当夜，众人在坪场上集合，听候他的调遣。这是一次典型的出征仪式，火把燃烧着，人的激情燃烧着，没有一个人胆怯和退缩，因为，大家都刚饮过血酒，淡淡的血腥味和酒气还残存在唇边，这便是勇气和力量所在。血酒端临之际，有的帮工起初不敢喝，晓得喝了意味着什么，命运还没有把他们逼到非得和田家同生共死的地步，所以他们的犹豫是情有可原的。田公洞悉了他们的心思，走拢去，夺过血碗，说：田家的事不难为你们，以后你们的事田家也不管。田公的这一手很绝，一个稍有点血性的人自然经不起如此激将，于是一仰脖子喝了，喝了也就死心塌地了。

这天早晨，彭家派来几个挖坟坑的人，他们慑于田家阵势，在山脚驻足不前。又好像是探子，他们摸清田家的底细以后，都怏怏地回去了。

应该说，彭家已先输了一步，但他们不会就此罢休。相比之下，彭家人多势众，没有人能够阻止他们想做什么或不做什么。不让挖坑，人照样要埋，会上的地方不会改变，临时挖也来得及。彭家根本没把田家放在眼里，他们按既定时辰出丧，也许假装出丧专门来寻衅打架的，出丧不过是一种有利的进攻方式罢了。山间，蜿蜒着一支奇特的送葬队伍，一概披麻戴孝，一概手持足以致人死命的家什。哭声惊天动地而来。此时，哭声于彭家人是一举两得的，既抒发了悲哀，又代替了呐喊。田家人见状有些慌神，他们想起雷公不打戴孝人的古训，真正手足无措了。

一行抵达山边，丝毫没有停顿的意思。棺材打头上坡，棺首翘起，棺材的前进再现了一幅逆水行舟的情景。滑坡、岩壳构成了险滩和暗礁，但这难不倒彭家水手，他们用号子鼓劲，号子能给予他们十倍的力气，号子本身也可以力敌千军的。田家人把一堵人墙砌在土坎上，土坎是最后一道防线，如果失守，就收不得场了。此时，田家人算遇到了难处，他们直接面对的是一个死人，棺材渐渐逼近，他们看到的是身穿青衣、手拄拐杖的彭家老人正颤巍巍走来，他们纵然和彭家有不共戴天之仇，也不能对这样一位老人先下毒手。老人是无辜的，她离开人世，该安置个好去处，活人可以无家可归而岂能让一个亡灵流离失所。但是彭家实在欺人过火了，田家人吞不下这口气，他们摆出拼命架势要拦住那口棺材。有那么一瞬间，局面僵持，仿佛严冬骤然降临，四周一派寒意，什么都凝固了，连人也莫不例外。天地间，只剩下一幅静止的画面。

人死了，准埋没？彭公吼道。

回答他的是一声枪响。田公忍不住朝天开了一枪，铁砂冲出枪管，呈天女散花状洒落下来，恰似一阵急雨。

你还敢打枪？你再打一枪试下钢火！彭公的话中显然充满杀机。

这等于把田公逼上绝路，设若他不再打一枪情况又如何？但依山里人的性子，这一枪是非打不可的。打了鬼喊！田公想，便又点燃引信，空中再度呈现了天女散花的景观。

彭家人亮出一排火枪，他们不像田公手软，枪口不是指向空中，而是一齐对准前面人墙。枪几乎同时响了，枪声溅起了弥天大雾。就这样，彭家人用铁砂制造的风暴掀倒了那道人墙；换句话说，田家人仅仅用身躯阻止了砂弹的侵入，而终归没能够阻止一次埋葬。

十

十多年以后，这条名叫猛峒河的水路上出现了一支小小船队，一共五艘，船上清一色青壮男子和清一色装束，还有人手一根快枪，证明是一支军队。年轻的士兵们有说有笑，愉快得如同去赶赴哪家的宴席。唯有佩带短枪的指挥官不说不笑，他迎风仁立船头，河风灌满他的衣裤，鼓起来，好像一张绿色的风帆。

夜深时分，船队到达新寨码头，士兵们弃船登岸，个个身轻如影子。他们动作蹑手蹑脚，表明和一场阴谋有关。待下完船，指挥官给了他们一个手势，一道打开刺刀的指令。刺刀打开时几乎无声，但是另一种金属的光泽却有声有色，那耀眼的白，简直就是一种声音撼人心魄。

大而圆的月亮挂在寨空，隔地面很近，仿佛伸手可摘。月亮提醒人们，今天是八月十五，人间团圆的日子。指挥官无团圆经历，尚不知团圆滋味，他懒得多看月亮一眼，只顾率领他的部队匆匆赶路。他似乎很熟悉这儿，熟悉这路，走夜路和白日没有区别，他的士兵有些跟不上他了。很快地，他便来到他要找的地方了，田家屋场以满目荒芜迎接了他。他先是面对那根石柱久久发呆，好心的月亮就蹲在柱顶上向他微笑，告诉他一个过去的故事。他拨开长至人高的杂草和树丛，钻进去，钻进历史深处。脚下并不平坦，时有土包隆起，大大小小，高矮不一。有萤火虫给他提灯照亮，他数了一遍那些土包，数目恰好和他记忆中的某一个数字相符。是怎样一双手垒起这些土堆的呢？他想。当他一头雾水钻出草丛时，隐约听见一声鸡叫，接着是一片鸡的和鸣。

这天夜里，指挥官带着他的部队包围了彭家屋场。

长官，开始动手吧。一个士兵说。

莫急，等天亮，清楚些。指挥官说。

月色笼罩之下，彭家屋场几分清晰，几分朦胧。彭家已将地基拓宽，新盖了大屋，外加两边厢房，组成一个完整的院落。现在，大院正值一天中最宁静的时刻，它的酣睡姿态十分甜美，真让人不忍心去吵醒它。

群狗吠起来，狗最先发现险情，它们朝着不同方向厉声狂吠，吠得十万火急。狗吠惊扰了彭家人，有人爬上阁楼察看动静，他们定然看清了大院被无数枪兵围得水泄不通，晓得大祸临头了。他们不知枪兵来意，是匪还是兵，便试探着喊话，那声音抖抖的，像病危者的呻吟：长官，你们是来要东西的吧？

不要东西，要你彭家人脑壳。指挥官说。

你到底是哪个？

喊你屋老头出来见我，他自然晓得是哪个。

他老到动不得身了。

动不得抬他出来！指挥官用了命令的口气。指挥官惊异于适才的对话，他想怎么和彭家人啰嗦起来了呢，其实根本用不着费这番口舌的。

大门很沉重地响了几下，但不是开门，而像是从里面钉死的声音。类似响声重复出现在正屋后门和两侧厢房，这让指挥官多少有些费解，因为没有哪一扇木门能够阻止兵的进入，只是他还不想即刻进去，他说要等天亮，鸡已经叫过三遍，天快亮了。

但是，事情的发展超出了指挥官的想象，没有等到天亮，彭家人就哭声四起，多数是女人和小孩在哭，哭出了一种呼天抢地的效果。天啦！天啦！他们同时喊天，意思非常明确，此时此刻只有天老爷才能解救他们。也许天老爷正站在远处看热闹，它一般是不会理睬人的哭声的。有那么一阵，彭家人被烟所呛，哭声一律转化成咳嗽，一屋人都在咳，这种集体咳嗽一直持续到大火燃烧。彭家人将自己的命运交给了一把火，火很快酿成火海，烧红了半边天。彭家人的哭声、咳嗽声、呼喊声随着火势的减退渐渐垂落下去，直至没有。

这样也好。指挥官想。

天亮了，太阳从东边山坳口露出笑脸，瞩望着这个余烟未尽的屋场。

仙骨

> 官占城，汉占坪，毕兹卡撵进半
> 天云。
>
> ——土家族民谣

　　山外来了一个怪人，巨型的，如一棵成年柏树。他的装束也怪不相同，衣服除了颜色是天蓝以外，余下的再难比喻和形容，无疑不是当地人穿的棕片和树皮。怪又怪在一个女人跟随着他，那女人时而尖声尖气讲话，时而浪里浪荡唱歌，却始终有声无形，不见其踪影。他从何而来，为何要造访这座从无外人莅临的深山，是个谜；又如何走进这与天相接的迷宫似的山里的，更是个谜。单靠那条专玩蛇把戏的茅路的指引，他是万万不能抵达这山的腹地的。

　　当地人预感到来者不善，一时皆慌了手脚，全体聚于一处防范。如果是一只野物，那好办，按通常惯例，他们将毫不犹豫地启用手中的弓箭和猎刀。每当遇到野物，这些猎具自会铮铮作响，并挣脱主人的手主动飞向目标。但是今天来的是同类，猎具皆沉默着，显得十二分的镇静，没有给主人任何出击的暗示。主人们猎具提在手里，心悬在喉管，等待着。

来者在山脚站定，面对全体山的臣民和他们的土地开始审视，用的是太阳普照万物的目光。他的眼睛睁得老大、老深，足能包罗万象。在当地人看来，这审视的时间不亚于一年，而实际上更长。他看见的是一部历史，冰川沉浮般漫长的历史，历史是无法用时间计算的。

历史就在他的眼皮底下活灵活现地演变着。

山峰高耸，耸入云霄处开了一个并非蚁巢形同蚁巢的洞，当地人叫它巴洞；大大小小洞的主人并非蚁群形似蚁群蛰居于此，进进出出。祖先的一次遥远的迁徙使他们永远成了山的主人。洞深处有阴河，出盐碱，一个氏族得以繁衍开来。阴河老人唱着万古不变的生命之歌，带领他们穿过无数个寒暑，任其如山野的动物植物自然地生生死死，至今不多不少正好保留了整整五十个成员。这是个不畏饥寒的家族，生命力极顽强，能适应各种险恶的环境。他们不善耕织，吃粗劣的野苞谷为主粮，外加野果和蕨葛；穿无布衣，冬不着棉，夏不着单，仅用烤火抵御严寒。却不失人类的羞耻感，知道用一块棕片或树皮遮掩羞处。他们的全部道德水准仅止于此。祖先迁来时两手空空，除了自身未能带来任何生命的种子。喂养家畜只存在于传说中。传说是美好的，牛犁田，马运输，狗守屋，猪杀肉吃，还有鸡鸭鹅兔种种，人类的生存少不了它们。然而巴洞人没有牲畜照样好好地活过来了。他们爱吃肉，曾大胆地驯养过野物，山羊野兔野鸡之类皆养不成器，后来养野猪，猪活下来了，却总也养不家，不长膘，永远地腿瘦毛长，尖嘴巴，而且野性难改，关在栏里十年八年也养不像传说中的模样，一旦打脱，那猪便飞起遁入了山林。巴洞人从此懂得万物皆生就定的，改变不了的，便打消了驯养的念头，改为狩猎。狩肉远比喂养易得，何乐而不为？众多生物唯有蚊蚋能与人为伴，巴洞人用一片袒胸露肉的世界放养着它们，起先是不情愿的，砍来艾蒿堆成山高熏烧，结果枉然，蚊蚋十倍地猖獗起来。一个人的家族无力征服一个蚊蚋的家族，后来竟完全屈服，取了守势，再后来居然相安无事，彼此成了友邻。巴洞人帮助进化了蚊蚋、退化了自己尚不觉得，蚊蚋只只肥硕如蝴蝶，自己却个个侏儒般瘦小，不过小得精悍。自己小，视山外人为巨人为柏树是不足为奇的了。虽然与世隔绝，但巴洞人却晓得山外有山，天外有天，晓得山外大地方的诸多事情。皇帝、官兵、汉人、城市、平原、战争、仇杀，等等，都晓得。他们最早的祖籍就在山外，那是一个血淋淋的世界。祖上人这样说，一代接一代都这样说。几乎代代都出过逆子，偏向往那个血淋淋的世界，悄悄私奔出山。这一点，精明的祖先或许早已料到，所以才苦心选择这个迷宫式的深山做巢。从落脚的那天起，祖先就断定这一片山的天下是神的赐予，属于自己独有。山的层层屏障阻隔了同外界的一切联系。外面人别想进得来，自己人也别想出得去。

那么怪人是怎么进来的呢？巴洞人想不通，便审视他。他也如一部历史，可惜巴洞人无法读懂。他们只会用各自两把举至眉际的刮毒刀剥他的皮肉，抽查他的心肝是红是黑，是冷是热。他感觉到了，想努力做个讨好的笑容，他来自一个欢乐多于痛苦且惯于欢笑的种族，随意编造一个笑毫不费力，不料适得其反地笑出一副哭相，继而又半笑半哭，瞬间把人类的全部感情表演殆尽。他赶忙检查自己的失态，看大脑哪根神经出了故障。原来他的整个神经中枢全混乱了，失去了思维功能和记忆功能，连最不该忘却的来意也模糊不清。他好像（不是肯定而是好像）从一个传说中来，到传说中去。绵延不绝的山脉横亘，他知道那个传说远在天边，近在眼前。传说并非一个虚物，它可见可触摸，具体说是一座山的形象。他看见了山的主峰，大地的制高点。这时候，死去的记忆倏地复活，他想起了自己的使命。他代表平原而来，和大山讲和，来爱抚来亲近来拥抱大山，在平地和高山之间架设一道相通的桥梁，让本属同宗的两者重归于好。倘若不是，大地有悖造物主的旨意，内部发生断裂分化，大地就不会出现起伏和高低不平。一次痛心的相互剧烈挤压，那褶皱隆起的部分便形成了山。山极顽强，站住了脚跟，愤怒而狰狞地成长起来，子孙遍及大地。只要苍天存在，大地存在，日月星辰存在，它便存在。

山会拒绝我吗？会拒绝平等吗？他想。后来的事实证明，他的努力失败了，正如他想努力笑一样失败了。他在巴洞人面前欲笑成哭，完全改变了他在巴洞人心目中的形象，他们小看他了。他不再高大，不再巨型，不再柏树。倒是他们想笑就笑，你笑，我笑，他笑，一齐笑，笑颜极其动人。这笑当然可以说是鲜花盛开般的，而且永远那么开着，不会凋谢。巴洞人宣泄欢乐的艺术为世人不及，那笑的人生哪会有什么痛苦可言。凡人皆有痛苦，至高无上应有尽有的山外皇帝也有痛苦，苦于不能成仙。唯巴洞人例外。巴洞是个宁静平和的世界，这就够了，满足了，所谓神仙过的日子不就是指的这一境界吗？神仙没有痛苦，以神仙自居的巴洞人自然如此，如此的前提当然得省去饥寒、省去病痛、省去死亡。

巴洞人神仙式的笑恐怕永远不会收敛了。

……他几次想跟巴洞人对话，前面省略的这段文字是他心里想说而一直未能说出口的话。他明白他那个世界通用的语言不适用这里，说了等于对牛弹琴。他几次欲言又止。他现在该做的事情不是他要怎么样而是人家对他怎么样。人丛中跳出一位老者，动作敏捷如猴，想必是头人。看样子他的年纪起码有一千岁，胡须的瀑布从下巴的悬崖飞泻而下，直挂地面。两只眼睛一明一暗，左眼金黄，像太阳；右眼银白，似月亮。太阳和月亮交织出无限诡谲之光。他先上下打量来客，姿势极古怪，转动头颅两眼轮番斜视。于是，来客经历了一次从未有过的昼夜交替，浑身骤然燥热骤然冰寒。他木然地站在那里，忍受着极度难耐的折磨，莫名地觉得这是一种报应。打量完毕，老者用巴洞话问他，声音如嘀嘀水响。他听不懂，却偏要频频点头做知音状。

"毕兹卡！"老者雀跃，打了一个雷。

毕兹卡，即土家人。这他懂。是那个传说告诉他的。他掌握的全部土家语不外乎这三个字。然而此时三个字魔力般地攫住了他，引起他身内一阵强烈骚动，仿佛沉睡在血液里的什么东西苏醒了。"毕兹卡！"出于一种恶作剧心理，他模仿老人的动作和喊声也来一个雀跃，也打一个雷。雷声刚落，对方全体老少皆狂呼起来，手携手做一个圆圈把他围在当中，又把他拥入巴洞，引至常年不熄的火堆边。热情的篝火呵呵地笑客。于是，一种古老的仪式开始了。人们欢快地且歌且舞，歌是根巴歌，舞是摆手舞。歌舞得山也旋转，水也旋转。其实，这一仪式早已进行了许多世纪，至今从未间断过。凡参与者必须离开现实，回到歌舞起源的年代，跟着创始人从头学起。歌舞看则容易做则难，其歌词仅有"嗬耶"二字，连接唱时为"嗬耶嗬嗬耶"五个单音，而每个字都经过了祖先精心甄选和千锤百炼，其间包含着无穷无尽的内容；动作亦只是双手前甩后摆，但正是那再简单不过的摆法，是一个人的生命无法完成的，每一下摆动绝无重复，如自然界绝无两片完全相同的树叶一样。摆动过程中有数不清的分解动作，它们分别浓缩了一段历史。表演它，须得全民族心的协同方能做到，否则，就会失传。他看到世界上最绝妙的艺术了，任何艺术与之相比都将逊色。他也深谙巴洞人的祖先为什么宁可舍弃一切而没有舍弃它的缘由了。巴洞人皆已沉醉，他没有。他既不歌又不舞，充其量是一具史前化石。这就糟了，原本要永远持续下去的仪式在一声霹雳的轰击下戛然而止，刚刚舞动起来的手群凝在空中。天地间万物都冻结了，真正的艺术僵死于这一瞬间。这全是他的过错，他无意识地不懂装懂，骗取了一个氏族的信任，成千古罪人了。他知道他们不会饶恕他的，把他吃掉或碎尸万段只有鬼晓得。但巴洞人没有这样做，他们连人带火退避到洞的更深处。巴洞人性本善，没有开过处死人的先例。他们的牙齿和石制的猎刀只限于畅饮动物的血。对人宽大为怀乃巴洞人祖上遗风。这里从无罪孽发生，也就不存在惩罚。人死的方式很特别，人或病笃或衰老到了需要连累集体的地步，就自觉走下阴河去死，自有阴河老人在谷底的溶洞口把人接进天国。不愿死的人可以摘片树叶一样割一只耳朵替死，但缺少耳朵苟活下来会遭众人歧视，最终还是不如死去的好。他不是巴洞人，自然不懂得巴洞人死的风尚。根据他的推论，若干年后，他假设巴洞人是这种死法，这恰好和事实完全相符。他回去了，回到了出发点。走的自然是原路，这没有违反起码的常识。巴洞人明明看见他和太阳相约而去，一路上讲着悄悄话，走到了天涯尽头，则又认定他是一定出不了山的。观念使他们得出这个结论。他们的观念和巴洞的岩石一样古老，一样坚硬，一样永恒，不会变的，纵然岁月的风雨也不能蚀化它。

又过了一些日子，他又在山里出现。他带来一拨人，用山外的现代化工具砍伐巴洞对门坡上的丛林。刚刚恢复平静的巴洞人又惊奇不安起来。不为山头翠色一层层裁去可惜，倒对山外人的动机存着戒心。那密匝匝的丛林终年遮挡着巴洞，不通风，不透光，现在倒下一棵树就开一扇亮窗，刮进一股热风，原来他们以为的山外寒流竟是这般暖和。山被剃光了头发，露出真相，秃秃的，秃得分外漂亮。天空豁然开朗了，一下子把巴洞人的目光扯长，越过重重山峦，扯到一个要看多远有多远的地方。歹毒的山外人把一山树放倒，皆剥得赤条条的，有的砍头砍脚，有的肢解成碎块，还把满山形状各异的石头捏成一般大的四方形，就以那些四方形为基脚，在上面重新拼凑组合树的家族，让其或横或竖或斜或悬空取了各自位置，便成了几个大大的木盒。又运来铅灰色云块状的东西在木盒上随意铺衍，木盒便封了顶，稳稳地立在那里了。一直站在远处看稀奇的巴洞人，终于大起胆子篷拢去，几乎全体同时顿悟，"屋"地惊呼起来。他们继续往前走，走进一个关于屋的传说。屋起先是树，绿色的，这是屋的本色，一旦失去本色就变成红色，映得天地通红，红了屋也就毁了。在毁了的废墟上再建造新屋，终归要毁，即便离开旧址，建远一些，总也逃脱不了红色的追踪。由于无处落脚，屋的最后去向不明。现在，巴洞人亲眼看到了屋的形象，欣赏着由绿色变成的奇妙建筑。屋，然而却不知它的用途，也许是祖上的疏忽或其他什么缘故，致使这个传说残缺不全。屋还有最后一道工序，即油漆。山外人把毛刷伸进漆桶，动作和杀猪没有两样。抽出来，连手带刷血淋淋的，顺势就往板壁上胡乱涂抹。红色的火苗在屋檐下熊熊燃烧。巴洞人见之本能地惊恐万状，全体呼啦啦作鸟兽散。山外人及时请来了一位和巴洞头人一样年迈的老人。那老人在眼睛上又架上两只眼睛一看，脸变成油漆色，手一指就制止了火势的蔓延。他慢条斯理地说：巴洞人是一个忌红的民族。他的话很有权威，人们只好削去板壁上的红色，还原为最初的金黄色。一切就绪，人们又牵来猪牛羊种种家畜，由老人出面动员巴洞人搬家住进木屋，并且把牲口交给他们。山外老人在巴洞人的眼里又熟悉又陌生，似曾相识又似从不相识。山外老人的四只眼睛装的全是巴洞语言，但表达出来又极为有限。为了说明搬家是让巴洞人过真正人的日子这层意思，他讲干了嘴巴又耗尽了四只眼睛的全部光芒。巴洞老人听完回洞里去了，一进去三天三夜。他集中全族人的智慧猜测山外人的意图，东猜西猜左猜右猜日猜夜猜猜出洞里有宝。祖上所言之宝，只听说，没见过。有宝就喊得应，应有尽有。山外人费工费时费神起屋让他们住又白送家畜原来是打巴洞宝贝的主意，不干！不干！不搬！不搬！巴洞老人复出，摇头，用一连串昼夜颠倒的方式回绝了来者。山外老人自知无回天之力，便留下房屋和家畜带着众人扫兴走了。

巴洞人是执意不领山外人情的，屋也好，家畜也好，一概不要。屋让它空着，牲口任其放野。这样做并非好办法，烦恼的阴影笼罩着巴洞。屋的存在总使他们想起红色。那些牲口也怪，鞭子驱赶不走，偏不野，偏要跟人，无奈只好养起，等日后交还给山外人。

山外人又来了，是两个，"四只眼睛"和那个最先进山的年轻人相貌酷似，唯一的区别是年龄。那年老的说是那年轻的父亲或者爷爷或者爷爷的爷爷都可以。巴洞人对那个年老的有过似曾相识的印象此时得到了印证。四只眼睛重新放出光亮。这一次来不是劝巴洞人搬家，而是请他们出山参观。参观？不懂。"四只眼睛"好不容易把参观解释成他们能理会的"玩"，而且是不花本钱白玩的。一说玩巴洞人都有些心动，一齐仰望着日月并列的那张脸。洞里每遇大事，都是由日月来决定的，太阳表示肯定，月亮表示否定。人们常说的老天有眼，大概就是指的太阳和月亮吧。老天爷裁决的事情毋庸置疑。巴洞老人审视了半天并无恶意的两个来人，终于依顺众人，关闭了右眼。

就这样，一支由人组成的蚁群出山了，踏上了从未走过的征途，祖上的千年遗训已被轻易地搁在脑后，踩在脚下。谁也不晓得这次远行对于他们意味着什么，只是想见识一下山外的迷宫和迷宫的山外，亲身经历一番迷宫里的旅游。茅路虽崎岖而狭窄，却并不具有玩蛇把戏的本事，一点也不滑头，而是老老实实地伏下脚底引路。到了山垭口，路突然展宽，宽窄交接处停着一个庞然大物，像屋不是屋，有四只圆脚，还有两大两小亮眼睛。它的一侧开着门，里面是一排排整齐的座位。山外老人说这叫"汽车"，他要巴洞人改步行为乘车，因为参观（玩）的地方是省城，很远，走路要十几天，坐车一天就到了，这自然是比屋更稀奇的事情。临上车之前，那年轻人从车上搬下来几捆衣物，打开，有厚有薄，每人发一套。时值初冬，天气很冷，巴洞人尚打着赤脚，披着棕片和树皮。既去文明地方参观（玩），就得先做文明人。要他们穿和山外人一样厚厚的衣服，这很有趣。并非出于文明，而完全出于好奇，巴洞人开始接受文明的洗礼，一时手忙脚乱地穿起来。有衣裤不分者，把衣服和裤子搞反了，结果引起了一阵混乱。平息混乱并不难，因为巴洞人毕竟是比动物聪明百倍的人，只要把颠倒的事情再颠倒过来就完事了。衣服一上身，众人皆不习惯，感到裹裹的，笨笨的，甚至碍手碍脚。又热，热得出汗，穿不住，便都脱祸害一样纷纷解开，坚持要穿他们的棕片和树皮。温暖于这个民族竟成了多余，山外人感到一种难言的悲哀。经过好一阵劝说，方达成妥协，巴洞人同意丢弃棉衣只穿单衣。

一阵地动山摇，把巴洞人送入了云霄。一个崇尚鸟类的氏族也像鸟一样飞翔起来。身心皆悬悬的，飘飘的，渐渐才觉稳当。不免又有些害怕，担心无止境的飞行是个阴谋，半途中将他们倒进天坑难说，于是就有人悄悄扯坐在前面的山外人的衣角。如果倒天坑的事真的发生，那么量你山外人也跑不脱。后来，一种群体的亢奋代替了恐惧感，使巴洞人忘了防范。飞越千山的航程极乐无穷。时有拐弯，车子开玩笑似的猛然向一边倾斜，做出要翻身打滚的样子，但跟着又纠正过来。众人皆体会到那一偏偏得好玩，有味，指望多一些弯道。凡车子一斜，全体一边"噫"地故作惊呼，一边巴不得翻车似的身体重心随车一倒。巴洞人的努力差点奏效，车轮偏离航道直冲向河谷，绿滟滟的河水闪着诱人的光波。巴洞人心想这一回该扎进河里舒舒服服洗个澡了，不料车子鸟儿滑翔般飞过了河谷。化险为夷的是一座桥，这使巴洞人无论如何想不通，也很失望。

经过一整天长途飞行，巴洞人歇翅在这个叫省会的城市。此地一坦平阳，不见山，不见迷宫，也并非血淋淋的世界。满眼的花花绿绿，陌生得不能再陌生，只感到眼睛不够用，心不够用。有传说中的高楼，窗格密密麻麻地重叠而上，似一眼眼蜂窝。有数不清的汽车，各式各样，或装人，或载货，还有蛤蟆式的小车。"车儿！车儿！"他们叫道，以为凡天下事必有大小之分，大的为母，小的为儿，到处是穿戴得五颜六色的人，他们和巴洞人你看我们，我看你们，各自视对方为怪物。巴洞人还到了设有假山假水的动物园，满园飞禽走兽，分别关在铁笼中或砖房里。有许多古怪的动物从没有见过，也没有想象过，大的似山丘，小的如拇指。一切动物皆规规矩矩，连凶狮猛虎也养得家，能和人安然相处，唯独没有他们最熟悉的蚊蚋，这很有些遗憾。动物的居所干爽明净，潮湿阴暗的巴洞不能与之相比，相形之下，淡淡的自卑感袭上心头，觉得连这些动物还不如。他们落宿在一家宾馆，神梯风快地把他们送入十八层楼面。他们并不以为这

仙骨

就是远看似蜂窝的所在。衣食、住行样样都要人教，面对这宽敞明亮有铺有盖且悬着小小太阳的房间自然发呆。吃是更不用说了，满桌子的佳肴，概叫不出名字，闭起眼睛抓一样都好吃。一吃肚量失去控制，成了无底天坑，装不满，这全是嘴巴和肠胃互不相顾所致，肚子饱了，嘴还要吃。山外人不惜本钱尽他们受用，结果一个个肚皮无限膨胀起来，即刻有爆炸的危险。如此暴食暴饮惊动了城市的医学界，一流专家教授对这一堆人的"皮气球"也束手无策。最后的诊治方案是复用泻药，一泻全城臭气熏天。巴洞人自己并不觉得胀饱过，泻过，进得痛快，出得也痛快，人世间的全部享受在那一胀一泻之间。一连几天，他们走走，看看，吃吃喝喝，算是真正过上了神仙日子。他们忘记了山，忘记了巴洞，也忘记了自己。

几天之后，巴洞人又继续启航。他们以为还要去更有福享的地方。待走下汽车，才发现是熟悉的山垭口。车把他们原路送回，就开走了，他们如梦初醒。车载走了无限留恋的东西，想去追赶，但已经来不及了，便只好就地等待。等待是虔诚的，虔诚得近乎残酷。前方是一望无边的天际，后方是巴洞。但这个在巴洞生息千年的氏族却都不愿再回顾一眼他们的巴洞，宁肯等死也懒得回巴洞了。几天的山外日子，他们养娇了身子，患了集体懒惰症。他们担心肠胃再不能消受那粗劣的野苞谷和山果，而且感到寒气逼人，即使穿上山外人丢下的棉衣棉裤也冷得打摆子似的瑟瑟发抖。

巴洞人就这样久久地等待着，等待神灵再度降临，等待那个天天吃了玩、玩了吃，快活如神仙的日子。他们追悔莫及。如果能够，他们愿意用自己的一洞财宝去换取那个日子。他们相信汽车一定会再来的，山外人既然花了那么大的本钱，就不会轻易放弃他们的计划的。

等了整整一年。一年之后，汽车才来，但巴洞人没有等到。汽车来晚了，只见山垭口大大小小五十具白骨，个个呈跪姿，一律面朝公路迤逦而去的方向。车一停下，那些尸骨个个活泛起来，挣扎着欢呼着做出争相上车的样子。汽车顿时矮了半截，低头向巴洞人下跪，又疯狂地鸣响喇叭呜呜痛哭，眼睛里还流溢出浊泪，泪泪地漫到巴洞人的跟前……

早期的稼穑

这个故事发生的时间不详，任何一个年份似乎都可以作为它的背景。故事的不确定性就在于此，它既是一段历史，又是一种现实，然而更像一个预言。

一

太来到田边已经很久了，他双膝跪地，三只眼睛鼓鼓地仰望天边，目光里充满了乞求的神情。那时候，人类还不能区分四季，在现代人看来，太所置身的季节正值初春时分，因为寒冷明显已经过去，太可以少穿一件皮衣了，而且山野的积雪和水田的薄冰也在开始融化，冰凌脆裂的声音隐约可闻，它向太报告了一个重要的消息，人类企盼的傩鸟即将来临，还有什么比傩鸟到来更要紧的事情呢？没得。太凭空想象着傩鸟排阵飞临的情景，不由得喜笑颜开了。太的笑容是那个古老的春天里提前盛开的一朵鲜花。

田其实并不叫田，是一汪沼泽地，充其量是田的雏形，因为它孕育了人类第一个年成，我们才称它为田。太的部落傍水而居，他们是这片水田最初的主人。

太在尽一个巫和酋长的职责，以往这份职责是由大履行的。大是部落最后一位女巫兼酋长，一年前，她和太有过一场生死之争，结果大输了，从而意味着母权丧失。

太迟早要得位的，部落的历史注定由他来改写。他一出生就显得与众不同，奇人天相，落地时不哭，不动。人们以为是个死胎，正要剪开胎衣时，不料他突然间哈哈大笑起来。一个初生婴儿居然发出了成年男子的笑声，小小部落为之震惊是必然的。更让人惊愕的事还在后头，小儿生就三只眼睛，那第三只眼睛不偏不倚正好长在天庭上，与另外两只眼睛构成一个三角形。此时，太降生的这幢茅屋出现了片刻宁静，太的笑余音绕梁，仿若长了翅膀在人们的头顶久久盘旋。人们皆屏息不语，单等一个神圣时辰过去或到来。

部落女人得了怪物，不能视作小事，口信风快报到大那里，大那时就已经是酋长了，大闻讯同样以风的速度赶来，来决断小怪物生死，同时决定部落的命运。大仅瞟那小东西一眼就厌烦起来，伏身细瞧后又喜上眉梢。世人皆知大的脾气，大并非喜形于色之人，其表情一向如变幻莫测的云，概不能当真。那怪物确实怪，他好像晓得大的来意，即刻递上一副讨好的笑容。大本来不想在这件事情上耽搁时间，只要她愿意，一个手势足以使太成一件弃物随便丢掉的，那样倒省事了，也不会给自己留下后患。她悔不该对那三只眼睛好奇，由此便铸成大错。太的三颗小眼珠滴溜溜转动，它勇敢地迎接了大的审视。站在大的位置看太，她分明感到了三把刀的逼视。作为巫，大全然不必慑于太的目光的，巫是神的使者，巫的任何言行都代表神旨，大到底怕些什么呢？至此一切还来得及，大经历过的一个梦境也明白无误地昭示过她，梦言三只眼降临之日，便是母权旁落之时。也许大遗忘了这个梦，或者说她根本不相信此梦，要不就是天意使然，才造成大为这桩易断的事犹豫不决。

丢？留？一个部落成员问大。原始人的语言十分简短，表达出来却极其明确。

旧。大说。

旧，这是部落里约定的一句行话，即按老规矩的意思。凡刚出世的婴儿，须经过考验才能决定存亡，他们无一例外都要被抛入河中，观其沉浮再作取舍，沉者干脆让他沉到底，连尸首也用不着收了；浮者算命大，便捡回养起。习俗源于传说中的一次灾荒：那一年遭天火，火毁了家园，毁了赖以生存的森林，毁了一切，独留给他们一条滔滔不息的河流。食物短缺是必然的，光有河水不能当饭吃，面对河流，他们只好做无奈的选择了。以前添丁是喜，现在成愁，愁养不活，唯有河流才可能替人分担忧愁，那么索性就交给河去做主吧……

和其他幸存儿的结局一样，太无疑经受住了考验。所不同之处，别的婴儿落水后免不了一番扑腾和挣扎，太则不然，太浮力超人，他再次给部落人以惊诧，河水轻轻地托起了他，河对于他是再好不过的摇篮，他仰躺在水面上，像一个永不沉底的葫芦瓜。

太天生古怪，不合群，从不跟人往来。更多的时候，他总是独处一隅，冷眼旁观人家做事。除了落地时的那声怪笑，他再没有出过声，更无言语，和一个哑巴没有区别。他就这样一直过着没有伴、没有语言的生活。部落中，纯粹的哑巴并不少见，人们不以为怪，而三只眼才真正稀罕，所以太难免被人辱笑。有人谅他听不懂话，便打哑语欺负他，先伸出三个指头，接着指向裤裆。那时人类已懂得羞耻，这个猥亵手势自然瞒不过太，太被激怒了，怒气冲开了太生命中的某一道闸门，怒吼声破口而出，震慑了所有在场的人。太的怒吼正巧和天边的一阵雷霆不谋而合，人们无法将两者严格区分开来，但人们死死地记住了那个日子。

太找到那个曾经羞辱过他的人，说了许多感谢的话。太的口音来自另一个世界，仿佛一连串神秘的咒语，叫人听不明白。太只好改用哑语，他的手势分别三次从自己眼前出发，然后相继沿着上中下三个不同方向指点而去。太的本意是，他的三只眼各有用途，一只看天，一只看地，一只看人。这一回那人表示懂了，不久全体部落人都懂了，他们对太的自我表白深信不疑。

二

　　这条河暂时还没有命名，人们一直把它叫河，其实它有一个河的名字就够了，用不着额外称呼的。河先于人类抵达这里，经过山前时突然放慢了脚步，像要停留的样子。河毕竟没有停留，仅转了一个大弯，然后匆匆赶它的路。山因河青，河因山秀，于是这一带风景如画了。

　　人类迁徙全然不同河流出走，一旦落脚就死心塌地不愿动了，他们看中了这道山湾，便依山傍水扎下营盘，开始过定居的生活。他们用石斧斫倒手杆粗的树做支柱，搭盖起一幢幢茅棚。茅棚是人类最早的建筑，最早的房屋，它虽然低矮，简陋，排列很不整齐，随意地竖立或坐落，但对于饱受穴居之苦的人类来说，其意义无异一步登天了。

　　伴随着房屋的诞生，人类初期的等级制度业已形成。属于酋长的那间茅屋格外高大些，它傲居寨落中央，室内储藏也相对丰富。现在是大主事时期，她享受着拥有男仆的特权，部落里青壮男子尽她挑选，轮流侍候她。除了日常饮食起居，更主要的是要尽一个男人的义务。大已经不年轻了，陪她的男人可以做她的儿辈，但她的精力很旺盛，作为女人的某些欲望依旧不减。和大同辈的母氏都早已收了心，男人从此不再光顾她们，唯有大那里没有空过男人。寨子里有许多独立的儿女房，那是成年女子招宿男人的所在，与大相比，她们远远不及大那样夜夜风流。凡受宠的男人都想取悦大，尽心尽力是自然的。不过男人的精力用在别处也许有余，用到大这里往往不足，半夜里被大逐出门是常有的事。

　　所有男人中，只有太还没有被大宠幸过。太体魄高大，浑身肌肉油黑发亮，强健如野牛。太属于女人一看就爱那种类型，但太偏不近女色，见了女人，他总是像躲祸害一样离得远远的，根本不像个男人。原始人性观念极为淡薄，性乃吃饭穿衣家常事，随便得很，故部落里任何男女之间皆无秘密可言。纯属御寒，人们才在冬季披裹树皮或兽皮缝制的衣服；到了夏天，便一律将衣物悉数脱去，腹下仅用一束草稍作遮掩。与其说是遮羞，不如说是装饰，因为那束草丝毫挡不住什么，它常被山风撩起，那么一切都一览无余了。

　　在这里，我们将再次看到太的怪癖，太隐藏了一个野蛮人不该隐藏的秘密。一张灰色兔皮常年包裹着太的下身，兔皮再现了一只兔的完美造型，它或静或动，动静自如，让人们看到灰色生命的自然延续。兔是动物界的弱类，一生扮演着逃亡者角色，现在却摇身一变，加入到追赶者行列，初回赶肉，即狩猎，它就抢在前面引路，众人尾随其后。除了引路者目标明确，其余人一概盲目，跟着瞎跑和瞎喊。人拼命追撵也不及兔快，人被拖垮了，落伍了。失去了引路者等于失去猎物，当他们空手返回驻地时，一次例行的惩罚在等待他们，酋长亲手给他们每人几鞭，鞭为皮制，沾满了清一色男性的血迹。鞭子的落点通常是屁股，酋长起初选定这个部位是费了心思的，既不伤筋又不害骨，最经得起打又最经不起打。对付男人的屁股，酋长不会吝惜力气，她下手很重，鞭鞭落到实处。有喊疼者，有求饶者，有疼得就地打滚者，但他们概得不到同情和可怜，反遭人鄙视和唾弃。其间，一片呜呼声四起，尖厉、悠长，那是部落女人们的共同心声，是比皮鞭还狠毒的东西，能把男人彻底粉碎，或彻底埋葬。受罚的男人一律跪着，身体弯成弓形，这样，他们的屁股便暴露无遗。这些屁股平时没有少挨过鞭子，早已疤痕累累，如果再加上几鞭的话，就简直难找到一块好肉，所以天下破烂不堪之物莫过男人的屁股了。

这是一个赏罚分明的部落，赏和罚的仪式几乎是同时进行的。在同样尖厉且悠长的呜呼声中，太登场了，部落的少年英雄登场了。作为狩猎的唯一功臣，太注定要成为这场仪式的主角。第一次参加狩猎，太就碰到了好运气，或者说好运气找上了他，大自然馈赠了他一份独食。满载而归的太仿佛是从某种季节走来，肩负着沉甸甸的收成，一条蛇，一只鹿，外加几只野鸡；脸上表情也是一种收成：自得和满足。他大摇大摆，穿行在夕阳、霞光、暮色交会而成的晚景里，穿行在众目睽睽之下，一点也不怯场。噫？有人带头喊出声来，接着是一片噫的合鸣。噫是原始人类的感叹词，视不同场合表达不同意思：喜悦，惊奇，嘲讽，甚至愤怒。噫声不绝，人们感叹不止。众人纷纷拥向太，把太抬举起来绕场而行，太很识抬举，自觉浮在人流之上轻飘如独木舟。

傩？大发了一句话，音调拖得很长。大一出声，说明仪式已经进入实质性阶段。大主持仪式只需要说一个傩字，傩是多义的，既是话，又是信号，它贯串了仪式的全过程，所有部落成员皆能心领神会，不得出错的。

太的身子几乎和大的话音同时落地，稳稳地立在场子中央。天色彻底阴暗下来，黑夜的正式降临模糊了众人视线，尽管太近在咫尺，他的影子也显得若隐若现。这时候，又是大的声音驱除了黑暗，因为随叫随应的火种师已经把篝火点燃。火种师由一名老妇人担任，地位在一人之下众人之上，她经验丰富，忠实可靠，让这样的手掌管火种，部落的温暖才有保障。

火很快燃烧成大火，越烧越旺，码在旁边的柴山是火燃烧不熄的源泉。火的出现如同日出，照耀着人类古代的夜晚。

太距火堆最近，他置身火光中，置身在光天化日之下。适才还很从容的太好像受不了这光，确切地说受不了众人的目光，他有些慌神，竟然忘了一个英雄应该做的事情。作为仪式不可缺少的环节，他必须遵循部落常规脱净衣物，做到一丝不挂，即使大冷天也不得例外。凡是男人都不会放弃这个炫耀自己的机会，捧起下身展示给众人看，并表演出种种与性事有关的动作。于是，一具平常被视为贱物的男根便出尽风头了，只有它和它的主人明白，时辰一过，它就得夹起尾巴收敛起来，像只老鼠躲进洞里，不晓得哪年哪月才重见天日。习俗形成可以追溯到若干年前，那时男女有了明确分工，女人负责捕鱼、采集、种植，男人专事狩猎。男人的地位决定了他们要同风险和死亡打交道，人类狩猎史说穿了就是男人同野兽搏斗的历史，人能活着回来就不错了，活着回来又得猎物就更加了不起。某日，一个真以为自己了不起的男人得意忘了形，当众露出他的阳物耍痞，这就犯了大忌，一个母性氏族被触怒了，她们要从严处置犯忌者。女酋长笑盈盈地走拢去，随同前往的还有她手上的一柄石刀，石刀刚磨砺过，锋口酷似一片笑意深长的嘴唇，但它笑出的是石头的刻毒和阴冷。石刀一旦启用，部落的一个男人就要废了，没得用了，纵然完整保留下一副男人的骨骼和躯壳，但少了那根要命的筋就不算男人了。事实上，人们没有看到理想的结果，理想和现实相差得太远，或者说理想走向了它的反面。由于酋长临时变卦，改罚为奖，那个本该挨刑的人反倒成了受人拥戴的英雄。酋长是有远见的，她的一念之差化作原始的动力，使所有的男人愿意为一种荣誉卖命了，古老的习俗便由此诞生。

现在，太的手伸到了腰带上，几次欲解又止，他的犹豫直接延误了仪式进行。急待分享猎物的人们都等得不耐烦了，他们提前准备好了胃口，恨不能早点了事。突然间又噫声四起，这时的噫已经改变性质，从赞许转为不满。太感到那些嘈杂的声音如同一双双爪子在撕扯他的腰带，他的兔皮裤子要不翼而飞了。当然，出面解危的只有大，大和历史上那位有远见的酋长形同一人，脸上笑嘻嘻地，手里同样持一把石刀。但任何事情总有它的奇异之处，大的刀没有白拿，最终派上了用场，刀在太的腰部轻轻一划，那根皮带子彻底断了，与此相连的兔皮失去攀援颓然掉到地上，等于太的秘密掉到地上，太想捡起它已经来不及，捡起来也不是秘密了。太全身赤裸，多年羞于见人的部位格外突起，它像一条倒挂的蛇悠悠晃动。起初，人们以为太的肠子漏了出来，细看才醒悟是长在他体外的那根肠子。这就让人费解，太为此应该引以为豪才是，怎么自卑得一直抬不起头呢？

大见状如获至宝欢喜癫了，脸上绽开从未有过的笑容。今夜头，傩。她对太说，话中明白无误地暗示了她和太的某种关系。

太固执地摇了摇头，太摇头显然不合时宜，因为大的意志是不能违背的。

大的脸色顿时晴转多云，仿佛一场暴风雨即将到来。傩！她加重语气吼道。

我傩。太说。

我傩！大说。

恰似原始交易中的讨价还价，二人僵持良久。结果，他们认可了同一件事情，分歧在于都不肯屈从对方。

三

大失眠了。大很少有失眠的时候，但是今天晚上实在困不着，老陪伴已被辞退，而她想要的人又迟迟没有到来。土床的一边空着，大的心空着，空得无着落。起风了，风是夜间偷情高手，在大的茅屋前后溜来溜去，还不时钻进屋里挑逗大，极尽风流。人可以拒绝同类但不可以拒绝风，风无处不在，它的抚摸是全身心的，它从人的发梢、肌肤入手，然后直达人的内心，这样人就整个被它俘了，无论如何跑不脱的。但风生性靠不住，它只能制造摇摆式的爱情，在大看来，纵然它风情万种也不能代替一个男人的好处。所以，大的眼睛只顾瞪着那扇虚掩的柴门，那是特意给太留的，她相信太会来，部落里自古女招男从的习惯不会因太而改变，何况她是酋长，更没有不来之理，除非日出西边，河水倒流。

其实，大并没有坚持多久，至少没有坚持天亮，那道自信的堤坝便自行坍塌了。大经历了一生中最难熬的苦闷时光，就人类历史而言，她所代表的整个氏族莫不如此。启明星渐渐显露出它的轮廓，它一闪一闪，仿若神灵在眨眼，在昭示。身为酋长同时身为女巫，大是听得懂神的语言的，她没有再等待，而是起身出门，朝不远处的另一幢茅舍走去。本来是一脚平路，她却走得磕磕绊绊，像有种种障碍阻止她前行。原来，那种阻碍来自她内心，她一步三回首总也走不出自己的影子。到此时，大才意识到某种危机，她误入了歧途，想回心转意为时已晚，因为她无家可归了。大一出门，风就乘虚而入，风从内部动摇了茅屋的根基，大亲眼见到了茅屋的风雨飘摇，接着歪斜，倾倒，最后剩下一片废墟，于是，大感到天垮了。

大总算到了她想到的地方，确切地说，是狗吠把她招引到了这里。适才，她还在梦中，或在幻觉中，狗首先发现了她，狗用惯常的方式汪汪地轻吠起来。狗吠声起到了召唤和邀请的作用，大循声从黑暗深处走来，驻足在太的屋场上。

现在，我们应该记录下这个不寻常的黎明，这个晨曦的早期黎明，有关它的自然方面可以忽略不计，我们将看好它的人文部分，而一声响亮的狗叫是重点风景之一。那时候，人类还没有习惯养鸡，以鸡报晓是若干年以后的事情，至于人为的梆声、号声为期更晚，它们充其量是一件报时工具，不足以和远古的这声狗吠相比。人类最早驯养的动物是狗，狗起先也属野类，是狼或狐，一次偶然也是必然的机会，它们被人捕获，关养起来，人狗之间的缘分大概就始于此，狗渐渐收了野心，养家了，成为人的得力帮手，狩猎、守屋、运输，样样事情少不得它们；狗的忠诚尤其值得称道，那是人类自身也不及的，于是就有人效仿学做起狗来，所谓忠实的走狗之类说法正是针对这些人而言，真把人说死了火，天底下恐怕再没有比这更好的比喻了。

在这里，强调一下季节的作用是很有必要的，山于夏天日长夜短，我们期待的这个白天来得比以往早一些。拂晓前的天色半明半暗，天色投影到太的屋角，那儿蜷缩着一条猎狗，狗睡眼惺忪，目光一如天色半明半暗。大的脚步声由远及近，狗听见了，狗忽然警觉地竖起耳朵，搜寻声音的源头。大一双赤足走到狗的听觉里，大陌生的女人气味也随风源源不断融入狗的鼻息，但大的身影却始终游离在狗的视野之外。这已经够了，狗全然用不着看见具体事物的，天地间任何响动对于它都是敌情，于是振作起精神仰天一吠，那一吠宣告了黎明的诞生，天破晓了，部落人惊醒了。

　　往下的情形可想而知，山湾一下子空前热闹起来。当然，光凭太那条狗单独轻狂也热闹不到哪里去，但是它起到了一呼百应的效果，凡是有生命的物种都在那一刻苏醒，睁眼看一看到底发生了什么或没有发生什么。真正的响应者是狗的同类，跟着一阵乱吠是必然的，不过，它们的响应没有停留在口头上，而是用行动赶来增援。它们分别像一支箭，纷纷从各个点射出，直落太的屋场，很快对大形成了包围之势，其状如狩猎。狗并不明白人类的关系，它们的忠诚仅限于自家主人，管你酋长不酋长，照吠，照咬，丝毫不留情面的。

　　如果说这是一出原始剧的话，那么该轮到人出场，邻近几幢茅棚的门相继打开，里面探出一些人头，人头上各自安装了表情愕然的面孔。人们开门见山看到大和一群狗周旋，她持一截柴棍左冲右突，明显地首尾难顾，处境十分危险。人若见死不救当然不算人，前来救驾是无疑的。人的介入更加导致了场面混乱，人狗乱成一团，人喝狗吠的声音夹杂其间，简直吵翻了天，分不清孰是孰非。这场人狗大战持续了很久，它作为最为生动的一幕，点缀着遥远的黎明风景。

　　狗终于被赶走了，人不走，人留下来处理人事，他们和大面面相觑，看大下一步要做什么。大的意图和大本人一样都明摆着，不用猜，也不用问，只是人们对大的行为心存疑虑，大带头触犯了部落规矩主动来求男人，这该如何处置？大分明感觉到了来自众人目光的审视，特别是那些同性目光的背后，似乎隐匿着某种企图，她们这样看大其实等于敲诈大，非要大供出什么东西来不可，这自然难为不了大。大很坦然，她很快用目光和她们交换了看法，同性间的默契就在转眼之间达成了。

　　你们，惟。大说，意思是说，你们也可以学我嘛。

这便是大给自己女成员的承诺。承诺也许是草率的，没有顾及后果，话一出口等于把她们连同自己一起出卖了，表面上是一次转嫁，实质上是权力移交，从此把女性尊贵的地位拱手让给了男人。

大正是在这一背景下频频出入太的柴门，后来索性把家搬了过来。事情也许不如我们想象的那样顺利，但结果已经出来了，那便是大的彻底妥协。大的东西不多，大抵是些被褥、衣物、器具、祭品之类，随身可带，用不着兴师动众来帮忙的，大就在一次次往来中不知不觉地完成了搬家。大搬家时形同一只迁徙之鸟，影子匆匆划过寨空，从这个巢落进那个巢。

在此之前，太一直打着单身，怪僻是他过早独居的原因。部落好比一座森林，他好比独立于林边的一棵孤树，既是林中一员又若即若离。他亲手给自己盖了一幢茅棚，其外形以及大小和邻舍别无二致，但只要稍微留意一下他的床铺，就不难发现一个古代少年的深谋远虑和良苦用心。土床很宽，睡两个人也绰绰有余，其中一半分明是替另一个人预备着的，太这样做床的动机不得而知，我们只能从中看到某个时代的征兆，它应验在大身上，随着大的进驻，那个时代如期到来了。

大在太这里得到的好处是不宜细述的，恐怕所有男人相加也不及一个太。我们知道，大已经厌倦了其他男人，而男人对于大简直等同饭食，她一边需要吃饭一边厌食，这就很怪，很可怕，这难道不是病又是什么？大想我好命苦，手下尽是些无用男人，人活在世上还有什么盼头，不如把他们都骗掉算了。大被这样一种情绪笼罩着不能自拔。所以说，太的出现既及时又至关重要，一切从大割去太身上那块兔皮时起就开始了逆转，那一割真是拨开乌云见太阳了。

话题似乎又绕到了大和太的关系上，想躲也躲不开，倘若就此回避无论如何不近情理，就好比做一道菜，除了油盐还得稍加佐料才是，否则就会寡淡无味。我并非出色的厨师，这大概和我一贯喜欢清淡有关，但今天我要破例地多放一点佐料，尽管如此，恐怕还是难让口味很刁的现代人满意，这样我就实在无法了。

我想男女性事大概应该和床有关，再早的人类也不例外，一块岩板，一方草坪，甚至一道沟一个坑，都是床，都为人类之爱做过铺垫。人有一半时间在床上，床是人的另一块土地，人在上面耕耘、收获，生生不息，人类性史其实就是一张床的历史，我现在要说的是太的床，一张不知有意还是无意加宽的大土床，在太孤枕独用它时，显然太过浪费。我们指望大一来情形会有所改观，但是我们错了，浪费的现象依然存在。在最初的日子里，我们不能够把太和大截然分开，他们或相缠，或重叠，总之是一个人，仅占用一个人的位置，而大半床面一如既往空着，这和我们的想象基本相符。有时，他们虽也分开，但很快又合拢了，只不过是同一件东西的不同组合，实际上他们还是一个人，要拆散他们并不那么容易。

真正的睡眠出现在某个清晨，这和大初进太茅屋几乎同一时辰。这一回，大和太平均分配了那张床，他们被对半劈开翻仰在那里，彼此隔离，唯有毗邻的两只手保持着一点联系，藕断丝连挨在一起。他们像是一觉醒来，更像是没有睡着，都眼睁睁地睇视屋顶出神，说他们通宵未眠也不一定。睡姿是一目了然的，赤条条如两尾摊晒着的干鱼，屋漏的天光细碎斑驳，其中几点洒落到他们身上，看上去就像一片耀眼的鱼鳞。天色亮透了，其他部落成员纷纷早起，为一天生计开始忙碌，他们制造出一系列声音，说话，打呜呼，走路以及猎具农具的相互碰击，等等，各种声音排着队直奔太屋场而来。以往，人们闻声即起，去做派定给自己的分内之事，包括酋长在内，部落上下是没有一个闲人的。今天非同寻常，大和太对一切响声充耳未闻，他们不为所动，而继续他们的白日睡眠。

其实，大和太并没有入睡，或者说似睡非睡，有活泛的眼睛和清醒的头脑为其作证，他们是各怀心事的。最初的热情像风像雨已经过去，太开始冷静地面对大，面对这个和他母亲年龄相仿的女人。大属于丰乳肥臀那种类型，奶子大如两只皮袋，装满了女人的欲望。大的奇特之处正是这对乳房，它平时松垮垮的，但只要塞进某个男人的嘴里，就会充气似的鼓胀起来。奶子的鼓胀过程也是男人的成长过程，它先让男人回到童年时光，母亲喂奶一样地衔着，吸吮着，然后苗壮成长，成一个地道的男子汉，这是毫无疑问的。大用这种方式，一次次地调动男人也调动自己，人生乐趣全在其中了。大如此这般难免令人堪忧，担心能否长久，所谓把戏不能久玩，不是没有道理的，它有朝一日失灵也在情理之中。许多天以后，当奶子又一次伸向太时，太意外地没有迎接它，太退却了。我们可以设想奶子遭到拒绝后何等尴尬，但我们又必须清楚它非同一般的奶子，它若善罢甘休的话就不会长在大身上，它定然要鼓足勇气做最后努力的。

在此，我们千万别责怪太的无礼，太有太的难处。太现在处于冷静时期，我们允许他冷静地思考一些问题，譬如怎样正确对待奶的问题。有那么一刻，太侧身而卧，把背面交给大，同时把一座山峰筑在二人之间。太本想摆脱奶子的纠缠，可是无论哪一种睡姿都帮不了他的忙，他总也逃脱不了奶子的追踪，奶子翻越山峰蛮横地向他抵近，这一回太没有退却，他干脆张嘴迎接了奶的侵入。但是，奶子却在半途中遭到了牙的突然袭击，牙齿紧咬着它一点一点用力，真正的力。大感到了疼痛，感到乳头和乳房在渐渐分离，心尖也在离她而去。啊！啊！大厉声喊叫起来，喊是惯常喊法，然表达的却不是欢乐，而是痛苦。

太的目的达到了，太松了口，那颗乳头仍在，它完好无损，但我们相信它实质上已经破碎。

你是嫌我老了吗？大这样问太。

我是真的老了吗？大禁不住这样问自己。

其实，答案是现成的，大全然用不着问太或问自己。太不想用话回答大，他要找出让大信服的事实，那便是他珍藏已久的一面石镜。镜子放在火塘边的瓦罐里，部落里的成年人都有这样一只盛装饰品的瓦罐，除了一些简单的工具以外，瓦罐几乎就是原始人唯一的家当。太伸手从饰品罐里取出一块圆形石片，石片状如月盘，色泽也恰似月光晶莹，洁白。这原是一块天然水晶石，经过太的精心磨制，人类历史上最早的镜子便由此诞生了。不久前的一天清晨，太按照夜梦所示来到河边，他梦见自己抓到了一条大鱼，得鱼处正是足下的这口深潭。梦见鱼是招财进喜之兆，人类部落时期就有了这种解法。太一边凝视潭水出神，一边沉浸在昨日的梦中。正值日出时分，太阳既古老又新鲜，它一面照临河谷，一河绿水被染得彤红，连河两岸也不例外地镀上了金边。太回忆起梦里的一个重要细节，那便是大白鱼渐渐变成大金鱼的情景。梦和现实多么相似，不同的是，太所期待的大鱼迟迟没有出现。

正在这时，太发现了一点白光，它浸在潭水深处半隐半现，极像月亮倒影更像月亮本身。太举首仰视天边，满目除了阳光还是阳光，根本不见月的踪迹。现在是日的天下，月早已经归去，月也许就打落在这片潭中了。太以一个鱼跃姿势扎入水底，捞起了那片月。虽然是一块异石，但太相信自己的判断，他想梦就该应验在这块石上了。石头映出了太的影子，人类的影子，人就在那一刻看清了自己的真实面目。石头尚有棱角，硌手，太于是就地加工起来，他借一块河岩开始打磨，打磨过程其实就是镜子的成形过程。完工之初，太打算作为信物馈赠给部落中最乖的女子的，他将镜子置于眼前，开始想象一个乖女子映照其中的美丽容颜。奇妙的情景出现了，部落里所有的年轻女子排着队朝太走来，她们个个像花朵一样在镜中依次盛开。太内心怦然一动，某种念头随之产生，他想神赐给他莫非不止一个女人，而是整个女人天下？太不得不改变初衷了，他以为把镜子送给大比送给任何一个女子都值得，一块镜子会帮他圆一个男人的梦的。

大接到石镜，起初不知为何物，更不知太的用意，拿起镜子一照就大惊失色，人一下痴在那里。镜子再现了大的苍老和丑陋，连她自己都不敢认。回过神来时，大嘴里不断喃喃自语：天垮了，天垮了！她的手颤抖得再拿不稳镜子，镜子遂滑脱触地，碎成几块，象征着她的天地叭一声掉到地上摔破了。

四

大感到极度劳累，一辈子没有歇过气似的劳累。她决定好好睡一觉，并且做好了长眠不醒的准备。她对太说：莫喊我，天大的事也莫喊我。话刚说完，人就睡眼蒙眬了。大想赶在入梦之前上床的，但是她没能做到，鼾声在她通往床榻的途中先期到达，鼾声迫不及待地帮助她提前进入了梦乡。

在长达数日的睡眠中，大始终保持着一种睡姿，四仰八叉躺在那里一动不动。全身唯有嘴巴在动，嘴里不断重复一个傩字，音调时高时低，时缓时急。我们由此推断大定然在做一个关于傩的梦，但梦的具体内容我们又无从得知。太是直接的听梦者，太俯首帖耳半天也听不出所以然来。太想做梦者的表情也许比梦呓更真实，于是，他放弃了倾听，集中精力认真观察大的脸色。大的脸简直不能细看，原本布满了皱褶，一旦置于太的目光下，就像一匹老树叶暴晒在烈日底下，更加枯萎了，没有一点水分和光泽。太想一个人的死相大概如此，和一片落叶差不多，太这样想时觉得自己很恶毒，其实他是无意诅咒的，因为这实在算不上一张活人的脸，它彻底被死亡气息笼罩，毫无生气可言，用不着诅咒的，凡人皆能预料它离死期已经不远了。

几天后，大终于醒过来，口中依旧傩、傩地念叨不止，说明她的梦没有完，需要在现实中继续做下去。她的眼睛紧盯着空中的某个点，伸出手一把一把抓着什么，人们以为她要吃的或要喝的，便及时拿来食品和水，结果都不是，她要的东西不在别处，而分明在空中的哪个点上，它很清楚地撂放着或悬挂着，人们偏偏视而不见，任凭大徒劳地抓呀抓。大的床前，聚集了部落所有的长者和圆梦师，他们就此发表着各自的意见，这些意见听起来条条有理，实际上都不着边际，都和大的用意风马牛不相及，大一一摇头否决了众人意见，最后目光落在巫医身上。人们从大的目光里找到了答案，大肯定害病了，她寄望于巫医来拯救她的生命或灵魂。

屋内安静下来，静若无声，只剩下巫医的一只手在活动，那只手从大的额头出发，缓缓走向大的四肢。大的额头滚烫，四肢冰凉，巫医感到他的手穿行在季节的更替之中。

她吓哑了。巫医说。

吓哑了？怎么吓哑了？众人心里起了疑云，疑云拂之不去，成为部落成员们的一个通病。人们开始四下搜寻，寻找太的影子。太不在场，太早已离开柴屋，悄然出走了。正值太阳落山时分，太踽踽地朝向河边走去，一条猎狗尾随着他。太拖着自己的影子，像拖着一条长长的竹竿。太不用回首，也知晓有无数的目光跟踪着他，那些目光像箭镞、像投枪呼啸而至，落在他的背脊上。太出走并非逃避什么，他是要用事实来证明自己的清白。部落的规矩古已有之，凡人做了亏心事，都躲不脱河神的惩罚，当事者必须徒手走下河滩，把命运交给河神去处置。河神是公正的，它自会把邪恶拖进渊底，或把无辜者安然地送达彼岸。

在众人的视线里，太的影子既清晰又模糊，他选择了一处河水最急的地段，从容地涉流而过。太视险滩为平地，他一步一步踩着波浪行走，水花仅仅打湿脚背，水花在他经过之处一路绽开。足下河水哗哗，头顶老鸦哇哇，老鸦不早不迟正巧此时赶来，把一个凶兆撒落在河谷。老鸦是死神的信使，它浑身漆黑，声音也是黑色的，它的出现不会有什么好事，注定和人间的死亡相关，更多的时候，它是特意来预告一个人的死讯的。群鸦鼓噪令人心烦，群鸦盘旋更是一道恐怖的风景，犹如夜幕骤然降临，黑压压一大片笼罩了河谷。部落中，几乎无人怀疑太能够生还归来，那截被称作鬼路的急滩迄今没有人敢涉足，太从那儿下水等于找死。当群鸦渐渐散去，河面复归平静，人们意外地发现太在河对面顺利登岸，他傲视一江流水和远处的人群，吹响了胜利者的口哨，然后转身隐入密林，消失在人们的视野之外。

大经历一场恶病之后果真成了哑巴，但其地位并没有动摇，她照样行使着酋长的权力，只不过比以往多费些口舌和周折。时间一久，人们习惯了她的哑语，部落内部并且开始通用哑语，哑语代替了原有的方言，使用起来极其简便，往往一个手势足以表达全部意思。哑语流行于夏季，它像自然界的某种植物蓬勃生长，到了秋熟季节，收获的却是一枚苦涩的果实，这是人万万没有想到的。一年一度的傩仪临近，坐视人类收成的神出现在云端，准备接受人类的祭祀。祭坛设在即将收割的粳稻田边，祭坛周围摆满了血淋淋的牲畜头、鱼、野果等诸种贡品。格外显眼的是一束新鲜谷穗，它置放在祭坛中央，置放在人们心目中最神圣的位置。提起谷穗的来历，还得追溯到许多年前，那时候，古老的河滩边一片沼泽，稀稀落落生长着一种野生稻，人类祖先采集到此偶尔发现了它，便摘下尝试充饥。稻米虽是粗糙的，但对于更为粗糙的人类肠胃来说，它是再细腻不过的了，人只是将它放进嘴里一嚼就嚼出了滋味，那滋味是任何植物的果实所不及的。我们可以设想当时的情景，那天天气很好，我们祖先的心情也很好，好得同天空一样晴朗和辽阔。应该说，这是一位睿智的先人，他手里捧着一把谷粒沉思不已，双足深陷在泥沼里久久不肯离去。后来，他显然经过了深思熟虑，将谷种一粒一粒均匀地撒向四周，这一撒意义十分深远，它从此改变了野生稻自生自灭的命运，同时孕育了人类最早的年成。一个好的年成，得益于阳光和雨。不，是神赐予了人类阳光和雨水，故人们丰收不忘祭神是天经地义的事情。于是，一种专事祭神的还傩愿仪式由此诞生。还傩愿又称傩仪，历时三昼夜，三昼夜不算长，期间人有无尽的话要对神讲，有无尽的歌要对神唱，尽管这些话这些歌年年讲年年唱，神一定也会耐烦听的，神没有理由拒绝人类还愿的。现在，仪式拉开了序幕，木叶已经吹响，皮鼓已经捶响，凡人皆头戴傩面具，身披茅草衣，只等一声招呼准备正式登场。偏偏此时出了麻烦，主持仪式的大嘴巴张开好久仍不见作声，因为哑的缘故，那句开场白怎么也喊不出来，原来人们用惯了的哑语完全不适应傩仪了，人若给神也打哑语的话就太不像话。真正的麻烦在于人们患了集体健忘症，他们在学会哑语的同时丧失了母语，母语像丢进河里的一件东西随水漂走了，再也捡拾不回来了。情急之下，人们开始集体回忆，哪怕回忆得起一两句也好，岂料这种集体式的搜肠刮肚并无成效，过去曾经背得滚瓜烂熟的傩歌连一个字也想不起来，它好几次溜到了嘴边又缩回去。人们急得只差喊天，此时喊天未必喊得应，人落到这步田地未必不是天的报应。

尴尬莫过于酋长大人了，她满脸愁容呆立着不动。一老者走拢来，用地道的哑语向大建议，说干脆就用哑语祭神吧，神是无所不能的，神既然能够洞悉人心就必定听得懂人的哑语。大的神态大河解冻般一下子开朗，接着是一连串哗哗啦啦的哑语流淌。傩仪就这样继续进行，它别出心裁地演绎着种种农事，并且夹杂着大量的性事活动。原始人类总是认为作物生长同种族繁衍密不可分，傩仪再现了人类劳动和性事过程。尤其有关性事部分，它逼真得如同做爱本身。其间，代表女阴的八月瓜扮演着主要角色。八月瓜是一种野生瓜，它和稻谷一样成熟于秋季，其形状是不宜详述的，我们仅知道它的象征意义就够了。它连藤带瓜从山间移植而来，直接移植到每个妇女身上，恰到好处地遮掩着她们的阴部，或者说它本来就是女人的阴部长在那里。

八月瓜贯串了傩歌始终，人们这样反复唱道：

八月瓜，
你好结呀，
结得数不择呀；
八月瓜，
你好乖呀，
乖得一世人爱呀；

八月瓜，

你快熟炸口呀，

炸口就见肉呀；

八月瓜，

你好好吃呀，

越吃越想吃呀；

……

　　歌词的真正用意是很明白的，古人的粗俗和含蓄也可见一斑。在这里，人们一味地赞美女性，完全忽略了男性的存在。作为性爱必不可少的另一个对象，男根却显得微不足道或可有可无，它没有具体的象征物，女人们仅以一根手指头代之，手是女人们的手，这等于男人的命运掌管在女人手中任其摆布。女人们使用手指时很讲究，她们随意玩弄着它，丑化着它，把它捏造成无赖形象。整个傩仪，等于光看女人的戏，男人无份，男人仅做陪衬，其地位同一棵草一块石头没得区别，他们越是围着女人们狂呼、喝彩，并伴以舞手顿足，越是表明其卑微和可怜。

　　仪式进行期间，我们相信冥冥之中有一双眼睛，傩的眼睛，始终注视着人类的行径。根据字义来解释，傩，即崇尚候鸟的人。在人类耕耘之初，有一种叫鸿雁的短尾小鸟，它们张开季节的翅膀，年年如期飞来，把播种的消息带给人间。它们成群结队地落进河滩沼泽地，在上面翻来覆去地踩呀踩，踩烂了杂草，踩溶了泥巴，踩出了一大片水田，正好适合粳稻生长。鸿雁离去之时正是稻谷成熟季节，人类收获了鸿雁留下的年成，自然不会忘记鸿雁的好处，但在更多的时候，他们在期待鸿雁再度到来。整整一个秋冬，人们都在做关于鸿雁的梦，日常谈论的话题总也离不开它，日复一日，鸿雁在人类的心目中渐渐神圣起来。到了来年春天，大地稍微转暖，人们就等不及聚集在河边，所有人神情一致遥望鸿雁曾经出现的方向，开始漫长的等待。人们目光执着，信念坚定，他们有充分的理由肯定鸿雁会来的。就在这几天，他们说，但具体是哪一天，人们当然无从知晓。所以，这几天便成了古人的节日，他们百事不做，唯一要做的事就是专等鸿雁到来。天空中偶尔出现一两点鸟迹，那是鸿雁的同类而并非鸿雁，远远看去，它们和鸿雁毫无区别，它们也是直往河滩而来，路过或来寻食，要不然就是存心和人类开一次玩笑，让人空欢喜一场罢了。

终于有一天，鸿雁在人们的企盼中悄然降临，它们在天空排着阵势，密密麻麻又井然有序。它们飞行的时候像大雾弥漫，大雾很快化作密集的雨点。更为密集的是鸿雁的啼叫，喏喏喏喏，其清脆和响亮是任何鸟声都无法比拟的。鸿雁喏喏而鸣简直在和人类对话，人类口语中的喏是指这或那的意思，当鸿雁的影子刚一出现，人们就已经喏声四起，接着，人和雁的声音在空中不谋而合了。以后，人干脆称鸿雁为傩鸟，喏傩同音，故名。也许这正是傩的由来。早期的人类万万没有想到，由于他们这一次不经意的自然命名，却难倒了众多后人，成为后世一门深奥的学问。

长长的河滩上，傩鸟似一群农夫，一如往年在辛勤耕作。人却躲在一边，扮演着旁观者的角色。人没有放过任何一个细节，而一双鸟爪子无疑是细节中最重要的部分。人类的观察非一天两天，一年两年，他们不知道倾注了多少代人的目光，才从中看出或悟到点什么。我们有理由相信，农耕史上抓耙以及耘田器的诞生，和人类的这一观察不无关系。我们还从古陶制品上发现了鸟和谷穗并存的图案，由此推断它和耙状农具同属于鸟图腾时期的产物，这大概也错不到哪里去。

时光流逝了若干年，鸟耕已经成为历史，但傩仍然是部落至高无上之神。人从春种到秋收，都受着傩的监护和庇佑，否则，人类便无收成可言。人在春天就许了愿，秋天还愿理所应当。人先把开镰后的第一束谷禾献给傩神，然后再收割属于自己的一份，年年岁岁如此，所以才有了还傩愿仪式，有了最原始的歌舞。

五

半年前出走的太，现在又回到大的身边。太是深更半夜进寨的，他披头散发衣衫褴褛一副鬼样子，自然又招惹一阵狗吠。他先到自家屋里打了个转，当推开柴门，一股久违的气息迎接了他。走进屋如同走进某种记忆，那便是和大在一起的日子，这一日子既疏远了又逼近了，只差一步，就可以抵达记忆中的土床，日子还是昨天的日子。其实太猜想大已经搬走了，事情正如他所料，屋内空空，屋内只有大的气息，不见大的影子。

太没有停留，他要急于见大，便一阵风似的直奔大的住处。太并非为了重温旧梦这才找大，他心里装着比床笫之欢更为重要的事情。喂，喂！太边喂边无所顾忌地捶打大的门板。太的手很有劲，这劲用到打门上相当一股狂风。门为荆条扎就，并不牢靠，它和同样并不牢靠的门柱相连，太拍打着它等于摇撼着整幢茅屋。太的声音在夜深人静时刻显得格外刺耳，全部落人都听到了，他们心想太这次突然归来非同寻常，人们几乎忘了他的存在，以为他早做了山间野鬼，哪晓得他起死回生一般返回部落，重新来到人们中间。

透过疏朗的门缝，借着户外月光，大依稀看清了一张长有三只眼的脸。自从太离她而去以后，大对男人缺少了以往的激情，一颗不安分的心暂时得以收敛，再没有留男人陪宿，算是过了一段清心寡欲的日子。当大确信门外立着的是让她又爱又恨的太时，一种沉睡已久的欲望立刻苏醒了。显然，大把太主动找上门来理解成了太的回心转意。大本来是等不及开门的，可事实上又像在故意拖延时间，其间她做了一件和开门毫不相干的事情。她很利索地除去身上的衣物，直至一丝不挂，然后才去拔开门闩。于是，大的意图昭然若揭了，与其说向来人敞开门扉，不如说敞开她的身体更为确切一些。

对于即将出现的情形，太显然是缺少足够的心理准备的。我这副样子要吓她一跳的。太正这样想着，门吱呀一声打开，吱呀出一个赤条条的人。大张开双臂扑拢来，双臂像两条光滑的蛇缠紧了太。这反使太吓了一大跳。

莫急侬，莫急侬。太说。

大听不懂太的话，纵然听得懂此时也不会去听，她的手在代替她说话，手在太的身上摸索着，似在寻找一样东西，东西很快找到了，便一把抓住不放，抓住问题的要害不放。

太身不由己了，即使有几张嘴能帮他说话也无济于事，他身上的那件东西成了大手中的缰绳或把柄，被大逮住牵着走，牵引到土床上，去做一件世人皆知的事。屋内漆黑黑的，他们彼此看不见对方，可是这丝毫不会妨碍他们做事，因为有些事恰恰不需要光亮甚至是忌讳光亮的。

现在，太可以向大从容叙述他的来意了。

你已经有了？太问道。太的手抚摸着大的腹部，在太的印象中，这里原来一坦平阳，现在却明显地凸起，长成不大不小一个山包。部落里将怀孕的女人称为驼肚婆，像大这样上了年纪的女人居然还能驼肚，这正是太所希望看到的事实。

是我日的傩？太又问道。

大摇了摇脑壳，不明白太说些什么，便做出一个哑巴惯常的神态，一脸茫然望着太。

太的叙述遇到了障碍，话题像一艘船搁浅在嘴边。启动这艘船必须谙熟哑语，这对于太来说实在勉为其难。太眨了眨额头上的那只眼睛，那第三只眼睛，然后睁大了，圆了，眼珠子鼓鼓地看着大，或者说，太的这只眼睛像一颗星子照耀着大。

时辰应该到了第二天清早，大和太面对面地隔火而坐，火是专门用来取暖或兼做熟食而烧的，它对于早期人类显得尤其重要。大和太都挨火很近，这种近距离烤火很能说明当时的季节。寒夜难眠，而语言障碍又给他们制造了另一个寒夜，它横亘在他们之间，使他们彼此都觉得近在眼前又远在天边。

太想我干脆也装哑算了。装哑易得，只要封住嘴巴改用手势就是了。太一连做了几个手势，几个手势加起来只表达一层意思，那便是问大腹中怀的是不是他的孩子。在大看来，太的手势滑稽又可笑，也许只有他自己能懂，而根本不适用大，所以大仍然摇头是理所当然的事。

语言障碍并没有难倒太，他拾起一截炭头在地上画起来。画是随意画法，鬼画桃符般毫无章法可言，但作为原始人的特殊语言或文字，它是很能够说明问题的。于是，一截木炭搭起了一座语言之桥，它使两个互为哑巴的人可以自由交谈了。

太首先画了一个人体，一个驼肚婆。在这里，太采用了夸张变形手法，作为人体所具有的四肢和五官一概被省去了，单剩下十分突出的腹部，腹部内，再装进一个更小的人体。大一眼看出画的是她，但还不明白太的用意何在，她的眼睛跟着太的手指继续行走，看太到底要说些什么。太画完大再画自己，画一个雄性十足的三只眼男人。如果当时人类懂得羞耻的话，那么画面是不堪入目的。在此，我们看见一具男根的无限延伸，它穿越数步之遥竟然还有剩余，末端和大体内的婴儿相连。这样，三个人体构成一幅完整的画面，太正是用这幅画再次向大提问，问大怀的是不是他的孩儿。

这一回，大看懂了或听懂了，她一边哑然失笑一边连连点头。如一堆干柴遇着火星，大的欲望就在那一刻被重新点燃。那一刻，大感到渴极了饿极了，急需补充食物和水，于是，她顾不上火的阻隔，一脚跨过火炕，火炕对面，便是食物和水之类东西。

正值昼夜交替时分，天空中，月亮让位于太阳的仪式一如既往。一切静静的，静若无声，天地间充塞了祥瑞之气。自然界的两位老人同时露出笑颜，一个笑着离去，一个笑着到来。

这时候，人世间某种权力的移交也在悄然进行。我们可以设想男人置身女权下的命运，他们从属女人已是不争的事实；然现实中的情形未必如此，自从大走进太的柴门以后，一种新的风气便自然形成，每到夜晚，只要男人愿意，他们再不必像饥饿的夜猫子那样外出寻食，去畏手畏脚敲别人女子的房门；太已经给他们做出了榜样，耐心坐待家中就是，那些倾心你的女子自会主动找上门来。事情还可以得寸进尺，甚至男人代替女人生孩子也做得到。天底下有许多稀罕事，最稀罕莫过男人生孩子。男人一旦能生孩子就不能小看他们，难道还有什么他们想为而不能为的事情吗？故事最初发生在大和太之间，大仅仅想取悦太，把太长期留在身边，居然就爽快答应了太的要求。太照例通过一幅画轻易达到了目的。

适才，大在太的炭笔下还是个怀孕的驼肚婆，转眼间情形变了，她腹中的婴儿已不复存在，被太移植到了自己身上，这样，太便为部落里第一个翁子。

以后的日子里，我们便见到一个畸形的太，他挺着大肚子，像一个十足的驼肚婆，经常在部落里招摇而过。他逢人便讲他要坐月了，孩儿生下来跟他姓，姓太，而不是姓大。当然，这是已经得到大承认的。人们并不知晓内情，不晓得太怀揣的其实是一团稻草，他们对太怀孕信以为真，几

早期的稼穑

乎所有的人都在等待太的妊娠期满，等待一件不寻常的喜事降临。

终于有一天，大的茅屋里响起婴儿的啼哭，哭声把众人召唤到大的屋场。大家关心生的是男是女，他们各自在屋场边选好位置，把目光一致投向大的门楣，等待主人将代表婴儿性别的葫芦真相，又不失其礼节。接连几天，大的柴屋像没得人居住一样门户紧闭，毫无开启迹象，人们期盼的葫芦迟迟不见露面，除非葫芦还长在藤子上，否则没有不挂出来的理由。葫芦几乎成了人们的一块心病，见不着它吃东西都没有味，觉也睡不安稳。从此，大家起早贪黑仅做一件事，那便是集体守望葫芦出现。众人皆觉得这种等待有趣，并不觉时间漫长，他们和葫芦的主人比着耐心，可以说从等待的那一刻起，他们就做好了遥遥无期的准备，看到底拖延到哪时候为止。事实证明他们没有白等，他们如愿以偿看到了那只葫芦，它几乎在人们的不知不觉中挂了出来，但其挂法实在让人生疑，它一改往常规矩，既非顺挂又非倒挂，而是横挂，这一不男不女的挂法从来没有过，它像一个谜悬在那里，悬在人们的心里。

婴儿的哭声再度响起，哭声很怪，恰似成年人的无病呻吟。哭声像从破瓦罐里泄漏出来的水一样挤出壁缝，汩汩地流淌过来。人们分明感到某种危险物的逼近，便四下惊散开去，但人走到哪里那哭声就跟到哪里，怎么也逃脱不了它的追踪。不光是人，连一些物类也未能幸免。所有的草木都闻风而动，摇曳不止，树叶纷纷坠落。森林对于鸟类是归宿也是乐园，眼下却成了是非之地，各种知名和不知名的鸟儿受了惊吓，它们凭借翅膀的优势开始了飞逃，逃往目不能及的天外。最可怜又可笑的是狗，它们只顾仓皇地奔跑，奔跑是徒劳的，因为声音无处不在，尽管它们用了比平时狩猎还快的速度，也无法冲出声音的围追和堵截。狗耗尽了气力，四肢完全僵硬或疲软，再也跑不动了，但逃命的意识并没有停顿，它们瘫倒在路旁一下一下抽搐着四足，证明一场奔跑仍在继续。

产翁子坐月的事情是值得记述的，它有别于任何产妇坐月。我们发现太真的生了，或者说那团象征怀孕的草包业已卸去。他生怕伤风着凉，头缠一块兽皮，作古正经地卧床数日。床的另一侧，躺着刚刚诞生的婴儿，婴儿包裹在虎皮缝制的襁褓中，仅露出一张血肉模糊的脸，因而我们还无从判别男女。孩儿本是大所生，现在却归到太的名下，这使我们联想到一种名叫公葫芦的藤科植物，它根繁叶茂，然从不结果，由于人类或自然的某种变故，它一夜之间长出了果实，一如眼前的太。太在产褥期间，由女人专门侍候，食来伸手水来张口，还动不动发阵脾气。太尽情享受并行使着产翁子的权力，这权力凌驾酋长之上，可以随意指使大替他做什么或不做什么。大做着与酋长地位相悖的事情，搬柴，生火，烧烤食物，等等。她的脸上没有表情，看不出她心甘情愿还是事与愿违。有一件最应该做的事情一直被她耽搁着，那就是向众人出示婴儿性别的葫芦没人去挂。她把太的催促权当耳边风，几次欲挂又止。大晓得门外聚集了全部落人的目光，它们像数棵阎王刺一样扎在门板上。当大决定将葫芦挂出去的时候，她再一次验证了孩儿的性别。襁褓被打开，孩儿的双腿也被打开，一个男婴无可置疑地呈现在她的面前。也许是遗传的缘故，孩儿的命根长得很不成比例，它简直就是他的第三条腿。这是太的种，这小子将来肯定会成为他老子一样的角色，大想。这时，太已经意识到了某种危机，开始仇恨起男人来。大的目光像两把利刀，在孩儿的两腿间比画来比画去，最后，她果真拿来一块锋快的石片，将孩儿的阳具轻易地割了下来。太目睹了阉割的全过程，太没有阻止大，他一动不动地躺在那里，像什么事都未曾发生，孩儿的哭孩儿的血也不能使他动容。

那个象征婴儿性别的葫芦只挂了一天就被主人收了回去。经验告诉人们，婴儿夭折了，其原因却无人知晓。事隔几日，人们偶尔在婴儿的瓮葬区发现多了一只瓮棺，瓮棺在新土里半隐半现，它连同一个谜永远埋入了地下。

寒冷的冬天正式来临，天空中飞洒着古老的雪花，雪花大朵大朵的，和现代人种植的棉花没有两样。地面是经不起落雪的，仅半天工夫，雪就积至膝深。雪封锁了一切，覆盖了一切，独留一条河放任自流。雪还在下，雪花轻飘飘的，落地无声，看似没有一点重量，然一落到人身上感觉就大不同了，那份沉重是要让人承受整个冬天的。冬天是食物奇缺的季节，储存少，而来源又十分有限，仅靠现有的存粮远远不够食用。幸得天老爷不会绝人后路，它将人类逼入困境同时又给人一线生机，冰天雪地正是它赐给人类的好猎场。与人相比，兽类更加耐不住饥寒，再大的雪再冷

早期的稼穑

的天都要去找吃的。通常情况下，它们很难遇见猎物。它们在雪地上留下脚印，等于留下要命的线索，狗便寻迹而来，狗闭着眼睛也能捕捉到它们的踪影。人先躲在暗处，人用弓箭、标枪以及绳套封锁了要道。人运气好的话，不费什么劲猎物就可以到手，猎物被刺中要害或者自投罗网是常有的事。意外的情形是，猎物仅负了轻伤或挣脱了猎套，那么就得有一场恶赶，结果人跑断了脚杆空手而归也说不定。

往年大雪一停，部落的男人们就会在一声鸣呼的召唤下，自觉携带猎具出门，加入到狩猎的行列。这个冬天有些异常，雪停了几天也不见动静，一次绝佳的狩猎时机被人为地错过了。男人都患了集体懒惰症，他们的激情像阳光下的冰雪悄然融化了，连板壁上的猎具一如主人显得了无生气。雪晴之日，难得气候暖和，嫌冷的话，出门晒晒太阳足以打发一天光阴。古人习惯晒太阳取暖，太阳是衣物或被褥，他们是不会浪费一个太阳的。拒绝阳光的照耀，是这个冬天的又一异常之处，人们宁肯让太阳白白地照着而蜗居不出。山湾静静的，幢幢茅棚蜷缩在各个角落，个个显得心事重重。

茅棚的柴门被依次踢开，门口依次出现了大凶神恶煞般的脸。

赶肉傩！大又恢复了往日威严，她的声音像一股风灌进来，让人感到一种刺骨的寒冷。

雪地上，集中了清一色的男子，有的双眼惺忪似没有睡醒，有的神情怏怏仿若病中，剩下的更是些游手好闲之徒，他们对即将出发狩猎毫无准备，连起码的猎具也没有带。这就惹火了大，她要借机惩罚一个人出口恶气，她的目光在人丛中扫来扫去，最后落在太身上，似乎从太身上找到了某种根据。她走近太，很含混地朝太吼了一句什么。太没有理会，太的傲慢加剧了她的火气，她伸出鹰爪般的手，拧住了太的一只耳朵。她用劲扯着，毫不顾忌人的耳朵是肉做的，于是太的耳朵即刻改变了原来形状，像一片树叶就要被摘下来。太及时哼了一声，骇得大松开了手，但大的手并没有因此退缩，欲再度入侵，却反被一只手擒住动弹不得。大感觉到了那只手的分量，她的手是不能与它匹敌的。让大更加伤心的是，那只手开始公开争夺酋长位置，酋长易位是迟早的事。

悬崖

一

老寨，不过一户人家，姓王，全家三口，父亲和一双儿女，与之相伴的是老木山上的一群青猴。猴住在对门绝壁崖洞里，常年与王家遥遥相望。每天，它们和人一样早起，老祖宗似的蹲在洞口，瞩望人间风景，看人如何下地劳作。猴属于不劳而获之徒，它们不用劳作，也照样享受人类的劳动果实，往往等不及庄稼成熟，就趁人不备结伙钻进苞谷林或红苕地。它们全无惜物之心，将人类血汗尽兴糟蹋，所谓猴子掰苞谷，掰一个丢一个的故事正源于此。这并没有冤枉它们，它们的做法实在有些过分，所以人猴敌对是由来已久的。猴的秉性一天未改，人类就一天不会放弃仇恨。

几年前，一家人悄然进山，他们像一粒飞籽落土生根，老木山从此成为人的领地。人的进驻，对于猴类来说，既是福祉又是灾难。这是一群野猴，初次见人，不免稀奇和恐惧。它们躲在暗处，密切注视人类动向。它们完全有闲工夫当一回看客，看人怎样将树伐倒盖屋，怎样取石筑灶，又怎样在灶里烧火升起炊烟。一连几天，人只顾忙碌自己的事情，没有理会猴的存在，偶尔打一下照面，便远远地投以一个友好的微笑。猴误解了人类的善意，以为来者软弱可欺，便开始壮起胆子靠近人类。但它们的企图遭到了一条黄狗的阻拦，那狗凶狠地扑向它们，吠声犹如虎啸或狼嚎。猴并不知道一种叫狗的异类，在猴的眼里，狗就是出没山间的虎狼，它们不明白这样一种恶类在人面前何以那么乖顺，那副摇尾乞怜相实在让猴类也看不惯的。狗的可恨在于它对待猴的态度，猴并没有惹它，猴仅仅只想接近屋场一步，就被它追撵得呜呼哀哉。猴只有逃命的份，藏进巢穴才觉安全。狗追至山底还不肯罢休，对着可望而不可即的悬崖狂吠良久，那样子是比真正的虎狼还要恶劣十倍的。

接下来，人类不以屋场为起点，开始砍伐周围的杂木和野草。他们的刀具非常锋利，手一扬，草木便纷纷伏地。人类步步为营，砍倒的草木一直铺展过来，直达猴子的眼皮底下了。在砍伐过程中，那狗总是紧随主人，在人前后窜来窜去。它似乎记得经历中的一次追赶，不时地对着崖畔虎视眈眈。此刻，猴群一般都缩在洞中不敢露面，唯独一只年壮猴例外，它居高临下把守在洞口，面对人类行径若有所思。人类不可忽视这只猴的与众不同之处，作为这个故事的主角，它注定要有一番非凡的表现。猴的思考终于有了结果，掀开簸箕大的一块风化石，并将其高高举起。但猴举起它时并不费多大力气，猴的此一举证明了大力士的存在。猴就那么久久举着巨石纹丝不动，整个身子和石头浑然一体，俨然一堵生就的石壁。人和狗见状吓掉了魂，没有等巨石落下，便连人带狗开始了仓皇逃遁。一声垮山般的轰响过后，人才驻足松一口气。回首望去，竟不见落石的影子，原来石头砸入地层，形成偌大一个深坑。人感到遇着厉害对手了，从此不敢麻痹大意，父亲随身一杆枪，兄妹各人一柄斧，连狗也收敛了威风，狗唯一的任务就是警戒，由于它的草木皆兵，所以属于主人的日子总是提心吊胆的。

烧火畲是人类农事中最为精彩的一幕。猴自然见识过一些山火，那种雷击而致的野火并不可怕，它往往距猴洞很远，不外乎一阵青烟罢了，尽管再燃也难成气候。而这场人为的大火非同寻常，它来势凶猛，令猴类始料未及。那些风干数日的草木一经引燃，便很快燎原，转眼间蔓延到山脚。猴们起先想看热闹的，岂知浓烟和热浪沿着石壁逼近洞前，直接威胁到它们的家园。情急之下，猴们被迫撤退到更高处。虽然是一场虚惊，猴们毫发未损，但是亲眼看到一番烈火燃烧，猴类再次感到了人类的强大。此后，人猴和平相处半年有余，直至苞谷灌浆的夏季，围绕着苞谷林的侵犯和护卫，这才祸端又起。

是猴类首先滋事。本来满山野果，尽可以供它们采摘，诸如葡萄、枇杷、樱桃等等，一个猴的家族完全靠其养育才得以生存下来。但是它们挑嘴，想调换口味，偏要偷吃人间禁果。倘若光吃也无妨，猴的食量小，仅仅试一个新鲜的话，人类是不会和猴一般见识的。但是，猴偷摘苞谷时一路浪费，掰了半天，最终腋下只夹一颗苞谷棒收场。那遗弃一地的嫩苞谷再也不能复原，便在生命的半途中夭折。待人发现时已经晚了，人只好将那些苞谷悉数捡起，捎回家中舂烂喂猪。如果人就此甘心自然不算人，人手中的猎枪不会沉默，它会替主人讨回公道的，它一旦出声，就表明猴类要为它们的行为付出血的代价。一日，天刚蒙蒙亮，人照例出门巡视，他有备而来，肩头枪管里灌足了火药和铁砂。走近苞谷地，就看见前方苞谷无风自动，间杂一片嘎嘎之声。猴们存心要与人类作对，一朝得手，便干脆将苞谷林当作乐园肆意践踏。透过苞谷的缝隙，人端枪瞄准了一只大母猴。人的这一招很毒，他是恨不能斩草除根的。母猴已发现人的到来，它竟然无视人的举动，它以为人手持的不过是一根长棍而已，无知注定它死到临头了。它正要做一个挑逗的淫笑，不料那长棍喷出一股火舌，它就在火舌一舔之下丧命，再也不能做猴的母亲了。

二

现在是栽苕的季节，王家带来的苕种已培育出秧苗，皆因红苕不择水土易于成活，所以一家人栽完苕再不去管它。没想到此一疏忽铸成大错，

悬崖

人刚离开苕地，猴群就接踵而来，适才它们一直潜伏在附近树弄里窥视人栽苕，没有放过任何细节。并非出于报复，而纯粹属于好奇，猴们便模仿人类学起栽苕来。它们刨开苕垅，将秧苗一一拔出，然后乱插一气，一块好端端的苕园就这么毁了。事隔数日，王家人从地边经过，被眼前的景象惊呆了，理应一片青葱的苕苗，却只见满目枯黄，细去察看，遍地尽是猴的足迹。那一刻，人无话可说，人心里除了仇恨不会生长别的东西。人要往绝处想了，人类不缺少对付猴子的办法，只要愿意，织一张罗网或挖一口陷阱不过打个夜工的事情。人主意已定，并且成竹在胸，他禁不住一阵冷笑，这笑也许被悄悄跟踪的猴看到了，但它们未必能看出笑里藏刀。当天晚上，人再次在苕地里集中，着手实施他们的计谋。没有月亮和星子，没有风，风大概是怕走漏风声才避开的吧。万物都睡去了，唯独人醒着，凭借夜色掩护，他们手中的锄头频频起落，笃笃的挖土声响彻了通宵。晨曦初露之时，人还没有收工，他们将继续新一天的劳作，重新翻土和下种。稍加留意便可发现，泥土已经失去原先颜色，它被一层新土覆盖，呈金黄色，通常象征富贵的金黄色，例外地在老木山安排了一次灾难和死亡。

到了午休时刻，人一如往常要吃中饭。王家的中饭极其简单，即便一个苕也能算一餐的。今天的饭不免奢侈，是几个特制的小米粑粑。王家舍弃了用来种的小米，目的是收获比年成更为重要的安宁。他们在地里烧起篝火，将粑粑烤熟，然后大口嚼吃起来。一时间，喷香的气味在山野弥漫，躲在不远处的猴一定闻到了，人吃粑粑的情景也定然看见了，它们馋得不流涎水才怪。作为计划的关键一环，吃粑粑过程持续了很久。人就这么吊着猴的胃口，不到猴急是不会收场的。随着时光流逝，猴的命运之绳在人的手中慢慢紧缩。末了，人捡拾工具回家，临行时，故意遗留一些吃剩的粑粑。粑粑搁在显眼处，换句话说，搁在地狱通道上。

人没有走远，人现在也要充当一回探子角色，准备看一出好戏。人是善于制造悲剧的，他们精心布置完舞台，专等猴子登场。如人所料，猴果然出现，打头的是五只小猴，那只成年壮猴殿后。小猴天真幼稚一如顽童，它们争相扑向苕地，去抢夺那块粑粑。壮猴自然老成得多，或许觉得有诈，脚步总是迟迟疑疑。它及时发出一声长啸，恰似人类的某种警告，如不听老人言，吃亏在眼前之类。但当小猴感到危险已经来不及了，它们几乎触到粑粑的同时一脚踩虚，泥土像酥松的棉花凹塌下去，坠入一口深井。井宛如空葫芦，这是陷阱的基本形状，上窄下敞毫无攀援可能。猴们纵然一身本事，擅长弹跳或飞檐走壁，此时概用不上，努力半天终也徒劳。它们只有井底观天的份，天离它们很近又很遥远。

人类最后制伏猴全靠一根竹竿和一个套，竹竿直插井底接通了天地，猴就沿着这条铺就的道路依次转移到套里，被一一捆牢了四肢，随意丢在地上，除了打滚挣扎别无办法，连那只幸存的壮猴也无力解救它们。壮猴自身难保地骑在十几丈远的一道岩坎上，眼睁睁看着人类怎样从容处置它的同类，慑于猎枪，它是不敢轻易拢前一步的。

吃什么补什么。父亲说。

自然先吃猴脑。大概人类还缺乏聪明，需要吸取猴子智慧才决定吃猴脑的。人临时赶做一个类似古代囚人的木笼，将小猴装进去，夹紧脖颈，单留一颗脑壳在外头。小猴眼珠子滴溜溜地转，说明正开动脑子设法逃生，万万想不到脑子即将成为人类的美食。吃是别出心裁的，活吃，而且放盐。这样小猴就遭孽了，人握一把磨砺过的菜刀，在小猴脑壳周围比划着，考虑如何下刀。小猴见状吓得尿流，同时像患了伤寒，浑身颤抖筛糠。伤寒很快传染给其他小猴，还没有轮到它们，个个提前筛起糠来。这是一只小公猴，公猴的尿液使人联想到一种比猴脑更好的东西，即猴精，便决定先补了精再说。人砍来一截细细竹管，削尖，然后抓住小猴的阴囊用劲一撂，捋出两粒饱满的睾丸，睾丸状如圆枣，很诱人，人恨不能即刻摘了囫囵吞下去。人自然懂得更妙的吃法，那截竹管帮助了他。当竹管头刺进睾丸时，猴的精血从另一头溢出，人急忙用嘴巴接住，跟着婴儿吃奶般咂吮起来。咋咂哟哟有声，但和猴的疼喊相比显得微不足道。猴把一串颤音由高至低拖得很长，那是令人心碎的声音，悠悠的，最后变成短促的喘息。

菜刀的正式启用唤起了猴的再度哭喊。刀沿着猴的头盖画了个圈，然后整张头皮像一顶帽子被人揭开，或者说失去头皮倒更像戴了一顶小小圆帽。小猴这时并不觉疼，甚至头颅破裂也能忍受，要命的是木勺搅动脑髓的感觉，那才是痛不欲生的。当天灵盖被彻底敲开，猴脑出现

悬崖

了，原来猴脑和一碗完整的豆腐脑并无多大区别，所不同处是猴脑仍在起伏搏动。人撒一把盐进去，再用木勺搅匀，方止住那动。人一勺一勺舀吃起来，神情很专注，他没有理会一张近在咫尺的猴脸，那脸已经扭曲变形，上面安装了两只同样变形的眼睛。如果人稍稍移动一下目光，就不难发现一只猴临死前的某种欲望。猴生性贪吃，死也不当饿死鬼恐怕更适用猴类，小猴此刻的眼神便是例证。人如此吃法实在是一件残忍的事情，小猴眼巴巴望着他吃，就是没有一勺喂给它，真正的痛苦莫过于此了。

一只猴就这么废了，还有另外几只，等待它们的是相同的结局。

三

父亲这次暴食吃坏了肚子，进屋就觉得腹内气鼓气胀地疼，先是隐隐一点儿疼，接着疼痛加剧，并且四处扩散，仿若无数双手乱抓他的五脏六腑，疼得他支持不住身体，倒在床上呻吟。唯一止疼的办法是再加上自己一双手使劲按压腹部，疼才收敛些，没有那么放肆。

你吃多了。儿子说。

他承认吃多了，猴精猴脑加起来足有两大瓢，怎么不多。儿女都不吃，说腥臊臭。不吃也罢，二回莫怨他独吞就是。哪晓得这下吃拐了肠，他的肚子遭罪了。他忍疼上了一趟茅坑，返回时脸色很难看，人怏怏的，走路两脚无力，直打闹蹿。

好些吗？女儿关切地问。

尽屙红的。他说。屙红即屙血，山里人忌说血，故以红字代之。他仅回避了一个血字，却不能回避血的事实。他重新躺回床上，刚上床又下床，连鞋也未及穿好就匆忙出门。茅坑这么快召唤他回去不是好兆头，证明他痢血交加了。儿女目送父亲的背影消失在茅路尽头，心里像压了副磨盘似的沉重。山里无郎中，凡遇三病两疼全靠自己诊治。父亲粗通医术，黄连根是他止泻的良药，可是这次黄连根失灵，连服几剂不见效果。他屙空了肚子人迅速干瘦，最后剩下一把骨头和一口气，随时一阵风都刮得倒

他。人到这步田地，等于泥巴埋齐颈根，对生命还能存什么指望，菩萨也难拯救他了。他爱晒太阳，即便卧床不起，也要儿女扶他出门见见阳光。他勉强坐得稳，那张专门陪他的马儿板凳总是先在坪场等他来坐。他晒太阳姿势古怪，像雏鸟等待喂食那样，张嘴朝着太阳。阳光就是他的食，阳光如水通过那道入口汩汩注入他的体内，他面颊渐渐泛红，还原为一张血色依旧的脸。但这一局面总不能持久，太阳留不住，太阳也不会每天都有，阴雨连绵的日子，便是他一天中最难挨的时光，更害怕夜晚，天色一暗就要点灯，亮照耀他的床头，那是一束枞膏油，枞膏油的彻夜燃烧代替了白昼，他沐浴在一片虚假的阳光下，做梦，或不做梦。儿女轮流守夜，给他添亮，有时动作慢了，新换的枞膏油还没有点燃，房里出现了短暂的黑暗，他就惊悸不已。亮！亮！他边喊边瞪大眼睛四下逡巡，直至光明复现，他才得以平静继续睡眠。

我硬是作孽了，才不得好报。终于，他向儿女吐露出心迹。

儿女皆明白父言所指，更明白眼下父亲需要安慰，于是女儿说：爹，快莫这样讲，你再拖几天就会好的。

儿子却说：爹，让我到山外找个医生，请人抬也把他抬来，病哪有诊不好的道理。

没得用，没得用。父亲连连摆脑壳说，等你喊来医生，我的骨头打得鼓了。这是他掐算的结果，再说，就家境而言，也请不起医生。他只相信命，命数一到，神仙下凡也枉然。

一天，他精神似乎好转，居然能够起床下地。他感觉身子轻飘飘的，有一种无形的力撑着他走路。他在堂屋里踱来踱去，似有目的又漫无目的。他的目光始终不离倚墙而立的刀、锄、蓑衣、背篓等一应农具，他俨然将军检阅着它们，检阅着这些荒山的征服者或开拓者。他几次想拿起其中一件试试手劲，手却无缚鸡之力，拿不动。为此，他很伤心，遭人嫌弃一样伤心。后来，他特意走进女儿的闺房，迎接他的是一面小小铜镜。镜悬挂在女儿的帐帘上，女儿每照它时，展现的是一朵花的容颜。今天，父亲朝它走来，其实是父亲自己朝自己走来，他和自己狭路相逢。他用农人挑选牲口的眼神仔细打量对方，上看下看左看右看不像人，像猴，地地道道一只老猴。猴的面目狰狞，一副凶神恶煞相。

你说，你到底是人还是猴？他质问道。

你是讨债来的吗？他又问道。

猴没有回答他的提问，只静静地盯着他的手，那神态分明在暗示什么。他领会了对方的意思，将手摊开伸给它看。他惊异于伸出的竟是一只魔爪，上面血糊淋漓的。那一刻，他突然感到失去支撑，人向前倾斜，双膝一软跪倒在地。

四

老木山剩下一只孤猴，一个猴的幽灵，它不得已离开老巢，开始迁徙和游荡。它日行夜宿，走了几天，赶了很远的路，既没有遇见同类，也没有找到落脚处。路似无止境，前途渺茫，它没有信心再走下去了。它回顾一眼来路，发现自己正置身山的边缘，再往前，就要进入丘陵和平原。它依稀望见一溜房屋的轮廓，人欢马叫的声音隐约传来。经验告诉它，那里聚居了更多的人群，是它更不能去的地方。这时候，它记起了老木山，它想转回去。猴也懂得恋家，猴的家园不在别处，而在陡峭险峻的悬崖。它几乎用了狂奔的速度归山，一路鸣呼连天，鸣呼声是它的号子或歌。

老木山重新收留了它。连日奔波劳累，它急需歇气和困觉。不敢困死，怕不晓得醒，所以它睡眠时眼睛是半睁半闭的。猴也做梦，做了一些糟糕的梦，人类的追捕和猴的逃亡构成了梦的主要内容。猴的现实同样糟糕，它其实是一连串噩梦的缩影。这只猴虽然藏匿在人类无法企及的崖洞，但和身陷囹圄没有区别，它的任何一次出入都得偷偷摸摸，因为人类的监视无处不在，人是不会轻易放过一只精明过人的猴子的。

这恐怕算得老木山历史上最平静的时期，人猴互不相扰，人被一场疾病整得疲惫不堪，暂时忘了猴的存在；猴呢，终日蜷缩洞穴，唯一的任务是困懒觉，连新鲜食物也懒得去觅，仅靠一点有限的贮藏维持生计。它还没有摆脱灾难的阴影，人类的那次杀戮仿若昨天发生的事情，至今惊魂未定。熨平伤痕需要时间，对于猴来说，时间有的是，那是和满山的树叶泥土一样可以大把大把抓来用的。假若人类对猴如此蜗居不出视为纯粹消磨时光的话就错了，它借机面壁思过或思疼，甚至卧薪尝胆也未可知，一旦它再度出没山林，也许脱胎换骨成全新的猴，那么人类定然要为此伤透脑筋。

仿佛从长梦中醒来，猴这天睡眼惺忪出到洞沿，重新打量山下人家。一束灯光吸引了它，灯光伴随人类的哭声久久不熄，猴便察觉出人类的某种变故。猴吃惊了，也欢喜疯了，便用一个雀跃表达了猴的喜悦。

夜幕垂挂着，夜的屏障并不能阻碍它下山，通过悬崖时照样如履平地。在靠近王家屋场的一棵柏籽树它找到了属于猴的位置。柴屋窗板疏朗，给它提供了很好的视角，人在明处，它在暗处，它这样偷窥人类行径，是继续，是开始。

人的哭声原来和老人的死有关，是他的儿女在哭，加上一条狗，狗格外伤感些，哭得拖腔拖调，嗷嗷地响亮和绵长。人间葬礼就这样拉开了序幕。猴对活人的悲哀漠不关心，它只感兴趣死者，这位老人给它太多的不幸，一个猴的家族全毁在他手里。它现在倒要仔细看看冤家的死相，看他还有没有昔日的神气和威风。结果它失望了，老人的遗容十分凄惨，一副薄板钉成小小木匣容纳着他还显得那么宽松，其瘦小和尖嘴猴腮足使猴一时误以为同类而非人。他好像死得并不甘心，眼睛未闭，嘴角向一边扭曲，证明他垂死挣扎过。他似乎发现了来自树梢的窥探或威胁，面部肌肉急遽抽搐，可惜这一象征恐怖的表情被儿女忽略了，他们一如既往放肆地哭泣，哭给猴看，极尽人类的可悲和可怜。

天刚蒙蒙亮，突然落了一阵行雨，雨是自然界的使者，既专门为老人送行，又像是来添麻烦的，它的到达直接延误了出殡。此时木匣已经合盖，移至露天坪场，仪式进行到燃烧纸钱阶段。老人去天国的途中需要盘缠，但尽孝的儿女拿不出纸钱，便捡来半背篓板栗树叶代之，正欲点燃，雨却不期而至，浇灭了火，打湿了叶子，也等于断了老人的财路。场面顿时尴尬，孝子孝女伫立雨中，面对一堆作废的纸钱发呆。

更大的麻烦是抬丧，在不缺人力的地方，通常抬丧者众；但老木山不同别处，除了王家兄妹，再也找不到第三个帮手，所以眼下出殡是孤立无援的，兄妹俩各抬一头摇摇晃晃启程，路面泥泞，他们几次险些滑倒，差点让吃尽苦头的父亲再吃一次苦头。猴看在眼里真替人类焦急，它手痒痒的，很想上前帮人一把。它已将仇恨置于脑后，只剩下单一的帮忙念头。其实猴并不像人类想象的那么坏，它们助人为乐的故事也时有所闻，据说曾有猴为人驱逐野物保护庄稼，等等。假如现在人类肯和猴携手，那么人将省心得多，全然不必要这番艰难跋涉，一场丧事早该了结。事实证明，人和猴哪怕一次再简单的沟通也做不到，合作便无从谈起。猴一厢情愿地悄随人后准备插手，狗发现了它，狗也怪，不跑，不吠，居然就趴下做等死状。险情再次发生，这回连人带棺真要摔倒了，但同时奇迹也跟着出现，一双猴的手及时接过木匣，使之稳稳地悬在空中。人猛然瞟见那毛乎乎的手同身子，妹妹当即瘫软在地，哥哥镇静些，慌忙返身去屋里取枪。猴成了唯一的抬丧者，它不知往何处抬，没有人类指引就没有方向，它只是怀抱那具权当棺材的木匣盲目乱窜，这里那里，毫无目的。其间，它从一个人类预先挖好的土坑边经过，还挑战者般特别留意看了一眼，但并不知道那正是埋葬老人的所在。最后，它踅回原处，嗷嗷地召唤人给它带路。它还踢了蜷缩在地的狗一脚，用意不言自明，然而狗无法理解一只猴的好心。后来情形可想而知，王家哥哥端着枪紧逼过来，他让枪口代替说话，警告猴赶快放手。一种善良愿望被误解成这个样子，人和猴的共同悲哀足见一斑。猴一脸惶惑，它撂下木匣呜呜地哭着离开。人望着它悻悻远去，并没有开枪，原来人在戴孝期间忌讳杀生，人类的规矩也使猴得幸躲过一场劫难。

五

哥，我们走吧，妹说。

走什么，走？哥问。

出山去。妹说。

哥晓得妹的心思了，哥张口无言。

我怕。妹又说。

有哥在，莫怕，哥安慰妹妹。时值盛夏，哥袒露着背脊，一身肌肉发达，表明他不失为一个勇武的男人。父亲亡故，哥是妹的唯一依靠，他暗暗发誓护好妹妹，从此莫要她日晒雨淋，手莫提肩莫挑，甚至柴水也不要她背，怕压坏身子骨。重活儿全由哥包揽下来。这样，妹就享福了，人间荣华富贵不过如此。哥用心良苦，意在让妹明白山里的好处，一切都是为稳住那颗女儿心做出来的。

妹说怕，并非针对猴而言，老木山空寂、阴森，才显得可怕，它像一只无形巨兽，时时压迫得人喘不过气来。当然，直接威胁人的仍是那只青猴。

像是寻找一件丢失的东西，猴在山间蹒跚独行。它这样边走边找了一整天，仍无收获。猴也许不是寻找某种实物，不过重温一次印象或记忆罢了。

猴就这样不知不觉来到它熟悉的苕地。

猴也有不堪回首的往事，苕地是刻在它生命中最深的一道烙印。那眼陷阱依旧张着血盆大口，它几乎吞吃了一个猴的家族还嫌不够，欲壑难填当数这类陷阱了。猴没有多看它一眼，猴的注意力全在脚跟前，生怕踩到蚂蚁似的小心翼翼。它被绊了一跤，爬起细看那碍脚之物，原来是一具猴骷髅，遂捡起辨别，认出是哪一位兄弟或同伴了。放眼四顾，另几位一个不少都在，它逐一捡起，聚拢来有一大堆。它们个个面孔完整，具保持了生前天真的面容，它很满意这一形象，美中不足的是都破了顶。人吃完猴脑后皆割首抛弃，其皮肉被蚁虫蛀空，才变成这副鬼样子。活着的虽然捡起它们四颗头颅，却捡不回四条生命。它能做到的是让它们的冤魂有个归宿，捎回或就地安置。它选择了前者，但前提是如何装载，它连起码的工具也没有，如人类专用的箩筐、背篓、麻袋等等，即便有，它也未必懂得使用。这样想来就实在小看它了，事实证明，它是一只很通人性的猴，日后的种种行为定要叫人类大吃一惊。它眉头紧皱，一如人遇到难处想方设法的神态。这时候，它眼睛一亮，发现了一只弃在地边的旧撮箕，撮箕曾为陷阱工程运土过分卖力而伤了筋骨，人把它当废物丢了，等待它的是朽烂结局，没想到还能派上新用场，被猴捡来装了同类遗骨端着走，去赴命运安排的某种约会。

世界充满玄机，老木山也不例外。猴仅仅偶然路经王家坟地，却必然地完成了一次复仇。

那个印象中的土坑已不存在，取代它的是一座新垒的土包。任何人为的痕迹都瞒不过猴，都会引起猴的好奇，于是，便要探个究竟。它手脚并用开始忙碌，三两下刨翻了土包，一具深藏的木匣便重见天日了。它脸上掠过不易察觉的得意之色，因为一件事情既有了头绪，又有了结果。但是，事情卡壳在揭棺环节，猴几次欲揭又止说明它顾虑重重。人猴仅一板之隔，匣盖打开就意味着仇家相见，一旦这般近距离面对人类，猴毕竟心虚。此时，山风吹拂着，风声恰似同类的耳语，它循声望去，那些小猴的头颅只只活泛起来，撮箕若摇篮摇荡着它们，摇荡着一片欢呼。猴听懂了，它的手就是在那一刻受到激励毅然掀掉匣盖的。这样，人猴对峙不可避免地出现了，但局势很快转变，猴只是轻轻一拎，王家父亲便竖直身子，乖乖地垂首听审。他命中注定要受罚似的。临终前剃了头发，脑壳光光的，专门等待猴类的一击，这自然省略一道手续。猴效仿人类曾经对待猴的做法，用一块利石照准那光顶砸下去，即刻一声瓷破碎的脆响，人类的天窗便豁然洞开了。

现在正值夏忙季节，人类的主要农事是薅苞谷草。人一忙，猴反倒清闲，不出洞也知道人间动向，做什么或不做什么。一连几天，长至人高的苞谷林里晃动着王家哥哥的身影，他的脸隐藏在斗篷底下，只露出勤劳的双手活动，姿势千篇一律，嚓嚓的锄草声也显得单调乏味。猴有些厌烦了，但目光仍然不厌其烦地跟随人走，因为人是眼前唯一的风景，别处更无看头。渐渐地，竟也看出了异常，想应该还有个女人的，她怎么没有来？想到此，它产生了出洞的欲望。窥探另一个人的行踪，对于猴也许更为重要。

笃笃的响声来自湾里，那是木棒槌打岩面所致。棒槌声声传递着王妹的信息，她在水井旁洗衣服，倩影倒映水中，一只莲藕般的手臂优雅地扬起，垂落，构成老木山另一幅风情画。沿着一条浅溪溯流而上，便可同时抵达清溪和槌声的源头。

不用讲，猴欣赏这幅画已经很久了，猴的眼光丝毫不亚于人类艺术家的，它一直隐蔽在画面背后，具体说一片枞林背后，把人类才具有的耐心保持到煞尾，没敢暴露猴的身份，否则画将不成其为画了。这时候，人洗净衣服，再拧干，摊晒在岩板上。猴于是看见清一色麻制品的陈列，这和她身上现穿的颜色毫无二致。人晒完衣服开始晒自己，她穿行在阳光下，采撷一些不知名的野花往头顶上插，快活开心如小鹿。待满头花团锦簇了，仍不撒手，还要采，采了逗引蜜蜂和蝴蝶。那些蜂蝶天真得可以，全然不知人类捉弄，将人为的招摇权当风中花束追逐不舍，还为一朵两朵新蕊争相吃醋，这就欢喜死了王妹，花丛中，有一朵真正的鲜花盛开，那是王妹的快乐笑容。

这头戴花冠的王妹已玩到枞林边。和猴仅隔一步之遥，猴感受到人类女子扑鼻的气息了，只要它愿意，一张骨朵般的脸蛋伸手可触。在美若天仙的少女面前，猴露出了魔鬼的嘴脸。魔鬼通常是不会放过天仙的，它一边涎皮涎脸嘻嘻傻笑，一边拨弄下身调戏人家。玩兴正浓的王妹猛然碰见鬼了，慌忙撤身是必然的，拼命奔逃也是必然的，奔逃恰似一种飞行，但没有飞多远，就像一只折翅的小鸟欲飘欲坠，最后跌落在花草丛中。

猴迈着绅士步伐从容走进画面，猴就是画的一部分。现在，天仙似侧睡的姿态展示给魔鬼看，她的脸月盘似的半隐半现。猴先是凝视那半边月亮，接着伸手抚摸起来，十足的猴子捞月一样一下一下抚摸起来。猴天生无知变抚摸为抓挠，一时间，王妹脸上的爪印便纵横交错了。王妹尚在昏迷中，猴爪像利齿咬醒了她，她睁一下眼，复又闭上，宁愿忍疼，她也不忍目睹那可怖猴相。王妹并不晓得这一招竟犯了天大的错误，如果她一直装死不醒，猴也许会放弃某种努力，她自然就逃脱魔爪了。该她背时，猴看她睁眼，认定人还活着，便又嬉笑，并伴以猴式的手舞足蹈。公猴也懂得献殷勤和取悦异性，这方面不亚于男人的，它开始尽一个男人的责任了。它不停地东奔西跑，见花就摘，摘是胡乱摘法，一把抓或连根拔。于是，遍地野花在猴的搜罗下纷纷向王妹身边汇集，很快繁花似海了。王妹从来没见过这么多花，没闻过如此浓郁的花香，花的芬芳醉死人，她真的醉晕过去了，当猴挟起她飞跑时，还以为自己在梦里腾云驾雾哩。

六

王妹再次疼醒，是一种穿刺和撕裂混合而成的疼，像有一棵刺扎在她的私处或内心深处；背也硌得疼，虽垫有干草，但干草丝毫不能分担她的痛苦，由于地面凹凸不平，突出部分尖锥般锥着她，那种感觉又如芒刺在背上了。天黑漆漆的，什么都看不见，刚才还是半黑中，怎么就煞黑了？王妹茫然四顾，对自己的处境充满了怀疑，像梦又像幻觉。渐渐地才明白，原来她正置身山洞里，一点泄漏的日光向她透露了洞外消息。

洞内凉气袭人，王妹接连打了几个冷战，这才发现自己是全身赤裸的，衣服和裤子已经离她而去。王妹想到衣裤被怎样一双手剥夺或扯烂时，再也不敢往下想，一念之下竟想到死，因为女儿家如此失去了最宝贵的东西，活下来有什么意思。她翻身朝光亮爬去，朝死亡爬去。一旦抵达洞口，她将决定脑壳向下毫不犹豫地栽下去，一栽就万事大吉了。王妹很满意这一结局，能够干脆利落去死也是人求之不得的，但命运之神偏不准她去死，它堵在洞门口让王妹出不去，那是一坨差不多洞口一般大小的石头，王妹一见那块石头就泄了气，心想怎么会遇到这样蛮横无理的家伙，使劲推也奈何它不得。恰好这时，那石不推自动，让位给一个更野蛮的家伙。原来，是猴设置了它又搬开了它，在猴外出期间，它履行了门卫的职责，帮助猴守住了一个女人，随着洞门敞开，光线已不是一点而是一片，它绰绰有余地照耀了洞壁，使猴的家庭清晰可辨。在王妹的视野里，依次呈现了棉被、蚊帐以及装衣服用的竹箱等物品，这无疑是猴偷运的结果。猴以一个男人自居，像真要和王妹过一辈子似的，搬来了王妹需要的一应东西。猴还替王妹打开箱子，从中取出一套衣服递过来，同时递过来一个讨好的笑容。王妹接过衣服穿了，顺便整理一下散乱的头发，这样王妹又是以前的王妹了。

接下来，人和猴各自找地方坐了，一时相对无言，真好比一对吵过架的夫妻，彼此还在发对方的气。天色已近黄昏，大概吃夜饭的时辰到了，猴开始为晚餐忙碌起来，它从一堆生果中挑出一枚野梨送给王妹吃。王妹拒绝吃，但并没有拒绝这次馈赠，她将梨当玩物久久玩赏着，玩出一脸迷惘。猴以为人不懂得吃，便示范给她看，边吃边重复一句猴语，叽叽地说这么吃，人仍然不吃，人若吃了就不是人。这回该轮到猴迷惘了，猴的迷惘贯穿了整个黄昏。

黄昏，牲畜归栏，鸟投林，唯独人间王妹久出未归，做哥哥的一定着急死了，寻呼的喊声阵阵传来。妹——山谷回应，一时间，像有无数个哥哥在奔走呼号，群山此起彼伏，它们的声音也在此起彼伏。

王妹听见了，听得很不真切。狡猾的猴可谓戒备森严，它再次堵塞了洞口，以防王妹出逃。由于石头的阻隔，王妹听到的只是声音的碎片，而不是全部。她想回答，但喉咙也像被堵塞似的发不出声。她竭尽全力呼喊，嗓门只差喊破，声音却十分微弱，犹如蚊嘤。

这一回，猴尽可以做一个梁上君子了。守屋的狗老远闻到它的气味卷尾就逃，使它得寸进尺潜入王家柴屋。猴毕竟是一只极聪明的猴，由于王妹不肯吃梨，它悟出了人和猴的不同处，明白人只吃熟食，全然不像它们猴那样随便生吃，所以这次是专门来给王妹偷锅子鼎罐的。王家哥哥像早有防备，他连日闭门不出，一心看管他的家当。猴始终无从下手，只好匿藏在阁楼上坐待时机。

王家哥哥显然晓得猴的光临，他佯装不知罢了，这说明人的计谋自然高猴一筹。妹妹失踪定和猴有关，东西连连失窃也非猴莫属。他摸透了猴的脾性，猜想它还会来的，再来就不该让它空手回去，得准备一样真正实用的东西送它才是，诸如吃不了兜着走之类的东西，省得麻烦它以后再跑。王家哥哥这样思索的时候，手已经摘下板壁上的猎枪，他的全部希望就寄托给了这杆枪。他会通过某种方式，把枪转交给猴，让猴扣响致命的一枪。这有点像赌博，他下的注很大，把王家的命运全押上了，因为枪响之际，应声而亡的也许是人也许是猴自己。关键在于枪口所指，这一点人实在无多大把握。为了使成功的砝码尽量偏向自己一边，所以人示范用枪时是费尽心机的。他将枪托触地，枪管朝上瞄准自己的额头。枪膛里似乎藏有宝贝，他双眼轮番贴着枪口往里看，待看清楚了，便用脚趾一踩扳机。机头和机座撞击出悦耳的脆响，同时溅起火花一朵。在猴看来，枪不再是危险物，倒是一种好玩具，人玩得那么开心，那么饶有兴味，玩得猴手都痒了，它早已将锅子鼎罐置之脑后，而对这杆枪情有独钟起来。此刻，猴专注于枪的玩法，简直到了忘我境界，但它恰恰忽略了一个细节，那便是人背着它做小动作的时候，人有意将背影交给它看，却窝藏了阴谋在正面，猴子再鬼，也不至于想到这一层。转眼间工夫，人给枪喂食一样喂饱了弹药，并且装了引信，这样枪的性质就变了，适才还是空枪，可以任人摆弄，现在变得一触即发，乱摸不得。它重新挂上板壁，表面显得若无其事，实际上已经是险象环生，稍不慎就会碰出火来。

猴出去半天无音讯，王妹等得有些焦急，她对自己感到奇怪，怎么会期待猴的归来，那么猴的表现比真正的男人还要出色的。男人让女人倾慕或爱恋也许不难，难就难在能够使女人回味无穷，天底下没有几个男人做得到这一点，而老木山的一只猴做到了，所以王妹的等待是理所当然的事情。

猴是不声不响返回洞里的，一进洞就开始玩枪，或者说玩命，人类一直无法达到的目的，此时正由猴自己去实现。猴没有辜负人的希望，它完全按照人的意愿，用一只肉眼和一只铁制的枪眼对视。枪眼俨然深邃而漆黑的隧道，看不穿，猜不透。猴错误地估计了自己的眼力，它调换各种角度，非要看出所以然来，同时，它的脚趾不失时机地踩动了扳机。

这是人类蓄意制造的谋杀，最后的谋杀，一旦得逞，人猴之间的恩怨就该彻底了结。枪是有计划地响了，但却偏离了预定目标，连猴的皮毛也没有伤着。问题出在人类自身，人一只手本来已经置猴于死地，另一只手却又使它死里逃生。老木山可以作证，是人类的良心拯救了猴，从而避免了一次流血。猴注定不该亡，当它玩枪玩得最起劲的时候，在场的王妹发现了险情，她本能地伸出了救援之手，及时地把枪一推，这就把死神推到一边。事后，王妹反省自己，心里充满了矛盾，不知当时的举动是对还是错，是心甘情愿不是事与愿违。那几乎不假思索的一推，就轻易改写了老木山的历史，让一道人为的雷霆和闪电化为乌有。

王家哥哥像等待一个喜讯，等到了那声枪响。悬在心里的石头总算落地，他长长地舒了一口气。他从容地走出家门，吹着口哨，一步三摇直往对门山脚而来。他想这下好了，孙猴子再聪明也逃不出如来佛的手心。抵近山边，他站定，眯起眼睛朝悬崖睇望，一望望出了意外。猴仍活着，它安然无恙地蹲在崖畔，与之相依的是王妹。从猴的角度看山下，王家哥哥正置身另一道更为险峻的悬崖进退两难，他的影子渐渐凝固，化作一个石桩。

沉棺

儿子出门为他报丧时，驼子自己正在寨河边修路，修一条抬棺之路。路修通之时，便是驼子的死期。墓地在两里外河谷，途中为大片荆丛所隔，倘若等到发丧时赶修路径定来不及，于是驼子代替后人自己提前把路修了。

这河段，地处寨河中游。水面到这里突然展宽，形成一个潭。河床极低，岸陡峭，又没得路，所以寨民同河是疏于来往的。一方面，寨子天旱缺水，人眼看坡上田土干炸泽，稼苗枯死无救；另一方面眼睁睁看河水白白流走，人除了诅咒那河，似乎别无办法，人是不能将河堤上来灌溉田土的，人唯一受益处是放排。农闲时，把木料拖到河坎上，轰然掀下河滩，扎成排，然后顺水路放到大口岸去，仅此而已。

河流于当地多数人，放完排便了事，懒得想它；例外的是驼子。一个偶然机会，驼子把心打落到潭中了，以后的一切行为，足以证明是为打捞那颗心做出的。人言荒唐也罢，无谓也罢，反正他决意修一条通向河底的路了。

青乎乎密匝匝的一岸荆丛，被驼子用长刀砍出缺口，缺口深入，蜿蜒成一道蛇形长壕。驼子像一只老鼠，刀是他的利牙，为钻一个生命之洞，他耗费了整整半年工夫。起初，荆丛砍开又长满，类似情景曾经出现在天上，传说张果老砍伐月宫里的梭罗树，总也砍不断，头天砍下的缺口，过夜又复原，一连数日如此；后来，张果老干脆以缺口为床铺睡在里面，结果和树长在一起，身子成了树的一部分。人间驼子自然比仙界张果老高明得多，驼子没有用身子填补那个空缺，而是枯坐路边守望缺口动静。这个夜晚不像是夜晚，月亮和星星全无，甚至不见夜晚所具有的夜色；那么该是白天，也不是，倒像是冥界。驼子置身光明和黑暗并存的空间，四周景物清晰可见又模糊难辨。驼子的双眼始终像钉子一样钉住那个缺口，目光所及处，一种似有若无的嘎嘎声长出来，像鬼咳嗽的声音。鬼分明在清理嗓子。鬼捉弄了人，正得意忘形，清理后的鬼嗓子十分轻狂地说："不怕刀砍，只怕火烧，不怕刀砍，只怕火烧……"如此这般复述几遍。这时候，那些白日被砍倒的荆条根根竖起，各自归到原位，长成不曾砍伐的老样子。

人有时是比鬼还鬼的，如驼子。驼子窃听了鬼的声音，第二天，就依那鬼话烧了荆丛。烈火彻底改变了荆条的形状，无数荆条扭作一团挣扎良久，同时发出呜呜之声，有如鬼哭。

路就这样循序推进、伸展，直至剩下几根芭茅，如果将其伐倒，那将意味着路全线开通。驼子迟疑了一下，随之握刀的手也显得优柔寡断。他感到很吃惊，怜悯芭茅等于怜悯自己的生命，这和他的愿望是完全相悖的，于是他挥刀三两下剔除掉剩余的茅丛。眼前失去遮蔽，河便一览无余了。驼子的目光自然融会贯通在绿豆色河水里。河依傍山脚匆匆流来，河构成了一条走龙的形状，这使驼子想起放排的经历，经历断断续续，不连贯，充其量是一些散乱的岁月珠子。每当木排顺流而下，一路弯弯拐拐起起伏伏，驼子叉开双腿站立排头，人俨然骑在龙背上，整个漂流过程恍若梦中或传说中。木排渐慢下来，以致完全滞留不动，驼子才如梦初醒，发现木排停泊在深潭里。出潭以后是下游，水路更为宽阔，然后下游的历程平淡无奇，驼子完全没有了适才的感觉，努力想摆脱现实进入梦幻却不能。

最后一次放排，驼子发现了那个岩穴。岩是活岩，它酷似龙嘴，或者干脆说就是一个栩栩如生的龙头，若隐若现在潭水中。龙大张着嘴，时不时喷出一口水，喷水形成了一个巨大漩涡。河是一个谜，岩穴是河的谜底，大凡谜总要猜破或揭穿的。驼子对自己的发现毫不惊奇，他像早就预料有这一天，这一天如期到来了。随之到来的还有他家族的好运。驼子有一部晦气沉沉的家史，从祖上起，代代出残疾，瞎子、聋子、哑子……苦涩之果一个接一个结满了家族之树。轮到他又驼，儿子又跛，再往下不知出个什么。他把这一切归结为祖坟埋得差，要改变家族背时命运，得从他这一辈做起，所以他寄望于一处风水宝地是自然的事情。媳妇已近临盆，他心如悬石一天重似一天。既得宝地，就不该迟疑，须赶在孙辈出生前就木，故驼子为自己选择了死期，或者说选择了诞辰。

驼子的死讯像风一样快传开，死讯固然来源于驼子的儿子木。木头戴孝帕，穿越寨子时一路小跑，招惹了一群乌鸦追逐盘旋。乌鸦是死神的信使，于是人尽皆知驼子确死无疑了。

驼子修完路回到家里，他想现在唯一的任务是装死。他走进偏屋，在自己睡了一辈子的木床上斜斜地躺下去。他驼背，只能侧身而卧，不能仰着，这和平时睡法没有两样。驼子就这样完成了自己的死亡睡姿。他神态很安详，但这一安详显得做作。这样子装得像吗？他问自己。四周静静的，整座屋也像在装死，没有生气。堂屋中央，搁着一副新近油漆的杉木棺材，头朝北，尾朝南，一如主人床铺的摆法。驼子的墓穴也将沿袭这一朝向，由此可见南方农人典型的生死定势。棺材形似一只翘首木船，堂屋是码头，驼子的生命之舟即将启航。

这天下午，时间过得非常慢，太阳老不见落山。驼子装死装得有些不耐烦了。他想起许多未竟事宜，再也睡不踏实，便起身，自己开始料理起后事，后事纷杂如乱麻，他寻思半天才理出头绪。先洗澡，好行路，他想。照老规矩，人死入殓前须得洗个利索澡，生前洗不洗澡于旁人无碍，全由自己；死后就截然不同了，据说去阴间要过几道关卡，不洗澡遭人嫌，不准通行，以致到达不了天国。当地给死者洗澡极有讲究，要由孝子起早床，去井里取头道水，磕头，烧香纸，再喊三声："水井公公，向您讨点水。"然后用长节竹筒将水取回家中，用一坨新棉纱蘸水擦拭死者胸部，一个神圣的仪式就这样完成了。驼子决意自己洗澡，古老的乡俗便省略了。他脱光衣裤，裸露的驼子显得愈加彻头彻尾，脚跟前置放一盆水，或者说是一面镜子。他对镜凝眸，镜里镜外，呈现两种不同景象。他微笑，另一个他却愤怒，反之亦然。这很有趣，如同儿时互扮鬼脸的游戏。最后，他们的目光不约而同地集中在那座高耸的驼峰上。他的腰弯曲如弓，越看越像一只老虾公。"老虾公，回到你的河里去吧！"他自嘲地说着，用毛巾搅了一下水，镜子便破碎了。他发现自己在破镜中的形象完美无缺。这时候，他已经无心洗澡了，那座驼峰使他陡生一个秘不可宣的念头，他要做一次伸腰的努力。他虽驼，却不缺少力气，那劲鼓鼓的驼峰是有力的见证。他运足气，用平生之力使劲一伸腰，咔嚓，他听到一棵树折断的脆响，声音分明来自身体内部，他知道是什么断裂了。举目四顾，蓦然感到腰挺直了，人一下子高大了许多。他心里悦然，赶紧去换衣服，穿上预先请人量身缝制的麻布尸衣，上下左右打量，本来很抻抖、很合体的衣服居然穿变了形，他便咒骂起裁缝来。他一辈子量体裁衣，末了还要量体做棺材。他的棺材比常人短些宽些，几乎成四方形，不消说非驼子莫属了。可现在他睡不得，便又咒骂起木匠来。为了适应衣服和棺材，他只得恢复驼样。反正是死的人，要直腰杆做什么？他很快想通了。他走近棺材旁，棺盖揭着，里面空空荡荡，他仔细察看，俨然一个买主，挑选着这口唯一的棺材。做工是无可挑剔的，刨面十分光洁，木板镶嵌处也绝对合缝，加上漆上得厚，手摸上去恍若触人肌肤一样柔润。当地老人极重视冥世，即便穷得上无片瓦也不能缺少一口像样棺材的。驼子一生不曾遇到称心事，这口棺材总可以让他称心一回了，心里似有一块冰糖在融化。他找来一块洁净抹布，轻轻擦拭棺上浮尘，浮尘纷纷坠落，他想擦拭去的是家族历代的霉气。

　　寨路上出现了几点行色匆匆的人影，这是驼子几个外嫁的女儿，她们以前所未有的疾步赶来奔丧，一路准备好了眼泪和哭声。进门，抬眼瞥见父亲仍然健在，惊喜和疑惑重叠在她们脸上。父亲在女儿们眼里恍若隔世般陌生，几乎不敢认，和她们相视而立的是一个慈祥得有些可怜的老头，那个威严可畏的父亲已不复存在。她们想哭，于是就哭开了，场面变得不可收拾。低矮的柴屋里充塞了几个女人哼歌似的哭声，她们哭出了一种乡间野调的韵味。

"哭什么，我还没死哩！"驼子说。

还哭，且更无节制了。

劝不住，驼子干脆说："就当我真的已经死了，索性哭个饱吧！"

这哭声在后来的丧事中重复出现。

请来的道司先生给驼子做了三天三夜的道场。道场又称法事，是一种祭神驱鬼仪式，意在超度亡灵。这里可谓真正的穷乡僻壤，住家稀稀落落，森林的全面覆盖，形成了山寨的主要特色。木楼掩映在浓荫下，显得若有若无，属于人类和自然的声音也若有若无。这里永远地冷清。即便过大年，各家争相放一串爆竹以示不甘寂寞，根本算不上热闹的。唯独给死人做道场，山民才如逢盛大节日。皆因死人毕竟有限和不定期，故几年才得一遇。一旦死了人，山民们是不会放过这一机会的，便都赶看热闹来了。凡来者，不分亲疏，除了供餐饭吃，每人还发一方白布，即孝帕，相当于城里人吊唁用的黑纱，白布就是山里人用的黑纱，它构成了乡间丧事的基本色调。

堂屋成了戏台子，四壁挂以诸神像并地狱图做布景。本来由老道司唱主角，但他总是让几个徒弟轮流掌坛。关键时刻，老法师才披挂上阵。他时而吹牛角，牛角声一如活牛长哞；时而耍司刀，耍出铁链拖地的声响。他绕棺而行，其路程使人确信他是真正往来于阴间阳界。与往常法事不同处，这是给一个活人举行葬礼。尽管葬礼形式上已成一种模式，和历史上任何一次葬礼没有两样，人们还是看出了它的虚假之相。唯一真实的是孝女们的哭声。驼子的儿子跛子不哭，但他付出了比哭更为惨重的代价。他老老实实跪着，腰做成一张弯弓。痛苦来自那条好腿，那条腿平时走路还将就，现在用来支撑一个孝子的全部孝道却显得力不从心。他从法事开场

沉
棺

就开始战栗，胜似无声地悲泣。相形之下，另一条残腿显然从里到外坏透了，它悠闲自在地陪伴一边，地道一副旁观相，这使人想起一个忤逆不孝的逆子形象。

驼子一直活跃在吊丧者中间。他心情很好，乐哈哈地和人谈笑，全然不像是去死，而像要去远方做官，众人是专门来为他送行的。

一同辈老者缠住他，抢白道：

"你这一去想投个什么胎？莫投个牛马胎来我家受苦啰！"

他不做答，只咧嘴痴笑。

"要不然投到我屋里给我做孙吧！"

他仍然笑，笑脸灿若桃花。

讲到投胎，驼子想起妊娠中的儿媳妇。儿媳妇正挺着大肚子，满怀全家希望混迹于围观者行列。人头攒动，驼子通过眼睛找到了属于儿媳妇的那一颗。儿媳妇正巧也在抬眼看他，二人目光相碰，即刻产生了同流合污的效果。公媳俩长时间地凝目而视，成为这场丧事最精彩的一幕，可惜无人注意到它，它被无辜地忽略了，驼子公媳心照不宣，一个包死，一个包生，人世间最大的默契就此达成了。

发丧时辰是在锣鼓的吵嚷声中迎来的。一阵猛烈敲打之后，出现了片刻停顿，跟着一切归于沉寂。葬礼进入实质性阶段，即死者入棺。这种场面以往不曾见过，也不曾听说过。皆因这次要亲眼看到一回，所以大家的心情快活得就不止过年了。老法师高喊了一声驼子的名字，驼子随喊随到，立在棺材边听候发落。"入棺——"老法师拖长声音喊道，接下去的情景一点也不惊奇，平常得令人失望。驼子像每天上床睡觉一样径自爬进棺，然后和衣躺下去。有几双手拉过一床棉被给他盖上，被子转眼间化作棺盖重重地盖严了。老法师耳贴棺材偷听棺内动静，听了半天，仍然是一脸毫无收获的表情。整个过程简单、扼要，缺少必要的诗情和画意。

山路上蠕动着蚂蚁牵线般的送葬队伍。原先一团水似的人群，已经从坪场的缺口流出去，流向寨河。住家距寨河并不太远，仅仅一袋烟路程，然而墓地对于棺材，总是那样难以接近。寨上集中了所有青壮劳力抬丧，十几副男子肩膀加一副棺木，组合成蚂蚁搬家的情景。由于互相扯皮的缘故，棺材前行艰难，时呈推磨或拉锯之势，足见人心力不齐。扯皮事是经常发生的，为一个死者扯皮也莫不如此。尽管路提前修通了，不过为纯粹履行一道通往天国的手续，还是派了一个人打头开路，此人持快刀一路佯装砍伐，如有拦路鬼自然闪避一边；跟随其后的是孝子，孝子怀抱灵牌牵引着棺木，单腿三五步一跪拜。他的跪姿很滑稽，远不如做道场时那样跪得实在。此时的跪纯属象征性的，他脸上悲哀的神情也是象征性的，整个送葬也都充满了象征意味。

天空中响了一声炸雷，雷响得是时候又不是时候。当时正值给驼子下葬。下葬和响雷的时间巧合成全了天不助人的说法。雷声震慑了所有在场的人，他们的手脚同时固定在某一个动作。大雨紧接雷鸣而至，在地面汇成洪流注入寨河，河水迅速陡涨。从响雷到涨水，这个过程也许很短也许很长，但在人们的印象中却是瞬间发生的事情。人们记得入冬的河水枯竭了，水位消退了几尺，平时若隐若现于潭水中的岩穴已悄然露出水面，这正是下葬的最佳季节。人们好不容易将棺木搁上龙头，刚刚调整好位置准备落棺，这时，雷响了，涨水了，大水像远道而来的离间者，离间了棺木和墓穴，一个上浮，一个下沉。龙口先是渐渐关闭，然后迅速消隐，人们眼巴巴地望着棺材像一个孤立无援的落水者，半浮半沉在水面上挣扎，人们仿佛听到了它绝望的呼救声。面对洪水抑或面对天意，人们无可奈何地撤离岸边，目送那具棺木在波浪簇拥下随水漂流。下游不远处又是潭，那里，一个漩涡展露出河的微笑，笑迎驼子到来。当装载驼子的棺木消失在漩涡深处，人们才觉得心安理得。河毕竟以另一种形式接纳了他，驼子是应该瞑目的。

其实驼子也在默祷：但愿我这一去，能把祖祖辈辈的苦难干干净净地埋葬，换来孙辈另一种活法。

寨空中那声焦雷，多少年后，一直挂在人们嘴边，像口含甘草，咀嚼得津津有味。他们没有做任何夸张和修饰，一切如实道来，道出一个美丽传说。说那声雷葬送了驼子前程，同时将给他家族带来生机。事实证明，他们却又错失了这次良机。人们葬完驼子归屋，途中遇驼子家人来报，说跛子媳妇生了，双胞胎，响雷时落的地，一个花脸，一个黑脸，人们顿时一窝蜂拥去看稀奇，果然看到那对双胞胎像画了脸谱，和戏中上的花脸黑脸如出一辙。"怪！"有人说。"怪物！"又有人说。后来，大家一致赞同了后一种说法，皆认为双胞胎是怪物无疑。既是怪物就养不得，干脆丢掉算了。于是，花脸黑脸尚未在人间舞台立足，就步了祖父后尘，被人装进麻袋，扔到河里。那人毫不吝啬地将麻袋高高抛起，麻袋轻飘飘的没有一点重量，落水无声。于是乎，又一个葬礼在同一天结束了。

不久，外地来了一个瞎眼算命子。算命子目中无人大摇大摆进寨，他拒绝给人算命，只问某月某日打雷时此地是否有人出生。他毫不隐瞒地告诉寨民，冬天打雷并非一般天象反常，定有天子降世，他动用了全部智慧为生于那个时辰的人测了八字，如是单生就是帝王之命，双生的话该是文武二相。又说他访遍了雷声所及的邻寨都没找到。人们说这里有。算命子听后瞎眼眨然睁开，射出能够洞穿万物的目光，目光四下巡视一番，然后停在跛子的屋场上。人们还未能告诉他事情的结局，就发现他的双眼复又暗淡，脸上浮现未卜先知的自信之色，这一神色足足保持了老半天。他没有再说一句话，便转身沿着那条河路走了。他的目光作为一道闪电保存下来，时常在人们的记忆中闪耀，连同那声隆隆的雷鸣，构成一个雷电交加的话题。

从此以后，有一对男女常伫立河畔，共同眺望家乡河水，出神或发呆。他们自然是跛子和跛子媳妇。逢年过节，他们就以双重身份烧香纸，祭祀那条河，同时焦渴着期盼着。

金猫

　　王在对门荒坡上挖葛，挖得一只金猫。锄头落下去，王感觉有些异样，锄尖显然触到了一个不软不硬非石非木的东西。王并没有在意，王没有理由在意。但当他很随便将土一刨时，就惊讶得拿不稳锄头了。王只觉眼前一道闪电，随之闪电化作一只活脱脱的金猫。金猫在土坑里打个翻滚，爬起来抖落身上泥巴，对着王凄婉地连叫两声，叫声一如家猫，且又有一种金属摩擦的音韵。金猫用征询的目光望了王一眼，似说：放我走吧！于是就要走。王哪肯放过它，便骂了一句："牛鸡巴日的！"整个身躯垮山一样倒下去。待站起时，那猫就死死地拥抱在怀里了。

　　这是冬日的一个下午，太阳好不容易晒到了山脚。太阳总是很不情愿光临山脚的这幢茅屋，每天匆匆来，匆匆去，从不肯多停留片刻。所以，属于这幢茅屋的日照一贯很短。倘若是雪天就不同了，雪似乎对于这户人家格外慷慨，它的覆盖总是厚此薄彼的。而当雪后放晴多日，屋背的积雪也迟迟不化，它像是在做某种等待，等待下一场大雪的到来。两场大雪之间的气候很阴冷，属于这户人家的日子也很阴冷。

这是王的家，那么屋里的女人自然是王的女人，孩子自然是王的孩子了。王的女人正在坐月，坐月期间，王家生活往往呈现这样一种情形：王忙外务，女人忙内务，唯刚出生的儿子与家务无关，他整天包裹在烂絮制作的褓褓之中，唯一的任务是哭啼，他的哭啼往往直接干扰了家务的进行。照理说，未足月产妇手脚不能下冷水不能做活，但这规矩只适用城里或殷实人家，而不适用乡间农家特别是王家。任何时候，王家主妇的手脚都不得空闲，否则屋背上就一日两次升不起炊烟，随之空闲的是全家的肚子。

一只金猫，无论从天上掉下来的或地里长出来的，反正已归王所有。王怀揣金猫一路奔跑回家，他听见自己跑出了一种飞翔的声音。王从天而降般出现在妻子面前。妻正趴在火炕边吹火。三脚撑架上搁有一只煮苕用的破鼎罐，鼎罐满身罅隙，凄然而立，一如王的家境。罅隙溢出的苕水嘀嘀嗒嗒，浇熄了本来就不易燃烧的生柴蔸。王没有等妻子一口气吹完，就一声吼把那口气堵了回去。

"快莫吹了，把鼎罐砸它算了！"

"砸它算了，往后我们不再吃苕，要吃大米饭、吃酒、吃肉，住砖房子！"王又说。

"你癫了你！"女人抬起生柴蔸般的头颅，一脸惶然。

"我没有癫！"

"没癫，大米在哪里？酒肉在哪里？砖房子在哪里？"

"在这里！"王扯开对襟衣扣，把一个世界打开给妻子看。王的女人看了那只金猫，但她竟熟视无睹，在太阳般灿烂的金猫面前居然没有眨一下眼睛。她仍然埋下头去吹火，她吹出的气微风般拂过大炕，拂亮了一粒即将熄灭的火星。

王一脚把撑架踢翻了。鼎罐向一边倾斜过去，撞在火炕岩上。火炕岩用最坚硬的部分彻底分裂了它。祖传三代的鼎罐煮苕的历史结束了，最后一批半生不熟的苕皆弃它而去，地板上响过一阵苕们纷沓的脚步声以后，王便说："你不信！我偏要你信，我今天就把大米和酒肉给你！"

王食了言。王的女人始终没有见到大米酒肉之类的东西。就价值而言，一只金猫足可以使王富甲一方，成当地霸主的。但王命定没有那个福分。命真是怪物，既无命受禄，不如干脆让人穷到底算了，何必白送一只金猫害人呢！眼看要上天堂结果却下了地狱。女人似乎更加相信命数一些，你不能不佩服王家女人在这方面高一筹，从一开始她就明白无误地给了男人某种暗示。她跪着抱住男人的大腿不放，用泪水洗刷男人赤裸的双足。类似描写在许多作品中曾重复出现，这似乎成了一切乞求场面的庸俗模式。生活往往如此你有什么办法，王的女人非要如此你能把她怎么样。但你要注意结局的奇异之处。王的女人就这样跪着没有活过来，直到瞑目多时仍冷泪如泉，仿佛从炎夏骤然进入严冬，男人感觉到了彻骨之寒。

王的女人之死成为一个谜，谜连同她的尸体草草埋葬了，于是谜化作永恒。唯有向注意到了女人的死。向的嗅觉无处不在．他嗅到了这场丧事的异常气息，便闻讯而来。

向以往从不外出，却爱登高望远。向家屋场地处寨中央，一棵紫荆树巨伞一样插在院落里。院宅围以封火墙，墙的高度和厚度是主人富有的标志，但墙面的死灰色又预示富有仅仅是个虚假的包装，唯门前的一坝水田显得真切而实在。

向登高全凭那棵紫荆树。向每天从象牙床上起身就径自爬上树巅，蜗居在一片阔叶里睡懒觉，晒太阳或淋雨。一年365天，天天如此。树叶卷裹着他，一任外面阳光灿烂或风雨交加，一任树下有人顶礼膜拜，他全然不理。而当暮色降至，他才准时苏醒，下树。你不明白向于蜗居中也能洞察一切，晓得外界正发生什么或不发生什么。

向出门非同寻常。方圆几十里土地都姓向，随着地盘扩大，有些暂时异姓的土地即将姓向，你可以想象向走在这块土地上的神态，不用夸张也和皇帝出巡的架势差不多。一群狼狗尾随着他。狗一概不声不响，沿路只顾嗅地。这是一群哑巴狗。向养狗与众不同，狗自小被割掉舌头，从此只长身坯不长声音。你一定见过哑巴人但未见过哑巴狗，路人皆知不会吠的狗意味着什么。狗的沉默给向家大院构筑了一道无形防线，历来无人敢轻易靠近半步。向家大门常年半开半闭，门口一雄一雌两尊石狮的眼睛也是半开半闭。石狮这样看世界是情有可原的。你走遍几十里村寨你找不到第三尊石狮，作为一种象征物，石狮只配向家独有，所以石狮也是孤独而沉默的。石狮其身为青石，青石满山触目皆是，制作一只无需多少本钱，尽管如此谁也没有人去做，你走遍几十里村寨你就是找不到第三尊石狮，倘若家家都有，那么世上还有什么富贵贫贱可言。

　　向家大院远了，王家茅屋近了。向家和王家这次来往注定要改变山寨的历史走向。你感觉到那不是两家感情的靠拢，你看到的是一泓清溪和一条浑河的交汇，最终溪流消逝大河依存，抑或溪水成了河水的一部分。但你又会看到在下游的某个地段河水重新出现分支，它们各奔东西，那时你就分不清哪是溪哪是河了。历史正以一条河流的面貌呈现于世。许多人千篇一律这样说。向在与王家茅屋百步之遥处停下来。向不入王的柴门，他择一块岩包盘腿而坐，掏出烟袋悠闲地抽烟。从向嘴里吐出的浓烟呈直线上升，绝无婷袅之状。狗也跟着停下来，席地围坐在向身边，狗的坐姿一如主人。狗不抽烟，但狗对烟极有兴趣，它们的目光随着那柱青烟升腾并且久聚不散。这时候，王家里正在做饭，王家火炕的炊烟不甘示弱地穿透屋脊升起来，淡淡的。有山风刮过，风力很遒劲，刮得草木唰唰作响。连人也有一种被摇晃的感觉。但你惊异于风能吹动万物却改变不了向头顶上那青烟的形状。王家的炊烟则不同了，怕风似的，一冒出屋顶就四散开去。这一画面持续了很久，很久以后王走进画面，王的出现是必然的，他把一个天生的媚笑送到向面前。

　　"你要不要我的那汪坝田？"向问。

　　向问王要不要他的那汪坝田。王听清了，王做梦都想要。但王听出了弦外之音，他眼睛钉子一样盯住向的脸，看到那张脸上到底布置了什么圈套和陷阱。

　　"把我的田给你。"向说。

　　"把你的金猫给我。"向说。

　　"一块坝田换一只猫，便宜你了。"向又说。

　　这一回王听糊涂了。王听后脸上的媚笑像一种颜色迅速褪去，换上一副猪肝色。他努力想哭哭不出来。向换了一袋烟，同时改变了吐烟姿势，改昂吐为平吐。向吐出了一口地道的乌云。随之而变的是天色，天突然转阴，王听见了隐隐雷鸣，王预感到要落暴雨了。

　　向回到家里很气，为王不知好歹而气；又为自己的愚蠢行为后悔。他想全然用不着去同王商量什么坝田换金猫，他平时要什么东西不可以到手，要几颗人脑壳也是一句话的事情。到了夜里，他叫来管家彭，嘴巴贴耳朵吩咐一番。彭脸上露出阴险的一笑。彭如此一笑必定有事要发生或许已经发生。现在，向正在居室里等待结果。整座向家大院寂然一片，也都像在等待。院落深处有一点亮，亮来源于一根残烛，烛光闪烁恍若这个家族心脏的跳动。向一直没有睡，向的背影被烛光剪贴在板壁上，准确地说是一幅动物画挂在那里，画面为一只出山老虎，一件虎皮大衣使向具有了这一形象。向其实就是一只地地道道的真老虎。四方八处传闻向有吃人癖。传闻由两部分组成，一部分是根据，一部分是猜测。人们知道向家收购小孩子，那些收购去的孩子从此杳无踪影，便猜测被向宰杀吃掉了。如果有一双眼睛能够追踪那些小孩子下落，就可以发现向果真吃人的事实。向家大院戒备森严阻隔了追踪的可能。向家家规也很严，禁止家人出门同外人接触，违者就要像对待狗一样割断舌头，任何外人更不得涉足院内。同外界打交道的唯有管家彭。

　　彭的影子经常出现在市场上，收购小孩子是他的主业。由此可见一个人对另一个人是如何尽忠的。彭从来不买大孩子，专挑婴孩，这完全取决于向的胃口。彭收购婴孩有瘾，几天不成交一个就心痒，禁不住要出门寻访。路遇陌生人怀抱孩子，他总是习惯地打量起来，眼神极贪婪，甚至不放过孕妇的大肚子，末了就主动同人搭话，渐渐地把话题址到买卖上去。仿佛天底下人凡有孩子都得卖并且他都要买，这样结果往往徒劳，他只好去市场上找那些专卖孩子的人。他的生意十有九次是同这些人做成的。虽然那手捧草签的是些只能吃不能做的半大孩子，但经验告诉彭那卖主家里定有他所需要的人。于是走拢去问："有小的吗？"卖主在观念上与彭相悖，不明白彭的用意，总以为大孩子一般好卖，养不了几年就成好劳动力了。"我要小的，主人无生养，买去给他做后，大的怕养不了家。"卖主听了在理，疑虑打消了。好不容易遇到一个主顾，不愿失去机会，便先回答说有稳住对方。真有的话，就带彭去家里看人，谈定价钱，算成交了；如无现成的，怀在肚里的也行，先订购下来，立个字据，预交一点押金，等到出生以后再来取人，是男是女都要。

向吃人肉吃熏腊的。肉完全是年猪肉的做法。向家有一个专门熏肉的大坑，一年四季柴烟不断，所以向的饭里一年四季人肉也不断。至于那些婴孩是怎样由一个活人变成腊肉的，其过程不便描述，再现那种场面是比吃人本身还要残忍的。

久而久之，起了传闻。有怜惜自己骨肉的父母大起胆子去向家探问，结果碰得一鼻子灰。拒之门外是自然的，高兴了就说孩子患了某某病，没有养成器；要不然就干脆轰人，说孩子卖给了别人哪有再认的道理。做父母的想想惹不起向家也就作罢，洒一把眼泪水走了。如此一来，那些卖主皆有了戒备，不再卖人给向家。但这世界既然有钱鬼都可以推磨，也就不愁无门路。近处没有远处有，总能买到。还有专门倒卖孩子的，不外乎多花几个工钱而已。

王是第一个进入向家宅院的外人。彭遵照向的吩咐请来了他，他跟随彭身后一直往院里走，往黑暗深处走。他怀里拖着孩子，妻子去世后，这孩子就长到他身上了。他知道要去什么地方，心里很踏实。一脚平路通向天井，他就在天井边上停住。想细看一下这个院子，但被黑暗包围着不让看。有一股异常气味强烈地刺激了他的嗅觉，他久居心里的某种预感得到了证实。向站在天井对面在抽烟，看不见向的脸孔，看不见吐烟的情景，只见一吸一亮的火星子。向的声音从那里传过来，很苍老很遥远的声音。

"你从哪里挖得的金猫？"向问。

"坡上？哪座坡土？"向的问话是不需要回答的，向又问。

"哦，对门坡上。对门坡上一草一木一沙一石姓什么你晓得吗？"

王晓得。晓得寨上的老规矩不作数了，晓得过去荒山上天生野长的东西为寨民共有，人人都可以去砍柴、扯猪草、烧灰、挖葛挖蕨；现在不行了。晓得这块地盘上的空气、阳光、雨水、大路、水井从此都姓什么了，晓得金猫是谁家放养的了，还晓得日后寨民们出气、走路、吃水都得另想办法。王不想说什么，他知道一切已成定局，谁也跳不出向的手板心，说什么也没得用。

"留下孩子，你可以走了。"向说。

一双手从黑暗中伸过来接孩子。王的手触到那手，冰凉的。王的手自然松开，任那双手将儿子接了去。移交得很顺利，没有遇到麻烦，更没有出现争执场面。王有一种心肝被摘的感觉。

"你真的可以走了。"向说。

"走啊！"向几乎在催促了。

王没有动。王不相信这是真话，他想既让进怎么还需要出去。他试着抬脚，脚仿佛吊了磨盘一样沉重，但他还是努力试探着往外挪开步子，挪到大门口了。在挪脚过程中，他被绊了一下，回过神来听到了儿子的呼唤。呼唤如一根绳子绊了他一下。

"爹？"

儿子用一个月生命喊出的声音穿过一段黑暗追了上来，清晰地贴近他的耳边。儿子把这声呼唤提前半年多叫了出来，但它没能阻止父亲，它只绊了他一下。

王现在倒在床上，呼呼入睡了。王有生以来没有这么睡踏实过，被窝空空，甚至感觉不到自己的存在。王回到家纯属偶然。适才在路上他是盲目行走的，记忆力的丧失导致了他无家可归。盲目的结果反倒成了有目的的归宿，无数岔路口一再制造迷途，他居然能一一避开，没有偏离回家的正道。他就这样顺利抵达了自家屋场，驻足在门前屋檐下。他的印象是来一个亲戚或朋友家找住处的。敲门，不响。门面皆为苞谷秆扎就，如聋子的耳朵仅做摆设不起作用。便喊人，他嘶起喉咙厉声喊了一声自己的名字，喊一声，又喊一声，其声好比受伤豺狗的哀号。他的名字插着翅在山寨上空飞行良久，惊扰了一寨人的清梦，众人皆张耳搜寻他盘旋的影子。他自己没有听到，见无人应，便掀门，门松垮垮的，自动开了。他一步跨过堂屋倒进自己窝里。睡着的时候，两只眼睛仍然开得很整齐。叽叽咕咕的鼠声催他入梦又将他唤醒，过去的经历恍若惊梦。他起身，点亮桐油灯，灯光在黑夜里开辟出一块透明的空间，室内景物一目了然。王循着鼠声望过去，发现堂屋一角鼠头攒动，像赶集一样热闹。他想看个究竟，便端灯走拢去，于是目睹了一次空前的老鼠聚会，仿佛世界上的老鼠全部集中到了这里。老鼠们显然在进行搬迁仪式，它们把贮藏在地洞里的家当和食物转移到了地面，然后再运走，有苞谷棒，有苕，有板栗球，有核桃，有人的鞋子……搬运在继续，叽叽咕咕的鼠声宛若劳动号子不绝于耳。王不忍心搅扰它们又舍不得离开。他分明受了感染，产生了想加入到那搬运行列中去的欲望。地洞口仅拳头般大小，他钻不进去，因而帮不了老鼠什么忙；他想起了手里的油灯，便把灯举起来为老鼠照亮。其实老鼠惯于夜间行动，纵然头顶悬了一轮小小太阳，权当没有。王多此一举地将灯举了好久，老鼠们只顾忙，忙到忘我境界，不怕人，也不需要亮，根本无视王的存在。搬运全靠一种老鼠自制的小推车，从推车取料做工看得出老鼠用心良苦。车轮子是干枞菌做的，现成的圆形，且选得一般大小；轴取材于人吃饭的筷子，车厢为笋壳。这种车极精致极轻巧，恐怕人类的能工巧匠相比莫及。王即刻明白了家里枞菌和筷子一再失窃的原因，也惊异于老鼠的超人智慧。更使王惊愕的是雕刻在车轮上的图案，那显然出自老鼠的牙功，每只轮面上刻着鼠类性图腾标志，即老鼠雌雄交配图案。这似乎具有某种象征意味，作为性的烙印偏偏打在运动的车轮上，你难道不以为车轮滚动前进的过程不也是鼠类繁殖过程吗？

老鼠的车队浩浩荡荡开走了。蚂蚁牵线般足足牵了几里长，沿途仍撒下叽叽咕咕的叫声，王目送鼠队远去，觉得接受了某种启迪的信息。老鼠一开始出现，他就认为是一种兆头，心里酝酿着要干一件事。此时，他人已来到阶沿上，他没有犹豫，顺手把油灯高高擎上去，让火苗触到了低重的屋檐。冬天气候很干燥，组成屋檐的茅苫也很干燥，一点就燃。王退到一边，看火光轻易地改变了夜空的颜色，很彻底。大火开始只是静静地燃，只有画面，没有声音。燃到高潮处，才爆发出类似垮山或断树的倾圮之声。王耐心地看火势增长或重落，最后屋场仅剩下满地灰烬，灰能肥地，以后屋场可以种什么长什么了。

王想。

王留下的儿子并没有出现人们想象的那种结局。他被向养得好好的，渐渐长大了。从王走出向家大门那一刻起，向就料定他会返回或者不返回，后来那场大火证实了他的判断。王不知去向多日，向才逐渐将他遗忘，把心思转到王的儿子身上。向给他随便起名为土。土人小脾气古怪，性野，恨人，却爱和猪狗玩耍。向索性把他当作猪狗养起来，让其和猪狗同食同住，所以土身上缺少人味而多沾一些猪狗习气是自然的。向经常看见土和猪狗抢食，抢食免不了酿成火拼，关键时刻向就帮他一把，用烟袋脑壳狠敲一下猪或狗，把胜利判给土。胜利助长了土统率猪狗的野心，时间久了，猪狗都服他管。他人极聪明，什么都懂，唯人和动物的界限不太分明。腊月间，向家杀年猪，土不让杀，他指着向的家室、丫环、帮工对屠夫说："有那么多人怎么不杀，为什么偏偏杀猪？"最终拗不过屠夫，眼睁睁看着屠夫和几个帮手把肥猪硬拖出栏圈，按在案板上。于是土就很愤怒地看了一回杀猪，看完就不愤怒了，觉得有趣、开心、过瘾。他记住了猪嘶喊挣扎、出血、断气、刮毛、破肚等细节，方明白猪的命运大概如此，而人则应该是老死的。他从此离开猪群，见猪就生出一种残忍念头。再以后就盼望过年，凡过年就能开一次看杀猪的眼界。院里有人逗问他："土你长大想做什么呢？"他爽然答道："做屠夫。"那时候，屠夫在他幼小心目中是最向往的职业。待土再稍长大了些，向家便更不管他，一切任由他去。他便以很特殊的身份存在于向家族人当中。往后无数个日子，土独自在院墙边玩。院子很大，又空旷，靠后院墙一带多为幽静之隅，那儿长着一片水竹，平时是雀鸟与一些小动物的世界，皆因为被院内一个野孩子视作乐园，那个平和世界便无端生出许多是非同危机来。仿佛要成全土做屠夫的愿望，土在儿开始了杀戮生涯。起初，他只是伫立竹林边，醉心看竹林间鸟儿演出跳枝或唱歌，便起心要在这个自然舞台上充当一个角色。聪明一面教他懂得使用鸟套，套是筛灰篮套，即一种用竹篾编织的粗眼筛子，平时佃农做筛灰用，现在成一个阴谋斜斜地安置在那里，下面装一块薄薄的踏板，周围撒些鸟儿喜爱吃的食物做诱饵，等候鸟儿来啄。鸟儿浑然不知灾难临头，纷纷钻到筛篮下寻食，只要其中任何一张嘴或一只脚爪有意无意触碰到那踏板，就集体遭殃了，筛篮像天一样垮下来，纵然有志也难逃厄运，一次罩住十只八只不等。背时的多数为金翅鸟，这种鸟养就成群结队的活动习性，常有规律地从竹林路过。世界上最漂亮也最愚蠢的就算这种鸟，它美丽至极，简直不像自然长成，而是经过了精心加工，皆因翅膀为金黄色，你就得相信那翅膀是金制的或至少是镀金的。愚蠢在于：它天性使然，不懂得识别哪怕是再简单的危险物，极容易上当。土处置鸟儿的方法有多种，一切全凭兴趣，或在地上抠一个缺口，手伸进套中逮住一个生命，取出后狠劲往地上一掼，那鸟儿不曾叫一声就僵在那里。第二只又是如此掼法，往后的情形可以类推，直到一筛篮活泼生灵无一生还方才罢手。如想从容结束鸟儿性命就得选择另一种玩法，先拾来干柴烧一堆火，然后用生葛藤系住鸟儿脚爪，再轻轻往火堆上一抛，这样可以看一回鸟儿挣扎状。那鸟必然飞起来，往高处飞，要远离火堆，而人的愿望相反，将葛藤往下扯，强迫鸟儿和火亲近，拥抱。鸟儿一边喳喳惊叫着，一边拼死做着挣脱束缚的努力。就力气抗衡而言，鸟类终非人类对手，待鸟儿精力耗尽时，才情愿歇翅坠落下来交给火烧，动弹也懒得动弹一下了。

土在向家过着无拘无束的日子，成长中学会了种种歹毒行为，这玩鸟是一种，待人又是一种。

生活在向家院子里的人身份各异，这从他们的服饰、分工、神态、说话口气等方面看得出来。论地位，喂猪的长工在众人之下，其卑微是和一头猪相差无几的。长工是个老光棍汉子，不分春夏秋冬打着赤脚，脚仿佛是特制的，不怕硌，不怕冻，不论走在烂岩壳还是雪地里都没有事。人极老实，只知多做活而少言语，一天仅和猪讲几句话。土认为他可欺，便有意在那双怪脚上制造一出恶作剧。一日，趁人不备，土在通向猪栏的必经之路栽下几棵阎王刺，自己悄悄躲在隐蔽处偷看。那长工去给猪上食，赤脚果然踩中了刺，嘴里啊地惊呼一声，人即刻蹲下去拔刺。土看见他从脚底板拔出一块带血的肉来。长工并不明白是人所为，不去多想更无处计较，只当背时。以后就见那双脚包了厚厚的棕片，向家人都感到非常奇怪，唯独土例外，土因此就痛恨一种叫棕树的植物，一夜之间将院内的棕树皮全剥光了，这样树就毁了，再长不出棕皮。后来，人们发现长工悬吊在一棵枯死的棕树上，赤脚永远离开了土地，到一个没有阎王刺的地方落脚去了。

细算起来，土满十岁了。十岁是个很重要的年龄。土在十岁的某一天得知了自己的身世，是向亲口告诉他的。向没有半点隐瞒，一切如实道来。但向真实的叙述给了土虚假的印象，土认为向一定搞错了，把一部别人的历史栽赃到他的头上。

"你是天上打落下来的。"土十岁前听许多人异口同声这样说，土只相信这种说法。

"你是你爹日出来的！"向说。

"你是你娘憋出来的！"向又说。

"你爹加你娘才有了你。"向左手握成空拳表示阴物，右手食指竖起表示阳物。"这样，这样。"向快速地做着一个猥亵动作，"你就是这样日出来的。"

爹是什么，娘是什么，爹和娘构成何种关系，土一概不懂，他只对那个猥亵手势感兴趣，便本能地模仿起来。

"嗯是的，嗯是的！"向见土学得极像，显得异常兴奋。

土有些不知所措，手势开始变形和夸张，跟着变形和夸张的是他的脸色。

"我杀了你！"土突然改猥亵手势为杀人动作，他逼近向一步。

"噢，好啊！小子，这就对了，你总算明白了一点了！"向一点也不吃惊，不动怒，反倒十分开心地嬉笑着。

"我真的杀了你！"土牙齿咬得咯咯响，本想再进一步，结果却后退了两步。

"好小子，你上来，你莫退，要杀我，有种，我以为这号人还没有生出来哩！"向步步紧逼过去，取的自然是老虎扑食那种姿势。"我一辈子没有碰到一个敢和我作对的人，这回倒要试试你的胆子，看真的有没有种！"向示意手下人真的拿了一把柴刀来，自己先接过，用手指试了刀口，觉得锋利可用，便交给土。土退缩着，不敢接。

"你鸡巴用！"向开始激土，他真心想让土砍一刀的，"有本事真砍我一刀，我不和你一般见识，还送你一坝田，说到做到。"

这类场面，发生在一个十岁的奴仆和年过花甲的主人之间，真实而荒唐。土最终没敢砍向一刀，这似乎很合乎逻辑，也很自然，权当一个玩笑了事。但土没有再在向家待下去，他出走了。向看着他走的，没有阻拦。此后向家院子平静如常，好像什么事也没有发生。

王回到寨上这一天正巧是他十年前出走的日子。王这次回来全然不同于出走时那样孤单一人，而是浩浩荡荡一个营。他当了一土著民部队的营长，便把一个营拉来了。

王有意在本土做一次炫耀，他率部大摇大摆地进寨，这是一支训练有素的队伍。王在队伍中混了十年，由于屡次作战有功，不到十年就混上了营长。最近刚打完一个胜仗，部队闲下来。上级决定提拔他当团长，他推托说："我有一个营够了。"他说有一个营够了，上司并没有听出他话中有话。借部队调防之机，他顺便把所属的营拖回到老家。他现在骑一匹高头大马走在队伍的最前头，马蹄嘚嘚传达着他的威风和神气。自古穷人不怕兵，许多寨民闻讯赶来立于路边看稀奇，但谁也没有认出这排头马上的指挥官就是十年前失踪的王。王的模样全变了，加上部队清一色整齐的穿戴掩盖了他的个性特征。但是他显然认出了那些围观人群中的一些老熟人，他用一种南腔北调的声音喊着张三李四的名字。那些被喊的人个个一脸惊恐状，他们根本来不及反应，答应不是不答也不是的十分狼狈不堪。队伍朝向家大院方向开去。距离院子很远就从容地散开，形成一个大包围圈，连门前的坝田也包在其中。部队并不急于占领院子，而是三步一岗五步一哨地围着。向家人这时还不得信蒙在鼓里。与世隔绝和封闭固然给向家带来了几十年的神圣威严，却导致了今天的灾难。直到王在与院子一箭之遥的坝田岸边连放三枪才惊动向家人。彭慌忙打开大门遂又关紧。这时向仍几十年如一日地在紫荆树上困懒觉。唯一能穿透树叶的是彭的声音。彭和向的对话往往是很简短的。

彭报告了院宅被围的消息。

"是匪还是兵？"

"兵。"

"兵？"

"兵。"

听说是兵向睡意全无，眼睛眨然睁开，从树叶缝隙中望出去，视野里出现了点点刺刀的寒光，且组成了一个严密的光环。向以往上树下树笨拙如老熊，此时下树成了一只健猴沿树干一梭就滑到了地面。

向家三天院门紧闭，全家人乱成了一团，这正是王所预料和期望的。向家已成瓮中之鳖，王对其采取围而不攻别有用意，目的就是让他们好好乱一乱，这和猫抓到老鼠并不急于吃，等玩够了，玩得老鼠精疲力竭直到断气才吃同一个道理。向以为凡兵匪只要财不要命，不外乎为他的财富而来，然如此围而不攻又让他颇费猜疑。归根结底，保护财产要紧。那些明摆着的山林、田土、房屋是无处收藏的了，即便抢也抢不走，而金银细软光洋铜钱之类贵重东西找地方转移还来得及。向三天三夜不吃不喝不睡眼睁睁望着坝田就想这件事。坝田中央有一块陷泥田启发了他。那块田表面看去与其他田无异，却有一丈多深稀泥巴，因为人牛皆不能涉足，否则陷进稀泥里拔不出来，且越陷越深，如无人及时搭救就要葬身泥中。所以那块田常年闲着，不下种，不栽秧，任其当摆设做一丘空田。没想到向家面临浩劫的灾难关头，它要派上大用场了。它仿佛成了向家的一根救命稻草，全家的命运系在那上面。这天夜里，向把几个心腹集拢来耳语了一阵。第二天清早，院大门开了，走出几个挑撮箕的汉子，撮箕装满牛粪，沉甸甸的。这种情形每年冬天出现一次，他们是给田里施冬肥。几个汉子往返数回，他们把真正的肥料倒进秧田里，而把十几挑牛粪覆盖下的金银细软和光洋铜钱全倒进了陷泥田。他们做得不露马脚。向家人大难临头居然还筹划着阳春，没有忘记给田上肥，这未免有些滑稽。坝田对面的三三两两哨兵自然把这一切看在眼里，但他们看见的是一幅纯粹的劳动画面，而丝毫没有觉察出个中有诈。向一边眼观六路耳听八方地注视着大田动静，一边梦想等抢兵一过，如何组织人力重新打捞这些财宝。

向打错了算盘。当王和他以面相对时，他才感到万物皆空。王就在这天以主宰的身份进了向家大门，一眼瞥见几条哑巴狗拴在门后边。狗一如主人失去了昔日威风，个个夹紧尾巴，身子蜷缩成一团，眼睛里流露出末日来临的恐惧。王分别将它们轻轻踢了一脚，然后枪口在每个狗头上各点了一下。五条狗打了五枪，没有浪费一发子弹。子弹钻进狗头的瞬间，狗们发出了类似枪声一样的尖叫。狗终于喊出了它们平生没有喊过的声音。

向认出了王，认得很艰难。向翻遍了全部记忆，才找出属于王脸部的某个特征。起初，二人四目相对，王只是一味地微笑着，分明是一种熟人式的微笑。这使向的判断出现了误差，他没有看出笑容背后别有用心。向只好回敬以笑，但笑得很勉强。在经历了漫长的对笑以后，王倏地收敛笑容，眉宇间透出一股杀气。这时候，向才意识到站在面前的是与他不共戴天的仇人王。向也想收敛笑，但反而做出一副真正的笑态。

向一家人被押到了歇操坪。歇操坪是镇上历来用刑的场所。这天正巧赶集，围观的人特别多。向家老小瓜一样结在一根藤子上。绳头结着向，向两手交叉在胸前，绳头绕着他的手脖子打了一个死结。但王没有让向的这种姿势保持始终，一行到了歇操坪，向被单独解下，换成双手剪背固定

金猫

187

在一棵白杨树上，如长在树上的一块大疙瘩，余下的紧靠歇操坪后一字排开。接着，歇操坪里出现了几个士兵忙碌的身影，一个士兵先搬来几块石头做成称架，然后在石头间烧火；另一个士兵端来一口铁锅和油盐酱醋种种佐料，还有两名士兵抬着一只大箩筐，箩筐的沉重使他们的步伐也很沉重。箩筐搁在向跟前，筐面没遮盖，满筐光洋暴露无遗。人们事先已得到通知，说一块光洋买一个笑，笑杀人。于是，许多人为了光洋全家出动都来笑了。天下有这等奇事，只要一笑就能发一块光洋，这钱太容易得了。最醒目的是王的指挥刀，刀已出鞘，刀尖稳稳地倒插在地，冷风拂过，刀锋发出琴弦般铮铮之声。一切表明，这回杀不同往常，人们在焦急地等待那个时刻的到来。

王和向又一次以面相对，王问：

"你还有什么话说？"

向仍固执地重复着多余的话。

"我早晓得你会回来的。"向说。

"我帮你养大了儿子，他要走，这怪不得我。"向又说。

交不出人，向的任何解释都不足信。

"他说的是真的吗？"王转身问众人。

众人皆沉默不语，人人躲着王的目光。王心里明白了几分，觉得这问话是多余的，不要指望人们会替他证实什么。他猜透了众人心思。俗话说铁打的衙门流水的兵，他王的部队总有一天要开走的，开走后又是向家天下。人们现在仍怕着向，不敢得罪他，担心他秋后算账。虽然王当众说过他这次回来就不走了，但这使人仍然难以置信，何以见得他走与不走？直到向遭开膛破肚而死，陪杀的彭当场吓得气绝，向家眷哭得天昏地暗以后被遣散四方，人们才相信天确实变了。再后来，王真的兑现诺言，真的没有走，并且大兴土木造屋，人们便一百八十度大转弯一边倒向王，王的一寨之主的地位从此牢牢奠定了。

而此刻，时光就停留在歇操坪，一次别开生面的用刑刚刚开始。王从地上拔出军刀，信步走到向的跟前。

"我今天要取你的心肝，看到底黑成什么样子。"王一边说，一边用刀尖戳着向的额顶小心翼翼地用着劲，一直横划过去，没有等流血，王就将额头皮往下一撕，人们隐隐听见了类似裁缝铺里撕裂布匹的声音。向的整块额头皮翻开，耷拉下来，遮住了脸，失去头皮的部位咕咕噜噜泛着无数美丽的血泡。此时天地间出现了片刻宁静，空气停止了流动，人屏住了呼吸，万物皆凝然如冻，仿佛一切都死去了，只剩一幅静止的图画。向一声"日你娘"骂出口，才大河解冻般打破宁静。"还骂人，我先割了你的舌头！"王说："把舌头伸出来！"王用的是命令的口吻。向听了居然驯服地伸出半截舌头让王割。由于刀刃很钝，且缺了齿，王割得很费劲，像拉锯一样割了半天，才割下小小舌尖。手一扬，舌尖划一道漂亮弧线，准确地落入早已烧沸的油锅里。舌尖如一条活泥鳅在锅里翻滚不已，顿时空气中浸透了人肉的奇香。眨眼间，炸熟的舌尖再次通过王的手蘸完佐料送到了王的嘴里，王咀嚼着，品味着。耳边，向仍骂声不绝，声音含混不清，人们听不懂他到底骂了些什么。

满箩筐光洋原封不动地摆在那里，闪着诱人的光泽，但没有一个人得到它。所有的人都笑不出声，再如何努力也笑不成功，为此都很遗憾。全场只有一个人笑，是向自己。那是一种罕见的笑容，笑贯串了开膛破肚的全过程，并且持续到终场。向的笑引出了众人抑制不住的哭泣。

事后，寨民们都以为得罪了王，一种负罪感重重地压迫着众人的心。鉴于日后还得在王的鼻息下生存，于是不得不走集体请罪这步棋。经过协商，便派出代表，当面来给王赔罪。"那件事我们感到对不起你，特来……"王不等人说完，便打断了对方的话："哪件事，我忘记了。"尽管王表现出了意外的豁达和宽容，但众人一直生活在自咎的阴影之中。

寨东头，矗立着崭新的王家大院。王修建这座宅陀花了三年半工夫。大院格局简直就是向家大院的翻版。三年半以前，向家树倒猢狲散，留下一座空院。有人劝王住进去，王不听，非要自己造一座新的不可。他把对向家的仇恨最后交给了一把火，烧了向家宅陀。大火烧得很彻底，将院内一切能够着燃的物质皆化为灰烬。火舌蹿上高空达数丈，舔光了紫荆树叶，烤焦了树干。若干年后，那枯死的躯干还一身火斑挺立着，常勾起人们对那场大火的回忆，还有门前的两尊石狮，业已被大铁锤砸过，掉了耳朵和前足，但没有倒。看见它，你就莫名地相信它的生命还存在，只不过残废罢了。当初有人说砸了可惜，建议王留着用。这又错看了王，王说："我修屋是要做石狮子，但我要新的，凡向家用过的东西一概不要，砸！"于是，石狮子便落得如此下场。

大院落成，王正式搬进去住。身居大院，心却空落落的，王不明白这种情绪的症结所在。仇报了，房子起了，还有什么不顺心，还缺什么？他忧郁的影子沿着院墙根踽踽独行，用陌生的目光反复审视他的宅院，每天的大半时光是这样度过的。如果说缺什么倒是缺家室。成家容易，只要他愿意，想要几房娶几房，但眼下家底出现了亏空，一座大院几乎耗尽了他的全部积蓄。他现在已成大户人家，名声在外，娶妻纳妾不能像平常人家那样简单从事，得办得排场一些。他虽然接收了向的山林和田产，然后再佃出去，有些收入，但仅能维持几十个家丁和用人的日常开销，照此下去定会坐吃山空的。他想起向的万贯家财，听说过向收藏了无数金银财宝、光洋铜钱，究竟藏在何处，是个谜。大火过后，他组织人力在向家院墙内外挖地三尺，也没有挖到一件值钱的东西。其实那次所谓上冬肥的伎俩他也早已识破，向骗得了别人骗不过他，他确信无疑那些财宝将落入他手，正等待他去打捞。但事实上成了竹篮打水一场空。一丘陷泥田的稀泥全掏上岸，除了泥巴还是泥巴。他望着那个巨型大坑，惊得目瞪口呆，死也想不通是怎么回事。这是一个更大的谜团，也是他的一块难愈的心病。他的精神像遭霜打的树叶萎了，人迅速地消瘦下去。

在无数个愁肠百结的日子里，王自然怀念起他曾拥有的金猫。想起金猫，就有一种苦甜参半之感。金猫迫使他人财两空，却成全了他的复仇之心。倘若当初他不一气之下把金猫抛进后山的天坑，不卧薪尝胆去从军，也就没有今天的出头之日。人真是难以两全其美啊！不知不觉地，他来到后山的天坑边。抛金猫的情景再次重现，恍若昨天发生的事情。既不能自己得，也不能给别人，这是他当时的心境。那金猫本来被他用五行相生相克法火炼了的，成了一只死金猫，但在他抛出手时，猫却活生生地惨叫了一声，坠落途中，它四爪乱抓，抓得人揪心般疼痛。金猫往下沉，他的心也往下沉，天也在往下沉。一道金光在黑暗深处消失了，王出现了短暂的晕眩。清醒过来，万念俱灰，恨不能就势跟着金猫一同跳下天坑了此一生。他浑身骨头散了架似的酥软到极点。试着跳了几次均告失败，便泄了气。他知道，这是他气数未尽之故，天老爷不让他去死，那么干脆冒险活一次。从出向家大院那一刻起他就打起了投戎的主意，他想只要不和向见面，量他向不敢把儿子怎么样。他稍做歇息，重新蓄积了体力，然后站起，毅然朝山外走去，一去就是十年光景。

关于天坑的深度，当地有两种说法，一说无底，一说有底。皆因从古无人亲临试过深浅，所以相持双方谁也不能说服谁。这一回王决意要探探深浅，真有底的话，他的金猫便可失而复得，否则也就死心了。他在天坑边徘徊良久，然后枯坐于坑边一活岩上，注视那黑黝黝、阴森森的洞口出神。末了，他起身将坐过的岩包奋力掀下天坑，岩头在滚动过程中，频频碰撞岩，轰轰隆隆响了半天，最后像沉雷一样渐渐远去，直至销声匿迹。探索结果仍无法确定深浅，便又搬一块大岩头如法炮制，其声和适才无异。再捡一块石头，这一次不滚，改为朝天坑正中扔，这样石头可直坠到底，避免碰撞。石头扔出去，果然无声，仿佛经历了几个世纪的漫长等待，坑底隐约传来一阵石头落底的轰鸣，响声尽管极其微弱，但起码说明天坑不至于无底。王心里喜悦了一下，便匆匆下山了。

回到家，王四处放口风，说他要探后山天坑深浅。他叫人搓了一根粗缆绳，长达百丈，挽成一个大圆圈挑挂在正方屋檐下，声明谁有本事摘取赏金砖一块。这是一种原始的悬赏，人人知晓摘取它意味着什么。悬赏数日，其间不少人路经门前或专程找上门来，见了那长缆绳，都摇头而归。金砖固然珍贵，但人命更珍贵，要人冒性命危险去换取那金砖似乎不值得。故一直无人敢伸手碰一下那长绳，任它纹丝不动地挂着，如一个巨型花环。

土的出现使事态发生了戏剧性变化。土的再次出现是必然的。他仅仅失踪几年，但只要他还活在世上，就注定有朝一日回到寨上来，回到这个故事中来。土外流三四年，变得判若两人。身坯长成了大人，却略嫌单薄。穿一套很不合体的军服，呢子的，军服丝毫不能证明其军人身份，他无论走到哪里也改变不了浪子形象。但军服恰好说明他的经历不凡。脸上几处疤痕，刀砍过或火烫过，这更增添了他的传奇色彩。这天傍晚，土突然痴立在王家门前，和所有过路客一样，先好奇地打量那长绳。与众不同的是，他没有摇头，没有离去。用人把信报给王。王不在意，门也懒得出。"莫理睬他。"王说。王家院门开了又关，此一关对于土是永久性的，他错过了走进这个家庭的唯一良机。假如这一夜王收留土过夜，那么等于父子俩意外重逢了，可是命运给这个家族安排了另一种结局，王土父子相认就这么失之交臂。

谁也没有料到土在王家门口待了一夜。天亮时，用人打开门，发现昨天那个孩子依然站在原处。他的眉毛结了霜，双脚生根似的长在地上。

"把索子给我取下来！"土对用人说。

"取下来，我去！"土加重了语气。

用人取绳索时手有些哆嗦，半天取不下来。土打先走了，影子在通向后山的路上渐去渐远。待王一行扛着缆绳追到天坑边，土显然等得不耐烦了。"狗日的，有胆子！"王见面就亲昵地骂了一句。王并不知道这个被他骂做狗日的孩子正是自己的亲儿子。"狗日的，快拿索子来！"土反骂道，他同样不知道王就是他的亲爹。于是，一切来不及细说，绳索的一头在土的腰间捆牢了，另一头固定在钉好的木桩上。按约定暗号，人到底后即抖动绳子，告诉上面回收。一圈绳子如长蛇盘在那里，静卧不动，一旦它徐徐打开，通过一段草丛滑向天坑绝壁，就意味着人类的一种冒险业已开始。缆绳放了很久，眼看一圈圈见少，在场的人脸上没有任何表情，只有绳子摩擦地面的声音。

……

后来，人们遵照暗号回收绳子，感到手上缺少应有的分量。原来是一根空绳。王仔细检查绳头，分明是解开的，不见断裂的痕迹。众人脸上仍然没有任何表情。缆绳恢复了盘蛇形状，等待人再冒一次险或不去冒险。王的脸上集中了众人目光，每道目光都在鼓励他。王接受挑战一样将绳子系在自己腰际并且打了一个死结。王决定亲自下去看个究竟。他的手很潇洒地一挥，示意放绳。人们看见他告别地面时的神态十分坦然，这一神态作为一件纪念品赠予了大家。许多寨民有了这个时机，而更加激动人心的场面在后面。绳子似乎放到底了，频频抖动起来，但所有在场的人都无动于衷，没有一个人去回收它。几天后，那绳子还在顽固地抖呀抖，直至天长地久，绳子朽了，仍软软地垂在天坑悬崖上，但你总觉得它永远在抖索不止。

远山的耕耘

　　队里开了一个漫长的会，与会者围着那堆同人一样精力旺盛的篝火，三天三夜没有离开过会场。这足以堪称世界之最。三天三夜，就做成一件事情，选了一个瞎子当队长。队里拥有一个瞎子，真是天大的幸事，否则这会就得无限期地开下去，以致误春。前任队长期满就放赖装死，砍他脑壳也不肯多当一天，他算是受够那份罪了。队长这顶乌纱帽小，责任却大，无人肯要。瞎子吃五保，与其白养着他，不如派他一份差事，冠以力所能及或有一分热发一分光之类堂皇理由都是名正言顺的。这样抬举他，想他不会推诿，又能使全队人托他的福，因为瞎子只能排排工，劳动则不能以身作则模范带头，那么众人也就自然少了限制和管束。人们把算盘打到了这一地步，足见他们用心良苦。

　　队长人选一经确定，在同一夜空下的另一角隅，即与会场遥遥相望的坡上茅棚里，这位被众人推举的一队之长就感觉到了。他的左眼皮噗噗直跳，频频传递着这一信息。人的眼皮颤动和身外的变故之间有无必然感应，现代科学尚待研究，不过于瞎子是灵验的。他随地摸一根草茎截成寸长夹住眼皮止跳，但反而加剧了那跳。他心里明白，此征兆不是福音降至就是大祸临头，与生俱来尚属第二次。第一次是十几年前办集体食堂的时候，他有过以同样理由被信任的历史。那次眼皮跳他荣任了食堂会计。他心里那架算盘为真正的算盘所不及，用记忆做成的账目亦无可厚非。但后来事实证明他并不称职，他偷米，偷了喂自家坛子。一次，他悄悄掬出那众人血汗送给鼻子闻，看是否发霉，结果让人窥见发霉的不是米而是他的心。这全是他的眼睛捉弄了他，叫他上台容易下台也容易。他羞于再见众人，从此影形无踪了。人们在一棵树上找到了他，见他上不着天下不着地一味做引颈高歌状，便把他死也不肯弯曲的僵直躯体抬回，打发一床破絮并一口木匣给他，再送他去想去的天国。不料他中途突然长吁一声变了卦，灵魂出窍又入窍，身体遂复原，这便又吃起五保来。他从此过着逍遥日子，百事不问，不听，也不想，只看，集中全力去看。他转动着头颅，朝旷野朝天空漫无边际地巡视，用一种不懈的努力，寻找着身外世界的缝隙，那缝隙或是一朵花，一丝光线，一种色彩，或一个人的容颜。然而缝隙一直没有出现，甚至不曾梦见。其实他早该死那份心的，他缺少作为眼睛最起码的眼球，额眉下只安装两个深深的洞穴。眼球是他亲手用利刀剜掉的，既看不见，留它何用？权当摘除两颗恶瘤。于是就多出两张专门用作诅天咒地的嘴巴，三张嘴加一起，构成神圣不可侵犯的三角禁区在脸上，只任阴森、恐怖、死亡的气息几十年如一日地在上面弥漫。这次队长人选难产，他已有所闻，难得他做了个似笑非笑的表情。他密切注视着会议进展，用的是两束无形的目光。他预感那会议与己有关，心里十有八九猜出几分了。他得赶紧占卜一下凶吉。早年，他被一民间艺人收为义子，跟其继承过周易未竟的事业——占筮。师父把他关在黑屋里，教他潜心钻研《易经》。占筮，他不正用蓍草或竹签，而用三枚铜钱，先合掌聚铜钱于手心摇晃，继而掷地，动作周而复始没完没了。就这样极简单极机械地一摇一掷，一个神的世界呈现开来，宇宙万物的嬗变，自然人生的推演尽在其中了。他学会了占卦，又把六十四卦象辞并三百八十四条爻辞背得烂熟，故深得师父器重，师父便把祖传秘方同法术一并传授给他。出师后，他神乎其神地挂起招牌，居然名声大振，俨然超凡脱俗成一圣人，其智慧与行为足以证明神的存在。人的凶吉、生死，他皆能预卜，家有病人去找他，不必面见病人，仅拿病者衣物给他，一嗅便知患的是何种病，有救无救，说有救你自然死不成，说无救纵然再救也是空的；若丢失了财物家畜也可请他占断，根据他指的方位地点去找，定能失而复得，不会有错的；他还会画佛水化鲠喉之物，曾用佛水救过一吞针婴儿的性命。那孩儿的母亲由于疏忽大意将一筒衣针搁在摇篮边，被孩儿当作乳头抓了吃，结果未吮出奶汁反吐血水，其惨状可想而知，石头见了也要寒心流泪的。父母断定神仙也无法拯救小儿命了，岂知他闻讯，遂白一碗缸中清水，面朝东南默念稍许，同时食指在水面划了数圈，便让人端去给那孩儿灌下，竟然渐渐好了。一时人们把他当作不见光明却能施以光明的现世活菩萨，纷纷带了供品与虔诚前来朝拜。但世道的变迁占筮为邪术，因为他的存在即将导致那些以打赤脚闻名的医生穿鞋子，这是科学所不能容忍的，于是由科学的卫道士出面，持枪设卡，堵截瘟神蔓延，并将那香火初旺的庙门贴了封条。在与科学对抗方面，神力向来显得软弱，不堪一击。他被抓去游街。一日逢墟场，正值贸易鼎盛之时，猝然一声锣响炸开人流，被人奉若神明的他应声出现，头戴一顶高耸入云的纸帽，一手拎棍，棍上悬挂半边破铜锣，一手持锣槌，敲一下锣还兼打一下自己的腮帮子，打了喊，其声比锣音还破，且含混，难以分辨。从此，他改邪归正为专职五保户。虽然洗手多年，但家里仍保留着使他一度成神的三枚宝贝铜钱。眼下，他得启用它，别人不信他信，为决定自己生死的命运卜一卦。一卦凶，曰否卦，乾在上，坤在下，卦象虽顺，却是死卦；二卦吉，泰卦，卦象恰与前卦相悖，为阴阳倒置，但这是天地胶合之意，与人与事皆安泰无恙；第三卦平平，既无凶也无吉。通观全卦，结果等于无结果，白占。他百思不解，有些气，为铜钱不忠而气，便火起，将铜钱再一抛，这一次不掷地，掷天，任它们自由飞去，各自丁当到一个角落永远逍遥去了。他却要告别逍遥，和繁忙或者胜于繁忙的什么握手。他出了门，径自朝一个方向走去。黑暗跟踪着他，又躲避着他。平时，他怯于夜间阴气太重是闭门不出的，地震天垮下来也未必搬得动他。今夜非同往常，他不得不出门。他走得很快。其实他是习惯夜行的，凭探子细碎的脚步声，他能准确地判断路途的高低曲直。日里天地间噪声大，嘈杂，干扰他的判断。他走完了白天需要双倍时间走完的路程，从人们的话题中来到人们当中了。先跨入会场的自然是探子，它一探便瞧见自己的位置了，那是一架倒扣在会场里侧中央的屙桶，上面搁着一张长条板凳，象征着山寨的尊严。如果把山寨比作一个王朝，那么它理应是一国之君的宝座。历史在这里呈现的是另一幅景象，没有争夺王位的悲剧发生，人的礼让精神为天下人所罕见。他就这样上了台，只要他愿意，道路永远畅通无阻。他尽可以施展威风。探子帮了他很大的忙。它几乎是他的化身，在人前，只见它咚咚地跺脚，动不动还会踢人一脚。它的脾气从此就变成这个样子。你们眼睛都瞎了吗？我能为你们做些什么?！他大张开嘴巴在台上厉声喝问。都信得过我吗？又问。仅仅因为台下回答得迟疑了一点，那探子就咚地跺穿了桶底。桶底原来如此脆弱。更脆弱的是那些手下人，他们太好领导了，个个温驯如羊羔，只要拥有这么一根棍子，闭着眼睛都能做他们的领袖。这方面他得天独厚。

　　在他上任的第二天，他带领众人去出工。他在前，众人在后，这是规矩。他统率着一支羊的队伍。他是牧羊人，拐棍是鞭子，众人是羊群，这是一次违反常规的放牧。羊群不是赶着上山，而是牵引着，其状如拉纤。拉纤是艰难的，一如这放牧。山路是一盘缱绻的缆索，永远也拉不直。太阳也被拉着走，缓缓地爬坡，历程仿佛从春到秋那般遥远。

　　哎哟哩——
　　上工任他摆哦，
　　收工把他甩哦！

　　羊群里响起一支歌。充其量是一首打油诗，凝聚着集体的智慧。当一个群体学会用怠惰做激情的时候，便产生了这诗。这拉纤的号子，周而复始地唱，劳碌的春天便易得打发。他统率着他的羊群，走着通向秋天的路。他和羊群总是保持着不远不近的距离，他慢他们也慢，他快他们跟着快，拉不拢他们也拉不下他们。他是放牧人，一切取决于他的速度。快只是他的愿望，绝对的慢才是现实。责任似乎全在探子，尽管它在前手忙脚乱做匆匆赶路状，不外乎是装模作样地原地踏步而已。远处，知耕鸟在催耕，声声唱春的短促，仿佛春天即刻要从它的嘴边滑走。然而土地仍在酣睡，犁铧和锄头正步履蹒跚，远着哩。有的犁锄干脆半路停歇下来，懒散地躺卧路边，像要做一次永久的休眠。他没有发现，即便发现也奈它不何的。他空有一副男子汉的肩膀，却不能扛起一架犁或一把锄头。他完全失去了昨晚的威风，那所谓的威风，也不过一股风罢了，吹过就完了，现在纵有也只能扫地。他们叫他做动口不动手的君子，威风只属于粗人，与君子无缘，与他无缘。

> 上工任他摆呃，
> 放工把他甩呃！

　　现在是出工的路上，是任他摆的时候，一支羊的队伍跟着他摆。以乌龟式的步伐前进。摆到何时算何时。太阳挣扎着爬上头顶，把白天划分两半，一半已经过去，一半即将过去。此时，他和他的队伍方抵达目的地。
　　就这样开始了一天的耕耘。他在一个高处站定，尽着瞎指挥的责任。低处是一大片黑油油的土坡，上面贴着他的臣民。开犁了，犁尖划破冻土，他想起一匹布撕裂的情景，这撕裂的过程极其缓慢，以致听不见一点响声。还有种子的播撒，也是静静的，落地无声。充塞天地的是人的嘈杂，或争执，或抢白，或怒骂。人们没有把平生精力交给手脚做活，而是武装嘴巴打仗。他用耳朵观察着劳动进度，判别人们勤劳与否，以此推断年成的好坏。推断的结果是失望。他有一种被耍弄的羞辱感，生活好比一场猴儿把戏，他扮演的是猴儿的角色。一股无名之火蹿上来，成一声怒吼冲出喉咙。他等待着人们在惊天动地之后慑服。嗡——一只蚊子的呻吟传达了他的怒吼。人们仍我行我素地磨洋工，忘了他的存在。他并不罢休，企图乞求太阳延长日照，那么他就可以理所当然地延长工时，以此完成一天的工夫定额。他面对太阳而跪，久久一动不动。于是，人间便有了一双敢于直视太阳光芒的眼睛。然而，铁面无私的太阳没有理会人类两眼望穿的虔诚，它照例一如既往赶路，不肯多停留一会儿，它翻过他的肩头，匆匆下山走了。这时候，工地上更加嘈杂起来，是一片要求收工的呼喊。他迫于无奈，只好宣布收工。他只翕动了一下嘴唇，收工二字并未出口，人们就逃得无影无踪，无声无息。山里只剩下他一个人，还有那首打油诗：上工任他摆呃，放工把他甩呃！现在果真把他甩了。

天黑下来，冷下来。黑不要紧，光明本来对他多余。他有一件四季皆宜的外套，其表层无异于剃头匠的蹭刀布，结了厚厚一层油壳子，足可以御寒。他没有回家，他的责任还没有完，得看看工效如何。他匍匐在地上，手顺着犁沟摸过去，用手的犁掌犁着翻过的和未翻过的土地，犁着他的人生。人们打一眼能做到的事情，他几乎要耗费全部生命才能做到。验收的结果表明，一天的农活仅做了一半，这便是他上任后的第一页政绩。好啊，这全是为我一个人做的！为我一个人做的！他振臂呼喊，又呵呵地大笑起来。他踏上了归途，其实是盲无目的地乱走，所到之处都是尚待开垦的土地。他就这么转悠着，走着永无止境的路，鬼晓得他为了什么。他攀上了山的制高点，俯瞰一切，一切历历在目一切又视而不见。他三只脚鼎足而立，像一个坐标插在高山之巅。他就是山民的坐标，然而不知他把大家引向何处。山脉从他的脚下发端，起起伏伏向山外蜿蜒。他很熟悉这道山脉，也很熟悉山的臣民。山势生得很懒散，于是造就了一个同样懒散的民族。他明白了，他的命运原来是和山休戚相关的。

仍是盲无目的地行走。他成了朦朦胧胧一个人，不辨东西南北方向，不辨白天和黑夜，不辨春夏秋冬。道路坎坷无一处平，举步维艰，偏又遇那根最信赖的拐棍落井下石，欺骗他，几次指坑为路，害得他狠狠连跌了几跤，双膝已经血肉模糊，钻心的剧痛告诉他，他再经不起一次跌倒，否则将永远站立不起。一气之下，他扔了那根可亲可爱又可恨的恶棍，自己摸索着走。一种众叛亲离的愁绪压迫着他，昨天舍弃了铜钱，今天扔了拐杖，不晓得明天该丢掉什么。他在迷途中爬行，目的仿佛不是赶路，而仅仅是一种不停顿的运动。饥饿、伤痛和困顿夹击着他，他几次昏睡过去，断断续续做了许多梦，梦杂乱，荒唐，却又实实在在。他梦见自己重操旧业，又过起为神的日子来；梦见了身外世界的那个缝隙，光明唰地降临到他的眼前；又梦见这一年的秋天，满眼一派五谷丰登的景象。他捧起一个水牛角般大的苞谷棒了亲吻，胡须和苞谷须绞在一起，扯不开；他钻进密不透风的小米地，经受着牛尾巴似的小米吊儿的鞭打，既清痛又舒服；

稻子更是空前丰收，一串串谷穗金链般压手。村民们欢天喜地，高呼着他的名字，把他抛入云空。他似乎是重重地摔了下来，醒了，这是最后一次苏醒。他发现自己嘴啃泥地匍匐在地，胡子和杂草相黏连，表示一种永远纠缠不清的关系；寒风猛烈地吹刮着身边的茅草，那呈锯齿形的茅草借助风力锯割着他裸露着的脖颈和脸颊；双手扣入岩缝，做着揽一块顽石于怀中的努力。他坐起身，似觉又清醒了一些。奇怪的是，那根曾被他抛弃的拐杖仍跟随着他，很亲切地依偎着他；他下意识地摸一摸膝盖，不疼，创伤早已痊愈结痂。他对此一点也不感到惊奇，一切都似在情理之中。不远处有熟悉的鸡叫，证明是本土，又证明是早晨。早晨，东方天际定有一张红红的笑脸瞩望他，他很惬意。只是有点饿，该做一餐饭吃了，昨天也许昨天的昨天的晚饭还没吃哩。但做饭恐怕来不及了，因为新的一天已经开始，他得带领众人去出工，去春耕，去夏锄，或者去秋收什么的。尽管他做一顿饭极其简单，简化了许多必要的程序，饭菜一锅煮，不淘米，不洗菜，用的是现成的屋檐水，眼不见为净嘛，但这就很不容易，需得几个时辰方有饭吃。好在他想起了适才的梦，梦里的景象倏地重现，中断的欢呼声又高涨起来，这使他忘记了饥饿。蓦地，那欢呼声化作哭啼，凄凄惨惨潮水般涌来。那似乎是另一个世界的声音，与他无干。渐渐地，他才明白，一个意料中的结局提前到来了。现在分明是第二年的春天，也就是说，他的一年任期已满。显然，属于他和他的臣民们的那个秋天由于歉收而导致了来春一场空前的饥荒。饥荒已经使一个群体精神崩溃。他真想睁开眼看看这一张张面黄肌瘦的脸和饿死的鬼魂，然而又庆幸自己昏瞎，避免了一次难堪。人群中一个声音说：唉，你怎么才回来？这一年你都干什么去了？怎么把我们都甩下不管呢？既回来了，就好，你还是连任队长吧，今年的阳春全靠你了！

他知道，这是全体的恳求。此时，阳光正温暖大地，春风正抚慰大地，正如不能辜负这大好春光一样，他不能辜负众人。他仰起头，用一个铜盆似的脸盘接着那阳光，灿烂的阳光倾泻进铜盆，顷刻间淹没了两个幽深的洞穴。当他背过太阳面朝众人，即刻又现出两个无底的黑洞。那本来是两道绝望的深渊，人们却偏要去装载希望。他没有违拗众人，说：那好，都跟我走吧！

他走了，背离土地而去。人们一点也不感到意外，反倒引起一阵求之不得的兴奋，像早就料定有这一天，便纷纷理直气壮地加入了他率领的队伍。他们各人手中不约而同地举起一条篾条扎就的干龙船，大大小小一长溜干龙船同时搁浅在邻村的村前。干龙船需得众人恩泽的雨水方能行驶，这是当地行乞的规矩。主人有的打发一两件孩儿衣物或鞋袜挂在船头，以求孩儿易养成人，有的撒一把谷物于船舱，讨个好运。一个本来求人怜悯的群体，此时却伟大如救世主。有对此行为不恭者指责领队的瞎子不务正业，瞎子面无愧色，振振有词道：我只有这点能耐。于是，在一个禁止乞讨的国度和年代，堂而皇之地出现了这支有组织有领导的乞丐群，他们倾巢出动，走村串寨，其势浩荡如开兵；按劳动力大小记工分。这是一种特殊的耕耘，不劳而获的耕耘。他们中的每一个成员皆体会到拥有一个瞎子队长的好处了，他们真正感激他了。

Ganchao

干朝

干朝，或曰干槽，一个干旱的槽，故名。

　　背时到干朝，
　　老麦着水淘。
　　要吃大米饭，
　　阎王殿转一道；
　　要吃豆腐菜，
　　镇街上走一遭。

　　这首流传湘西北的民歌，大致描述了干朝无田种稻、无水做豆腐的基本情形。干朝有一部为水所困的历史，所谓滴水贵如油形容的正是这个地方。对于极度渴水的干朝人，那挂在嘴上的歌谣倒像一条永不枯竭的河流长流不息，人在母腹内，在摇篮中，在长大成人乃至衰老亡故的每一寸光阴里无不接受它的浇灌。
　　生为干朝人的后代，我从小就充满了疑问，天底下有许多好去处，祖先为什么偏偏挑中了这个烂地方；屋场也选得怪，违背了近水而居的基本常识。寨上仅一口水井，在麻灶坡上，寨屋都像躲麻风似的离它远远的，光背水就要走半天路程。在干朝人看来，什么都珍贵，唯独人贱，力气可以无谓地消耗，力气当然是用不完的东西，用不完才不值钱，随便浪费得，一天工夫再苦再累，也要拖着疲乏的身子背一趟水。干朝人兴背，不兴挑，概因山路陡峭崎岖所致，说地无三尺平并没有夸张，它准确地概括了干朝的基本地貌。肩背成了这里唯一的运载方式，什么都靠背，连取水也不例外。干朝人背水是堪称一绝的，你看他们如何背法，你走遍天下也未必见过这类背桶，它扁形，足有人高，口宽底窄，人背起它时超出头顶半截，那情形真像是耸入云霄了。水几乎装齐桶沿，会背的，尽管路途遥遥，到家也不会洒泼一滴水的。自然得经历无数回磨炼，方能找到平衡的感觉，这和获得某种绝技的过程没有两样。记得我初次背水，背半桶，因为我还没有到背满桶水的年纪，那半桶水晃得我失去了背水的信心，脚打战了，浑身浇湿透了，我又恼火又沮丧，便卸了背桶甩手走了。我明知无法向大人交差，却替自己想好了解脱的理由，这理由若能成立，其意义是不亚于改写家族历史的。

爹，我们搬到老屋场去住吧，省得背水。我说。

老屋场，即紧挨麻灶水井边上的一处屋场，原先就住过人家，后来屋场败落，人去屋空，人其实没有去多远，他们在屋场边扎下营盘，那是一溜墓群，墓群构成了他们另一世界的住所。

水呢，你把水背到哪里去了？父亲反问我。

我本来想扯一个谎，但实在找不出恰当的谎言。其实，从进门的那一刻起，我就有些后悔，千不该万不该不该在家里断水的时候弃桶而归。火炕中虽也烧着早火，柴烟一如往常袅袅，但实际上并非煮饭的炊烟。这个既平常又特殊的早晨，所有炊具包括人都在等待水到来，没有水什么事也做不成，尤其搁在堂屋角的水缸，它干得见底，张着比人还要焦渴的大口，它一空万事皆空。此时，除了如实招供，我别无选择。不过，我隐瞒了一个重要细节，我无意扯谎到头来还是编了一个美丽的谎言。

我滚跤了，水倒泼了。我说。

倒泼了再去背！父亲说。

背桶呢，难道连桶也不要了？父亲步步紧逼。

父亲固然相信了我的谎言，但并不原谅我的失职。去，今天非要你把水背回来，不然试下家伙。他几乎以命令的口气威胁道。

我明白父亲关于家伙的含义，通常指竹条或棍棒之类的武器。我试过那些家伙的厉害，它们针对我而设，父亲随心所欲使用着它们，把我的童年塑造得规规矩矩。

我重新踏上了背水之路，在我所谓跌跤的地方，背桶弃而复归。当再次面对它时，我的心情极其沉重。我是很不情愿捡起它的，捡起它等于承认自己的过失；但它的样子实在可怜，凄凉地躺在那里，俨然一个暴尸路边的叫花子。

一回上当二回学乖，我模仿大人扎了一具竹叶圈置放桶内，它果然有效地制止了晃荡。我终于背到了水，但有关我丢桶的故事不胫而走，被人们当笑料广为传播。这一年我刚小学毕业，13岁，13岁就拥有了耻辱的经历。以后，我有过许多水的梦想和行为，仿佛都是为洗刷耻辱做出的。

家没有搬成，我的努力终归徒劳。水还得无止境地背下去，一天天，一年年，一代代。背水成为我们生活不可缺少的内容，我们无力改变，或者说不想改变。

和父亲的最后一次对话，彻底打消了我搬家的念头。

那里住不得。父亲说。

怎么住不得？我问。

住不得就住不得。父亲的话往往只有概念，没有解释。

我非要打破砂锅问到底：为什么住不得嘛？

父亲似有难言之隐，他斟酌半天，才失口说出：不顺利。通俗的解释叫不吉利。父亲话题到此为止，他感觉已经说多了，即使再问也是枉然。

不顺利，这就是一个屋场不能安家的全部原因，它好似一片迷雾，笼罩了我的童年。我不再提搬家的事，人反而勤快起来，每次争着去背水。说实话，我是借背水之名另有所图。在那个平常的暑假，没有人洞悉一个13岁少年不平常的心事。像和水井有默契，我如约而来。我并不急于取水，放下背桶就蚂蚁寻食般开始转悠。我是一只人间蚂蚁，嗅着某种陈年气息苦苦寻觅，那气息就在我的足下或周围空气中。我置身的这块土坪好宽好肥沃，无论种粮食或做屋场都是独一无二的宝地，但它却荒废着，任杂树疯长和野草丛生。我穿行其间，连同我的好奇和疑问。一个好端端的屋场何以败落了，想必大有文章。可是全干朝没有一个人告诉我其中缘由，包括我的父亲，他们好像共同隐瞒着什么，提起老屋场就讳莫如深。我只是一个小学生，我的全部学问加起来也不足以解答自己的疑难，只好如此盲目地来请教这里的花草、树木，以及和土地共存千年的石头，它们应该对这方水土最熟悉不过的了。结果仍旧让我失望，这里的一切都向我保持缄默，它们也像干朝人学会了守口如瓶。我没有灰心，一如往常继续转悠。我不时地拾掇起砖头、瓦砾、瓷片，仿佛拾掇起历史的碎片，不管我怎样努力，也拼凑不齐一部完整的历史。

我真正的背水生涯就始于这个暑假。正值夏忙季节，干朝人在远离水井的苞谷地里薅草，我是唯一的闲人，名正言顺地逍遥在农事之外。人们口渴时才想起我。为了节省劳力，有人建议把背凉水的任务交给我，并答应给我记一分工分。一分工分，便是我13岁的身价，为了它，我轻易地出卖了自己，背起葫芦，一天三回往来于工地和水井之间。背水使我无师自通地学会了磨洋工。人们渴得急于喝水，都等得不耐烦了，我仍在半途中故意慢慢地行走，或者干脆找一处阴凉地方坐下来歇气。我晓得，我的影子始终没有脱离人们的视线，人们追踪我的影子如同追踪一片飘移不定的云。由于我偏不遂人意，背水总是姗姗来迟，人们的怨言由此而起，那是关于我未来命运的话题。人们杞人忧天似的替我担心，说我这样下去如何如何。七嘴八舌之中，我的前途被描绘得暗淡无光。

在我的眼里，真正值得可怜的恰恰是这些干朝人，我的家族成员们，他们为抢先喝到一口凉水只差打破脑壳，动物间争食也莫过如此。在另一种场合，在干旱到来的季节，这类争抢往往酿成火拼，队上大大小小多宗官司，几乎无不和水有关。死人的事是经常发生的，但是没有哪个的死重如泰山，而一概轻如鸿毛。我实在不忍心把家族间为水而斗的事情说出来，家丑外扬其实对于我并没有什么好处。我完全可以装成一个哑巴，这方面干朝人是现成的榜样。事到如今我又不得不说，我和一般干朝人的区别就在这里。我揭开家族的一块伤疤亮给世人看，意在让人们记取伤痛，避免再流无谓的血。而干朝人则相反，他们为掩盖一段不光彩的历史沉默

了几十年，看样子还要永远沉默下去。但纸终归包不住火，历史总有一天要还原它的真相。当我到了可以用文字记录或书写这段历史的年龄，历史的叙述者正朝我走来。这个人在我的印象中早已经出现过多次，而这一次才算是真正出现。

至此，我终于明白老屋场其实就是彭家屋场，屋场边长眠着彭家先人。

山路遥遥，这条足足20里长的山路连接着我的家和我寄读的学校。每个周末，一个中学生模样的男孩在路上踽踽独行，那就是我，干朝历史上第一个高中生。途中荒无人烟，更难遇到同路的行人，只有自然界的风声雨声伴随着我，还有莫名的孤寂和恐惧。但某一个春天的傍晚是个例外，我偶然与一位陌生的老人同行，而且一直同到干朝。当我发现他时，他正在路边的柏籽树下歇气，好像专门等待我似的，一见面就叫住了我。

喂，你是干朝人吗？他问道。

你怎么晓得我是干朝人？我反问道。

我还晓得你姓田，是田天福的儿。他说。

我警觉起来，一边努力搜索记忆，一边仔细打量他。这个鬓发斑白的老人显然来自城里，他的富态和衣着证明了他的干部身份。记忆和打量都没有使我认出他来，我把疑惑写在脸上，明白地告诉他，我并不认识他。

我也是干朝人，和你爹同辈，有一年清明节我们在猪草坪见过面的，你忘记了？他说。

记忆的某一道闸门豁然打开，把一个既熟悉又陌生的影子推到我的面前，同时也把一段刻骨的往事推到我的面前。

每年清明节，麻灶坡上照例热闹一次，彭家后人从省城赶来祭祖，干朝人站在远处冷眼旁观，看彭家如何修坟，如何把爆竹放得山响，又如何将五颜六色的清明纸挂上坟头。根据干朝人的见识，可以推断出彭家的地位，定是田家做梦也不敢想象的显赫。如果把那一挂挂爆竹连接起来，没有几里长才怪，其间穿插着一声声枪响，更说明枪的主人是非同一般的角色。彭家人过完清明就走了，他们来去匆匆，给死者留下一片孝心，给活

干
朝

着的人留下一阵威风。

有一年，彭家人提前一天到达，男女老少十多个人，组成一支花花绿绿的队伍。这天中午，我跟随父亲去背柴，走到猪草坪，我们和他们不可避免地相遇了。这是拥有同一历史的两个家族相遇，彼此见了却形同路人。我看到了令人尴尬的一幕。尴尬发生在父亲和另一个男人之间，大碰头时，父亲和那个年纪相仿的男人几乎同时一怔，继而表情迅速复杂起来。假设他们不认识的话实在说不过去，因为那一怔等于已经替他们作证，证明了一种熟人关系，加上他们几次欲言又止，更加表明熟得非同一般。但他们最终还是以路人的方式擦肩而过，为一次邂逅画上了句号。在那个人和父亲对峙的短暂时间，我一直注视着他的腰间，那儿胀鼓鼓的，我想理所当然是手枪了。那个人只顾注意我的父亲，自然没有发现我垂涎的目光，他哪里晓得另一个家族的后代正对他的手枪想入非非呢？

他们是些什么人？我禁不住好奇，问父亲。

管他是些什么人。父亲说。

麻灶坡上的坟是他们的，老屋场莫非也是他们的？我说。

父亲嗯了一声，算作应承。

那么他们就应该算是干朝人。

是干朝人。父亲这回答得很干脆。

是干朝人怎么不在这里住呢？我问。

住不住管我卵事！父亲显然有些不快，顺口骂了一句粗话。

我和父亲每当触及老屋场的话题总是有始无终，老屋场像一道禁区，我们只能在它之外，而不能深入其内。

有一种候鸟，它们年年如期飞来，又准时离去。它们在干朝神秘地出现和消失，干朝对于它们既是驿站，又是归宿。彭家人正好比这样一群候鸟。

又一个清明节来临，麻灶坡上居然没有动静。人们好生奇怪，以为彭家人在路途中耽搁了，他们迟早总会来的。时光在干朝人的等待中过了好几天，彭家人的影子始终不见出现。人们开始猜测，猜测结果使干朝人兴奋异常，仿佛彭家的命运掌握在他们手中可以随意摆布似的。干朝人绝对不会往好处去想，认定彭家出事无疑，他们有可靠的根据证实这一点。干朝地方偏僻，消息却并不闭塞，山外那场声势浩大的运动虽然直接波及不到干朝，但有关传闻通过各种渠道风一样吹进山里。官越大越背时，一个也跑不脱，干朝人这样评价那场运动。有人从城里捎来口信，说彭家果真遭殃了，那个当什么局长的父亲已经被抓了起来，等待他的是批斗游街，然后坐班房劳改的结局。难怪彭家人没有来干朝扫墓，他们失去了权力也就失去了天下，身边活人都顾不过来，哪能顾得上千里之外的死人呢？

山外的运动轰轰烈烈，山里却冷冷清清，这不免令干朝人有些失望。骨子里不甘寂寞的干朝人，觉得应该找点事做，但他们又茫然不知该做些什么。干朝没有官供他们批斗，也没有什么旧东西好破除的，于是想到了彭家的祖坟。当局长的儿子既然坏透了顶，那么根源在老子，挖掉老子的坟等于斩草除根。干朝人说做就做，他们搬起锄头，纷纷往麻灶坡云集。这时候，我的父亲出面了，父亲的一句话像一瓢冷水泼到了众人头上。

你们哪个不怕断子绝孙，就去挖。父亲说。

做事莫做绝，要留后路哩。父亲又说。

父亲身为队长，他的话举足轻重。众人顿时惊呆在那里，他们无论如何想不通队长怎么和彭家人一个鼻孔出气，若干年后，才明白个中道理。父亲以队长的眼光和威望成功地阻止了一次盲动，同时替干朝人免除了一回骂名。

我想他应该就是那个叫局长的人了，但我无法将他同几年前见过的男人联系起来，他老得那么快，好像一下子从成年走到了老年，头发全白了，脸上皱纹纵横，那是岁月之刀刻下的印痕。我知道，运动已告结束，天地再次翻转了过来，那些曾经失去权力的大小干部们又重新回到原来的位置上，这位局长当然也不例外，否则的话，他是再难来干朝的了。

你还是局长吧？我说。

他笑了，笑得涩涩的，也很勉强。算是局长吧。他说。

他的这次到来有几分神秘，既不是挂清明，又是独自一人。已近傍晚，去干朝当日返回定不可能，得找地方吃住。干朝人和他非亲非故，甚至可以讲怀有仇恨，他们能收留他吗？我们一时相对无语，像周围任何两棵近在咫尺的树那样相对无语，直到他动身起程，局面才有所改变。我们共同上路，向着干朝，向着不可知的结局。一路上，他不断抬头观察天色，黄昏的天色半明半暗，他的脸色也半明半暗。

彭家屋场还荒着没？种粮食没？他开始寻找新的话题，但一下子把我问糊涂了。

什么彭家屋场？我瞪大眼睛反问。

干朝人怎么连彭家屋场都不晓得？这一回轮到他糊涂了。

你是指麻灶坡上的老屋场吧？我说。

那不叫老屋场，叫彭家屋场。他纠正道。

我不知道老屋场和彭家屋场之间的区别，也不明白他为什么如此认真，也许这正是问题的症结所在。我没有理由再同他争执下去，而是听他单方面诉说，他的诉说像一场雨淅淅沥沥，贯串了这个春天的黄昏，那便是一座屋场的历史，也就是干朝的历史。

这个很大很深的山里，原先只有一股泉，它白白流淌了千百年，它的存在和任何一条不知名的山泉没有两样。它被人发现并利用是很偶然的事情。某年某月某日，一家人在它旁边搭起茅棚，并开天辟地升起了炊烟。水和火虽不能相容，却相容了一个人类家庭。人以自己的姓氏给立足的屋场命了名，屋场便天经地义归这户人家所有了。从此，属于这家人的日子是一窝蜜蜂似的日子。事隔不久，人类的同伴跟着来，紧挨着水井再搭一幢茅棚。两幢茅棚亲密无间，如人类的一对孪生兄弟。这样日子长了就容易出危险，两姓人家因水而亲又因水而疏，渐渐关系紧张起来，闹得不共戴天了。

到现在，我不得不如实描写干朝人用水的窘境了。天旱季节，井水日见枯竭，几近断流，那一滴一滴被悉数接入瓜瓢，然后对半分给两家人。如果亲眼见到人们如何用水法，那真要算开一次眼界了。因为缺水，一水多用已养成习惯，半盆清水，先洗菜，等沉淀以后，再洗脸，全家人轮流洗。水即便再清，一旦重复用过，也浑浊不清了。接下来洗脚，脚比脸更脏，脚能够用洗脸水洗涤并不觉委屈。以为水的作用已经到此为止就错了，它的任务远没有完成，还要喂猪，猪是最贱的牲畜之一，理应吃最脏的水。猪只要有水吃就知足了，猪们都很争气，吃了脏水照样不害病，照样长膘，这样干朝人的年猪肉便有了保障。在水源奇缺的时候，有些该洗的东西一概省去了麻烦，如衣服、碗筷、锅子鼎罐等等，它们只有耐心等待下一场雨才可能彻底脱去污迹。最苦的要数地里的庄稼，这些光靠天水供养的生命，老天爷却对它们绝情升到了极点，不但不给一点滋润，反而榨取它们身上的水分，直至榨干为止。人是顾及不了庄稼的，人面对庄稼只有无尽的愁叹，假若人的愁叹可以化作雨水浇灌土地的话，那么人是不惜花所有的时间做这件事情的。

许多事端的起因都很简单，一场战争一次政变的起因也莫不如此。至于彭田两家的隔阂就更不用讲了，其起因简单得几乎没有。一天，两个负责守水的小孩因分水不匀发生口角，两家大人赶来调解。由于大人皆站在各自孩子一边指责对方，使得情形迅速恶化，演变成家族间的谩骂，只差动手打起架来。

事后，彭家传出话来，限定田家三日内搬出彭家屋场。这是干朝历史上出现的第一个通牒，它意味着人间某种关系的彻底破裂。三天期满，田家的茅棚依旧在原地不动，毫无拆走迹象。其间，田家人仅仅做了一件事，即磨刀，把所有的刀具统统磨了一遍。磨刀本来极其平常，以往启用之前总要磨砺；眼下却非同寻常，它表明了人的一种态度，那霍霍之声搅得空气很紧张，预示着什么危险事情即将发生，当然不会是砍柴修路之类的事情。

假如田家人如期迁离，后果会如何，干朝天宽地广，另找个落脚处易得很；假设彭家若能宽容一点又如何，不晓得。不过有一点可以肯定，任何一种结局都将不会比现在更糟。两家人一致抱定了死不退让的态度，这等于把自己同时也把别人逼上了绝路。

于是，一棵固定的树变成一只活动的手臂，由彭家人操纵着，伸向田家的屋顶，他们要把它强行叉出彭家地界。情形类似驱赶一个不受欢迎的人，田家的茅棚经不起推搡，几度摇摇欲坠。它干脆嘎吱嘎吱叫喊起来，叫声惊动了主人，但大小主人并不去制止彭家的行径，眼前变故好像和他们无关，他们一律若无其事地袖手旁观，个个镇静得如一队训练有素的士兵。

让他们叉吧，叉得好！田老爷冷静地说，目光死死盯住那根木叉的叉头，目光是他的另一只手臂，它牢牢地抓住了一个把柄。

这时候彭家人出现了片刻迟疑，他们的手软了，几乎不约而同地停止了用劲。离屋倒塌还差最后一把劲，他们的动作就定格在最后的瞬间。他们需要把退路想好再使那把劲，现在还来得及。可是田家人偏不让他们考虑，或者说田家人代替他们下了决心，使得那把劲提前到来了。

叉呀，有本事叉呀！田老爷喊道。彭家人受到鼓励，家族的力量重新凝聚，除了叉，他们实在已别无选择。

田家茅屋就这样倒塌了，像一座山、一棵树，或者一座丰碑，一旦倾圮，再难复原和挽回。

事态的发展是不宜细述的，可能想象又难以想象。有一句俗话用来形容这场仇杀倒满合适，叫胜者为王败者为寇。在山高皇帝远的干朝，两个家族，或者说两支军队，各自用手中原始的武器，来决定双方最后的命运。命运把胜者判给了田家，他们理所当然地统治了干朝，一坐江山若干年不变。彭家唯一的幸存者是那个守水的小孩，在决定他生死的时候，田老爷发了慈悲，也表现出空前的宽宏大量。他留下了他，同时给自己留下一个对头。当时，田老爷像嘱咐亲生儿子那样对那孩子说：你走吧，将来给彭家报仇全靠你了。

孩子走了，天色已晚，他趁天黑之前离开了干朝。太阳老人像知道有一位少年要出门远行，特地赶来替他送行。少年凝望那夕阳良久，深深记住了天老爷的好意。这天天象格外反常，太阳迟迟不肯落山，它一直照耀着少年的逃亡之路，去天涯或海角。

后来，田家另择了屋场，把那个血腥的旧屋场让给彭家人做了坟地，并且厚葬了彭家的遗骨，这也算作对彭家的稍许安慰吧。不过，田家人从未承认过彭家屋场，一个铁的事实一直隐瞒至今。

现在，我才幡然醒悟，当年争水的两个男孩原来就是我的父亲和眼前的这位老人。

山野静极，只有一大一小两双脚踩在地上的声音。我们犹如蹚着声音的溪流行走，路无止境，水无止境。正值太阳落土时分，我们举目瞩望西山，把某种抽象的虔诚具体在脸上，这是人类对待日出或日落起码的态度。一天中最神圣的时刻来临了，夕阳依依惜别人间的情景历历在目。我们置身在昼夜交替的仪式中，我们就是仪式的一部分。落日像怀有心事，它的形状使人想起十倍放大了的火盆，火盆搁在山冈上熊熊燃烧，以往它总会缓缓地沉落下去，换句话说，是山外的一双手小心翼翼地将它端走了。但是今天奇怪，那双手久久不见出现。落日翻开了老人经历中的一幕景象，他突然激动得失声惊呼起来，举止也难免失态。

啊，太像五十年前的那次落日了，不，它分明就是那次落日！他说。

我相信他的话，我没有道理怀疑一个老人的由衷之言。沐浴在历史或现实的夕阳中，我们继续赶路。我紧跟在老人身后疾步行走，心却停留在五十年前的某一截路段上，猜想少年时代的他是如何从这里独自走出山外的。五十年一个来回，时间过得好快啊。

在抵达寨口时，老人径自选择了一条近路。我惊异于他的记忆力和判断力，几十年过去了，他居然和土生土长的干朝人一样熟路，对每一条路都了如指掌。他似乎从没有出过干朝，这回也不是远道而来，只不过是去隔壁邻舍串门罢了。

对于这位不速之客的到来，父亲像早有预感，一点不觉意外。他已经猜测到了来者不善。不过父亲没有想到他竟会和自己的儿子走在一起，是巧遇，还是必然？

哦，我晓得你会来的。父亲口气异常平静地说，昨夜里我梦见你了，几十年来头一回梦到你。这并不是个好梦，看来干朝又要有事了。

父亲的话似乎暗示了什么，他坐在昏暗的堂屋里，室内光线模糊了他的脸和表情，但他的声音很清楚地表明了他的态度。而客人一直呆立在门外，在没有得到邀请之前，他是不会擅自进入我家柴门的。两家主人一个站，一个坐，一个在明处，一个在暗处，对话一开始就陷入了僵局，这令见过许多大世面的客人多少有些尴尬。

你是为我老爷讲过的那句话来的吧？父亲说。

你怎么还提以前的事，我已经把它忘记了。客人说。

真忘记了？

真忘记了！

那你卵用，你老头白养你了。父亲激将对方，言辞始终充满了挑衅意味。

他仍不火、不恼，脸色平和得如晴朗的天气。哈哈哈，他开怀大笑起来，笑得很响，也很阴险，让人感到笑的背后窝藏着歹意。父亲接受不了这笑，他像遭到城里人奚落似的万分羞愧。我以为父亲这下子肺都气炸了，依他的脾气，客人定要挨打了。他果真霍地站起，并且顺手举起了凳子。但接下去的情景令人失望，父亲做了一个招架的姿势，躲瘟神一样边招架边连连后退，恨不能变成老鼠钻到地洞里去。

你……你到底来做什么？父亲仿佛理短了三分，人躲进墙角，怯怯的声音从那里传出来。

我忍受着针扎或刀砍般的疼痛，目睹着这揪心的一幕。这就是父亲，这就是干朝人，本来两家冤仇随着时代的变迁早已成为过去，可是父亲仍旧走不出历史的阴影。对眼前发生的一切我无能为力，只好背过身暗自饮泣，让童年的泪水洗刷不应有的屈辱。

我这次来，首先得感谢你。客人说。

谢我？

是的，谢你。听说寨上的人想挖我的祖坟，全靠你出面保了。客人说。

嗯，是有这回事，那么，你打算如何谢我呢？父亲说。

我打算出钱把麻灶水井修一下，建一个大水池，够全寨人吃的。客人说。

你就专门为这件事而来？我不信。父亲以农民式的狡猾，似乎猜到了来人另有所图。

不瞒你讲，客人说，我有件事也要请你们帮忙，当然不是帮白工。我想给祖坟打一下碑，把工程包给你们去做，至于工钱，是好商量的。

父亲终于明白了客人的来意，心里便踏实了许多。他从阴暗的角落里钻出来，用挑剔的目光挑剔着来客。接着，主客双方开始讲价。从这场讨价还价的交易中，父亲把干朝人得寸进尺的心理表现得很充分，从而，我看见了五十年前那次争水事件的再现。

我田家要的价怕你出不起。父亲说。

那不一定，你出个价看。客人说。

父亲执意要出个天文数字难对方。出价只是手段，阻挠人家做事才是他真正的目的。他以当时干朝廉价的劳动力做基数，然后再提高十倍价码。我要一块钱一天。他说，他想这足以堵住人家的嘴巴。

一块钱不贵，讲话算话。人家答应得很爽快。

父亲意识到自己吃了亏，当即变了卦。一块不干，我要两块。他说。

两块就两块。对方说。

这下子反而让父亲为难了。一个干朝人的见识注定了父亲的悲哀。父亲首先想到的不是自己得好处，而是如何不让别人得好处，假如一件事情自家受益再多，只要有一点好处给了别人，他也是不会干的。比如说眼前这两项工程，既利人又利己，尤其对于油盐不足的干朝人来说，等于从天上掉下来一块大糍粑。但是父亲算的是另一笔账，算来算去划不来。他想要是新水井修成，吃水倒是方便了，那么一寨人就得记着彭家的功德；再说彭家的牌楼一旦竖起来，田家的面子往哪里摆，岂不是意味着田家地位的丧失？想到这里，父亲打定了某种主意：你给再多的工钱也枉然，他想。

这件事莫提算了，其他忙可以帮，这个忙帮不了。父亲改口说。

其他还有什么忙要你帮，莫非求你升官不成？对方说。

价钱还可以再讲。他又补充道。

不是价钱问题，反正搞不成。父亲说。

以下对话显然离题，充满了十足的火药味。

一个说，干朝人没有像你这么蠢的。

另一个说，干朝人没有像我这么聪明的。

你同寨上人商量一下再定不迟。

已经商量过了。

你连门都没出怎么商量过？

我同自己商量过了，等于和其他人商量过了。

这是一个奇怪的逻辑，在干朝，纵然你再有学问或再有钱也改变不了这一逻辑。我发现，有一种叫绝望的东西通过客人的眼睛流露出来，那便是两颗浑浊的老泪。不多不少正好两颗，一边眼睛一颗。

事情的结果可想而知，双方没有谈拢。命运本来给两家人一次和好的机会，却被父亲拒之门外。父亲是和好的最大障碍，他蛮横地拦在两个家族之间，使它们永远走不到一起。

干朝的这个夜晚格外静谧，万物都睡去了，唯有一点流萤忙碌着，它一眨一眨地亮，那是它夜行的身影。它先在麻灶水井边久久徘徊，然后停留在老屋场不动。我知道，那并不是真正的萤火虫，而是客人手电筒的光亮，直到下半夜，那光亮才渐渐远去，像一只真正的萤火虫飞走了。

活岩

　　这地方叫岩弄，岩多成弄的意思。与岩有关的命名很多，岩山、岩河、岩坝、岩屋……连人也只差叫岩人了，人其实就是一块会移动的活岩。

　　岩弄坡出优秀岩匠。大自然造化了岩弄，岩弄便造就了与自己相称的岩匠群。这乱岩世界，人同岩头打交道是多于同人打交道的。时间长了，人便有了一种岩头精神。论手艺，无数岩匠里应首推王岩匠。王岩匠并非单指哪一个人，而是泛指整个王氏家族。打岩乃王家祖传，祖祖辈辈都叫王岩匠。这里我们不讲过世王岩匠的故事，只讲现世王岩匠父子，为便于叙述，我们将其分别冠以老岩匠和小岩匠之称，你们看这样做如何？

　　你随便走进哪家农舍，举目可及一些石制家什，碾、磨、碓、缸、桶，等等，它们有的雕似花草鱼鸟图案，有的干脆就是动物造型。粗看，分不出它们工艺的优劣，那些图案和动物多数是死板的，和岩头一样毫无生命可言；偶尔，你的眼睛就要电光火石般放光，种种家什堆中，总有一两件让你咋舌，它们都是活灵活现的，你一时误入山野，目睹的是真正的花草和动物。你凑拢去闻一闻，果真清香扑鼻，再伸手摸一摸，摸什么像什么，甚至比你经验中的任何一次触摸更具真实感。这些活物，概出自王岩匠之手，王岩匠能赋予石头以生命，这是他区别于其他匠人的关键所在。如果你有幸置身王岩匠的做工现场，你将不得不承认天底下确实存在一种不借助任何工具的劳动，或者说什么是鬼斧神工？你亲眼所见的便是。自古改变石头形状，少不了铁锤和钢凿，石器时代的先民也得用石锛或石斧。可是王岩匠全然不需要这些东西，王岩匠把手握成拳便当锤，手指伸直就是任其选用的长短不一的钢凿。你看王岩匠如何用法，那是一种有形无声的敲打，一种地道的魔术。王岩匠摆弄石头如捏泥团，要方要圆，要正要偏，要凹要凸，全凭他手捏。王岩匠的名气很大，大得这一片天下难容他了。

　　每天晨雾散去，山湾里便呈现出一溜青石结构的建筑，这就是我们说过的岩屋。一概依山而筑，远远看去，一幢屋就像一个大岩包。只是盖顶各异，或茅苫，或柏树皮，或瓦。王岩匠就住在寨边那幢树皮盖顶的祖屋里。屋很矮，破旧，门很窄，形同鼠洞。我们不明白，王岩匠一手绝技，怎么住的这种岩屋？也许我们不明白的事情还很多，譬如，王岩匠给别人打了无数墓碑，到头来自己死了，却随意竖一块未曾加工的毛岩了事；再则，通向他家门口的那段路布满乱岩，走起来拐脚，却从不见他顺手修整一下。后来我们发现，类似的现象很普遍，其他的匠人无不例外，你见到的银匠未必戴银，瓦匠往往住茅舍，弹匠不见得盖棉被……

　　话说回来，王岩匠住破屋，走烂岩壳路，并没有招惹旁人，这一点怨不得他，除非你要找他而非去他家不可，那么就得适应那岩壳那低垂的屋檐，然后将自己塞一件东西似的侧身挤进狭窄的岩门。

　　找王岩匠是常有的事，找王岩匠不走那岩壳不进那屋却少见。只一回，田家的管家偏脑壳来请王岩匠造牌楼，走到老远的地方站住喊王岩匠。正值六月暑热天气，偏脑壳着一身靛蓝色麻布衣服，喊话时，山风灌满他的衣袖和裤腿，这使他的形象变得很臃肿。他的声音代替他穿过那片岩壳来到王岩匠家里。

王岩匠应声出门。确切地说出门的是老岩匠。老岩匠脾气倔，向来不轻易答应人，故一般人也不轻易隔老远喊他，隔老远喊他的定不是一般人。老岩匠个子精瘦，五短身材，穿的同样是麻布衣服。夏日的南方山区流行穿麻制品，虽粗糙些，却透风、凉爽、又经济，所以它成为岩弄坡人的时装是无可非议的。老岩匠疾走而行，经过那片岩壳时竟然如履平地。

田老爷要你承头造牌楼哩！偏脑壳名副其实，生来脑壳向一边倾斜，从没有正过，偏得很有水平。

哦，哦。老岩匠敷衍应道。关于田家造牌楼已有所闻，事若成真，少不了他，他心里有数。

都设计好了，你看——偏脑壳从怀里掏出一块丝绸，抖开，上面画着牌楼的草图。

丝绸展开的纯粹是一片山水，那是田家的祖坟地，名龙头坡，散布着历代田家的墓群。老岩匠的视线离开画绸，离开那片虚假的山水，真正的龙头坡逼眼而来。老岩匠心情蓦然沉重了。当一个人的命运和一座山相联系时，心情大概莫不如此。

造大牌楼！偏脑壳说，田老爷爱六六顺，要打六六三十六根龙柱，上雕一色九曲青龙；磨三十六块凤岩，做三十六个岩俑、三十六个岩狮，刻三十六幅碑字……偏脑壳仿佛钻入了数字的迷宫，你听到的是一串算盘珠子的拨响。他的脑壳在兴致的驱动下，渐渐竖立起来，在他的话音未落之前，它就一直那么坚强地竖着。这时候，你反倒极不顺眼，别扭，觉得这人不正常，正常人脑壳应该是偏着的。

通过一个人居然会改变我们对整个人类的印象，想想有时一个人的作用多么可怕。

老岩匠似听非听，其实他在开始另一种筹划，筹划他的老命还能抵押给这个工程几年。他拆开了那些简单而复杂的数字，把它们换算成一个个黎明和黄昏。这样，得取一山石料，得要六六三十六年完工。我还能活到那一天吗？活到那一天能做到那一天吗？老岩匠喃喃自语。

你儿呢？偏脑壳脑壳虽偏，却有一双洞穿人心的眼睛。偏脑壳想王岩匠的顾虑多余，只要王家的烟火不断，王岩匠总会有的。见王岩匠满腹心事状，便改口说，你是担心工钱吗？给你一丘田，一丘田，哪天完工哪天交割，讲话算数，怕反悔的话，可以找人做证，画个押。

不是的！不是的！老岩匠脑子里乱得很，很难道出自己的心事。不是的，不是的，哦，是的，是的，不是的……他像是急于开脱罪责一样矢口否认，竟有些语无伦次了。

老岩匠回到屋里，同时回到了产生心事的年代。

岩弄坡的冬天呈另一番景象，皑皑白雪是这个季节的基本色调。入冬的第一场大雪在夜间悄然飘落，农人清早醒来，推窗一望，天地间被粉刷一新，从此人们对秋天的印象也随之抹去。这个季节不宜农事，人们闭门在屋，围着火炕剥苞谷或空坐讲闲话。只有匠人例外，他们用各自的工具制造着种种职业的声音。你仔细辨听，这些声音也有贵贱之分，除了岩匠，其他职业的优越感显而易见。锯木头的沙沙声好似散步，嘭嘭嘭的弹棉声悠闲而自在，热火朝天的是铁铺，铁锤铁砧撞击的丁当声若一坨炭或一件绒衣，可以拿来烤火拿来御寒……唯独岩匠命苦，那打岩声虽也丁当，却干冷凄凉得很，它从野外隐约传来，终日不绝于耳，你想象一下蹲在茫茫雪地或被雪封锁的茅棚里一个两个打岩人的日子，假如你同他们稍沾亲带故或者有一点怜悯心的话，你是忍不住想哭的。

就在这么一个冬日的傍晚，王岩匠屋里人要生了，要生了即分娩的意思。男人出门做工之前，给她烧旺了一堆火。柴火将燃尽，她忽觉腹疼，从而忘了添柴。她蜷缩在床榻上，眼巴巴看着火势渐弱，直至熄灭。她的眼睛里贮满乞求，却没有挽留住一粒火星。岩屋冷下来，世界冷下来。

我们要说的关于小岩匠的故事，就从现在开始。这个躁动于母腹中的生命便是未来的小岩匠。小岩匠并不如常人那样顺降人世，难产险些把他和母亲一道送往西天。作为岩匠的女人，命比岩匠还要苦。我是死过几回的人。她时常对人们这样说，口气极从容，轻巧，并且一脸视死如归的微笑。尽管也有人声称不怕死，但他们做不出这种微笑。生儿如过鬼门关，老岩匠女人算得命大，几回从阎王爷那里捡回性命。她对自己的死看得很淡，担心的是胎儿，如果没给王家留根苗，续上烟火，那么她枉来人世一遭，女人白做了，至死也难瞑目的。要大的还是要小的？这是一句接生的术语，岩弄坡接生婆面对难产的妇女，只会说这句话，别无办法。到底要大的还是要小的？世界上没有比这更难选择的事情。你可以不要屋，不要田土，不要牛马牲畜不要钱财不要一切，然而不能不要人。人是世间最宝贵的活物，人都不要纵有金山银山何用？但你必须选择，要大的或要小的。接生婆兼救命菩萨和魔鬼双重身份，人到万不得已才请她，所以她的影子总是匆匆忙忙的，她一出现，肯定哪个屋里人又拐场了。王家女人清晰地保留着接生婆初次进屋的印象。有过难产经历的女人是不至于忘记接生婆的作为的。一见面，王家女人就闻到了对方身上的异常气味，那气味赶不走，洗不脱，它从接生婆的心眼里骨缝里散发出来，直深入到你的心眼里骨髓里，成为你身上弃之不掉的东西。王家女人没有感到如遇救星般惊喜，而觉得自己像一头被人拖上案板的年猪，惊恐地绝望地闭目等死。接生婆的手随便地按在她的额头上，接生婆的手具有冰山的寒冷和重量。要大的要小的？接生婆说。不像是人语，倒像是恶魔的声音，它夹带地狱的阴气，在人间的岩屋嗖嗖地刮响。男人无经验，对此有些想不通：我是专门来请你救人的，怎么能这样讲话呢？大的小的同样重要，能要一个不要一个吗？于是他说：大的小的都要。在平时，这话等于犯了大忌，接生婆是要发气甩手不管的；因为有个初犯不为过的规矩，接生婆便用一种奇异的目光盯住你，告诉你她眼睛里装着毋庸置疑的东西。当你领悟那目光的含义时，就只好说：要大的吧。包括王岩匠在内，所有男人说完那句话以后便掩面号哭，这是必然的。接生婆并不给男人哭泣的时间，她催促赶紧舀一瓢水来。男人即收住哭，改为饮泣。男人端水瓢的姿势晃晃颠颠，一如笨手笨脚的毛孩子。往下是接生婆洗手的情景，她绾起衣袖，露出两只乌梢蛇般的黑手，一双典型的农妇之手，皆因它多数时间同锄头打交道，所以黑得很自然。尽管它得到反复盥洗，黑色依旧。接着，我们期待已久的剃刀出现了。剃刀仅两指宽，刀身为粗铁铸成，其锋利来自刃上的一点钢料。它是本地一种通用的工具，剃头、刮胡子、阉牲口、接生等等都用它，你没想到一把剃刀有人畜生死攸关的作用吧！剃刀一旦闲置就生锈，每次启用都要磨，然后交给火烧，即消毒。当明火中一掠而过剃刀的身影时，说明一场原始的接生已进入实质性阶段。

王家女人的腿叉开着，通过那道生命之门，一个小生命欲出不能的情景触目惊心。那道门几次阻止了剃刀的侵入，但是剃刀没有退缩，它在另一只黑手的帮助下，终于乘虚而入。我们听到儿啊一声呼喊，那被喊做儿的生命即被抵达的剃刀切中要害，接着一块一块生割下来。王家女人最先感到心肝被摘除了，继而五脏六腑纷纷掉落，她觉得自己成了一口砖窑，一次次地被人掏空，最后仅剩下一具躯壳……

哇咕！哇咕！猫头鹰的叫声贯穿了这个黄昏。猫头鹰想必是上了年纪，声音恍如垂危老人的喘息，时缓时急，有气无力。猫头鹰白天宿在林深处，闭目虚构人类的死亡之梦，一到夜间，就飞出来，往人家屋边的树枝上一落，鬼哭一般叫开了，把死亡的信息正式传达给人类。在它声音所及的地方，人们的日子本来过得并不松活，经它一叫，却又平添一份不安。王家女人听惯了猫头鹰的叫声，平时懒得在意，可是今天的情形格外不同些，它早不来，迟不来，偏偏这个时候来怄人，好像它死了爹娘，站在梨树上哭丧一般伤心。王家女人心里直骂砍脑壳死的，甚至迁怒到那棵梨树，恨不得几斧头砍倒它。猫头鹰丝毫不顾及人类的诅咒，更加起劲地叫唤。妇人感到屋漏了，满耳一片嘀嘀嗒嗒的雨点飞溅。到后来，妇人索性换了一种心境去倾听，竟听出了一点味道，隐约似婴儿啼哭，哭声既亲切又疏远，它足以使一个想做母亲的人痴迷的。几次难产的经历，若几道印痕很深的刀伤，刻在她的记忆里，想起就心疼。她一生无所求，只望生一个完整孩子。妇人的愿望像茶枯泡几经破灭。每次怀孕，同时怀了惊喜的惧怕，抚摸着日渐隆起的小腹，她感到灾难再次向她逼近。作为女人，她还不曾见到亲生孩子成形的模样，不曾听过孩子啼哭。孩子只出现在梦中，做梦一场空喜欢，醒来泪水浸湿了枕巾。孩子的出现和消失，构成了她的梦幻和现实。今天，听着那梨树上的哇咕之声，等于重温一次旧梦。适才还在诅咒猫头鹰，现在倒要感激它了。

天煞黑时，男人才从山里归来。地上积雪齐膝，他深一脚浅一脚地走着，竟几次踩虚，差一点摔倒。嘴里连骂几声见鬼，骂完真像碰见鬼一样惊惧不已。急急忙忙往回赶，首先迎接它的是那只猫头鹰。至屋场边，他顺手抓起一把雪捏成球状，奋力朝树巅上掷去，雪球打着枯枝，但见树丫间一团雪雾散开，弥漫了整棵树。猫头鹰被突如其来的攻击骇得噤了声，却没有飞走。它的眼睛特别能适应黑暗，即使它常常睁一只眼闭一只眼，也能对夜间景物一目了然。它老早就看到了这个男人的影子，看见他抓起雪团扔来。它同时发现他的动作是盲目的，那团雪一出手就偏离方向。离它远着哩！那男人抬起头望着这边，等待一个东西掉下来，一脸茫然和无奈。猫头鹰从这张脸上发现了人类的某些可怜之处，它想人类其实是很脆弱的，人类自从与猫头鹰为敌便无宁日。现在，猫头鹰的目光开始追踪人类的行径，有关人的一切活动都在它的视野之内。男人推门进屋，屋里无灯，无亮，黑黢黢的，连火炕也冷了，他犹如置身阴森的墓穴，打了一个冷战。一声呻吟响自黑暗深处，他循声望去，如漆夜色阻隔了视线，什么也看不清。喂？他很含混地喊着妇人的名字，脚步巧妙地绕过饭桌、板凳、脚盆构筑的重重障碍，三两下窜到床榻前。他伸手一摸，即刻触到一个痉挛的身子。女人肌肤时而滚烫，时而冰凉，小腹波浪般起伏。他的手就浮在波浪之上，心却直往下沉。这一情形起始于胎儿成形的最初日子，一如农夫关注庄稼苗长势，他的习惯性抚摸贯串了十月怀胎全过程。婴儿以母体为舞台，一出生活剧已进入高潮。仍是满屋漆黑，男人没有去点灯，他似乎不需要光亮，也能感知身外世界的动向，难产胎儿努力挣脱母体的情景历历在目。似有若无的呼救声传来，他伸不出救援之手，他的手是一片枯叶，无助于遇难者，他的心在往下沉。

　　夫妻俩想到了一起，今天，无论如何不请接生婆。女人想这也许是她最后一次怀孕，如这一胎保不住，她也不想活了。要大的要小的？她再听不得这句话。儿啊，你攒劲钻吧，娘忍着的，娘不怕疼，娘死都不怕，你自个钻出来吧！女人咬紧牙关，乞求着，天老爷啊，菩萨啊，祖宗啊，你们帮我儿一把，让他快出来吧！她的呼号穿墙破壁，摇撼着岩弄坡的这个夜晚。事后的某一天，散居四方的寨民共同回忆说，他们听到的是一首奇怪的山歌，歌者离他们住家很近，简直就像站在他们的窗前。于是人们便各自怀疑青石结构的岩屋，它们一向具有很好的隔音效果，唯独这个夜晚例外。

　　男人极度冷静地倚床而跪。他让女人扯着他。女人艰难地伸过手来，她正需要抓住一件东西，手最先触到男人的头颅，于是就借助一绺头发钉耙一样固定住了。她顾不上抓的是什么，她使着劲，死劲。男人的头发并不茂盛，很稀疏，此时被女人一根不剩地攥在手里，他感到一个女人真正的手劲了，这力气是能扳断一棵大树、举得起一头牛犊的。他听到根根发丝脱离头皮的声音，有的甚至连根拔起，他觉得整个天灵盖被揭开了，想日后缺少天灵盖一定很难见人。猫头鹰目睹了人类这一生死场面，它惊异于男人脸上居然不见痛苦的反应，那扯去的恍若一把野草与他无关。

奇迹就是这个时候发生的。女人生了，卸一个大包袱似的生了。孩子一落地，女人用哭声表达了自己的喜悦，一哭不可收拾。倒是该哭的婴儿哑然无声。男人方才想起点亮，他手忙脚乱地划燃一根火柴，火光如萤引导着他找到藏在壁洞中的桐油灯盏，火柴将熄，一根灯草及时接替它继续燃烧。灯影里，室内景物暴露无遗，那个新降世婴儿的地位尤其显赫，胎衣未及剪开，像一只麻布口袋扔在那里，毫无生气。男人见状，不祥的念头一闪：死胎！五官迅速扭曲，变形。我们见过许多变形事物，人五官错位是最难看的一种，一如王岩匠。王岩匠茫然四顾，眼珠子飞快转动，欲寻一件东西解气，他眼睛眨然一亮，像抓住了什么东西，也许是东西抓住了它，脸上遂现似笑非笑的表情，使本已走样的面容生动无比。他朝神龛走去，意图很明确。他取下神龛里的香炉，一只祖传香炉，青瓦色，泥土烧制成的，四周扎以篾箍。这样一只粗陋瓦罐，几乎别无用途，一旦作为香炉供起来，就成了地道的圣物。香炉多年不曾清理，残存着密密麻麻的香脚，如同密密麻麻的岁月拥挤在一起。装满岁月的香炉历史性地离开神龛，转移到了主人手中，看来主人要拿历史当儿戏了。他脸色阴沉沉的，正好说明历史的上空布满阴霾。末了，他粲然一笑，笑得很彻底，笑意闪电般划破长夜，接下去，我们推想该轮到历史惊雷的轰鸣了。

有那么短暂的一瞬间，或者说在历史的紧要关头，王岩匠高擎香炉的双手迟疑不决。他想这一掼毁掉的不仅是一只香炉，而是把天丢到地上打破了。人逼到绝境才会走这一步的，他王岩匠这辈子到底伤了什么德，天老爷偏不给他活路。儿都没有了，还要祖宗要天老爷干什么？王岩匠再次环目四顾，眼睛里充满了许多复杂的事物，床、衣箱、米桶、碗柜……这些日常见惯的物件此时显得十分陌生和可疑，你用眼睛或者用手打开它们可能是空的，需要用心戳穿它们才晓得里面到底装了些什么。由物及人，王岩匠想今后寨上人将如何看待他，一个无后之人在人前是难直起腰杆讲话的。你尤其不能和人吵架，人家一句你神气什么你往后看看就足以把你呛死。想到此，王岩匠更加坚定了某种信念，他的双手及时做出反应，一松，那只高悬的香炉开始急速坠落。往下的情形可想而知，但实际后果又不尽如人意。香炉是实实在在触地了，其声不亚于响雷，然而它并没有碎，打了几个滚仍完好无损倒扣在那里，只有祖上的多年积蓄泼洒一地。与此同时，一个男人粗犷的笑声使这个故事节外生枝，笑声分明来自那个血肉模糊的胎盘。事情起了戏剧性变化，胎儿活了，胎盘似波浪翻滚，而王岩匠的目光就自然地随波荡漾起来。

香炉是逃脱劫数了，它重新得到安置，继续它沉默的岁月。以后的故事，我们可以置香炉于不顾，它的出现本来是偶然的，如果没有危及王家香火的事情发生，也许永远无人提起它，王家的历史不会因为一只香炉而有所改变。纵然它毁于这次变故也无妨，会有另一只新造的香炉代替它。香炉的命运就这么简单，存在或破碎，仅此而已。

儿子落地成笑，在老岩匠心里留下了一块难愈的疤痕，一种不祥之兆苦苦地纠缠着他，欲解不能。他暗地自问：人生下来怎么会笑呢？便去问人，人家异口同声说世界上哪有这种怪事，一定是你自个耳朵背听错，把哭当笑了。老岩匠直骂见鬼！我长到几十岁还分不清哭笑吗？便不死心，又去求教于一个过路的算命子。南方乡下的算命子多为盲人。盲人在看人命数方面往往高人一筹。听完叙述，又核对了被测者的八字，算命子依稀看到一个十分机灵顽皮的少年正朝他走来。这号人的结论是现成的，到哪里都是当头的角色，然而命途也多凶险。难得找到这样的事主，算命子决定钓一条大鱼，便遂收起卦摊要走。当即被扯住是自然的，其用意是要问个究竟。算命子表面上故作挣扎状，其实心里已喜不胜收，他想这一扯等于大鱼上钩了。

你拿一升米来吧！算命子说。

你真是闭起眼睛讲瞎话，给人家不是一碗米一算吗？老岩匠说。

命有大小之分，大命一升，小命才一碗。

那么说我儿是大命啰？

是大命。

两碗米吧。老岩匠开始讨价。

　　算命子把头摇成一颗风中栗球，说，你莫舍不得一升米，算这命要减我寿辰的，恐怕一斗米也补不回来。

　　一升谷子吧！老岩匠说。

　　不要谷子，要米。

　　米就米！老岩匠一横心应承下来，权当一升米换他个荣华富贵，值得。

　　瞎子说：人命有两类，落地哭者为苦，笑者为福。

　　对于一个务实的匠人，还有比这更顺耳的话吗？这话像一大碗上等苞谷烧酒，汩汩地浇灌着老岩匠。老岩匠发现自己的喉咙很畅通，全没有平时那么拐弯和阻隔，那大概是喝闷酒的缘故。老岩匠生来没有为一件顺心事喝过酒，也没有过醉酒的经历，这回他确实醉了。这醉先从心里开始，然后来到脸上，看他那一副醉相，你觉得世界上什么事都好用言语形容唯独老岩匠的醉态最难形容，可想而知他陶醉到了何等地步。

　　作为岩匠的儿子，是注定要成一个岩匠的，不会成为木匠、瓦匠或别的什么匠。只要王家烟火不断，岩匠这个饭碗不至于丢失。王家的历史其实就是一部打岩的历史。这个被封作大命的孩子长到十几岁，仍不见大命迹象。父亲想圆一个梦，锤把子换笔杆子，曾一心盘算儿子读书。儿子从小狡猾、鬼精，为许多读书人所不及，可是他脑瓜子天生装不进书，只能装岩头。初次求学，父亲就发现儿子与书本无缘。儿子对文字本能的恐惧粉碎了父亲的美梦。那天，他带儿子去学堂，先生发给一本线装课本，儿子先不知为何物，接过，打开，一群由文字组成的魔鬼迎面扑来。父亲看见儿子脸上一下子少了血色，变得蜡黄蜡黄的。儿子已经骇得魂不附体，人呆在那里，魂魄却弃他而去，魂魄像人的影子从他身上脱离出来，在天地间慢慢游荡，它行走时如踩在棉花上，身子轻飘如棉花本身。父亲先冷静地旁观，目光在儿子的身体和游魂之间来回奔波，显得有些顾此失彼。父亲想通过凝紧视线把儿子的魂魄牵回来，正常情形下是做得到的。在南方的广大山区，孩子掉魂是常有的事，他们到河边、天坑边或林中玩耍，不小心骇着，人归屋魂却留在那里了。假使大人在场，用老岩匠同样的方法便可以追回孩子魂魄。大孩子已懂得自我镇惊，当即拍三下胸脯，口念三声呔啾，这样魂就保住了。受骇严重的叫投猴胎，魂附到其个孕猴身上，人日见虚弱，瘦如真猴，吃什么药都无效，唯一解救的办法是赎魂。据说王岩匠的儿子也是因此得救的。故事讲到这里，说明你已经走进这个故事，亲临一场赎魂仪式。夜深人静时分，岩弄坡人都睡你没有睡，你立在王岩匠的岩窗前，用历史学家的眼光隔窗窥视。仪式逼真地向你展示了它的全部内容，包括那些最隐秘的部分。仪式对于你好比人体，一经裸露便再无秘密可言。堂屋中间，一老巫师正在作法驱鬼，他袈裟拖地，手中司刀闪闪发亮，人环绕墙根转着圈子，其状形同推磨，身后灰尘纷纷扬起又落下，像磨嘴吐出的粉末。一场法事，必杀一只公鸡祭神，祭祖。巫师不用刀而用牙齿来结束公鸡的性命，咬法同野猫或黄鼠狼没有两样，先张嘴衔住鸡头，然后咔嚓一声，鸡就身首异处了。人类有时残忍是不亚于其他动物的。接下来是问卦，问孩子魂魄方位。待有了结果，巫师就吹响牛角直奔那个方位去索取。孩子的母亲尾随其后，她手擎一根挑着孩子贴身衣服的竹棍，俨然举着家族的旗帜，一路踩踏碎步徐徐而行。衣物迎风飞拂，象征孩子飘游的灵魂。到了预定地点，将竹棍插稳，开始喊魂。喊是平时呼唤孩子一样的喊法，由巫师喊：小儿回来吧！母亲即答应：回来了！反复再三，喉咙喊嘶了也不得停息。喊声像无数只夜鸟飞向四方，即便游魂远去也招得回来。岩弄坡的每一块岩石都是回音壁，彼此争相传递着这一人间消息。这时候，失落的游魂受到感召，已化作一只红色蜘蛛从某个地方出发，爬行在回家的路上。这就需要等待，约莫一两个时辰，它才能找到归宿，在属于自己的家园织一张金色小网，安详地憩歇其间。于是，这只红蜘蛛如同一轮太阳照亮了这个夜晚，后来又被缝进一个绣花荷包，悬挂在小岩匠的胸前。

这应该算作一次成功的范例，它的灵验超出了人的想象。我们仍不得明白，仪式是怎样作用于一个人的生命的，它们内在联系何在？两者之间缺少一座起码的物理桥梁相沟通，诸如药物或者某种器械。仪式期间，孩子回避在内屋始终不曾露面，和现场完全隔离。但事后，他的病果然好了，魂魄失而复得一样好了。事情并非偶然，岩弄坡许多人都可以用各自类似经历做证。事实迫使你相信，冥冥之中，确有一种超然物外的力量存在，它顽强地存在民间，而别处看不见摸不着。

由于读书不成，小岩匠过早地开始了打岩生涯。他天天跟父亲出门做工，背一只特制的小背篓，篓底装着同样特制的小工具。父子俩出没深山，凡是阳光明媚的日子，你就能见到一大一小两个影子的重叠，听到一粗一细两种锤声的交替。年深日久，那大的影子在缩小，小的影子在长大；锤声也莫不如此，粗重的一天天走向衰落，细微的日趋壮大响亮起来。有时候，父亲停歇手脚，专看儿子做活。小岩匠埋头漫不经心地敲打着，丁丁丁丁的脆响。年轻人做工就是不同，他把打岩当作弹琴和跳舞了，全不像老班人。老班人每一锤下去都很实在，都不白打，他的生活中只摆着两样东西，下米桶和盐罐，多一锤就等于多一颗米或多一粒盐。老岩匠眼光短浅如鼠，看不远，见识仅限于岩弄坡巴掌大一块天地。他是典型的老实人，手艺和德行有口皆碑，祖祖辈辈同一个模子，一代一代就按照那模子倒出来，倒出一个闻名的岩匠家族。

小岩匠的出生是个例外，父亲说他天生反骨难以调教。对于徒弟，你可以忽略他的工艺和效率，而不能无视他的马虎态度。行行都有规矩，岩匠得先学打粗岩，这叫入门。据说岩匠门槛高，一般人难得进去。入门需要两年三年不等，这其实是人和岩头互相打磨的过程。人和岩头皆有棱角，去掉棱角，彼此才好适应、相处，这往往不易做到。一山岩料交给你，好比把一些粗野横蛮的妇人交给你，白天你要侍候它们，夜来拥抱着入梦。你熬得过三两天，熬得过三两年吗？小岩匠埋头于一堆乱岩丛中，他把父训当作耳边风，根本无心打粗岩，而是无师自通地改变着石头形状，直接擅自制作了一件件石器。父亲发现那些石器像模像样的，分明出自老岩匠之手。父亲又惊诧又疑惑，不知该如何处理这件事情，久而久之，也就听任了徒弟的随心所欲。这一年，小岩匠刚满九岁。九岁的孩子能有什么作为？可是南方山区的某个九岁的男孩已经正式出师成一名岩匠了。论手工，父子俩难分高低；论设计，儿子往往有独到创意。父亲的这点本事对儿子明显不够用了，但父亲仍留有最后一手绝招，即金刚指钻。这绝招忌讳滥用，关键时刻才露给人看；教人极有讲究，是不得随便往下传的。祖上有训：手艺人信奉忠直二字，非忠直者不传。写到这里，你也许知道就要出现父亲考验儿子的场面，但你未必能预测事情的结果。结果常常是始料未及的。这是春天的一个早晨，若干年前，年幼的父亲接受祖父的考验，也是这样一个早晨。父亲一如当年祖父端坐在一张马儿板凳上。父亲把儿子叫到跟前，久久端详不语。小岩匠看见父亲摊开右手，掌心里现出一个鸡蛋，鸡蛋在晨光下显得神秘莫测。父亲说，佬佬，你拿去舂，舂烂了算你有本事。

一会儿，碓房里传来儿子大惊小怪的喊声：爹，爹，你来看，舂烂了！舂烂了！

父亲即去到碓房，平时用作舂五谷杂粮的石碓像一只螳螂卧在那里。怕用得太久的缘故，生铁碓嘴磨溶了，光光的有嘴无牙，但它舂一只鸡蛋还是轻而易举的。父亲看到了那颗鸡蛋，它完全失去了鸡蛋形状，破碎在碓坑里。

你是怎么舂的？父亲的口气异常平静。

就这么舂的！小岩匠重复了一遍适才的做法，脚踏碓尾巴使劲一踩，一松，碓首高高翘起，又重重落下，碓嘴和碓坑再次相撞，业已散黄的鸡蛋形同泥浆溅到父亲身上。

父亲的脸色眨然一阴，忽又转晴，粗心的人是不容易察觉那种变化的。作为经验丰富的匠人，老岩匠很快掩饰了一次失态，把本该爆发的雷霆强压进心底。他仍用一片和煦的阳光照耀着儿子。末了，他轻叹一口气，算了结这场考验。

这里，有必要公开一下事实真相，它有助于我们准确把握故事走向。父亲交给儿子的那只鸡蛋至今是个谜，因为没有舂过，你无法证明其真假。老岩匠粗通一些法术，关于他画符念咒点化假蛋之说儿子早有所闻，所以小岩匠想父亲故伎重演说不定。拿鸡蛋途中，他悄悄踅到鸡窝边打了个转，把鸡蛋偷换了，其实是把父亲所期望的忠直偷换了。小岩匠的自作聪明，导致了另一种结局，使得他和一门绝技失之交臂。

龙头坡的确是个埋人的好所在。它横亘在岩寨前方，山势逶迤，恰似一条活生生的走龙。当初，田家老祖宗请一个有名的阴阳先生看风水，一眼看中了龙头坡。为了证实自己的判断，阴阳先生到外地去赶龙脉，他顺着龙脊蒙眼而行，行至数十里，睁眼一看，双脚不偏不倚正好踩在龙头上。龙头坡由此得名。再沿路往回查，一色的红砂岩依次排列，皆是活岩，活岩活龙，岩弄坡人认为这是天下独一无二的风水宝地。田家是当地首富人家，地位也是独一无二的，龙头坡自然归其所有，从此成了田家的世袭阴地。

大牌楼迟迟不见动工，原因是王岩匠没有爽快承接这项工程。作为匠人，理应巴不得有事做，特别像这百年不遇的大工程，到天上都难找到，落到哪个头上不是幸运？此后再不为活计发愁，又可以沾牌楼的光，留名青史。一块肥肉送到嘴边，王岩匠居然吞吞吐吐，你不明白他究竟用意何在。你只好替他惋惜，甚至愤然了。

王岩匠自有划算。他比旁人想得深，想得远。透过一座堂皇牌楼，他看到了隐伏其后的危机。他想把工程让给彭家去做，以此抵消彭家对王家的积怨。彭家几乎与王家齐名，彭王两家岩匠在岩弄形成了两大派系，龙派和凤派。两派分工明确而自然，龙派王家专打男碑，碑首雕龙；凤派彭家专造女碑，碑首刻凤，一龙一凤，一阴一阳，两家各施其责，一碗饭平半分，天公地道。两家历来和和气气，不曾生过口角或扯过皮。是非出在小岩匠身上。你看到一条好端端的河流突然分岔，它告诉你王彭两家关系史上人为的裂痕。

事情起因于一座墓碑。彭家倾尽财力和心血，给老祖母造了一座大碑，碑没有立就作废无用了。碑料皆从远处岩山拖来，为大块青砂岩，工程由彭家老师傅亲自坐镇、主墨，其余弟子当帮手。论碑的规格，属于当地少见的九厢碑。彭家精心打造这座碑，一则尽其孝道，二则树彭家牌子，让外人看看彭家手艺是不逊于王家的。一块块岩板凿得水磨一样光滑，上刻形态各异的凤凰，只只活泛，欲飞不飞的样子。择一吉日立碑，请了亲朋和乡邻来捧场。一座很气派的碑是要一桌排场的酒席做陪衬的。彭家杀了一头肥猪，血淋淋的猪首一端临墓地，老师傅像一位威严的大将军，挥手喊声合碑！几个彭家后生齐心协力，将散搁各处的碑石搬拢，按顺序摆在墓沿。那些加工好的大块墓料一旦对接、合龙，彭家子孙引为骄傲的丰碑也将随之耸立了。这时候，一阵唰唰声由远及近，这是风的使者，它们从四面八方赶来贺喜。风是无处不在的，风的加入使偌大的旷野显得十分拥挤。晨曦静静地铺洒着，太阳也从东边山坳露出笑颜，太阳公公想必来路更远，它行了整整一夜，才抵达岩弄坡，赶上彭家的这场盛典。这正是百凤朝阳的好时辰。可是事不凑巧，临到合碑时，碑岩榫头和卡口全部错位，怎么也衔接不上。局面顿时有些混乱。彭家老师傅不愧为大将军，他的镇定缓解了众人的慌张。有他在场，会万事大吉的。他款款地走上前，用骨尺复量那些榫头和卡口，前量后量上量下量左量右量里量外量量不准确，拿尺的手颤抖起来，尺哐啷掉地，彭家老少都吓坏了，个个面无血色，惨白得可怕。天色骤然阴暗下来，风趁机作祟，刮得尘土飞扬，场面是真正混乱了。

王岩匠父子也被请来吃酒。老岩匠不相信眼前的事实，千错万错不该错在这上头。好心促使他捡起骨尺再去衡量，想帮彭家挽回面子。但他并非神仙，其努力终也枉然。有那么一刻，他发现彭家师傅将他当作靶子，目光箭镞般射来，箭箭穿心，箭毒漫及全身，他招架不住险些晕倒。他好生奇怪，欲弄清楚缘由，目光毫不示弱地迎住对方。两个岩匠就在这目光的对流中开始了对话，对话简短而明了：

你儿呢？

我儿？

哼，你养的好儿！

王岩匠欲寻找随同来的儿，儿不见踪影。此时，他无法把儿和眼前的变故联系在一起。哼，你养的好儿！当彭岩匠的声音再一次坚定地逼过来时，他感到没有退路了，不禁仰天发问：天啦！我儿，我儿怎么啦？

彭岩匠咬定事情是小岩匠所为，并没有冤枉他。事实和他的招供恰好相符。半年前，小岩匠到过一次工地。那天彭岩匠刚刚给碑料画好尺寸，小岩匠大摇大摆地出现了。人们是不会在意一个孩子的造访的，彭家师徒照例回家吃中饭，想不到一时疏忽酿成后患。小岩匠经过工地时被绊了一下，尖岩咬破了脚趾，于是就当场痛恨起那堆岩料，痛恨起那帮岩匠来。出于恶作剧心理，他决定满足一次复仇的欲望。他把仇恨的种子播撒在那些画好墨线的岩料上，一擦，再一画，就随意乱了原先方寸。手脚做得不露破绽。也该彭家背时，当时下午彭家师傅歇气在家，让徒弟上山做工。徒弟们按照那墨线切掉边料，切掉的再不能长上去，最终成为一堆废岩。一座碑就这样无故毁在王家小子手里。为此，王家付出了同样的代价，赔偿了打碑的全部费用。

这一年，小岩匠刚满十岁。

活
岩

偏脑壳又找上门来。偏脑壳破例放下架子，磕磕碰碰穿过那片乱岩壳，脑壳一偏闪进王家岩屋。王岩匠深知客人来意，他边让座边想着托词。来者未及就座，而是直截了当地在衣袋里掏一件东西。王岩匠以为他又是掏那份草图，待掏出来一看，却是写好的一张田契。

我们退一步，先把田给你。偏脑壳说。

是坝田边上那丘弯弯田，如何样？你画个押就归你了。偏脑壳又说，把契约递到王岩匠的面前。

王岩匠没想到对方把话说得不留缝隙，使他处于进退两难境地。王岩匠做梦都想有丘田，这不就是一丘梦中之田？从天上掉下来的田？可你有命去承受吗？王岩匠心里清白，不受也得受。人家给你敬酒哩，难道非得敬酒不吃吃罚酒？他接过田契，接过那丘田，毅然咬破手指戳上血印。突然觉得眼前一片迷蒙，像起了大雾似的迷蒙。

小岩匠的童年充满了诸多传奇色彩。十岁是他干尽坏事的年份，所以我们还得从此时讲起，让小岩匠十岁的故事再度辉煌，这对于了解他的性格脉络十分必要。你看他那副天生的厌皮相，仿佛专门到世上来惹事的，彭家打碑风波未平，绝人之后祸端又起。寨上有一还俗和尚，姓向，老年得子，名向四，和小岩匠同岁，二人从小拜为老庚。向四生性贪玩，读书吃不得苦，极羡慕打岩的老庚，时常逃学跑到工地来玩耍。时间久了，心野得更加难以收拢。二人就以岩山为课堂，读起一本蒙昧的书。谈及读书，向四不如老庚理直气壮。二人曾赌咒，发誓，说哪个读书是杂种。英雄让小岩匠当了，可是向四也没有失信，他只是屈于大人压力挂名在学堂，实际上却用逃学证明自己不是杂种。这一次，向四想真的退学，跟老庚学手业。小岩匠十分乐意做师傅，其实他早已收向四为徒弟了。纵然小小岩匠，也懂得凡拜师都有条件的，他的条件苛刻而荒唐，提出要翻看向四的阳具。这算什么条件？向四即解脱裤带露给他看。于是徒弟的小宝贝就攥在他手心了，但他一点不爱惜别人的宝贝，权当贱物胡乱地拨弄着。向四喊轻点轻点。小岩匠急于解开一个谜，简直不能容忍小孩子的这种包皮形状，说：我看看能不能翻成大人那种光头？便使劲往后一捋，这一捋决定了向四的悲剧命运，皮是剥笋壳似的翻开了，向四肉麻地啊了一声，想抢救那宝贝为时已晚。小岩匠专注到忘我境界，还嫌翻得不够彻底，欲再翻几下，忽发现满手是血，也啊一声，方才罢手。

以后，向和尚背着儿子四处求医。一老一少的合影，成为山寨的一种现象。向和尚年迈体弱，空手走路都力不能支，加一个人体愈发不堪重负，他的喘息是短促而深沉的。日间和夜头，你随时可能和他相遇，擦肩而过之际，你心里就不胜凄寒。明知是徒劳的奔走，却不能劝阻他，还得送去鼓励的目光和话语，这正是他的希望所在。

老岩匠惩罚儿子的方式很特别，一改传统做法，舍弃鞭抽、罚跪或吊打。他说这孩子的毛病是手痒，砍断它又怕他日后讨不到吃，但总得治一治。那一天，他给向和尚道歉回来，途中就打定了一个主意，他把儿子领进磨房，指着一扇废弃的圆形磨盘，口气很平静地说：我一不打你，二不骂你，从今往后只让你做一件事，除了吃饭和睡觉就是磨手，磨见骨头为止。

就这样，小岩匠暂时告别钢凿和铁锤，把手交给一扇磨盘了。他磨得很认真，人以青蛙的姿势蹲伏着，手不时从旁边脸盆里掏一捧清水，洒于磨面，然后双手贴岩而磨，其状像永远在搓洗一件衣裳。沙沙沙沙，声音和磨刀无异，你真以为他在磨蹭某种铁器，层层锈斑浮出来，酷似红色岩浆。

你不必替小岩匠担心。倒应该感谢他的父亲，老岩匠的狠毒，反而成全了小岩匠的功业，他后来忽具奇功，正是得利于这次磨手。你看他磨呀磨，不厌其烦，光阴一寸一寸缩短。走神是必然的，磨手使他有足够的闲心想东想西，脑子里凸现一些状如磨盘的圆形事物，竹筛、铜锣、锅盖等等，它们都是磨的兄弟，你离不开磨就离不开它们。有时产生对乳房的联想，这使小岩匠回到幼年时光，一种抚摸母奶的感觉一直延续至今。偶尔抬头，见一张脸贴窗张望，那是早晨和傍晚，太阳和月亮例行公事相继从这里经过，顺便探视受罚的小岩匠的。太阳和月亮皆圆得可爱，它给小岩匠提供的也是一副磨盘的形象？一副可供磨手的陈年古磨。小岩匠想到从此拥有这样的巨磨，顿然对一副真正的磨盘爱不释手起来。他发狠地磨着，那股狠劲让他想起农夫不辞劳苦辛苦耕作的情景。

小岩匠的磨手终于停止在某个夜晚。父亲已在他身后伫立良久，一脸忧喜参半的表情。父亲的一只脚瞄准他屁股的某个部位连踢三脚。头两脚很轻，暗示他的到来，第三脚就重了，是真踢，因为老岩匠感觉到了脚掌的疼痛。小岩匠的梦被踢破了，醒后很不情愿地住手起身。他伸伸懒腰，伸出一股前所未有的力，父亲被推得倒退几步，岩墙像遭地震一样戛然松动，整间磨房差一点倒塌。收腰时，又无意手一扬，便见脚下磨盘无声地爆裂。虽是瞬间发生的事情，父亲却看得分明，那是一道闪电所致，电光把磨盘劈成了两个半圆。

父亲说，好了，你莫磨了。

小岩匠摊开手，递交给父亲，爹，你看，我还没磨见骨头哩。

父亲说，我看见骨头了，所以你莫再磨了。

好几年以后，王家多了一个成员，一个年轻女子，叫彭妹，她以往只出入彭家，现在无疑成王家媳妇了。

关于王彭结亲，说来简单，全不如别人那般复杂。依这一隅的风俗，男女求亲兴唱山歌，唱合了心再明媒正娶。岩弄坡是个船形地，这艘船泊在一条情歌的河流上，怕有千年历史了。生做岩弄坡人都不乏歌才，有些老歌为祖上所传，多数是临时想临时唱出来的。他们没有文化，不认识几个字，却能够把所有的字即兴组合成歌，且对仗，押韵，这歌连满肚子墨水的大秀才也惊羡莫及的。于是，这个故事便要安排一次对歌了，歌手自然是王家后生和彭家女子。

叫作王家后生的已满十九岁，个子属于牛高马大类型。俗话说女长十八男长三十，他还有十几年长头，照此长下去，你想会成什么模样？还有一身岩头样的硬邦邦劲鼓鼓的肌肉。这后生做活或者打架应当是把好手，我们现在不说他做活或打架，单说他唱歌，唱歌往往不靠个头肌肉力气的，不然怎么俗话又说四肢发达头脑简单呢？父亲若干次提起给他问媳妇，都被他的声音挡回去说你莫管。

做大人的这种事怎能不管？人家像我这年纪早抱重孙子了哩！老岩匠说。

小岩匠被逼急了，说，你讲问哪个嘛？

问哪个？老岩匠扳起指头把可能的人选一一数落起来。

这些我都不要，都嫁给我也不要！儿子说。

人家硬要嫁你哩！你的本事登天了哩！老人有些气。

我只要彭妹！儿子干脆直说出来。再不和父亲绕圈子了。

彭妹？父亲一惊愕，难道你忘了你惹的祸，人家还在恨你哩！再说彭妹眼光高得很，好多大角色她都看不起偏看得起你卵大不同些！

儿子欲摆脱纠缠，说，我就要她，我现在就去找她！

小岩匠出了家门，直奔彭家屋场，其架势不像是求爱，而是去抢东西。至院边，忽放慢脚步，见大门敞开着，就是不敢贸然进去，便绕着屋场徘徊。知道彭家人都出门做工去了，留下彭妹守屋，纺纱织布或纳鞋底。听说她做得一手好鞋，鞋上绣花绣朵，走路时能招引蝴蝶追逐。这样的鞋哪个男人不想穿呢？后来，小岩匠枯坐在屋后的一块大岩包上发呆。岩包上空被一棵老板栗树枝丫覆盖，这原是守牛娃困懒觉或歇凉所在，现在被一个不守牛的岩匠占据着做痴状，阳光把他的影子拉得很长，头伸到人家屋檐下，若地道的叫花子。其实他就是一个乞讨爱情来的叫花子。在许多场合勇猛无比的男子，临到谈情说爱，大概都是这副可怜相。屋里传出彭妹的歌声，哼的是一种熟悉的乡间小调，轻风一样来到小岩匠的耳边。小岩匠听入迷了。日头仿佛不让他从容听歌，赶路般就到了白天的尽头，太阳快要落山了。板栗树也来催促，丢下一截枯枝砸在他的脑壳上。他一惊，情急之下灵感便产生了，他大起胆子开口唱道：

> 妹在房中绣花鞋，
> 哥在后檐打一岩，
> 爹娘都问什么响，
> 只言古树落干柴。

后门吱呀一响，吱呀出一个女子，想必是捡干柴来了。彭妹并不出门，只从门缝里露出脑壳，身子却隐在门背后，脸色由惊讶很快恢复到自然。

哦，原来是王岩匠。彭妹说。

不！是董岩匠。他说。

董岩匠？

董岩匠。我现在是人间董永，只等七姐下凡哩！小岩匠知道说出这话是比唱歌还要胆大的。

到底来做什么？

来和你借几样东西。

借东西怎么不堂堂正正走前门，到我后阳沟偷偷摸摸的？

借这几样东西只能走后门。

借什么，你讲。

好，你听到。小岩匠今天决意豁出命来唱一回歌了，他唱道：

> 高山有岩圆又方，
> 我要和妹借八样，
> 一借妹的盘山路，
> 二借妹的火闪光，
> 三借妹的糖包饼，
> 四借妹的饼包糖，
> 五借妹的鸳鸯枕，
> 六借妹的象牙床，
> 七借妹的烫刀石，
> 八借妹的救命王。

彭妹静静地听着，听出了弦外之音。此时她明白对方的来意了。她不愠不怒，仪态落落大方，显示出彭家的良好教养。她亮开阳雀般的嗓子巧妙地搭腔：

> 高山有岩圆又方，
> 八样不在妹身上，
> 峻岭才有盘山路，

雷公才有火闪光，
糖铺才有糖包饼，
饼店才有饼包糖，
裁缝才有鸳鸯枕，
木工才有象牙床，
剃匠才有烫刀石，
药房才有救命王。

　　小岩匠原想借与不借一个来回便可打止，没想到对方非要和他比个输赢叫他难得下台，逼他揭底说出结果，于是就顾不了许多，只得厚起脸皮再唱：

高山有岩圆又方，
八样全在妹身上，
眉毛是你盘山路，
眼睛是你火闪光，
嘴巴是你糖包饼，
奶子是你饼包糖，
手杆是你鸳鸯枕，
肚皮是你象牙床，
大腿是你烫刀石，
那个是你救命王。

　　小岩匠在歌尾一句避开了一个粗鄙的不堪入耳的字眼，用"那个"代替了。一个粗人毕竟也懂得一点含蓄的。彭妹深谙"那个"所指，禁不住哑了口。身上的某个部位微微发热。过去人们对歌，有的一唱即合，有的后生太放肆侵犯了对方，被女的找些最恶毒的话痛骂，甚至用岩头或棍棒驱赶。今天彭妹既没有当场答应，也没有骂人，打人，而是卖了一个大关子。她说：我要一个大猪槽，供八八六十四头猪同时吃食，限你三天打好送来，不然我的东西就借别人了。

活
岩

小岩匠一听暗喜，说，哪要三天，你闭上眼睛，我三下两下就给你。

彭妹刚闭起眼睛，人就睡着一样进入了梦境。她梦见神话中的大力英雄现世，他力大无穷，能搬动岩弄坡所有的岩山，还是个神岩匠，凭空手可以打制你所要的任何一种家什。她睁开眼，大力英雄活生生地站在她的跟前。屋后那个大岩包眨眼间不见了，变成了一副崭新的大猪槽搁在那里。彭妹一时混淆了神话和现实的界线，仿佛自己成了神话的一部分。她欣然打开房门，迎接大力英雄。而小岩匠发现彭妹启开的是一扇心灵的门扉。

老岩匠很满意这门婚事。成亲这天，他以婴儿式的笑容笑迎喜轿到来。你发现老岩匠的脸板结了好多年，今天总算开了一次笑颜。既得了一个乖巧贤惠的媳妇，又融洽了王彭两家的感情，像遂了人生最大的夙愿，一颗久悬的心方回到原处。一切恍若命中注定，用岩弄坡的人话说，是前世批就的，比如说婚事，有些眼看快成了，到头来却一场空；有些众人认为无缘的，历经七弯八拐八灾八难两人最终走到一起。你就不免为命运叹息，叹息别人同时叹息自己。岩弄坡女子都习惯外嫁，好女子更难得留住，寨人都佩服王家本事，又钦羡又嫉妒，便把一个传说安到王家头上，说彭妹真是七姐下凡配董永，于是就改口喊董岩匠。董岩匠出了名，王岩匠反倒被人淡忘了。

接媳的第二天，老岩匠带领全家去看田。弯弯田弯而瘦长，像谁个遗落在山湾里的一把镰刀。岩弄坡自古主种杂粮，仅有田家几丘薄田栽水稻，故大米珍贵得如同金子。现在，世人皆知弯弯田易主，王家成了本地方第二个有田之户。老岩匠站在田边自得地想，我还真没图虚名哩！传说里不是有句你种田来我织布的唱词吗，我是真有田了哩！于是喉咙痒痒的，归屋时哼起那支歌来。起了几次音都不成调，遭到家人一致耻笑，才明白，嘿，我老忘魂了，这是董永夫妻唱的歌，我不该唱，我只是董永他爹，脸便一下子羞得红似鸡冠。

牌楼终于要开工了。工匠们依约集中在龙头坡，唯有彭家的几个岩匠迟迟未到。人们一边沉默一边坐地等待。山野静极，太阳越升越高，渐渐地当顶了，通往彭家屋场的路上始终不见人影。一个早该热闹的日子居然如此冷清，老岩匠的心头笼罩了阴暗。

他想我们是亲家了，亲家怎么不来？

独立生涯

　　当分家已成定局时，向二媳妇水草说，我早就等着这一天了。水草今年刚满二十岁，两年前嫁到向家来，从入门的那一天起，她就为分家的事煞费苦心。我等了整整二十年。她说，言下之意，分家的愿望由来已久，起源于母腹或老家的摇篮。

　　按通常惯例，接下去该是向大媳妇水香的随声附和，两个媳妇的一唱一和已构成向家大院不容忽视的声音。但是今天向大媳妇一反常态缄口不语，这使向二媳妇好不尴尬。

　　你怎么啦？水草说。

　　我怎么啦？水香说。

　　难道你变卦不想分了？

　　我变卦不想分了？

　　对话显然出现了严重障碍，这在二人对话史上是少见的。事实上，最先主张分家的是水香而非水草，水香说这种大家族中生活如同坐牢她过够了，再也忍受不下去了。你切莫轻信一个女人的不实之言，假如真不分家她照样过得下去。这时候，水草出面说话了，分吧，分了好！水草的声音形同救兵及时赶来，和嫂子的声音站在一起。类似场面在以后的日子里反复出现。开始，公婆权当耳边风，渐渐听多了，耳朵磨起了茧，老人们更不能沉默了。老人一旦认真起来任何事情都好办或不好办。照老人脸色行事是向家的规矩。有趣的是，一向霸道的公公这一次却表现出意外的谦让态度。他说，分不分，我不管，问你娘去吧！公公将权柄交给婆婆的真正动机不得而知。婆婆是哑巴，一个典型南方乡下老妇人，据说当年老公公挑选儿媳妇时特意要了这个哑女，原因是老公公有一门绝技要传给儿子但又以防外传。哑婆平素只顾埋头做事而并不管事，但你不能无视她的存在。她俨然一只老鸡婆，把全家置于她的卵羽之下。看她的脸色，不见分家的意思，可是今天她当着家人突然启口说：

要分家，等紫荆树死的那一天吧！

婆婆放弃了惯用的哑语，口齿伶俐地说出了一句健全人的话。聋哑一生的婆婆终于开口说话，声音似仙乐美妙动听。家人并不觉惊奇，倒以为应验了一桩意料之中的事情。这是婆婆毕生中留下的一句唯一完整的语言，在此后残余的生涯中没能再说出第二句话，这似乎也是预料之中的事情。

婆婆说的紫荆树，是一棵长在天井里的百年老树，躯干高过屋顶，叶冠巨伞一样撑开，遮着瓦脊，风吹树动之时，你会听到枝丫和瓦面耳鬓厮磨般的絮语，有如天籁。你别把紫荆树错当一棵风景树，它实在算不上一处好风景，但它却被族人视为吉祥物，若一位神秘使者，它从很久远的年代和地方走来，到这个地方落脚，历经几世几代，足下便有了一帮孙子。它常常出现在孙子们的同一个梦中，凡见它，便是进财或招喜的征兆。要分家，等紫荆树死的那一天吧！婆婆无意诅咒紫荆树，婆婆认定它是一棵不朽之树，不过拿它下次赌注罢了。

水草和水香记住了婆婆的承诺，她们开始为实现这个承诺而挖空心思了。要等待一棵树生命的自然终结，那么分家将永远是个梦想。她们设计了种种方案，刀砍或火烧，这显然太拙劣，太明目张胆。后来，她们几乎同时想到了水，开水，便一齐为开水欢呼起来。夜里，家人皆已熟睡，她们悄悄起床烧水，又悄悄将开水提到天井里。老不死的，看你还能活几天？一边骂着，一边将开水连同骂声泼入树根。从烧水到浇水的过程仿若梦游。紫荆树默默地接受着恶毒的浇灌，它的根须吸收着滚烫的热流，可你看不到它痛苦的反应，听不到它的呻吟。它依然完好地长在天井里，苟活在族人中间。

习惯夜间小解的公公发现了媳妇们的行径。她们几乎前脚走他就后脚跟着来到树下。他选择这里做小解处，是因为卧房离茅厕还远，要经过天井，再穿过走廊到屋后头去，行完这段路程在晴天或夏季易得，要命的是落雨和冬天。他的小解往往在睡眠状态下完成，雨天路滑，冬天太冷，这样都会有碍他的睡眠。睡眼蒙眬之际，他一边放松自己，一边谛听急流冲刷树基的哗哗声响，是一种享受。对于树，却是有益的浇灌，紫荆树扎根于这块沃土，渐渐长成一棵大树了。这一回，他感觉有些异样，还没有开始小解，一股热气扑面而来，而且地上浇湿的。他一时产生错觉，以为小解过了，正等返身，可是小解的愿望立即阻止了他。事毕，人回到房中，心却不能随身入睡，想起适才经历不是梦，就睡意全无了。他身不由己地又来到树下，习惯地解开裤带，憋了半天劲终是徒劳，才突然想起刚刚小解过的。娘的真是老忘魂了！他自嘲般地骂了一声，便系好裤子蹲下去。借淡淡月色，他俯身仔细观察那块浇湿的地面，热气尚未散尽，正透过地表袅袅蒸腾，其间夹着一股熏鼻的尿臊味。他像狗一样本能地嗅着，除了自身的体臊外，他嗅出了一种人为的异常气息。肯定是媳妇搞的鬼事，她们要用开水置这棵树于死地。他直起腰，抬头茫然仰望巨形树影，心里盘算着该怎么办。仅仅几秒钟内，他的脸色倏忽几变：狂怒，绝望，悲戚……看来一切无可挽回了。最后，他用一声长叹决定了事情的结局：算了吧，分就分吧！

向大、向二另立门户以后，各自在距向家大院一箭之遥的岩弄坡上起了新屋，屋前屋后散布着属于他们的田土。屋是一种简易木楼，两幢结构类似，你走遍多民族聚居的南方山区，随处可见这种大同小异的建筑风格，它出自拙劣的工匠之手。屋顶无瓦，暂时盖以茅苫。屋落成后的当天深夜，粗暴的狂风突然光临，狂风蛮横地揭开茅苫，给新屋留一扇天窗走了。善于猜度的七里坪人预感是不祥之兆，看着吧，好戏还在后头哩！他们众口一词这样说。七里坪人常常根据一些细微的自然灾象，推测出种种人间祸福，给他们每人送一顶半仙或预言家的帽子都戴得起。

炊烟升起来，蓝蓝的淡淡的一缕，这是未经扬尘污染的炊烟，污染过的炊烟没得这么纯洁和明净，它使你想起深山里的一挂悬瀑或一泓清泉。炊烟从早到晚一直那么升腾，熟悉当地习俗的人，自然晓得是新落户的人家，须要烧三天三夜火炕，烧热火炕，取屋场兴旺之意。

水草烧了一大锅热水。她说要彻底洗个利索澡，仿佛她生来没有利索过。向二听出媳妇的话外之音，她仍然记恨着在向家大院的日子。水草性情倔强，凡事要争个赢头，不让人，说话极刻毒，做事绝情，几乎得罪了所有家人，包括公婆。结婚两年无生养，至今肚子仍平坦坦的。别人便骂她良心不好，是孤寡相。水草没有直接耳闻到这些诅咒，但她从人们的态度上感觉到了一种敌对的情绪，这令她压抑和窒息。唯一解脱的办法只有离开这个家，在这一点上她和水香不谋而合，两个媳妇的心由此拧在了一起。早上搬家，水草步出向家院门，一脸矜持的神情。她径自往前走，没有回顾一眼生活过两年的向家大院，如一只羽毛已丰的雀儿，一旦飞离巢穴，将一去不回。这时候，水草已落进自己筑的巢？一个木质脚盆，这恐怕是世界上独一无二的最大脚盆，它容纳一个人体显得那么空旷，它足以装一家几口人同时洗澡哩！可现在只有水草孤身一人盘坐水中。其实她根本无心洗澡，你见到的只是一个女童戏水的情景。水草一边调水一边心事浩渺。她突然厉声喊道：向二！你来！向二很含混地答应着，人却很清晰地来到她跟前。来做什么？向二说话历来瓮声瓮气，仿若大缸的回音。整间堂屋充满了桐油灯的光亮。向二面对的是一片金色池塘，其间有一朵莲花开放。向二太熟悉这一副身坏了，向二无动于衷。来啊！来给我擦背！水草说。向二的一只手笨拙地伸过去，水草却退缩着，总让他够不着。向二的手便沮丧地停在脚盆的上空。来啊，你也来洗啊！水草迅速抓住悬空的那只手顺势一拉，向二的整个身子便倒墙一般跌入水中。

油灯惊恐地跳跃着，目睹着七里坪人这一独特的洗浴。向二的衣物业已除去，露出牯牛般健壮的肌肤。他和水草相拥而坐，他的宽厚的躯体几乎包容了娇小的水草。适才调水的情景已不复存在，取而代之的是一粗一细两只手在活动。水草的手安插在两个身体之间，你看不见它动作的具体表现，但你感觉到它分明在揉搓着什么；只有向二明白它在揉搓什么。另一只是向二的手，它从水草腋下穿过去，手的尽头绞着一条浴巾。手和浴巾组成一个用人的形象，在忠实地替水草擦背。水草的背在反复擦拭之下，冰块一样光洁。渐渐地，向二的呼吸急促起来，手显得狂乱起来，它干脆丢弃了浴巾，一把揽住水草的腰肢，站起往睡房走去。水草的身子随即成了一条水蛇般缠住了他。从堂屋通往睡房的途中，二人身上的水珠一路滴落不止。

到了床上，情形就变了，他们再现了人类千篇一律的做爱姿势，还有那千篇一律的床笫之声。这是人类通用的语言，凡有过性经验的人无一不懂。比方说你听过一次鸡鸣或狗吠，你就掌握了天下所有的鸡和狗的声音，它们都是千篇一律的。

水草舒服至极。过门以来，她第一次获得这种感觉。水草有一种哼叫的欲望，于是就无拘无束地叫出来。此刻，她自然想起以往一次次不够尽兴的夜晚，更觉出分家的好处。过去，向家人分房而居，家人之间只隔一层板壁，板壁虽能挡人视线，却并不隔音。碍于隔墙有耳，水草压抑了一个女人哼叫的欲望。整整两年，她在心底暗自呻吟。水草想作为女人置身这种环境是可悲的，你拥有一个独立的生儿育女的空间，但四周又布满监视的眼睛和耳朵，你可以无视它们但又不能不顾及他们的存在，所以你活得很苦，并且你的苦无从诉说。你只好一部分暴露着给人看，另一部分自己留着藏匿在心里。

向二是个缺乏性体验的人，他很不习惯水草的哼叫，他把它理解为真正的痛苦，殊不知它表达的是一种叫欢乐的东西。他想这个女人怪了，从来都好好的，今天何以疼起来了。你怎么了？他问。水草并不理睬他，只顾一味地叫唤。事后，他又问过，你今天到底怎么啦？像杀了你似的！水草有些怕丑，感到此话难以启齿，便说：你不懂女人。向二愤然，反诘道：我是男人，是不懂女人，可是你懂男人吗？

在向二努力的最后时刻，狂风不期而至，风揭茅苫哗啦有声，但向二夫妻都没有听到。当他们平静躺下的时候，才发现天窗已经洞天。风在他们的头顶作祟，他们居然蒙在鼓里浑然不知。他们仰视天窗发呆，觉得风来得蹊跷，风是不是也揭翻了哥嫂的屋顶呢？向二提议去看一看，于是水草就披衣出门，悄然来到哥嫂窗前，先谛听一下动静，一听就禁不住要窃笑，她听到了那千篇一律的声音。知不能久留，便赶紧抽身转回屋里，咬着向二的耳朵诡谲地说：

他们也在搞那个。

搞哪个？向二明知故问。

那个！

哪个？

搞名堂。

搞什么名堂？

搞你脑壳名堂！话音落，向二的脑壳被水草狠狠地摁了一下。

　　正值春耕季节，向氏兄弟扛着犁铧，走进独立生涯后的第一个春天。他们的步履很匆忙，向二牵着一头还不会拖犁的小牛牧犊，向大赶一条驯服过的大黄狗，牛和狗和步履也很匆忙。待来到地里，牛和狗分别套上枷轭，它们的四足就变得不会走路了，直直地僵在那里。向氏兄弟土地接壤，劳作时彼此易得看见，他们就这样在对方的视野中开始了耕耘。向二夫妇在教牛，教牛让他们充分领教了同牛打交道的艰难。男的扶犁，女的牵引。牛儿几天前才经历穿鼻子的痛苦，鼻孔里仍结着血痂，它不堪忍受接踵而来的负重之苦，便用团团打转以示抗争，其状如同推磨；万不得已才肯走几步。其实教牛很简单，教会其走犁沟和转弯就行了，这对于人类不过是一句话的事情，也许是牛天生冥顽不化，也许是不肯轻易屈从人类，牛就是难以学会。人制伏牛唯一的办法就是抽打，打断了十几根竹鞭，牛才开始慢慢上路。牛屁股是很经得起打的，这正是牛皮的坚韧所在。连日来，向二的地里充斥着叱骂声和鞭声，地却不见犁出几分，向二不时地瞟一眼哥哥的地头，他惊异于一条狗竟然替哥哥犁出了几亩地，他看见哥哥不用吆喝，不用鞭催，仅靠抛掷一坨食物，狗就能追逐那食物拖起犁铧飞跑。见鬼！我的牛竟不如他的狗了！向二想到狗的用途如此之大，心里隐隐起了妒意。

　　当初分家时，父亲专门出了一道难题，从家产中匀出一头牛和一条狗给两个儿子。连愚人也晓得狗和牛的不同价值，故两兄弟都想要牛，可两个活物无法平分，只能各属一人。于是按照乡规裁定它们的归属。请来旁人作证，又找来一红一黑两粒豆子，规定了红牛和黑狗。红牛黑狗一旦置于父亲掌心，两兄弟的命运也就掌握在父亲的手板心里了。父亲合掌一摇，似有沉雷滚动，雷声在他空旷的掌心里回响良久。父亲像一个作法巫师，手一摇晃，就改变了事情的性质，使你感到是在向他要卦或求签。他反复地摇摇，停停，故意拖延着时间，迟迟不肯分出结果。兄弟俩心悬悬地等待着，焦急已化作大颗大颗汗珠聚在额头。父亲很有耐心地睇视那些汗珠的涌出和滚浇，一向阴沉的脸上绽开了婴儿似的微笑。向大已经等不起了，他意识到父亲在存心折磨他们，心想再挨下去即便捡得牛也无意思，便干脆赌气说：二佬，大不和小争，随便你挑吧，剩下是我的。向二一听欢喜癫了，他理所当然地挑了牛。

一位过路的盐客亲眼见到了黄狗犁土。盐客抵达时，向大正在歇气吃烟。起先，盐客不相信狗能拖犁，他走遍天下没有听说过这类事，便用一挑盐和向大打赌，结果赌输了。值得，值得，算我一挑盐辑看一场稀奇！盐客毅然丢下那挑盐，却要了一坨引狗拖犁的苞谷粑走了。一坨苞谷粑粑能使荒地变为熟土，它巧妙地融合了人和狗的智慧，盐客视其若宝，他要把它带到更远的地方去，或许能赚它十几挑盐回来。

向二得知向大一挑盐的来历，眼睛快疼瞎了。他去找向大，要借用狗犁一天土。向大答应得很爽快。向二欢欢喜喜牵狗回家，吩咐水草赶紧舂粑粑。舂什么粑粑？水草问。舂糍粑！向二有意炫耀自己比兄长家道殷实，连款待狗也要占个赢头，以为这样狗会更加替人卖力气的。水草便舀了一瓢上好糯米细细舂来，精心做了葵柄大几个糍粑。结果事与愿违，好心不得好报，犁土时狗并不领向二夫妇的情，狗天生贱命，只会吃粗糙的苞谷粑，尚无吃糍粑经验，咬了黏性极强的糍粑，上下牙床黏得不可开交，误以为遭人暗算，要急于剔除牙齿却做不到，便就地打滚起来。局面顿时混乱，人狗纠缠成一团。向二火起，举起犁头砸下去，犁尖很轻易地切入狗头，狗在一声短促的欢叫声中倒地，临死嘴里仍衔着那块欲吐不能的糍粑。

向大的地边多了一堆新垒的土包。一夜之间，黄狗就成了这堆黄土。七里坪人再也见不到它窜来窜去的影子，却记住了一个狗拖犁的故事。向大在狗坟上栽了一棵千年树，树仅筷子粗，一指高，却丰碑一样竖立着。千年树极难长大，长一千年仍是老样子。可这棵千年树日日见长，三两年就成碗口粗一棵大树了。树很怪，凡行人或野物打此经过，它就发出汪汪吠声，一如黄狗生前的叫声。连飞鸟也不敢接近，鸟儿想来歇翅，尚未落枝，就被吠声惊起仓皇逃遁。向大的这块地连年有好收成，春种苞谷，秋栽苔，从不见偷或遭野物糟蹋。人们说黄狗忠义到家，变鬼也在给主人看守田地。来人若是向大，树便无风自动，地道一副摇尾乞怜相。向大总是肩一根火铳，他把火铳挂在树上，再去做活或不去做活，这几乎成了法定的仪式。一条良种猎狗加一根祖传猎枪，足以使向大成为一个出色猎手，但猎狗过早地走了，枪随之沉默，一部狩猎史由此变得有头无尾。只在狗的忌日，猎枪才能重温一次旧梦。向大毫不吝啬火药和砂子，全部火药和铁砂都付诸了这场空射。末了，向大一手攥紧发烫的枪管，攥出一阵红铁烙肉的哧哧声响。待枪管冷却，向大的手松开，亮出满手火茧。向大很知足地走了，俨然一个满载而归的狩猎者。

这一年，对于向二是多事之秋。他背时透顶，没有过一天安生日子。先是那牛不明不白地瘟死，他赖以生存的支柱垮了；接着种下的苞谷尚未发芽，就遭野鸟翻扒，一地苞谷种被哺啄得所剩无几，稀稀疏疏长出几棵来，定然成不了气候。野鸟尽是些乌鸦、喜鹊、斑鸠、画眉之类，似乎是向大家养的，它们认得向大家的地，扑棱棱飞来，全落在向二的地里。两兄弟的苞谷地不过一垅之隔，结果一个幸存，一个遭殃。向二起初疑心是向大所为，待仔细察看，发现地里布满鸟的脚迹，方明白究竟。地已错过季节，连补种迟苞谷也赶不及了，便只好任其抛荒。但向二不甘心就这么上算，认定其中有名堂。他走近那棵千年树，用恶毒的目光审视它，心里生出歹意。他伸出手，铁爪子一样的手紧紧抓住树干，一用劲，树便开始了剧烈的摇晃。树叶纷纷掉落，尽是一色青叶子。树叶离树时显得轻飘飘的，但一触到向二的头顶突然加重分量，变成石头或冰雹。接下去出现了向二抱头鼠窜的情景。待向二逃离险境，他的头上已鼓出无数肿包。他带着那一头肿包去找向大算账。砍了它！你砍还是我砍？向二说。向大清点了那些包，大大小小拢共十几个。这是一棵树的代价，看来他是很难保住那棵树了。向大来到地边，向大闭着眼睛也能摸到的千年树已不知去向，地边只剩下一座完好的孤坟，齐膝深的杂草覆盖着它，证明这里从来不曾长过什么树。地上，铺洒碎银般的树叶，捡起，沉沉地压手，果然是银锭，白花花的银锭。树走了，却留下一笔财富给主人。

向大由此发了家。向大不明白是怎么发起来的，一切恍若做梦。别人几辈子办不到的事情，诸如置几分田土或造一幢房子，他却轻易地做到了。用七里坪人的话说，叫作：向大不找钱，钱找向大，走路都踩到铜壳子。连打个屁也值钱。向大的屁真的值钱。一日，他在火堆里刨得一粒烧熟的黄豆，吃下去，觉得香，便推想由黄豆制造的屁也是香的，于是忽发奇想，决定上街卖香屁。卖香屁啰？向大拖着懒腔沿街叫卖，喊声惊动了衙门里的老爷。外面喊什么？听差来报，说的人喊卖香屁。老爷觉得事情稀奇，便说：卖香屁？我买！真香的话赏他几吊大钱，不然就罚他几十大板！听差将向大传入衙门，买卖双方摆好架势。一个农夫的下贱屁腔和一张老爷的高贵尊颜面面相觑，构成七里坪历史上奇妙的风景。向大酝酿良久，终于放出一个响屁。老爷闻过，连声叫香！香！人已飘然，令加倍赏卖屁者。向大领了赏钱，遂到面铺，换了一担面条，悠悠地挑回家。至寨口，遇到向二媳妇水草，水草的截问是开门见山的：

大哥，又发财了吗？

发个屁财！向大信口答道。

没发财舍得一下子买这么多面？

给你讲你不信，真的发的屁财！

屁财？

屁财？

水草终于不能明白，只眼馋馋地望着那担面发呆。她当然不相信，便上街去打探虚实，结果证明向大所言是真。回屋告诉向二原委，并连夜炒了半锅黄豆，要向二吃了。黄豆很快发酵，向二等不起天亮就匆忙出门。街上静静的，衙门紧闭着，想必里面的人仍在酣睡。向二壮起胆子喊了一声，又喊了一声，喊法一如向大。喊完，将耳朵贴近门缝谛听动静。

先听到门里一个恶狠狠的声音：

哪个大胆，半夜三更闹我衙门，拿下割掉舌头！向二顿时吓得屁滚，欲转身逃走，不料另一个声音说：

禀报老爷，又是来卖香屁的！

向二转眼一想，既来了，索性豁出去听个下文，便强迫自己立稳身子，身子却禁不住筛糠般抖索。

那被称作老爷的大概醒彻底了，打了一个长长的哈欠，慢吞吞地说：又是卖香屁的，开门让他进来，我再买它一回！

向二怯怯地进门，在殿堂里等着。半天，老爷才缓缓地出现。坐定，并不急于买屁，却绕山绕水扯与买卖无关的话题。向二早已不能自抑，憋得慌，稍一松懈，便一连浪费了几个悄悄屁。老爷闻到异味，方想起转入正题。二人各就各位，向二刚除去裤头，就已响屁连天。老爷大喜，香字未及说出口，岂知向二再一用力，因过猛，却挣出一溜稀屎，溅得老爷满脸。老爷迅即色变，忽喝道：快！先打他五十板，再缝上屁眼！几个衙役应声将向二按倒，一阵噼啪乱打，向二本来很白皙的屁股很快失去了本色，青肿得不成样子。最后，拿来粗针粗线，将屁眼补漏洞一样地缝了。

向二一路呻吟回家，老远望见自家屋场，哀声喊道：

快拿剪刀剪线来？

水草听见是男人的声音，却错成了"快拿扁担挑面来"，慌忙丢下活计，操起扁担，一边喜颠颠地跑，一边回应：

是宽面还是窄面？

向二也听背了，以为问他"是青线还是用蓝线"，他哭丧着说：是摁着缝的，哪个晓得是青线还是蓝线？等走近，水草见男人一脸负痛状，预感出了意外事，人当即呆住，牙齿咬得格格响，目光变得很凶残，手攥紧扁担，摆出一副与人拼命的架势。

一条茅路由远及近绻缱而来，绕过向氏兄弟的屋场，消逝在田埂和阡陌之间。出现在这条路上的大都是向氏家族成员。他们共同拥有一条路，一座坡，一坝田土，却不能像田土那样和睦相处。两家人的隔阂日渐加深。有时路上大碰头，也不打招呼，都装着没看见，你走你的，我走我的；路太窄，擦肩而过时，免不了衣服相触，虽是轻轻一擦，彼此都能感觉到对方碰出的火花。兄弟间仇恨的原因既简单又复杂，个中是非哪个也说不清，任何一种说法都在理都无理。有好心人想让他们和好，要老人承头重新撮合他们。事实证明这是个天真的幻想，就好比一个苹果或梨，切开分了，是再难合拢的。以后的日子，兄弟间出现了无休止的纷争。为针尖大点小事，也要争个死活。某日，向大夜归，手持一束火把照路，从向二猪圈边经过，猪误以为一团火扑来，跳起躲避，哪知一只后脚夹进地板缝中，崴断了脚骨。猪的呼叫自然惊动了主人，这么一来，手持火把的向大就脱不开身子，说他恨人拿猪出气，把猪吓坏了，要赔。向大自知难以下台，干脆做出镇定状，说：猪吓得坏的话，你去吓我的猪看看，吓死了也不要你赔。向二正在气头上，说声好，当即点了一束火把。向大并不担心他真去吓猪，是怕他烧猪圈或烧屋，便拦住他。一时间，俩兄弟扭成一团。为了腾出手脚好好打一架，各自丢了火把。火把在地上继续燃烧，明亮的火光很专注地照看着主人的输赢。其实俩兄弟都是样子做得恶，并没有真打起来。他们只是紧抓住对方的衣襟，互相拉拉扯扯一阵。类似场面你在乡下会时常见到，它往往发生在两个亲戚或两个朋友之间，一个热情留客，一个执意客气，便形成了如此拉扯局面。唯一证明他们斗气的是那沉重的一滚，两个人配合得很好，几乎是同时落地，都不吃亏也不占便宜。打了几个抛，眼看要翻下屋坎，二人才一齐松手，结果一场流血事件得以幸免。几天后，街上衙门受理了一宗由吓猪事件引起的官司。俩兄弟同是原告也同是被告，向二要向大赔猪；向大反控向二行偷，说那夜打抛时向二趁机做手脚，手伸进他口袋里偷走了两块光洋。事情到了靠吵架和打架都不能解决的地步，只有上衙门。俩兄弟相约而去，彼此都生怕对方走失似的，手牵着手，显出真正的手足之情。到了衙门口，向二记起那次卖屁经历，便觉腔部隐疼，嗫嗫地裹足不前。若不入门，就等于认输，只好硬着头皮进去。升堂时，老爷眨巴眼睛瞟了半天，方辨出是两个卖屁汉子。老爷冷笑了一声，问话离题万里：又是来卖香屁的吗？二人一齐扑倒，连声说不敢！不敢！听完各自诉讼，老爷即裁决：各打五十大板！行罚过程中，二人一边叫苦连天，一边心想往后死也不进这背时的衙门了。

独立生涯

247

老界的树木业已成林，多为枞木，间杂柏树和杉树。整整齐齐的一坡林子，以岩桩为界，划为两半，它们各属一个兄弟。树木就数杉木值钱，它轻巧，易得搬运，用途也最广，装板壁打家具少不了它们。有树贼自外地来，他们专偷杉木，三两下将树锯倒，截成筒子，一人扛一截可以健步如飞。近来树贼愈发大胆，过去偷树选择夜深人静的日子，现在简直放抢，三五人为一伙，白天大摇大摆地来。不发现则罢，发觉劝阻也无效，仿佛树是他们自己的。这么多树，分我们几根不得？他们涎皮涎脸地说。这还算是客气，有的根本不讲理，一伙人中有分工专事警戒，那人把火枪一横，对准你，你要命的话，就赶快知趣转身，否则，那火枪真的没长眼睛不认人。这种场面向二碰到过一回。在此之前的某一天，向二巡视山林，发现树贼在锯向大的树，向二躲在暗处眼睁睁地看着那伙人把几棵最大的树伐倒搬走，他没有声张。归屋时，碰巧遇到向大，他破例地冷眼瞟了一眼向大，送去一个不易察觉的幸灾乐祸的表情。向大很敏感，他意识到向二的冷笑里一定有鬼，心里为此惴惴不安。他知道向二刚从山里回来，莫非山里出了什么事？向二前脚进屋，向大就后脚出门，他也要照例一天巡一次山的。俩兄弟巡山向来各顾各，互不相干。一趸进林子，向大明白了一切。向大就地呆坐良久，手里的柴刀捏得嘎嘎响。他想杀人，但又找不到事主。从这一天起，向大改巡山为全天守护。他带足水和干粮，找了一处足以隐身的岩壳躺下来，茅草掩藏着他。那伙树贼果然得味，过几天又来了。他们早就看中了向二树界的另几棵大树。他们的原则是选大的，才不管是你向大的还是向二的。当开锯之时，向二突然出现了。向二扯起喉咙吼了一声，声音固然很洪亮，震得地皮子抖了一下。但那伙人好像没有长耳朵，他们照样锯得很从容。向二虎着脸逼过来，然而没有等他走近，就遭到一根火枪阻拦。向二本能地倒退几步，当即吓傻了。他想喊人，可是这坡上离屋场很远，难得喊应；即便喊得应又有哪个应呢？他唯一想到能帮他忙的是向大，此时他才感到兄弟的重要。但是他不能喊，喊也没得用。他并不知道向大正在不远处的草丛里坐视着，向大的脸上重现着几天前向二脸上的那种幸灾乐祸的表情。大概这帮贼已得知俩兄弟不和才变得如此放肆。无奈之下，向二闭上了眼睛，任树贼逍逍遥遥地把树弄走了。待他睁开眼时，向大的身影出现在他的视野里，向大吹着口哨得意地从他面前悠然走过。

向氏老人呕吐了血。一吐血，身体彻底垮了。过去向氏老人的硬朗是同辈人所不及的，现在倒下就再也不能站起，整天伴随他的是一个陶制药罐。俩兄弟的结怨，他一直沉默着，不想去管，可是一连串的盗树事件触怒了他。一山树是他当年亲手所栽，现在毁在两个孽子手里，他不能容忍。他站在儿子的屋场上破口大骂。他喊他们出来，他们老鼠躲猫般缩在屋里不敢露脸。他便骂朝天娘。牛卵日的！他采取的是七里坪人惯用的骂法，他骂他们是牛卵日的，这等于连他自己也一起骂了。

老人气极了，骂到后来再无话可骂，只是一味地跺脚。山风吹刮着，风猛烈地摇撼着他颏下的一绺胡须，胡须徐徐飘冉，构成了这个傍晚特有的风物标志。这一画面持续了半个时辰，直至老人一只麻耳草鞋跺烂，向氏兄弟也没有出面。一切静静的，七里坪的黄昏静若黎明，日落日出其实一个样，七里坪人的日子就是由这无数个黄昏和黎明组成，除了天边的一抹彩霞，别无意义。

这时候，向氏老人感到身体内部起了崩溃性变化，有异物梗塞喉结，咳吐的欲望很强烈。他强忍着回下一口涌至口腔的类似痰一样的东西，接着，身子有如风车摇晃不定。他离开屋场，一路摇摇晃晃回家去。向氏老人的走路姿势吸引了众人视线，自然也包括两个不孝之子的视线。他们看着他醉酒般在山道上一步三摇，一条直路被他走得蜿蜒曲折。老人无愧于硬朗的名声，终于在天断黑之前，走完了归家的路。但当他一只脚跨进门槛，另一只脚却没有及时跟进，这一进退两难的局面被固定了下来。老人进门是悄无声息的，老伴没有发觉。后来，老人用一阵异常的呕吐之声证明了他的归来。老伴从里屋奔出，她目睹了一幅山洪暴发似的景象：老人使劲咬住双唇，可是仍然阻止不住血流的喷涌。好从未见过这么多血，吓得她差点晕倒过去。老人的吐血，预示着向家劫数已到。

当天夜里，向大闻讯赶来探视。他垂头丧气而来，被更加垂头丧气的母亲拒之门外。母亲把大门开成一条缝，她的哑语穿过门缝求饶似的来到向大的耳边：

要是你想让他多活几天，就不要来见他。

说完，母亲的嘴唇和门一齐关闭。

向二接踵而来，向二遭到了同样的拒绝。

从此，老人离不开两样东西，床和药罐。木床供他长卧不起，药罐理所当然地煨药，药味浓得熏鼻子，充塞了小小柴屋，仿佛整幢屋子就是一只大药罐。那次大咯血，老人感到体内被抽空了，五脏六腑全无，甚至魂魄也离他而去，只剩下一副干干的躯壳。他明白自己的处境，现在还有一口气，算得阳间人，哪天一口气断了，就成了阴间鬼。这是随时可能出现的后果。药照样吃，不过他对自己的命运已不存在什么奢望，一切都想通了，所以他的心平静如水。

在最后的日子里，他一直在等待两个儿子的到来。儿子不在膝下，他是不能瞑目的。想见儿子成了他的病中之病。难道他们就这么无孝心吗？和我绝情了吗？他很疑惑。他想起自己的过错，他不该那样咒骂他们，要说绝情起因在他。他希望给他们当面赔不是。这个老人，在弥留之际，一再地自我忏悔，他的全部内心除了善良，没有半点别的恶念。一次，他伸长脖颈忍不住问老伴：他们怎么不来？老伴反问道：他们？哪个他们？他说，他们，还有哪个他们？老伴说，现在只有我们，没有他们。他默然了，脑壳像龟头一样慢慢缩了回去，从此再不提及他们。后来，他总是面朝纸窗发愣。纸窗是外部世界的缩影，日月星光，风雨雷电，他皆能尽收眼底。在他溘逝的前一天，突然精神了许多，便要老伴扶他下床，倚着窗口向外眺望，目光所及处，是儿子居住的屋场，两幢木楼隔坎而立，大门都敞开着，时而有人影出入，然而那些人影只顾忙家活，他们根本想象不到有一双目光在无望中期待着他们。渐渐地，老人的眼眶湿了，凝成两颗圆圆泪珠，不多不少正好两颗，一只眼睛一颗，他眼一闭，泪珠砰然滴落。泪珠经过脸颊的感觉烫如火星。

老人至死也没有见到两个儿子。死后，他们才拢来。他们一改往日走路风风火火的习惯，脚步变得迟迟疑疑的。想必他们的内心也是迟迟疑疑的。乡民们传得很难听，说老子是儿子气死的。他们十分窝火，却没有发作，这忍而不发自有其难言之隐。这一次，他们纯粹是未履行儿子的最后责任的。他们的脸色一如既往地平淡，缺乏孝子起码的悲痛表情。一进屋，情形起了戏剧性的变化。父亲静躺在床上，一脸安详的微笑，像在做一个甜蜜的梦。两兄弟鼻子同时一酸，双膝自然软了。他们扶墙而跪，并且敞开男人的粗嗓子号哭。男人的这种哭法很少见，许多女人的哭声相加也比之莫及，他们哭出了一种惊世骇俗的效果。为共同给父亲送终，隔膜几年的兄弟俩不得不临时携起手来。一切都在无言的默契中进行。先是老大出门打了一竹筒井水，给父亲把澡洗了。洗是象征性的，即用一块棉纱蘸水擦拭死者胸脯，意在检验儿女有无孝心，凡孝者都要喝一口死者的洗澡水；有的不敢喝，有的喝了却反胃呕吐，便一概视作不孝。为人不孝者是要遭世人唾弃的。和所有的孝子一样，向氏兄弟喝下父亲的洗澡水时没有犹豫，他们喝得很干脆，好比七里坪人吃蜂糖，喝完还舔了一下嘴唇，那是一个表示有味的习惯动作。

现在，向氏老人的遗体已转移到棺材里，棺材头朝神位安置在堂屋中央，盖子虚掩着，留出一道拇指宽的缝隙，这证明死者和他生前的世界仍保持着某种联系。关于老人的后事，此时仅仅是个开头，往下还有诸多程序，而每一道程序都牵涉到费用，所以在人尚未入土之前，是不能算作了事的。在七里坪，给一个善终的老人做道场必不可少，道场的规格大小直接关系到费用大小。七天七夜为大道场，三天三夜为小道场。也有一种更为简化的仪式，叫响锣，不过这一般只适用于孤寡老人。大大小小道场构成了七里坪的丧葬史，作为历史的一部分，向氏老人的丧葬突出了与众不同的喜剧色彩。由于费用意外地超支，向氏兄弟把责任推到具体操办者身上，他们只承认分担预算部分，余下的概不认账。向氏兄弟的抵赖行径使丧事一度陷入困境。道场进入第六天，道士先生和一行徒弟及帮工们已吃完两头猪，仅剩一只敬神的猪脑壳。此时，猪脑壳便显得十分珍贵，道士先生暗忖事毕作为礼信打发给他，帮工们指望再吃一餐。但事不凑巧，趁人不备之机，一条狗窜来叼走了那猪脑壳，众人追撵半天不遂，无奈让狗遁入山林消受去了。局面顿时变得尴尬起来，道士停止了锣鼓，帮工们撂下手中活计改为坐等，看到底如何收场。有人提议要孝子追加费用，岂知俩兄弟互相抵赖，一个放赖装病死不吭声，一个索性躲进屋里拴上门不出来。老夫人见状就扬手扇了那装病的向大一耳光，又用头频频去撞击房门。众人看不过意，先扯劝住夫人，然后续上各自活计，说等埋了人再算账。

出丧这天，事态继续恶化。那些抬丧的人因为没有肉吃，心中有气无处出，便以歇脚为名，把人抬到半途搁下了。这一手很厉害，实乃犯了大忌，说半途停丧死人的灵魂到达不了天国，要打发到地狱受种种苦刑，活着的后人也不得安宁。传说是个虚无的东西，你可以信可以不信，但一旦理应入土的棺材抛在半路上，总不能视作一件小事。帮工们散坐四周，抽烟、说笑，个个一副事不关己的样子。披麻戴孝的向氏兄弟一个抱着父亲的灵牌，一个捧着父亲的画像，他们万没有想到会落到这步田地。唯一解救的办法是向众人求情，他们依次一一给人下跪。老大拖着哭腔乞求说：各位兄弟行行好，帮忙帮到底吧，回来我请你们吃一餐饱肉。向二跟随兄长默跪无言，一副可怜相和向大如出一辙。两个乞求者真正陷入了窘境，他们僵僵地跪在那里，把头埋进裤裆，干等着人们重新启程。通常情形下，人到了这一地步也就不易，何况是两个倔强汉子；人类自从发明了下跪和磕头，不知化解了多少恩怨。可是，七里坪人横竖不买这个账，对于他们来说，你把好话说尽外加膝盖骨跪烂也不抵现实的一块肥肉。他们一不做二不休，仍然无动于衷。时间也许过得很快也许过得很慢，不过人们都已忘记时间，人们关注的是故事本身，时间在这个故事里显得多余。哪个也无法预料事情的最后结局，多数人或站或坐或蹲谈天说地，他们觉得这样的时光易得打发，远远胜过棺材在肩的感受，所以他们无视孝子的存在是理所当然的。将近黄昏，半明半暗的天色衬托出黄昏的宜人景致。一场早该结束的丧事毫无进展。人们并不着急，他们有足够的耐心拖延下去。奇怪的是两个孝子几经绝望以后，居然随了大流，反倒坦然起来。此时，他们获得直立的双膝异常轻松，坐立自如地活跃在帮工们中间。他们有说有笑，显得比众人更有耐心。作为这场丧事的主角，他们如同置身于真正的戏台，演出的是另一出与丧事无关的喜剧。过膝长的麻布孝衣不时被山风掀起，贴近膝盖的部位有两块圆形泥斑。如果孝衣原封不动地保存下来，那么等于保存了一段历史，泥斑是那段历史最真实的内容。

孤立无援的是棺材，它已经停搁了整整一天。不远处山头一个预先挖好的坟坑在等待它，坟坑是它的归宿，它必须依靠人类的再度合作才能找到归宿。人，棺材，坟坑，形成了一个等待的环，一环扣一环，由于人类的某种变卦，使得这一等待遥遥无期。大凡故事总该有个结尾，也许这个结尾不能让读者满意，作者需要说明的是，在你的阅读即将进入尾声的时候，七里坪上空倏忽划亮一道闪电，电光长时间地忽闪忽闪，久久不停，经验告诉你，一声惊雷就要降临。七里坪人常说的五雷轰顶不再是一句咒语，它将切切实实地炸落下来，焉不知落在哪个头上，是孝子，还是众人？

独木桥

你走你的阳关道
我过我的独木桥

——题记

一

　　寨口"呜"地响起一声牛角号，悠长的，把那条本来就很狭长的山路扯得更长了。这是劁猪匠招徕生意的信号，可以翻译成"劁，猪，啰"这样一层意思，形同城里的"冰，棒"等之类的叫卖。号音听来极平常，又极不平常，号声之下，人与畜生的界限就严格地分开了，人类对于畜类的绝对主宰地位就牢牢地奠定了。人类尽可以对畜类随心所欲地阉割。人类给多数畜类分配的任务不是繁殖，而是长架子长膘，这就须得事先对其施行一种绝育手术。所谓劁猪匠正是干这门行当的专家，这真是一项伟大而又作孽的事业。手术想必是极痛苦的，因为事前并不像给人做手术那样打麻药麻醉，而是从圈里栏里提出来就按在地上，在下刀处泼一瓢冷水，随随便便将该割的东西生割下来。你拼命挣扎也好，撕心裂肺般号叫也好，都没有用。割下的东西再不能长上去。割得你躺在地上半天喘不过气来，待剧痛和麻木过后自然能站得起来。但你并不懂得记恨主人和双手沾满鲜血的操刀手，一切痛楚同记忆业已淡忘，剩下的只是一副清心寡欲的躯体，从此胃口好，食量大，按照主人的意志只管长膘长肉，长到一定的时候再挨上致命的一刀算作了此一生。这就是多数畜类的命运，至于繁殖，那是一些极少数幸运者的事情。

　　连三岁小孩也听得出，这一回进寨的是常年在外跑江湖的矮子。那号吹得实在差劲，起音不高又底气不足，简直是半罐子水。半罐子水还荡啊荡，显然第一招功夫就没有学到家。殊不知事主往往都是根据号音的响亮度来判定劁猪匠的手艺的，生意能否成交很大程度上取决于进寨的一声号角。所以，凡吃这碗饭的人，皆懂得这一诀窍，手艺马虎点不要紧，吹号却丝毫马虎不得。这道理矮子并非不知，也并非老天爷故意不成全他的活路，只是他个子太小，心有余而气不足罢了。不知为什么这地方竟出了他这么一个矮人，矮得可怜，二十多岁的人还不到锄头把高，身坯不如人家十一二岁的孩子大。他怕是吃了石头才不长个，永远如一个树桩。他个头小，脑袋小，鼻子眼睛嘴巴样样都小，就不知下面那个东西小不小。过苦日子的时候，他五六岁，因为断了粮，父母亲挨不住饥饿双双撒手走了，他却靠了野果、观音土以及一些好心人的怜悯施舍才奇迹般地活了下来。以后呢，那些好心人见他低能懦弱，在农业社里必定难事稼穑，便好言劝他去学一门手艺，找一碗快活饭吃。想想看，他是吃快活饭的料吗？他几乎学什么都不成器，人都不成器还指望什么成器？他先是跟一位过路的瞎子学算命，跟了一年也没混出名堂，还差点卷入一场人命官司。因为他还不曾出师就充能，背着师傅擅自对一个诚心前来求签的少女胡言乱语，弄得那少女失去生活信心，忧郁成疾，结果发展到要寻短上吊，幸好被人及时发现救起。女方家族得知原委，连师傅带徒弟捉来狠狠捶打一顿。瞎子哪敢再收留这般徒弟，便半路上辞退了他。他继而给一个卖老鼠药的人当下手摆起鼠药摊子来。晚上制药，白天兜售。哪知鼠药经过他手变了质，凡是买了他的药的人大上其当，老鼠不但闹不死，反而空前猖獗起来。老鼠吃过药后一夜之间长得壮如小猫，胆量也如猫，它们把真正的猫当作老鼠去咬，致使这些地方的猫反倒绝迹了，人们为此惶恐不安，频频向公社告急。于是市场管理部门出面没收了矮子的摊子，罚了款，并从此禁止他摆摊售药。经县里卫生部门化验鉴定，那药中含有一种速效催育剂，当地人叫壮药，连矮子自己也始终没弄清这到底是怎么回事。他只好又改弦更张，投到一个"二杆子"劁猪匠的门下。这样的师傅能带出什么样的徒弟？直到期限满了，徒弟连号也没有吹会。好歹总算出师了，矮子竖起了自己的旗帜。但他天生的下刀不知轻重，不知深浅，第一次劁猪就出了事，一头好端端的猪崽被他一刀割得流血不止，后来血止了气也断了。那猪的主人赶几十里路追上他，要他赔猪。他从此臭了名声，砸了牌子，方圆百里都晓得了这个矮子劁猪匠，任凭他在哪个寨子将牛角吹炸也无人理睬他。幸亏他是劁猪匠，设若他做一名外科医生，谁知要误多少卿卿性命？他的事业日渐衰竭下去，心也日落般消沉下去。几次失意以后，他万念俱灰，想还是老老实实回农业社好，不要再做吃快活饭的梦了。于是，他回来了。

这是个冬雪消尽、桃花灼眼的春日。暮霭初起时分，他踽踽地登上山坳。人们已经收工，牛群已经归栏，鸟儿已经投林。喧闹一天的山寨渐渐显出静谧和安闲。他极目环视，山光依旧，水色仍然，木楼、峰峦、林子、田畴等景物浮雕般在他眼前一一凸现。景物时近时远，近时伸手可以触摸，远时目不可及，这是他曾经厌弃过的土地。厌弃并不等于忘记。他是游子，几年来浪迹天涯，他是带着家乡走的，家乡的山川景物既装在记忆里又刻在骨子里，无论何时，闭起眼睛也能指出它们的方位，不假思索地能念出它们的名字。他兜了一大圈又不得不回来，这道理极其简单，如丢失了一件不应丢失的东西，丢失了总归要捡回来。他悟出了这层道理。他现在才明白，人一生下来，生命就和你落生的那块土地融为一体了，一生不可分离。山是你的骨骼，路是你的筋脉，溪流是你的血管，累累顽石是你的灵魂。你硬要分离，那么你走吧，走到天涯海角，它的影子总跟着你，依附着你，你能背得动一座山一块土地吗？你得背着它走，直到你负荷不起，非回来不可，回来了就万事大吉，你就如释重负，就轻松了。这时候你才觉得土地是比人还要固执的，它既生养了你，就要收留你，即使你死在外面它也要把你的骨头找回来，这就是人和土地的关系。他现在站立的地方是他当年千百次坐歇、玩耍和摸爬滚打的三岔路口。他顺手扯一截草根衔在嘴里嚼，嚼着逝去的和正在到来的日子，苦涩中又有几分清甜。腮帮一鼓一鼓地动，猝然感到脚底下也有一种异样的骚动，随之一股来自地心的电流自下而上传遍全身；又似闻咯咯的笑声和叽叽喳喳的打闹声，还夹杂着哇哇的啼哭声。俯首细看，侧耳倾听，他明白了，他的童年的梦、童年的影子、童年的欢乐和痛苦全在这里。每一道石缝每一处草丛随处可见。风呼呼地刮来，是季候风，并不冷，倒像无数个调皮的伙伴热烈地拉扯他拥抱他；夕阳还没有落土，它站在远处山头，一脸微笑迎候他，瞩望他。太阳白日那么凶悍，气焰万丈，想要烤焦他这个赶路人；此刻却变成一位慈祥的老者，在即将逝去的时候，才显出对人间的无限眷恋和依依深情。它像在忏悔自己的过失，因为它哺育了无数生命毕竟又毁灭了无数生命。人间总会宽容它的，人类白天不敢正视它，现在却要难分难舍地目送它远去。它走了，明天定有一个崭新的太阳升起，也许是今天的它，也许是它的儿子。但不管是哪一个太阳，对他这个从远方归来的人间游子将都会是另一种热情。他相信。还有袅袅升腾的炊烟，正从幢幢木楼的屋脊上伸出手臂，向他招手致意。他顿感脚背发烫，原来是自己的泪水滴穿了草鞋，浸湿了脚背。

他用尽平生之力，吹响了他的牛角号。号声于他的生活是告别也是开始。

他不知不觉地来到自家的门前。他拧亮了常年与身相随的手电，用一束生命之光扫射他的茅屋。手电光很微弱。这是一支永远与新电池无缘的手电，一支仅能启亮灯泡，电池在火边烤了又用、用了又烤的手电，一支在荒野里行走足以使萤火虫误以为同类的手电。于是，一只害着病的萤火虫便贴在茅屋有气无力地飞翔，最后终于飞不动了，停在那扇门框上喘息。家已不成其为家，长年无人居住、修理，屋顶的茅苫已天窗洞开，如无数筛眼、筛雨、筛雪、筛日月星辰，也筛人世间的寂寥和苍凉。板壁是木条扎就的，每道缝隙都是风自由往来的过道。门没有上锁，在他离家时仅用一根山藤绊着，藤条已经朽烂，但两扇门仍忠实地紧闭着，这样的屋不配有一把锁。他的家不值得偷，用不着防范，任何加固门窗或上锁之类的防范只能是主人自找麻烦，盗贼是不会光顾这样的门庭的，否则就可能倒运。因为，这里除一座摇摇欲坠的屋架以外，里面已无一件值钱的东西。找一只老鼠也是妄想。老鼠固然可恶，但它的可恶或许不在于它的破坏性，而是十倍于人的势利。就一个寨子来说吧，如果你家的老鼠最为盛行，那么说明你不是首富也至少开始发迹，你该为自家的财富和福运庆幸才对，大可不必与鼠辈们过不去。如果都像这样的人家，那岂不是天大的悲剧，真正的悲剧不是人类，而是鼠类，鼠类必定绝种无疑。

他没有进屋。他要让过去的岁月多封存一些时候。他穿过荒草萋萋的坪场，先去队长那儿报到。萤火虫指引着他。

"老庚！老庚！"一袋烟工夫以后，他就站在队长的屋坎下喊人了。

大门吱呀一声敞开，又吱呀出一张四四方方的脸盘来。此人正是队长。他与矮子同年同月同日生。从外表上看，一切正好与矮子相反，个头高高大大，想必下面那个东西也不会小。分明是造物主偏了心的。按乡下习惯，二人自然是天生的一对老庚。论情分，老庚是比兄弟疏一层比朋友亲一层的关系。对老庚的到来，队长并没有显出热情，而是板着一副脸。

"矮子，乱喊些什么？！"队长训斥道。原来他是不屑于做矮子老庚的，矮子要和他做老庚纯属一厢情愿。

"嘿嘿，嘿嘿！"矮子一味涎皮涎脸地傻笑。

"这几年你都死到哪里去了？"

"哟，几年不见，怎么乖话都没得一句，开口就骂人，你这个老庚是怎么当的？"

"哪个是你老庚！再老庚老庚地喊，老子撕破你的嘴巴！快讲，到底来搞什么？"

又是"嘿嘿、嘿嘿"一阵之后，矮子委屈地说："我那碗饭硬是吃不下去了！"

"嗯？"

"运气越来越差，一天寻不到个事主，这日子怎么过？"

"嗯？"

矮子略一踌躇，终于道明来意："我还是想回来做阳春。"

"你早就应该回来做阳春的！"队长居高临下、声若洪钟地说，"哪个要你鬼搞神搞地不务正业？那碗饭是好吃的吗？晓得回来就好，明天就出工，到牯牛坡挖生土！"

矮子如获救一般，自然满口答应明天去挖生土。

二

通往牯牛坡的路如一条懒蛇，上工的队伍也如一条懒蛇。阳光懒洋洋的，风也懒洋洋的，天地间尽是一派懒意。路程不算长，但人们希望它能更长些，因为不外乎是打发一天时光，把时间和精力与其消耗在地里不如花费在路上，这要松活得多，惬意得多。当然，要一步一步丈量完这段山路并非易事，须得靠脚力，还得外加一些活力，诸如抢抢白、打打趣、说说笑话什么的。山里人笑话有的是，要多少有多少，可谓取之不尽，用之不竭。人人满腹经纶，一个肚子就是一间装笑料的仓库，还愁没有笑话吗？今天的笑话是从矮子身上开始的。他夹在队伍中间，搬一把锄头，还用一根麻绳左肩右斜地挎着那支牛角号。牛角号呈生长姿势一头顶着他的腚部。走在后面的人便有了联想，于是说：

"矮子，牛角长在牛脑壳上，怎么长到你的屁股上了？"

矮子照例"嘿嘿"地笑，有几分得意，随即牛角就换了位置，长到嘴上了。他运一口气马马虎虎吹一声，哩哩噜噜如放屁。

似乎后面真有人闻到了屁臭，便抢白道："前面哪个的屁眼扎紧点。要打屁到后头来，莫熏人。"说话的是队长的老婆，人称"七姊妹"。山里有一种辣椒叫"七姊妹"，个儿比小拇指还小，但最辣，可见起这个名字的人也有多辣。此人吃得做得，长得腿大腰粗，两腚滚圆，结实如母牛。人才二十出头，却一年一个地生了三个崽，仍风韵犹存，不显老，恐怕再生十个八个也不在话下。

矮子听出含沙射影说的是自己，便反唇相讥："老庚嫂子，你生儿生得不耐烦了吧，嫌多了是吧，要不要请我帮帮你？我好久没摸刀子手板心正发痒哩，刀也快长锈了。让我给你来一刀，算帮个忙，不收工钱。"

　　人们捧腹大笑，不知不觉脚步加快，那条懒蛇随之抖擞起来，路程一下子缩短了。

　　"七姊妹"涨红了脸，拾起一块石子要打矮子，矮子溜得快，早已逃出她的射程之外。

　　嘻嘻哈哈之中，牯牛坡到了。

　　牯牛坡原是一架荒山，只因队里要以山还土，才于去年冬天伐倒杂草杂木，砍了火畲；待草木枯干又放一把火烧了荒，接下来的拓垦，就是挖生土。

　　挖生土的人们在山脚一字形排开，如一道散兵线，这也是一场征服山头的战斗。锄头是枪，烂岩壳是堡垒，树根是敌人。

　　推进的速度是极其缓慢的。这里没有冲锋，也缺少尖兵和勇士。永远无人领先，不管男女老少，大家都齐头并进。少不了你看我，我看你，大家都会做样子，仿佛这不是实地挖土，而是在舞台上表演，你把锄头高高举起，轻轻落下，我也照样做得分毫不差；你频频地挂锄而歇，我撑锄头把的水平并不逊色。大家的锄把都一样结实，是上好的柞木做的。锄把的主要用途是为人们创造一个理想的休息方式，在劳动的间隙给人体以支撑，至于挖土则是次要的，看，每一根锄把都弯曲得恰到好处，这是人们多少次努力的结果，它大部分时间呈直立状态承受滑头和偷懒的重压，可是久而久之驼背了。山里人并不缺少力气，问题是在什么场合，这是极有讲究的。自然是一个比一个聪明。该大方的地方大方，该吝啬的时候吝啬。力气有公私之分，有白天晚上之分。白天属于公家，晚上属于自己。比方说，这块土地是集体的，众人有份，你凭啥要下死力去多挖？这不是变向多贪多占吗？所以，此时用力千万大方不得，而你的那块自留地呢？那就随你倒腾了，人家管不着。一天的以逸待劳，你的精力不是节省加储蓄够了吗？这时候该不遗余力地施放出来，该汗如雨下一番了。这是真理，是法则，这真理同法则在那个年月里是无人不知无人不晓无人不如此效法的。唯独不懂的是矮子，他以为劳动就得像个劳动的样子，而且他还存在一个评定工分的问题。他必须给人一个好感，以免评分时吃亏。这里的工分分三个等级，青壮男子为头等，妇女二等，老弱病残者三等。就年龄而言，矮子的工分在头等线上，因他力不如人，所以得尽心尽力去做活，方可弥补体力上的不足。他十分地卖劲。他的进展工效已经超过众人，凸出几步，于是一条笔直的散兵线被他扭曲了。他是这里的尖兵，是勇士，是英雄。仅凭这一点，他够评头等工分。

但众人仍沉得住气，保持阵脚不乱。一种群体的耐心早已养就，相互间高度默契业已形成，这是不易改变的。他们仍我行我素，稳扎稳打地前进着。从素质来看，这是一支善于防守的队伍，具有坚守阵地的顽强，而缺乏进攻的锐气。他们对矮子的行为从内心报以冷笑。

工地上渐渐嘈杂起来。有人无处不嘈杂。这里没有一条禁止说话的禁令，这里永远地嘈杂。起初是窃窃私语，交头接耳，这里那里都在说话，几乎没有一张嘴空闲，继而音量升级，逐渐形成吵嚷之势，竟还有人肆无忌惮地对骂起来。山里人肝火旺，一句话不对头就能点燃。原来是两个男子为一件鸡毛蒜皮之事翻了脸，争得脸红脖子粗外加太阳穴青筋突跳。相持不下时便动起锄头，恶蛇抵杠般地对峙着，四目毕露凶光，如四柄利剑对刺，锋刃碰击铮铮有声，各人都要将对方刺穿斩碎，方能解杀父夺妻之仇。其实都是样子做得凶，谁也不敢先动手，皆懂得先动手为犯法。队长自然要出面调停。他制止这类纠纷极有经验，根本用不着理论谁是谁非，否则交给神仙也永远无法裁决公平，何况人并不比神仙高明。队长本意要各打五十大板，照例开口不忘念伟人语录："要团结，不要分裂……"这话等于对牛弹琴。见二人做偏不团结偏要分裂状，便吼一句："再吵，再吵就扣你们的工分！"这一招很灵，如一瓢冷水，将两盆怒火浇熄了。不过，千万不要以为吵架双方从此会记恨结仇，不会的，倘若这也值得记仇，那么每个人心里的仇恨早已积成山、汇成河了。他们还得在同一片天空下同一块土地上相处，有时还免不了合作，低头不见抬头见，如嘴里的牙齿，哪有不磕碰的时候。吵过了也就算了，毕竟不是你杀我父我夺你妻的大事，事后一根烟一声招呼就会烟消云散，言归于好。这就是山里人，有时心胸狭窄得纤毫难容，气量小如针尖；有时却出奇的宽宏、豁达，能做肚子里撑得船的宰相。

嘈嘈杂杂之中，午休的时间到了。

人们纷纷弃锄回家吃饭。生活固然拮据、匮乏，还不至于断炊。这里仍习惯吃三餐，一个苕一个粑粑也算一餐。妇女们是非回不可的，家里有嗷嗷待哺的婴儿牲口，要去送奶上食。那些男子呢？本来是可回可不回的，苕和粑粑完全可以拿来地里烧吃，何必要吃家里烧的。未必甜些香些？如此理解他们必定错了。一定要回的。看看他们是如何回去的吧。动身之前，他们在地里还得忙乎一阵，拾掇一堆挖得的柴蔸装满背篓。趁午休往家里送柴才是他们回家的真正用意，省得专门抽空来。属于个人的时间是一刻也不能放过的，一天送两趟柴，中午一趟晚上收工一趟。这真是一举两得，又得柴火又得工分。

只有矮子没有去处。几年的江湖生活他都只吃两顿，但也没见他节省多少粮食，好比抽烟，不买烟抽的人也不见得节省了烟钱。农业社的诸多规矩和习惯矮子尚未适应。他有过一时的茫然，不知午休时间如何打发。

这时，一个妇女突然喊道："矮子，到我家里吃中午饭去啰！"

矮子心里一惊一热，旋即推辞道："懒去得，懒去得，我不饿，多谢了。"他是执意不去的，不肯轻易领人的情，领人情等于欠人情，他怕还不起。

那妇女心里已明白矮子不会应请，便更加热情相邀："去啰！去啰！"喊得极恳切，极真诚。一时间，那女人的话感染了众人，也似乎是提醒了众人，或许皆觉得在为人上不能落后他人，也不该少了这份热情，便相继跟着喊："去我家啰！""去我家啰！"个个亲切如兄弟，如爹娘。

矮子有点应接不暇，身子飘飘然如在云里雾里时一般。他急忙使出江湖上的招式，连连抱拳作揖致谢："不去了！不去了！多谢！多谢！"

人们认定矮子是真心拒绝，决不会应邀的了，于是更加热情高涨。他们俨然是在邀请一位难得的贵客、嘉宾；又像抢购一样俏货竞相呼喊，声浪一浪盖过一浪，只差没有喊万岁。四周群山也加入了呼喊，彼此大声地遥相呼应，证明在好客方面是丝毫不亚于人类的。场面极动人，纵然皇帝驾到也恐怕难得这般礼遇。

如果再推托下去，就实在太不给人面子，太不近人情了。几乎在一种盛情难却之下，矮子万不得已答应了第一个邀请他的人："那好吧，我就去你家里吧。"

那妇女一听反倒面露难色，迟迟疑疑地说："不过，我家里没有什么好吃的。"

这是中国人惯用的一句谦辞，即使设龙肉宴也不例外。此种场合矮子是见多了，便不在乎地说："随便，随便，你们吃什么我吃什么。"

于是就跟着东家去了。

家里果然没什么好招待，吃辣椒汤泡苞谷饭。这于矮子已够算一顿肴馔。他的心情和饿牛吃盐水草一样兴奋。他吃得很开心，很开胃，这算对得起自己的肠胃了。苞谷饭给他注入了无限热量，于是整个下午挖土干劲不减。

第二天是第一天的重复，还是挖生土。山里人的日子就是由这些无数相同的程序连缀的。太阳是山里的时钟，人们忠实地执行着它规定的作息时间。当城里的钟表指针重叠在十二点的时候，大概这里太阳当顶，这就是中午。中午照例要回家吃饭，矮子等待着一场更为热烈的邀请。他准备好了应酬的办法，为此他费了一夜心思，他已经开了头，去了第一家，那么就得去第二家，第三家，直至家家轮遍。他得一视同仁，不能亲一个疏一个，看得起你看不起他。他现在是把吃排家饭当赏人面子给人恩赐的事情了。午饭既有人请，他便有意不吃早饭，为自己节省一顿，上午让肚子受点委屈，以便早上损失中午补。他想得很美。但是事实结果呢？他想象的那种场面根本没有出现。昨天山呼海啸，今日风平浪静。人们只顾自己回家，忘了矮子的存在。一切都很正常，毫无异常迹象，他呢，却万分地惊疑。人皆是昨天的人，心已不是昨天的心。打个照面，人家依旧笑颜常开，笑得绝对亲切，看不出半点冷漠，更不像笑里藏刀。但就是不见一个人提出邀请。大山也沉默着。山的沉默是情有可原的。山不过是一只鹦鹉，向来只看人类脸色行事，只会学舌，只会附和。

人们陆陆续续散去。工地上，只剩矮子一个人茕茕孑立，形影相吊。说他是一个鬼更恰当些，许多场合总是人鬼难分的。工地岑寂下来，整个沉沉的深山也显得鬼气森森。他孑然的影子鬼鬼祟祟，俨然从地里钻出的一个小鬼。他在窥视深山，窥视人间。站在鬼的位置上更易看破红尘，他是看透的了，看透了人间的虚情假意。人类会无数把戏，那笑是一种，甜言蜜语又是一种，两者加起来深奥莫测，令人捉摸不透。人的耳朵又善于轻信，只能装好听的、恭维的、顺耳的话。比如他矮子的那双耳朵吧，人家喊你吃饭无非是一句面子话，你就当真了，以为自己真的成了菩萨身价百倍无比神圣专吃供果了呢。见你越不去越要叫，这才是人之常情，其实越叫你越是怕你去的。结果你去了，你违反了常情，去了一回去不了二回，哪个也不敢叫你了。一切都是你自找，自作自受。你要恨别恨别人的嘴巴，还是恨你自己的耳朵吧。

矮子蜷缩在一个罩岩脚下，想睡一觉，睡不着。于是目光从岩脚里望出去，望见一片浩邈的云天。他很自卑，在偌大的深山里感到自己极其渺小和低贱，甚至猪狗不如，继而又莫名地恐惧。刚才还是人声喧天，现在却死一般静，担心自己随时会被一只野物叼走，自己没得午餐，反倒做了野物的午餐。想到这里，他开始诅咒起来。咒天，咒地，咒人，咒中午，咒一切，唯独不咒自己。他的牛角在召唤他。他走进神气十足的岁月。但好景不长，仅仅一秒钟时间，他又回到无限悲哀的现实中来。不远处的地边，有一棵烧死的青枫树，不知哪一位手下留情，砍火畬时放过了它，一场野火只烧去枝叶，而剩一根焦黑的树干孤零零地站在那里。他的牛角就挂在那棵树干上，风正漫不经心地摆弄着牛角，又不时地吹得呜呜直响。风吹牛角的水平远在他之上，那声音分明带着讥讽意味，一反他缠绵悱恻的气韵。他很生气。那风像是有意惹他生气，气死他，便更加得意地狂吹起来。他眼睁睁看见有一股强劲的气流从号管中嗖嗖通过，吹法定会使人类的一切劁猪匠自愧不如。山里只有野猪可劁，这时候所有的野猪早已闻风而逃了。风吹牛角无形中给他壮了胆，鼓了气。他钻出岩脚，伸伸懒腰。一伸腰肚子就全空了，极度的饥饿感使他一阵心慌、晕眩，饥肠辘辘，五脏六腑翻腾，如果再不填补食物，肠子就要饿断了。他饥不择食，忙乱中凭空抓得两把葡萄，一粒粒晶亮如珍珠，隐隐又微带紫红。他抑制不住狂喜，舍不得即刻吃，便如数家珍般细数起来，数一遍十个，数两遍十个有多，连数几遍数不准确。他想将它们垒成堆或者穿成串，以便慢慢消受。但无论如何努力也是徒劳，既垒不拢也不成串。他很沮丧，一气之下张口就吃。先吮一吮，吮得津津有味。他依稀记得小时候吸吮过这类东西，能吮出甜甜的汁水，细想那东西长在一个女人胸前，叫奶奶的。光吮不过瘾，便要吃那葡萄。一咬，皮破了，一股咸液潺潺流入嘴里。手心蓦地针扎般疼痛，一惊惊出满手血水。吃了半天，原来吃的是自己手上的血泡。但他仍把它们当作葡萄一一送入口中，咀嚼着他的用血泡凝成的日子。

　　这山里，除了矮子，还有一只鸟，小小的，很不起眼，仅拇指般大，灰色，无疑是鸟类中最小的或者没有长成器的鸟。它的翅膀窄窄的，又薄如蝉翼勉勉强强能飞起，飞时整个身子如一片风中树叶，轻飘飘的。鸟以虫为食，但你会怀疑它能否斗得过一只蚂蚁或一只蜻蜓，甚至担心它如何在这个自然界中存活下来。现在，它停落在与矮子几步之遥的木桩上，人与鸟对望着，各自想着心事，在小鸟看来，它与人正面临着同样的处境，都是失魂落魄者，于是它的眼里流露出同病相怜的忧伤。矮子却看不起那只鸟，睥睨着它，相形之下，觉出自己无比高大，于是陡然来神。"你有个鸡巴用，没有人家卵子大，不如死去算了！"他对那只鸟说。鸟不懂人类语言，仍友好地望着人。太阳阴下去了，风瑟瑟地吹着。人和鸟都感到有些冷。人抵御寒冷有方，便拾来干柴燃起一堆篝火。火为人类独有，给人类以光明和温暖。火自然常常也给动物以无限温暖，温暖成人的熟食。眼下，火在微笑。人敞开胸膛贴着火堆在烤火，他拥抱着火，用红色的火光镀着全身。鸟呢，却在好奇地打量着火。火于它是陌生的。但它已感到了来自火堆的热气的包围，这使它很舒服。它刚淋过一场春雨，沾满水汽的滞重的翅膀渐渐轻松起来，于是它有了一种要亲近那堆火的欲望，但又不敢轻举妄动。就这样，人与鸟隔火相望着，久久地相望着。最后，鸟儿只好望火兴叹；而人呢，人的本能，人的天性促使他望出一个阴毒的念头：要吃掉那只鸟。他开始算计。因为无套，无枪，所以要得到它也就无望，最好它能像飞蛾扑火一样投火自焚。他天真地想着。那鸟果然天遂人愿地抖翅飞来，熟练而毫不犹豫地落入火中，霎时鸟肉的喷香在山间弥漫。鸟儿还在轻轻扑腾，一如平时敛翅归巢时的情形，它归的定然是个无比温暖的巢。人的阴谋由此得逞。这完全是意料之中的事情，他得意忘形地笑着，权当老天爷送来的午餐。他用木棍夹起那只烧焦的鸟，拍打拍打，便囫囵吞枣般塞进嘴里。在塞进嘴里的一瞬间，他就知道上当了，明白这不是上帝的恩赐，而是惩罚。分明吃的一颗酸果，酸得两排牙齿只差断落。他把面部肌肉向一边移动，五官全改变了位置，以此制止酸楚。他的努力失败了，纵然五官挤成一堆也不济事。他便下死劲一呕，将鸟连自己的苦胆水一并吐出。鸟儿是一只完整无损的鸟儿，不曾落地就扑棱棱飞

独木桥

265

走了。他惊得冷汗淋漓。定定神，摸摸脸，又摸摸腮帮，都好好的，都还在原来的位置；牙齿也是整齐的两排，一颗不缺，只是牙根仍酸酸的。他再去烤火，火却变了脸，顿时转笑为怒。它不再散发温热，而倒像一座冰山，既耀眼刺目，又寒气逼人。

三

又一堆篝火，熊熊地燃，燃的是木油树枝。树枝和树干分家以后，又和树籽分了一次家，送籽去油房榨油，自己留下做柴火。火是冥冥世界中的一个亮点，一个小洞。那小洞里贮藏着山里人的一半日子。这时候，就可以看见人们聚于火边。他们好像专为火而来，来了就靠火坐下。于是一团火团结了大家。

这就是每晚必开的乡会。这就是山里人的夜生活。也许此刻我们的国土上有无数堆这样的篝火，也许全中国都在雷打不动地开会，让本来属于睡眠的夜晚人为地清醒着，其效果却适得其反，清醒了时间，糊涂了大脑。在那个年月，会必不可少，宁多勿少，多多益善。上帝赐给了我们东海、南海、北海、渤海，我们还嫌不够，自己还要造一个海？会海。这个海无比辽阔，自然属性的四大海的总和恐怕也远不及它。它遍及之广，蔓延到国度的每一个角隅，哪怕是再边远的高山也不过是它的一个岛屿而已。我们可以荒废土地，但万不可以荒废头脑，不可忽视武装头脑。那时有一种最时髦的东西叫觉悟，又叫精神境界。这是我们的发明和创造，为我们所特有，由此我们理直气壮地宣称"民以食为天"这一人类基本定律不适用我们。我们是一个独特的仅依赖精神足可以维持生存的民族。只要有了精神，就有了一切。比方我们需要提高粮产，首先得提高觉悟。觉悟是水，粮产是船，觉悟高了粮产就自然水涨船高。就拿这个地处边远的小小上山寨来说吧，因为人的觉悟不断提高，所以年年增产。但有一个现象又很奇怪，往往粮产越高而下到每家锅里的米却越少。久而久之，山民们反倒怕增产，怕富，怕有饭吃。原来产量高低全凭队长意志使然。他说高就高想高就高愿意高就高高兴高就高，否则就低。但没有否则的时候。粮产完全是一种精神现象，与自然界无关。纵然天老爷使尽法术要它减产也办不到，你十年九灾十年九旱十年九涝，全不影响产值。产值照样增长。如不增长除非队长精神失常或者不想继续当队长或者死了往上爬接替大队支书位置的念头。

位于寨中央的仓库一头装得四壁合缝，盛着全队人的口粮；一头敞开，就燃着这火。仓库两头各分了工，实的那头每月出一次口粮；虚的这头一天出一次精神食粮。一个月才出一次的口粮当然不够吃；而天天必出的精神食粮自然永远有剩，吃不完。吃不完就兜着走。原来这句话可以恰到好处地用在这里。

一副屎桶很委屈地底朝天搁在靠近板壁的正中。这屎桶在秋天的田野里接受谷禾的扳挞，嘭嘭地高唱好像丰收其实歉收的歌。秋收一过，它就闲了，从此不务正业地倒扣着，心甘情愿让一张小木凳骑在身上，一起做神圣的主席台，支撑山寨的上层建筑。该讲究的地方尽量讲究，开会就得有主席台，这样显领导尊严。这时候，一寨之主落座了，他先把一个洋油桶制成方的炭盆搁下，然后不紧不慢摊开大张小张或薄或厚一摞文件、报纸之类的纸张，然后嗯嗯地开腔了。话是从那些纸上从广播里从上级的嘴里学来的话，大话空话假话虚话粗话鄙话一起说，台下是大人小人老人男人女人一齐听。开会有两分，是白天六分的三分之一，如果不把屁股搬来不把耳朵带来就少了这三分之一，那么实际上少的是身上穿的手里花的嘴里吃的。当你假设一下日子缺少三分之一是如何一种境况你就不能不来。当然，既来之则安之，五官中除了耳朵应该尽职其他各官可放任自由，或窃窃私语，或闭目养神，或扯臊。还有手，妇女们的，手里不是纳着永远纳不完的鞋底就是卷着永远卷不大的麻团。正所谓忙里偷闲、见缝插针指的是这类行为。时而有娃儿尖哭，唱对台戏一样打断了队长的话。制止这哭自有妙法，只见一只麻袋似的奶子唰地亮出堵住了哭。对此队长是宽容的，因为奶子往往有他最熟悉的一只，说不定唱对台戏的正是他的小儿子。不能容忍的是那些睡觉的人们，尽管他的声音敲锣般撞在他们的耳膜上，但这正如撞在他身后的板壁上一样毫无回音。他又无可奈何于这些睡神。你把他捅醒看看。你说他睡他说他没睡。你问没睡为什么闭着眼睛？他说是用耳朵听你讲话又不是看你讲话管闭眼睛什么事？你说没睡你问他你最后一句话讲的是什么？他竟回答得出是什么什么什么，一字不漏。但适才闷重的鼾声和现在残存在嘴角的涎液足以证明他到梦乡打过转身的。这就怪了，也使队长为难了。他恨不能颁布一条限制眼睛自由的法令。山里人不知什么时候养就了这种本事，站着坐着都能睡觉，入眠了心仍醒着，即便闭了眼睛也未必瞒得过发生在他眼前的什么事情。如此一来队长只好默认了睡觉的合法性。今天的会议一如往常，所不同的是出现了一个唯一的忠实听众。他就是矮子。在两个钟头之前，他急急地出门来开会，路经别人家门被人拦住问："矮子，你搞什么去？""开会去！"他神气地回答，俨然一个全国某高级会议的代表。人们就很惊讶："开会？去这么早？""早么？"他比别人更惊讶："天都断黑一阵了，我怕是去迟了哩。"他最先到达仓库，那堆火就是他生起的，加了几次柴人们才羊拉屎似的姗姗来迟。在对待开会的问题上，矮子持的是和劳动一样认真的态度。他以为开会工分高低仿照劳动全取决于认真的程度。他自知在做阳春上欠人一筹，但他是全心全意去做的，这就和别人的三心二意拉平了，在听会上他就更不得落后于人，这一点他相信自己的耳朵。他本来背向队长面朝火堆而坐，为了以示认真，他把脸艰难地扭到背后，模样极别扭，像一颗不到位的螺帽。他把眼睛和耳朵的积极性全调动起来，眼睛捕捉着队长的第一个神态，耳朵张得蒲扇大，把队长的话全搜集在里面。队长呢，也实在难得这么一个信徒。他在念一份报纸，边念边自以为是地解释，其间不时地夹一句惯语："是不是？"完就把一个征询似的目光投到一个人的脸上。以往是得不到反应的，因为人们皆明白那是自问式的，并非真的征求哪个人的意见，何况这目光每每碰到的不是一个后脑壳就是一张有眼无珠的脸。今天的这一张脸有眼有珠，而且眼珠子特别的大。矮子以为是问自己，受宠若惊，便脑壳鸡啄米似的有米无米连啄直啄。

　　台上声嘶力竭，台下鼾声四起。一个远近闻名的鼾大王率先进入高潮。他的鼻腔里轰轰烈烈，时而煮稀粥，时而滚沉雷。雷声已把身边几位同伙惊醒，醒来一时忘了眼前环境，误以为天要下雨，即想起身去抢收一点什么。也有闲得无聊者，想找点事做。或出于嫉妒或出于恶作剧心理，便拾起一根细细稻草，悄悄探进鼾大王的耳孔，以迅雷不及掩耳之势一搔，又在被搔者睁眼之前迅速收回动作，旋即装得若无其事。鼾大王用一声短促而有力的雷霆结束表演，醒来第一件事是慌忙用手指再去探一下自己的耳朵。待止了痒，方知是阴谋。他开始心眼并用在众人脸上巡回侦查。这时候，一个当量很足的笑蓄聚在每个人心里，只差一声引爆。但大家都使劲憋着，憋不住先出声就要成为第一个怀疑对象。山里人在这方面的耐力也是惊人的。肇事者的笑比其余人隐藏得更深。侦查不出结果，接下去便是以火力试探，于是"哪个捅我老子捅他娘"一声骂出来。这触到了一个人人都忌讳的问题，一骂凶手就要原形毕露了。尽管凶手不挺身而出还击，但被捅的娘必定在旁边看见了听见了，她是沉不住气的，因为直接受害者是她。先回敬一句："人家娘关你什么事？"然后话锋一转："你要捅捅你自己的娘吧，还免得出门哩。"这又牵扯到另一个娘，于是又多了一张嘴巴加入进来对骂。骂到不可开交处，会场就乱了。众人哄然狂笑起来，笑声淹没了骂声。山寨虽穷却不缺少欢乐。这是会海中掀起的一层细碎的浪花。

如此闹剧是常常发生的。队长自然将一切看在眼里。这又需得他出面圆场。处理这类纠纷他用的是另一套经验，全不是工地上各打五十大板那样。从感情上讲，他的天平的砝码是放在肇事者一方的，那根稻草等于帮了他的忙，处罚了对他讲话的不恭者。看你还睡不睡！他心里说。别以为他这个芝麻父母官好当，从他平息一系列纠葛的经验上讲，足见他用心良苦。他一声不吭，也不愤不怒，脸色平静得很。他只管在那个众人视为命脉子的小本上记着什么，皆因无人知道那上面到底记了些什么，所以才觉得它无比神秘、高深，甚至可怖。还有那支笔，和本子具有同样魔力，它摇动的时候能摇得人心动，难道它不是众人的命脉？两者相加等于什么？经过山民的简单而又复杂的头脑的演算，得出的主观结论是救济粮和救济款，客观效果却是化干戈为玉帛。队长一旦当众在本子上写写画画或记数时，看那支笔单腿一瘸一瘸在那里走动，人们决不以为它在随意散步，而分明与村民利益有关。无数次事实证明是有关的。你就不由得要跟着默数，揣摸哪个步数属于自己。但你无论如何猜测不透，总觉得那笔杆在地上不停地画着问号，似问："你要不要救济粮？"或问："你要不要救济款？"要。你要。我要。他要。大家都要。没有一个不要。要就不要吵，不要闹。于是都乖乖地听话了，一场风波自然而然归于平静。

会议的第二个内容是千篇一律挂工分。人们固定工分，只要白天出了工晚上到了会就照旧不误记上你应得的那个数。唯矮子初次出工，要评分，这就多了一道手续。在这件事情上不知大家的境界都到哪里去了，竟无一人作声，好像矮子出了工而不愿给他工分。矮子有些着急，急出大姑娘初次见对象时的羞涩和忸怩，不想红脸偏要红脸地硬着头皮让人细看，又有些紧张和担心，如犯人面对法官，身子不想筛糠偏要筛糠地等待判决。人们是不肯轻易表态的，他们和矮子无恩无行也无冤无仇，不想抬举他也不想得罪他。那么，只有兼审判长庭长职务于一身的队长发话了，由他说了算。一阵死寂之后，队长清一清嗓子，终于宣判了。看见他脖颈开始鼓动，这一声出来也许悦耳也许震耳，也许是福音也许是噩耗，矮子的心提到了和队长嗓门一样高的位置。看那模样，人们才知道世界上什么叫难受。

"我看给矮子评个二等工分吧，怎么样？同意的举手。"队长说完自己先举了手。跟着众人响应，也都举手。矮子自己不举，他那双手似太重，用力抬了几次抬不起来。二等工分，就是和妇女同等工分，是个不男不女不伦不类的级别。山里男女分工极严密，这就意味着往后生活中他矮子只能当配角！春耕时人家男的使牛掌犁，他和妇女一道腰间别个撮箕跟在其后撒灰播种，秋收时男的伸着腰杆挞谷，而他只有弯腰割禾的份。还有拖木，还有抬岩，都是男子汉做的事，他是男子汉却与此无缘。想起这些，他伤心得啜泣起来。俗话说男儿有泪不轻弹，看来队长的眼光是准的，凭这一点矮子就不能算男子汉，评二等工分没有亏待他。

会散了。一束束火把四面八处地去了。最后剩下队长熄火。队长的责任无处不在，针大的事情也要管，要不这怎么叫日理万机呢？熄火要水，附近有水凼，走几步就可以打着。但不用费那个劲，他身上带有自来水。于是解开裤带，用一泡长尿哗哗地冲熄了火。尘烟飞起，他便兜一裤裆灰回家去。

工分！工分！他娘的×工分！

四

矮子躺在自家天楼板上的草铺里，嘴里心里同骂。他装病躺了几天，其实是赌气。回乡来，原打算修缮一下房屋，去公社扯张砍伐证砍几根树锯些板子，装修板壁，铺地楼板，做个像样的家，从此好好过日子。不料一连几件伤心事，使他心灰意冷，身子也慵懒了。再出工时已失去了起先那份热情和干劲，学会了出工不出力和偷工减料。开会也一反常态，离主席台远远的，且公开背叛了队长，把个后脑壳朝着他。屋一直不见整修，一任风雨飘摇，他仅做摇床，竟夜夜睡成死猪一般。为防盗起见，他把口粮、衣物之类几样稍稍值钱的东西藏到楼顶干燥处。人自然更值钱，少不了把窠也要筑在上面。上下楼不用梯子，仅用一碗口粗的圆木直上直下接通空间做他的路。这路溜滑的，又十分陡险，尽头全靠一片细细竹篾扎系，故意不扎紧，松松的，上下时便悬悬地又晃又荡，随时有篾断路倾的可能。设置这条险路他是煞费苦心的，只有他和猴子能走，此地无猴，故不必担心猴子行窃；人类中的小偷，量他无那个本事，有本事也不值得冒那个风险。就这样，楼顶成了他的悬崖，他猴子般爬上爬下，往来于天地之间，走着他的人生。但这毕竟不是长久之计，如此下去成什么日子，成家、立业、安居，皆是问题。最起码莫指望着哪个女人肯走进这扇柴门。众人都想到了，难道他就没有想到？

与矮子的屋相隔不远，有一座同样的老屋，住着一位上了年纪的孤老太太，叫王婆。王婆出门，款款地往这边走来，远看以为她戴了一顶白帽子，近看才知道是满头银发。

"矮子！"王婆弓立在矮子的屋前，她是来劝矮子的，"你这屋怎么能住？你比不得我，我说不定明天眼一闭就去了。你的日子还长着哩，看这屋要倒要倒的，还不赶快动手整一下？"

"整它干啥？我当兵去！"

提起当兵，王婆的心里针戳似的疼了一下，眼前即刻出现两个当兵的儿子，大的去了朝鲜，小的去了西沙，都没有回来，政府从此把一块"光荣烈属"的红牌挂在她的门楣上。虽吃着五保，每月还有固定抚恤金，但她的日子仍有几分可怜，几分悲凉。

　　"唉！"王婆长叹一口气，是为矮子叹的。矮子若考得起兵当然好，他光棍一条，无牵挂，当了英雄无人欢心，即使战死也无人伤心，无人可怜，也不会留下她这么一个伤心可怜人。但凭他的个子，考得上吗？除非癞蛤蟆吃上天鹅肉。王婆知道矮子一定受了人的怂恿，那些人真作孽，无良心，开这样的玩笑，把矮子不当人。王婆不便直说，怕伤矮子的自尊，她只好又长叹一声，走了。矮子呢，并不觉自己矮，以为自己很伟岸。他在等待时机。

　　一年一度的征兵开始了。山寨引起了小小的骚动。是冬天。每年这个时候，那些有适龄青年的家庭就惶惶不安。自从王婆的两个儿子牺牲的噩耗传来，以后，这地方征兵也难了。人们视当兵如过鬼门关，提起当兵就习惯地联想到死亡。于是，"有铁莫打钉，有儿莫当兵"一句俗语就成了山寨的座右铭。人们都以王婆为戒，哪怕膝下七条八条汉子，也不肯轻易放一条出去。但男子到了服兵役年龄皆要尽义务，要去体检。于是做父母的就要苦口婆心开导，劝说，只要能逃脱那一届兵，他们什么都做得出来，甚至不惜给儿子下跪喊老子。躲兵的办法有的是，或要其装病，或借口学手艺临时打发到远处暂避一阵，风头一过又回来，回来自然什么手艺也不会。不能装病不能逃脱的只得去体检，一体检，好好的一个后生愿意装聋子装色盲由你，这样也容易过关，全不必要像老辈人躲壮丁，故意砍断右手食指打不得枪，或弄瞎左眼瞄不得准。如今这样无端弄残自己不值得。但在当兵和观念上，年轻人与父辈相悖，总经不住那树叶一样碧绿颜色军服的诱惑，都想离开这小小贫穷山寨到山外去经经风雨，见见世面。运气好的话，两个口袋换个四个口袋光宗耀祖也说不定，所以，有的就违了大人训导，做了逆子，竟一个两个检上背着父母走了，明知身后有一双两双眼睛流泪也顾不得，便到了远处近处，这里那里。一旦驻扎下来，于星月下执勤站岗，免不了对空凝目静思，这时方看见熟悉的泪迹满面的脸哭肿的眼睛了，便扯起衣袖想去拭，一拭拭的是自己的眼睛，也湿了。凡去的人有的得志，有的失意，回来的多，不回来的少，不回来的也并非一去不复返，而是成了军官，娶了城市姑娘做妻，在外面安了家，三年两载才可以回来探一次老家。本是一同选择生活，最终被生活所选择，把过去地位彼此彼此的人们各自放到不同的位置上。由此又都争着去当兵，千方百计变着戏法反过来作假蒙骗医生的眼睛和耳朵，连真正的瞎子聋子哑巴也企图想去碰碰运气。矮子虽不瞎不聋不哑，但就个头和体重来说显然不合标准，实际上也属于这一类货色。

矮子去大队报名。管报名的是个心直口快的人。嘴里打破，其实是想劝矮子别白费那个劲。便说："你的年纪不是过杠了吗？"

"我一次兵都还没考，怎么就过杠了呢？"

"你的老庚都过杠了，怎么你还没过？"那人是依据队长的年龄推算矮子的，他知道矮子和队长小时候曾以老庚相称。

"哪个是他老庚！我们早就不是老庚了，我比他小。"

"小好多？"

"反正小。"

到底小不小，连矮子自己心里也是一笔糊涂账，他并没有看见自己和队长出生。

"怕是你体重也不够吧？"

"称都还没有称，你怎么晓得不够？"

矮子是执意要去当兵的，那人被纠缠不过，只好让他报了名，心里却替他难受。

矮子兴冲冲地去了公社体检站。他得到一份体检表。第一关是外科。当排队轮到他检的时候，他昂扬地往磅秤上一站。

那穿白大褂戴白帽负责过磅的大夫抬头一看，以为是个小孩子捣乱，便毫不客气地吼道："干什么？走开！"吼完就用手推矮子下秤。

矮子理直气壮地说："我是来体检的！"便把体检表递给大夫，复又站上磅秤。

大夫一查名单无误，便无可奈何将秤的星码放到一个合格的重量上，那秤杆竟高傲地翘了起来。他好不疑惑，便上下打量矮子，见矮子右手紧紧护住裤袋，口袋鼓鼓囊囊地凸出来，于是心里便有数了。

"口袋里装的什么？拿出来！"

偏不拿，还要嘴硬："没装什么。"手却不愿离开口袋。

"没装什么？我不信，不拿出来就不让你过关。"大夫说着，手伸过去，即触到了一个硬硬的沉沉的东西，强行地取出来，原来是个大秤砣，

独木桥

273

足有七八斤重。

矮子一下露了马脚，装出哭相求大夫留情。

大夫却说："不光体重，还有身高，一看就不合格。"

"不合格量量看。"

于是又量身高，量时矮子拼命踮起脚尖，再踮也枉然，左量右量不足一米四。

眼看第一关就被刷下来，矮子急得真想哭，知哭无用，便一屁股盘坐在磅秤上要赖，非要大夫在那体重身高一栏里填上"合格"不可。

大夫心里好气又好笑，把矮子当个小孩子来哄："明年再来吧，再长一年就够重够高了。"

终因矮子不是小孩，哄不听，大夫又灵机一动，改用严厉的口气吓唬道："今年这批兵是开到前线打仗的，子弹不认人，一枪崩了你，后悔都来不及了。"

哪知矮子不吃这一套，反倒来劲，一句话把大夫的嘴巴堵住了："打仗我怕个鬼，我就爱打仗，死都不怕。"

也许矮子是说真话。他不怕死。世界上怕死的人多，不怕死的人少。不怕死往往能当英雄。可惜矮子命里注定不能成为一个军人，可惜军队里少了一位英雄。他只好怏怏地回去。

一路上，矮子满腹懊丧、失望和惆怅，脑子里一片空白。他时不时回首顾盼，看着自己的影子紧跟在身后。太阳越升越高，将他的影子越拉越长。他站定，凝视那影子，确信那高大的影子就是自己。他一阵欣喜若狂，以为有神来助他长高，便疯了似的跑回体检站，要重新量身高。他并不进屋，而是站在门外的阳光下，指着自己的影子大声喊："医生！你看！你看！"

大夫和众人以为出了稀奇，都出门来看。此时太阳渐渐阴沉下去，照理说该把人的影子拉得更长才对，但太阳似乎存心捉弄矮子，把他的影子又缩回到本来的长度。待大家明白究竟，都报以哈哈大笑。矮子却不笑，眼怔怔地注视那影子。影子不住往短处缩，把他缩糊涂了。

五

考兵碰了一鼻子灰，矮子怄了好一阵气，心里恨死一个人，恨到想拖刀杀他的地步。但细细想来，又茫茫然不甚明白该恨的杀的究竟是谁，似乎不是人，而是个影子，忽高忽低忽大忽小变幻无常鬼魂一样的影子。这影子欺骗捉弄得他好苦，欺骗捉弄完了还纠缠不放，追他，撵他，他差点打落了魂魄，直到躲进楼顶方摆脱险情。摇摇欲坠的楼顶成了他的安全避难之所。如老鼠藏进深洞，他一上几天不敢下楼。他特别地惧怕白天，惧怕阳光，连茅苫上筛漏下来的星星点点的光斑也怕得要命。好在一连几个阴雨天解救了他，使他有充分的时间镇定安神。他不敢仰睡，仰睡就要面朝天花板，他担心来自天国的影子乘虚而入。他俯卧着，双手交叉做枕撑着下巴。他一直双目紧闭，直听到嘀嘀嗒嗒的声音在屋脊上在背上砸响才战战兢兢睁开眼睛，一睁开心里就踏实了。天阴阴，地沉沉。他揉揉黏满眼屎的眼皮，昏昏的目光从昏昏的屋檐下望出去，望过一片空旷的开阔地，一条弯弯曲曲的山径几乎是贴着屋檐出现在视野里。细雨飞洒，静静地，静静地。继而路上出现了一点两点牛影和披蓑衣戴斗笠扛犁耙的人影。人赶着牛，牛的长哞和人的呵斥声清晰可辨。这是一支熟悉的雄性十足的队伍。矮子禁不住有些激动，想加入到那队伍中去。他翻身下楼，下到离地面尚有一人高的地段不慎滑脱了手，皮多肉厚的腚部顺势狠狠挺到地上。并不觉疼，一骨碌爬起来冲出柴门，向那人牛混杂的队伍高喊："喂？喂？"

竟无人应他。那队伍径自远去了。

"你们起个卵神，不就是个打牛屁股的命！"矮子愤愤地说。此刻看到那些身材体重无可挑剔的男子同样没有考取兵，心里便释然了，平衡了，甚至有几分庆幸。枪子儿是不认人的。他想。既然不认王婆的两个儿子也就不会认我矮子。说到底还是人命第一重要，为什么要无缘无故去吃那个枪子儿？他一切都想通了。

矮子站在屋檐下，东张西望一阵，觉得无聊至极。他信步撞进雨中，想洗洗连日来的郁闷和惊悸。身后不见影子追踪，他放心大胆地走着。他忘了几天没吃没喝，身子很虚，走路时像醉汉头重脚轻。不知不觉被丛林拦住去路。是一片柏籽树，长得间隔不等，或疏或密，路一到这里就打弯了，东躲西藏地在林间穿插迂回。矮子却要走直路，结果头砰一声撞在一棵老树干上。那树疼得浑身颤抖，簌簌地掉下几滴泪水。矮子很得意，便端详那树，那树林。真奇怪，这么多树一下子挤到这来做什么？难怪此地树多不值钱，全是这些树凑热闹的结果。山里缺少一条让它们走出去的大路，只有冬天让雪压断，当柴烧，或任其就地朽烂。树的价值是和满山的石头并无二致的。此时，矮子又为另一奇怪现象所惊异，他看见位于林边的一幢孤零零的老屋了。那屋已经破旧不堪，屋架向一边倾斜，一根独木弓着腰拼命地支撑着它。独木也已老朽，它的气力是有限的，或许哪一天力不从心折断腰杆，那么屋场无疑要成坟场。摇摇欲坠的老屋和砍伐不尽的森林就摆在一起，惊人的节俭和惊人的浪费同时并存。矮子竟有些愤愤不平了。他仿佛听到了老屋在风雨中吱嘎嘎的呻吟，又听到林涛呼啸，像阵阵呼唤斧锯的声音。

这矮子，自己的老屋尚且泥菩萨过河自身难保，还杞人忧天似的替人操心。

屋的主人是王婆。矮子知道队长常来光顾，把抚恤金以及棉袄棉被等等五保用品送到王婆手上。老人孤苦伶仃，是需要同情和关照的。矮子也不缺乏同情心。他向王婆的家走去。

几分钟后，矮子在王婆那间昏暗的火塘边坐定了。他跷起二郎腿，一副悲天悯人的架势。在王婆面前，他要摆出和那个队长一样的派头。

"矮子，今天怎么舍得西走？"

矮子正仰头望着通亮的屋顶，一滴水珠攸地落下，他闪避不及，正好砸在他的眼珠上，清疼的。他匆忙移开板凳，半埋怨半关切地说：

"王婆，你这屋也太烂了，早该修一修，明天我跟队里……"

"哎呀呀！"王婆不等矮子说完就打断他，"还有脸讲我，你屙泡稀屎照照自己，看看你的屋怎么样？"

经这一提醒，矮子方记起自己的老屋来。屋，屋，我的屋，也老了吗？他的心在自家那根圆木上上下几遍以后又回到王婆家里。他觉得关心的责任还未尽到，便问：

"王婆，你老还有什么困难？什么要求？"

问得很有趣，队长每回来也是这么问的。当着队长的面，老人从来都回答"没得"。其实她心里有一个天大的要求，只是一直未敢启齿。她需要一个儿子。人的可悲莫过于无后。她每次都用一种母爱的目光看着队长，她是希望认他做儿子的。队长一直没有反应，论他的眼力和心计，应该察觉得到。但每次他总是例行公事般地来了，又去了。久而久之，老人的心思郁结成疾，而且感到这病是无药可救了。她对一切都死了心，只求余生不欠人情就算好事。今天，矮子又如此提问，起初她燃起过一线希望，当明白眼前是矮子时，那希望之光便稍纵即逝。她很干脆地回答说："没得，没得。"

人怎么会没有要求呢？人的要求实在太多了。比如他矮子，除了一条命，几乎一无所有。比他矮子可怜百倍的王婆哪有没有要求的？他不信。于是还要问，非问出要求来方肯罢休。

王婆被问烦了，忿忿地说："我要儿！要儿！你能给我儿吗？"矮子吃了一惊。想想也是。王婆命苦就苦在没有儿上。儿，儿，矮子满脑子装着"儿"。他的怜悯心渐渐上升为责任感。此时老人好像遇到了大难，需得他做一回好汉搭救，于是拍拍胸脯，说：

"你老要儿，我就给你做儿吧！"

"呸啾！"王婆差点把口水溅到矮子的脸上，又用厌恶的轻蔑的眼光瞪着他。

这使矮子更为吃惊。他不明白老人到底想要什么，似乎还有比儿更重要的东西。

"你不是要儿吗？有了我这个儿，可以为你养老送终哩！"

"哪个要你这个儿！"老人受辱般地怒吼起来。她是根本瞧不起矮子这个人的，这样的儿子不如没有。但矮子始终转不过弯，仍死皮赖脸地想做别人的儿。

后来，矮子被王婆用扫帚赶出了门。他很有些垂头丧气。至林边，忽想起打是爱，骂是疼这句话来，又不觉委屈了。一回首，见王婆倚着门槛在目送他，脸上再没有了适才的火气，他心里一热，脱口喊出一声"娘！"

那把使矮子胆寒的扫帚又在王婆手中高高扬起。

王婆没有让矮子做成儿，自己的老年哮喘病倒加重了，呼吸时如拉风箱，怕是难挨过这个冬天。在告别人世的前夕，她嘴里含含糊糊地喊"儿"，喊着喊着声音渐小，像追赶着儿子远去了。

安葬王婆成了村民们从未遇过的极其棘手极其麻烦的难题。老人留下遗嘱：她的全部积蓄只购置两样东西，一是夹层棺椁；二是鞭炮。人们遵嘱打开她的银行：一个镀过老人千万次手温的黑木匣，所有在场的人都惊讶得嘴巴合不拢眼珠子转不动了。这些厚厚的几大沓是钱吗？哪个见过这么多钱！恐怕全寨人的家当也不值它。人们清楚那是两条人命换来的全部代价。几个木匠连夜赶制了一副棺木，所花费的不过是薄薄的十几张票子，剩下的就由三个后生携着去买鞭炮，跑遍了附近的集镇买空了几家供销社，还不够，于是又进县城去买。这次空前的购买救活了一家濒于倒闭的鞭炮厂。全厂上下都指望多死几个像王婆这样的人。卖花圈的铺子却吃了醋，于是铺主都想转行。当满满的五大背篓鞭炮搁在王婆的棺木边时，人们又有了新的担心：这如何放得完？难道不要放三天三夜？为此大家感到又痛心又惋惜。老人节俭一生竟是为了这一时热闹岂不是太荒唐。但很快人们又觉得老人无比伟大无比英明了，原来她活得孤寂活得清寡活得可怜命不如人，却要死得隆重死得热闹死得气派超过人人，让所有儿孙满堂的老人企羡莫及。王婆的这一手绝了，哪个敢不叹服？！

少不了要给王婆修一座坟，建一幢永久居住的屋。从建坟的规模上看出人们是注重死而轻视生的！对冥世所花的工夫远大于现世。人们是为了死后能够享受现世的生活而精心铸造死者居住的王国的。人人都将一视同仁。凡人皆要死，皆希望有个好去处，好归宿。所谓穷活不如富死大概就是这个道理。但话又得说回来，假如用全世界的金子垒成宫殿让人早死去住，又未必有人肯干。山里修一座坟并不难，盖一座牌楼也做得到，只要力气加石头就成。山里独独不缺这两样东西。只几天工夫，墓的石料就备齐了。当然，修了墓并非万事大吉，那墓碑上要刻字，刻死者子嗣的名字，被刻上去的人先要披麻戴孝一步一跪牵引棺木上山，以后年年清明节还要来祭扫。一座香火不断的坟才算得真正的坟。人死成了鬼魂也得要活人供养的。所以在镂刻碑文时出了难题。王婆没有儿女。她孤凄一生到了阴间难道还要她做孤魂？不能！不能！这时候，人们都动了恻隐之心，一定得找个活着的孝子，非找不可，否则这人就埋不成。于是便共议，一议议到矮子头上。一个无儿，一个无媳，彼此结为母子，不就都成全了吗？何况矮子做儿心切，正好可了却他一桩夙愿。但有人提出异议，说这是强人所难，因为王婆活着的时候曾拒绝过矮子的。即刻有人反驳：现在干不干由不得死者，有人磕头有人戴孝有人烧香算她有福，只怕矮子记前嫌扮俏不干哩。众人皆觉此话有理，便又担心起矮子的态度来。

正在发愁之际，忽见人来报，说上山挖坟坑的时候，一只金翅膀小雀飞扎在坟坑里死了，挖者连"啊"三声，惊愕不已。人们的话题便转到坟地上，皆认为孤老占了一处风水好、龙脉旺的宝地，后人必兴旺发迹；转眼一想是个孤人，又觉好笑，一切兴旺发迹皆化为虚无。在信迷信方面，山里人心理是矛盾的，可以说又信又不信，皆信那是块宝地无疑，如兴旺发迹真能应验兑现，那么做孝子的人不争破脑壳才怪。但要人牺牲眼前利益去寄望于一件渺茫的事情，哪个轻易肯干？除非蠢包。蠢包有，矮子。有后人发迹的一线希望存在，或许能诱惑成功。于是由队长当面去说。

矮子听了先是喜形于色，继而悲痛万分。毕竟有了娘，自然高兴，却是个喊了无人应的死娘，娘死怎不悲痛？于是哭哭啼啼地看娘来了。娘已入殓，正欲盖棺，矮子大号一声趴在棺沿上，即刻痛哭失声。死者大概受了惊动，骤然睁开闭了几天的眼睛，眼珠圆鼓鼓的，闪着幽幽绿光，那光无丝毫善意，如两点可怖的鬼火，直逼矮子。矮子毛骨发悚，本能地倒退两步。他深谙那光的含义，那光与一把扫帚做配合，在他的身上心上留下了既痛快又痛苦的纪念。人们见状慌了手脚，忙乱地去抹死者的眼睛，抹了开又抹了又开，有精明者悟到了什么，赶紧把矮子支走并止了哭，那眼睛才渐渐关闭。一阵丁丁冬冬乱响，人们把棺盖钉牢了。

出殡这一天，山里格外冷清。无人哭丧，无孝子牵棺，只有几个老妇人立于路边掩面啜泣了几声以示悲哀。所有的炮竹都点不燃，昨夜落了一场豪雨，炮竹摆得不是地方，皆淋湿了，全成了哑炮。一个本来惊天动地的日子也随之哑然。这是活人死人都没有想到的。现在哭也哭不响。有人急中生智，烧一堆檀木叶子噼噼啪啪，其声远不如炮竹，但也不失一场热闹，算作对死者的补偿。

按当地说法，棺柩倘无孝子牵引，死者和附棺的鬼魂就赖着不走，送一个其重如山的棺柩给人抬，看你如何抬得动。山里没有经历过这种丧葬，不知是真是假，只好大胆冒一次险。为慎重起见，准备了两套人马。试肩时，未觉异常重量，便一声呜呼启程。下坡，上坡，路开始打滑。至一岩壳间，棺木骤然下沉，一时众人皆举步维艰。棺木正好卡死在岩壳间，又仿佛受了岩壳的挤压硬是纹丝不动。两套人马又轮番合力使劲也不能使它进一步或退一步。众人急了，皆以为这时非得有个孝子跪在棺前哭喊方能摆脱困境，于是差人去请矮子。去的是两个蛮子，说是请，其实是抓。矮子正在自己家里抹泪，被人莫名其妙地推搡出门，又不明不白胡乱套上麻布孝衣，拉着扯着按倒在棺材前。他的膝头不由得自动一弯就跪倒了，糊糊涂涂喊了一场"娘"！那一头人马齐心协力一使劲，棺材吱呀一声轻捷地弹出了岩壳。

六

　　两座山头互相遥望又互相对峙，互相亲近又互相仇视，这种局面恐怕维持了千年万年。这面山头是一间破破烂烂的茅房，那面山头是一幢石砌的黄色小屋。一条弧形小路像绚丽的彩虹连接了它们。往来于这条路的是一个人影和一个鬼魂。矮子的日子一半是现实，一半是梦。白日，母子天各一方，晚上才得以幸福团圆，不是母亲来就是矮子去。世界本来无阳间阴间之分，无昼夜之分，无人鬼之分，起码对于矮子是这样的。不具备矮子的处境，就不会达到矮子的境界。夜的墨汁把所有的空间涂得严丝合缝般漆黑的时候，矮子吃了晚饭，洗了脚，熄了火，跋拉着送给叫花子也嫌脏的破布鞋走进卧室去见母亲。他用天下统一孝子的声音千呼万唤他的母亲。母亲来了，总是冰板着脸，双唇紧闭，一声不应，眼睛定定地望着他，眼里分明有无尽的期待和渴望。矮子好生费解，想了七七四十九天想破了脑壳也没有想通，但他必须想通。只有洞悉母亲的心迹方可融解那张脸，打开那张金口。终于，他和"七姊妹"的争执天窗豁开一样启示了他。

　　"七姊妹"吵架出名，矮子是她手下的常败将军。把人的肺气炸是

"七姊妹"吵架的最终目的。她声音尖厉，一口气连打半天机关枪不让人还嘴。对矮子她根本用不着连发，只要骂一句"有娘养无娘教"，就足以使矮子的肺遭到毁灭性打击。骂人最刻毒的话，对孤老莫过于骂绝后，对孤儿莫过于骂无娘老子。但这一次，"七姊妹"正欲顺口骂一句惯语，却突然卡壳了。她犹豫了一下，或许想到眼前的人并非无娘，便要寻找一句更为无情的毒话。这一卡壳使矮子初尝胜果般地万分得意。他的肺好好。他嘿嘿地傻笑。这笑带着调侃谐谑意味不断给对方的肺部充气，他亲眼看到一瓣鲜红的肺叶吹气球一样迅速鼓胀起来。由此他突然意识到了什么，在人前开天辟地第一次腰杆硬了，嗓门粗了。是的，他结束了屈辱的历史，日后哪个敢欺他无娘，他随时可以出示铁的证据，把那块镌刻着他名字的墓碑搬来给你看，或者叫酣睡在那间黄色岩屋里的母亲前来做证。

那女人搜肠刮肚一番，终于搜刮出一句制伏矮子的话来。这话她是当作刀子精心磨砺过的，要狠狠砍矮子一刀。她量他矮子要光棍到底，一辈子与女人无缘，现在提前骂他绝后也无妨，但话到嘴边却不由自主地转了弯：

"矮子，你别欢喜太早，有本事给你娘生个孙儿看看。"

刀落在矮子的身上，不疼，仅有点痒，如鹅毛撩拨似的痒。这一轻轻撩拨，不亚于一次伟大的启迪，一次神灵的点化。矮子如悟禅机般地茅塞顿开。是的，不能欢喜太早，因为他的人生中还有一件更为重大的事情没有去做，这或许正是母亲的期盼所在。他望着那个妇人，仍傻乎乎地笑，这一回是感激，是谢恩。

当晚，矮子身子飘然，循着那条熟悉的山道来到的母亲长住的石屋。他郑重地对母亲说："娘，我要给你娶个媳妇，明年让你抱上孙孙。"话音刚落，奇迹出现了，母亲两口死潭般的眼睛顿时活泛，春水荡漾，脸颊冰川消融，绽成一朵灿烂的太阳花。母亲开了笑颜，在以后的日子里，母亲一直保持着这副笑容和矮子会面。

许了愿，就得还愿。人可以欺自己，可以欺人，但绝不可欺心，欺天地，欺鬼神。娶媳妇，谈何容易！殊不知矮子活到二十几岁，尚无人帮他做过媒，其原因不言而喻。但你千万莫小看了矮子，他的心大着哩。一般女人他还瞧不上眼，也不屑于要人做媒。他要找个乖的，让全寨的女人都比之逊色。曾有一个姑娘勾过他的魂魄，那是电影中的"刘三姐"。当时影片巡回放映，他从这个寨赶到那个寨，拢共看了十几场。"嘿嘿，如果能在刘三姐身上趴一下，我宁愿坐三年班房。"他曾厚颜无耻地当众这样说。眼下，他正在寻找心目中的"刘三姐"。据说有一种神药，男人用它往自己中意的女子肌肤上悄悄一抹，那女子就会着魔似的死心塌地跟你走。只有命大福大的人才能得到这种药，山里人皆命贱，只听说没见过，更无从得到它。药的成分极其简单，用两棵树的末梢随意研制成粉即是，但必须是瞬间交叉纠缠的两棵树，这就难了。千难万难难不住矮子。登天不难吗？倘若这种药为天上所有，矮子是不惜做一番登天的努力的。他进山了。

矮子在后山的丛林中溜达徘徊，目光漫无边际地逡巡。满山树叶像无数闪烁的镜面，映着他的影子。风吹树动，无数个他在镜中跳舞，这很有趣。他真的舞蹈起来，影子反倒凝然不动了。矮子为此惊呆了，呆成一棵树。这是一片神秘的丛林，一个树的家族在此繁衍，生息，其神秘有如人类。置身林间的矮子无异于一棵孤树长在人群中。树林用特有的眼光注视着这个随意闯入它们生活的人。它们都踮起脚尖翘望，又屏住呼吸，侧耳辨听。来者两手空空，不是手持斧锯的恶类，便都放心了。

矮子终于找到了两棵理想的树，它们并排长着，挨得很近。一棵躯干高大，肌肉强健，显得雄性勃勃，张开能扳倒山岳的两臂，等待另一棵雌树投怀送抱。那棵雌树呢，身段苗条，肌肤细嫩光洁如玉，长发披肩，很柔美。它向对方倾斜着，有一种急切拥抱的渴求，又有几分初恋少女的羞涩，它们相距仅隔一尺。矮子听到它们在娓娓交谈，时而甜言蜜语，时而信誓旦旦。树木也具有人的灵性，世间万物怕也莫不如此。矮子听着迷了，竟还生出嫉妒来。电光火石般的拥抱即将发生，矮子激动得怦然心跳。他想撤身，感到明目张胆偷觑别人做爱太尴尬，太无礼。脚偏不听话，误后退为前进，撤身的结果离树更近了。那树也怪，耐得住性子，在做爱方面远不像人类那样粗鲁。雄树顺风把手缓缓伸过去，斯文而轻柔地摩挲着雌树的头发，一下一下。人却急不可耐，矮子恨不能变成一棵树大胆地给同类做一次示范。毕竟又忍住了。人的理智、人的美德使矮子明白了自己的身份，提醒他不该充当那种角色。老兄，快一点！矮子在心里喊道，真想拍拍树的肩膀，催促它们尽早成其好事，同时也玉成自己的大事。岂知这一下糟了，雄树感知到了矮子的心声，吓了一跳，弹簧般地缩回双手。矮子十分沮丧。等待它们自觉是枉然，矮子决定采取一个卑劣的（他认为是高尚的）行动，用力撮合它们。他右手伸向雄树左手伸向雌树。一瞬间，触到了两个剧烈的同频率跳动的脉搏，一条看似无形听似有声的河流汹涌澎湃。他知道是怎样的一条河流了。他右手黏稠左手腻滑，便注意起那棵雄树来。雄树的表皮有一道裂隙在喷出汁液，裂隙是刚刚被汁液张开的，还在慢慢扩大。汁液渗入地层，隐约哑哑有声，很快被对方吸收了。汁液顺着雌树的躯干急剧上升，一直到达了身体的每一个部位，结果融化了全身。

矮子认定了就是他需要的那种树了。他把两棵树梢扳来摘了，心满意足地归家而去。

几天以后，矮子去赶集。这是他择定的吉日，他在熙熙攘攘的人群中寻觅，眼睛像两只贪婪的苍蝇，专门追踪那些花花绿绿的影子。矮子放出两只苍蝇，意在帮他盯住一个意中人，不料苍蝇失去了理智，变得神经错乱，全不按主人的意志行事，只顾疯疯癫癫地乱飞、乱扑、乱打，不分美丑，把一街女子皆当作"刘三姐"去赶去撵，于是便有无数道愤怒的目光自动地编织成网，阻挡苍蝇横行。苍蝇只有仓皇闪避的分了。慌乱中，苍蝇几次差点折翅栽倒。眼看大事不妙，矮子急忙收回两只苍蝇，垂头丧气地离开了集市。走至半路，才记起身上的药。他一声鬼叫，悔恨交加，气愤地将一包药随手撒出去。他嗷嗷大哭，哭完又笑，为自己演了一出滑稽戏而笑，嘿嘿嘿嘿。

翌日，矮子早起，坐在床上四顾茫然。他半睡半醒，心还在昨天的集市上没有收回来。尽是花花绿绿的影子，很刺眼。他不屑去看。女人都是妖精。他想。

一个同寨后生来邀矮子赶场。

"矮子，赶场去吧！"

"赶场？赶什么场？我昨天赶过场的。"

"你忘魂了，逢五才是场，今天初五，昨天初四，赶你个鬼场！"

"扯淡，明明昨天是场，我赶了的，还……"

独木桥

283

"还什么？"

"嘿嘿……还看见好多花姑娘。"

那人见矮子睡眼惺忪样子，心里明白了几分："你又做梦了吧？"

七

山里不乏热心人，陆续有三两个媒人登矮子的门。唯见成效的是那个提前骂矮子绝后的"七姊妹"。美梦破灭，矮子感到娶媳妇只有托媒一条路了。有人先提了几个老姑娘，人家一听说是矮子都避而不见。后来见了两个，一疤一麻。对方本来羞于见男人，准备让脸上的疤子麻子红一回的，一见矮子却白了，从此躲着不敢再见。矮子干等了一晌，心里着急，便去催问媒人，媒人用唉唉的叹息回答他。

矮子不免怅然，菜饭到嘴也没得味。冷清了几日，又来人了。这一回出马的是"七姊妹"。"七姊妹"出马必然马到功成，这是矮子的预感。他佩服他敬畏他崇拜"七姊妹"。起初以为是来找麻烦吵架的，他浑身寒冷着直打摆子。"七姊妹"打个闷闷笑，话里露出了红线头，他才踏实才快乐起来。媒人说："你把房子打扫打扫，布置布置。"矮子便遵令打扫，布置。过了两天，媒人引了一个拖儿带女的寡妇来。寡妇一副粗相，且黑，个子高出矮子一头，屁股肥大如磨盘。一进屋，她就以主妇自居随随便便往小竹椅上一坐，椅子受不起磨盘重压，吱吱呀呀连声叫疼。矮子云山雾罩直发懵。寡妇把携来的一男一女孩儿拉到跟前，黑脸更加一黑，女扮男音地说："喊爹，快喊爹！"两孩儿尚小，大的七八岁，小的四五岁，皆不明事理，认出眼前不是喊过的爹，于是大的先脱口喊一声"牛屎"，小的也跟着喊"牛屎"，比喻矮子只有一泡牛屎高的意思。"喊！"女人一边威迫，一边在两人耳根处各炸一个比喊字响亮十倍的耳光，两孩儿当即倒地打滚，清喊鬼叫。

一个家庭就这么凑合成了。旁人看来，这对夫妻无论如何也不般配，料定他们好景不长。寡妇怎么偏偏看上矮子呢？只有她心里明白。她先后嫁过两个男人，两个真正的男人，却又都是遭殃背时的男人，分别各得一个孩子，分别在孩子一岁时蹬腿而亡。算命先生给寡妇看相，说她鼻梁上有三道横沟，是克夫相，要连克三夫方能过平安日子。寡妇深信不疑。既已克了两夫，那么第三个也不必认真，随便克一个算了，早克早安生。附近有倾慕寡妇的男子，一旦谙知寡妇命运，都不敢送她克，都想等克了别人再说。矮子一切全蒙在鼓里，他还以为捡了一个便宜货哩，毫不费力就做了爹，该多省事。孩子不是一碗米养大的，这等于节省了两碗米，何乐而不为？他极满意这桩婚事。

应该说，这是"七姊妹"导演的一出戏，暂且不管是喜剧是悲剧是正剧是闹剧，反正戏已开场，就得任其演下去。戏的高潮是成婚的晚上，有好事者通宵不眠去偷看。屋里很黑，看不出名堂，便改用耳朵听，听动静，以此判断剧情发展。结果一无所获，屁都没听到一个，白白耽误了睡眠。

屋内，一家四口共一张大床，分工却明确：小孩一头，大人一头。不一刻，父亲和孩子都呼呼入睡了，独剩母亲仰天空叹。一股火烧得她体内发烫。一横心，将庞大的身躯靠过去。矮子醒了，竟老鼠躲猫似的往里缩。她很气，恨不得割掉矮子的一坨肉。她用手去找那坨肉，一找到手就凉了，心也凉了。摸到的是一个辣椒样的东西。她有过一时错觉，误以为和自己睡一头的是儿子。但确确实实是丈夫。丈夫！她为自己的苦命而悲哀，体内的那团火渐渐熄灭下去。她自然地想起两个亡夫，两个健壮如公牛的男人，他们都具有门板似的体魄和无穷的牛劲，那对于女人是千金难买的财富，虽然他们都同一秉性，白天粗暴地对待她，动不动骂她，打她，但这算不了什么。白日的痛苦一到晚上全化为乌有，她的夜晚是无比充实的。眼下，她心猿意马，手里捏着辣椒心里想着茄子。她预感悲剧要在这个家庭提前发生了。

一夜无事，女人等不起天亮去找媒人算账。一见面，就气咻咻说："他那个东西只有这么大。"她伸出一个小拇指，比画给媒人看，还差点把指头戳到媒人的眼睛里去。媒人好心不得好报，哭笑不得。

只有形式没有内容的婚姻终不能持久，那女人携着儿女离开了矮子，跟了外寨的一个哑巴，和哑巴好好地过了下去。女人只需要男人的强健和力度，因为矮子……所以矮子……不过这是不幸中的万幸，矮子自然没有

独木桥

被克。

　　矮子却丑了名声。一个辣椒的故事在山里流传，人们以此作为奚落矮子的笑柄。矮子一度无脸见人。男人们笑还情有可原，他们心理上的优越感来自生理上的优势，这优势用秤称得出来，用尺量得出来，矮子只有服气。但女人们凭什么笑？有什么资格笑？偏要笑，比男人笑得还放肆，还疯狂。劳动时，矮子与妇女为伍，想躲脱她们耻笑不可能。嘴巴是别人的，你能贴上封条不让人说笑吗？矮子痛恨死了那些妇女，尤其痛恨以队长老婆"七姊妹"为首的生育能力极强的妇女。他骂她们为猪婆。人不论大小，只要有一张嘴巴就有一份基本口粮，于是她们就拼命地比着生！生！生猪崽似的一窝一窝。他矮子一年到头苦死只得一个人的口粮，全为人家苦的，难道不是他养活了一寨人？她们不感恩戴德，反倒讥笑他，他如何服这口气？他想报复。最有力最解恨的报复是让她们也出丑。他用拙劣的想象勾勒她们的丑态，那是八月瓜透熟后的情景。八月瓜是一种野果，熟后开裂呈空心状，凡女人见了，就要诅咒造物主缺德。造物主既然赋予女性一个最隐秘的处所，划一个神圣禁区在女性身上，就不该如此随意借一个野瓜的形象开放禁区，亵渎女性。像小孩子盼望过年，矮子盼望等待着八月。八月是八月瓜成熟的季节，也是他发泄仇恨的季节。他要做一次展览，一次古今中外史无前例的展览。每一个八月瓜各代表一个人头，汇集起来是全寨的妇女。他要让所有的妇女无地自容。可是他的如意算盘打错了，等待他的是更加惨重的失败。他的计划被扼杀在摇篮里。命里注定他做什么都不成，好事不成坏事也不成。他不知该做什么了。说话三遍不新鲜。天长日久，人们本来对这件事业已淡忘，亏矮子自己提及，众妇女才捡起半年前的话题，又恢复了窃笑。这次笑看不出听不出却想象得出。想象无止境，可以把事实无限夸大，到头来无地自容的是矮子自己。矮子用怒骂回击，声音变了形，是他的声音又不是他的声音。他几乎不假思索地骂出一串话来，如施放一串畅通而嘹亮的响屁，这比他绞尽脑汁斟酌出来的话要精彩要有力得多："老子辣子，辣又怎么样？大小总算坨肉，算个东西，你们算什么东西，有本事站着屙泡尿给我看看。"骂完，他显出十二分满意的神态。在女人面前，矮子是以自己能站着屙尿引为自得的。这就犯了众怒，妇女们一下形成统一战线，联合起来做了一项调戏妇女的大帽子给矮子戴上。那年月，这种帽子哪个戴得起？！妇女们便可以理直气壮地宰割矮子了，要给他一点颜色看看。于是全忘了羞耻，真的要男人式地站着屙一回尿，否则属于她们的半边天岂不是要在矮子面前坍垮。山里人善于创造奇迹，况且有些奇迹不需要本事，只需要勇气。在站着屙尿这件事上，恐怕世界上没有哪一个地方的妇女能和这里的妇女相比，而且是当着一个男人的面。矮子提出要人家屙尿给他看，临场时他又怕了，不敢看，要跑。跑是跑不脱的，早有几双妇女的手逮住了他，那些平日看来白嫩如豆腐的手，一旦捉住矮子，竟成了老虎钳子。矮子的骨头要被捏断了，身子几次模仿一条蛇扭动都没有成功。他想冷静地想一下到底犯了什么罪，以便认罪伏法。容不得他想，身子就软成了一摊泥。他翻躺着，四股加脑壳被老虎钳子们死死地固定在地上，只留一双眼睛活动。天空宽广，晴朗，无风无云。他想找一片云彩的想法还没有形成，天色就陡然变了，阴沉沉的，天空也变得狭窄，竟还哗哗地下起雨来。雨水浇灌着他的头颅和脸颊，五官成了消水孔。雨水似乎含有盐分，嘴里咸鼻子腥眼睛涩。他使劲闭上眼又努力睁开，眼前一片迷雾，似乎有许多人影晃动，这许多人在晃动中不时地发出一阵阵的嬉笑声。矮子愤怒极了，他感到这是有生以来最大的耻辱。他奋力挣扎了一下，动不得，他张口想骂。一张口那雨便顺口而下。他只好服输，躺在地上让那雨尽情地下了个够。

八

这是一场真正的雨，春雨，既倾盆又滂沱。密密麻麻的雨线无休无止地在天地间抖动，雨幕背后想必有一架巨型纺车转动。雨线愈纺愈粗，看来老天爷要织一匹无与伦比的雨布。

一年中最忙的日子到了。田皆因是"雷公田"，无水源灌溉，蓄水全靠一场春雨。为了捉住季节的翅膀，就得抢水，一切和抢水有关的人、牛、犁耙、锄头等工具都统统动员起来。天老爷不让山里人清闲，有心制造一些忙乱，似乎不负责任地随意降下雨水，让人去抢，抢了装入一丘丘浅浅的山田，之后可能就是长时间的干旱。倘若人稍稍违背天意，错过了它赐予的良机，那么直接遭殃的是秧苗，田里无水，秧苗插不下去，只有等死，跟着人也要等死。在这个人命关天的季节，人是不敢差池半步的。这就热闹了。人顺从着天意，日夜脚不离田，雨水不断汗流不断。夜里，把灯罩子挂在牛角上照亮。风中雨中，人在挣扎牛在挣扎灯火也在挣扎。一束束枞膏油顽强地燃烧着，有满腔热血在漆黑的大地上书写着对苍天的虔诚。这季节山寨决无红白喜事发生，人该死该生也要拼命拖过这几天，不能凑这个热闹，否则，你生也好死也好是腾不出一双手来照管的。是孕妇，或是行将就木的老妪，无需提醒和催促，都会自觉来到田边，走不动爬也要爬去。能出力的出力，不能出力的淋在雨里观看，这就够了，就证明这片天底下无一闲人。人在用尽一切可能做得到的行为感动着苍天，不感动得泪如雨下就不配做天了。这就是沿袭千年的"接雨节"，世道变了世风变了唯此遗风不变。

今年破例有了一个闲人，是矮子。他无聊地闲在家里。他早就不怎么出工了，对日子完全持了和尚式的得过且过的态度。工夫忙时苦时根本别想见他的影子；而农闲或者工夫松活时，他又象征性地下一次地。有时一连几个月他干脆不打鱼也不晒网。他不怕扣工分，宁愿舍去那份可怜的工分粮，只要一份人皆有之的基本口粮。他更多的日子是泡在鸟的王国里。他做了各种鸟套，缠脚套、缚颈套、筛灰篮套……这些套尽职地帮他完成了一次次残杀。他几乎仇视一切人，但又无可奈何于人，几次寻机报复都是搬起石头砸了自己的脚。他从毫不费力结果一只鸟儿的性命这件事情上看到了自己的力量，也找到了解恨的办法。在人们为人类自身的生存忙碌的时候，他在为鸟类的生存忙碌，用一颗童心在鸟类中制造着悲剧。接连几天，人们全扑在抢水上，顾不得清点人数。雨歇工停，人们拖着疲惫的身子收工上岸，队长才突然发现少了矮子。他惊愕了，双足插在田里半天拔不出来。"为人的耻辱啊！"他悲怆地喊道，双膝跪地朝天忏悔。他没有回家，直接奔矮子住处。在一堆臭烘烘的鸟尸中找到了矮子。

来者不善。矮子想。

来者却意外地善意地笑着。他是压抑了满腔怒火做出的这笑。他明白对手，这是个破罐子破摔的角色，来不得硬的。他眼睛盯着那些工艺精巧的鸟套，心里便开始设计一个圈套。矮子的套套鸟，他的套套人，套矮子。这套在笑的掩护下放出了诱饵，矮子很快就入了套，几天后被差到公社的水库工地上去了。

公社修的这个水库，是在各队摊派的劳力，且全是强壮劳力。矮子是作为头等劳力派来的，自然给他记的是头等工分。这正是圈套的妙处：队里既保存了真正的强劳力，又丢了包袱，送了瘟神，一举两得。矮子就惨了，抬岩、挑土、打夯，全是实打实的工夫，来不得半点虚假。他一旦被当作头等劳力使用，就显得吃不消，开头几天豁出命干，方勉强完成土方定额。但渐渐力不能支，很快地消瘦下去，也萎了许多，只剩一把骨头，和初来时判若两人。他很后悔，早知如此就不该来。摆弄这些锄把、夯锤远不如摆弄鸟套轻松、惬意。他打起退堂鼓来，似乎没弄清到底是怎么来的，莫非鬼摸了脑壳！他依稀记得队长当初的一句话："这是对你的信任。"信任。金钱难买的信任。他好不容易被信任一回，信任得嘿嘿地笑，什么都忘了，大概就是这么来的。他被信任得好苦。一场骗局。他现在不需要信任了，也不要头等工分，他要回家。于是在一个早晨，他卷起铺盖离开了工地。

工地那头向队长要人，队长来找矮子要人。这次换了一副毫无信任感的面孔。

"矮子，你怎么回来了呢？"

"嘿嘿，信任……"

"你简直无法无天了，还不乖乖给我回工地去！"

"嘿嘿，信任……信任……"

"不去就停发你的口粮！"

"……"

信任也好，威胁也好，矮子横竖执意不从。队长说到做到，果真停发了矮子的口粮。

锅里断了米，灶塘便长不出炊烟，矮子突然感到日子紧迫。他等着有人送粮来，却不见；肚子咕咕地叫，喊饿，他问心有愧，觉得应该给肚子填点什么才是。除了泥巴似乎别无东西可填。新社会准饿死人吗？他想。但他实实在在地挨饿了，再饿下去不死才怪。连那份基本口粮也不发给他，这不合理。他要去喊冤，去告状。他谙知公社干部都是同情穷人的，于是装成穷气十足的模样。他天生一副叫花子相，一经打扮比叫花子还叫花子。他从没有如此精心打扮过自己，这全靠那具稻草人的神助。半年前，他扎了一个稻草人替他守自留地，防止乌鸦和其他野物糟蹋粮食。稻草人是个很魁梧的汉子，自然比主人高大得多，也比主人更具人形。主人给它的穿着是一身破衣烂裤陈草鞋旧草帽，这就好。矮子正需要这身穿戴，打起灯笼都难找，不破不烂他还不要呢。"老弟，委屈你啦！"他把稻草人剥得赤条条的。一个大汉听任他摆布，可见他是怎样了不起的人物。经过日晒雨淋，衣物更加破烂不堪。其他破处矮子还满意，唯独屁股破洞不明显，欠暴露，便顺手将口子放大，使整个屁眼的视野无限开阔起来。一只烂帮胶鞋和一只断耳草鞋有幸地在他的脚下结为拜把兄弟，一左一右地为主人效劳。他的脸和手本来就够黑的，嫌不满意，便将只能画眉毛用的锅烟子当作胭脂与口红，眉毛鼻子脸蛋一起抹了，做到了黑上加黑。就这样，矮子悄悄地潜出了寨子。正好赶在公社食堂开早餐时，他把乌梢蛇般黑的双手伸到了公社食堂的灶台前，这使胃口很好的全体干部见了无不恶心，无不败胃口。厨师赶紧铲一块锅巴想打发矮子走。矮子不接，也不走，他的胃娇气，和公社干部一样只能吃软饭而消受不了粗粝的锅巴。书记来打饭，矮子认得他，迎面喊一声"冤枉啊"！书记忙把他拉出灶房盘问。

"你冤什么？"

"队长迫害我！"

"你是什么人，怎么迫害你？"

"我是贫农。伟大领袖教导我们：没有贫农，便没有革命，若否认他们，便是否认革命；若打击他们，便是……"

"少啰唆！快讲怎么迫害你的！"

"他扣我的基本口粮。"

"哦？"书记沉吟一阵，"你先回去吧，我过两天就来。"

矮子欣喜若狂，得胜而归。回到家，先卸去叫花子装，把衣物还给稻草人，并连道三声谢。然后，就去各家串门，逢人就说："老子把他告了。"

人们不免惊疑，惊疑过后自然要问结果："告响了没？"

"响了。"

"怎么响的？"

于是，矮子添油加醋造出书记要来抓人的话来，意在吓唬人，吓唬人是一种解恨的好方法。

一个小小矮子，竟然把一个堂堂队长告响了，这非同小可。人们不得不对矮子刮目相看了。消息很快传到队长夫人的耳朵里，女的骇得要死，白天胆战心惊，晚上尽做噩梦；男的却不当回事："怕什么？卵子大点事就坐班房，老子不信。"信不信反正书记真的如期来了，还带着屁股上别着短把子的武装部长，武装部长在山民的心目中相当于公安局。以前书记或公社干部进寨先进队长家门，这一回反了常规，先找群众。直觉告诉人们，矮子的话八成是真的。早有人把信报到队长家里，队长一听慌了神，"七姊妹"见状，吓得掉了魂魄，真的以为丈夫要被抓去坐班房，当即疯疯癫癫披头散发哭哭啼啼冲进茅厕，奋不顾身跳进了茅厕坑。丈夫把她捞上岸，又扑通一声跳下去，姿势比试跳时更加娴熟、优美。再捞上来，丈夫正待用绳子要往柱头上固定，这时一阵狗吠，书记和随同人员笑盈盈地到了，老远就伸出手要握。主人松了女人，浑身臭气满手屎尿地出门迎接，来不及洗手也来不及解释，手就被强行地握住。书记似乎毫不在意，只顾表彰他的下级："你做得对，那种吊儿郎当的懒汉，要好好整治，不去工地就扣发口粮，公社给你撑腰！"

队长如获大赦，感动得一双臭手握住人家不放。"七姊妹"一听如此决断，顿时不哭不闹不疯不癫不再跳茅坑喜笑颜开进屋洗澡更换一身利索衣服做好吃的招待恩人。矮子不得已又去了水库工地，工地是他的仓库，土方是他的口粮，他非得去那里索取不可。

九

一座山隔开了两个寨落，两个世界。山两边各属一个省管辖。前面说的全是山这一边的事情，要说是山那边的事情也不错。以往的日子，即

独木桥

291

把时光倒回十年、百年乃至千年，山两边的情形大体相似，无甚差别。现在却乱了套，上面同一个天老爷管天，下面却不同一个土地菩萨管地。山这边仍是多年一贯制出集体工，山那边却把田土分给了个人。那边人就是胆大。胆大包不包天不清楚，包牛包人是确实的。那地方尽出牛贩子同人贩子，且拐骗妇女天下闻名。这年头率先分田分地，自然需要比拐骗妇女更大的胆量，想必是胆大包天的了。说来也怪，从此牛贩子同人贩子倒少了，致使这边还有妇女等拐也无望了。一打听，方知分田到户的不光是那边一个队，而是那边一个省。一个省都胆大包天。起先，这边人只是惊恐，两寨人碰面，人家竟用傲慢同鄙视的眼光看人，俨然以外星人自居，说话口气天大。这边人脸上做不出压倒人家的表情，嘴里说不出比天更大的话，心里却狠狠骂道："牛屁客！"可恶的是，矮子吃家饭，屙野屎，自轻自贱，跟着人家起哄，主张走人家的路，全不管那路叫什么主义，仿佛同那边人合穿一条裤子，这就使人更小看那边人。事隔不久，一切竟依了矮子的主张，这边也要分田分地了。众人惴惴不安，难料是祸是福。会上，队长感慨万分地说："我晓得大家是舍不得集体的，我的心情同大家一样难过，现在上面要求分也只好分，分几年再说吧。"说完两眼泪花闪闪，在场人都泪花闪闪，矮子也不例外。同是泪花闪闪，其含义未必相同。哭可以流泪，笑也可以流泪，两种截然不同的心境分泌出来的泪水是有质的区别的，或悲伤，或欣喜。拿队长和矮子比，队长的流泪是发自内心的伤感，分田如瓜分了他的私财，说分割了他身上的肉也不过分；矮子呢，则完全是一种糠桶跳米桶的心情。或许是鬼做的安排，分田分地，生活没有把这一对仇人分开，他们抽签居然各抽得一块大坪的一半。大坪是舞台，注定他们要合演一台戏，势必要演得轰轰烈烈。类似这种田畦搭界的情况很多，好比牙齿和舌头，谁也难保没有摩擦和磕碰的时候。起因往往很简单，无非是你多挖了他一锄土，或者他的牲口啃了你的几株稼苗，再就是水源不够分配。芝麻大点小事可以酿成火并。地界存在一天，打冤家的官司就不间断。且看大坪的主人们是如何演这台戏的吧。那是仲夏的一个上午，矮子捎起锄头下地去薅苞谷草。天气很好，空气很好，不知为什么他的心情不大好。他一路寻思，突然想起昨晚的梦，梦见自己屙屎，这不吉利，是蚀财的征兆，于是心里更加不快。他推算一下日子，他已经很久不择日了，过去的日子不属于自己，几乎天天都倒运，何必去推算它呢？现在可以自由支配日子，他才又捡起当年的手艺。择日方法有多种，唯有唐朝星相家李淳风的六壬掌最灵验。六壬掌按六天一轮回，分大安（大吉）、留连（办事难成）、速喜（办事易成）、赤口（易生口舌是非）、小吉（吉祥）、空亡（有凶险）六种。推完他连声叫"不好"！那天正是空亡日，有凶险，他毫不迟疑地返身回家。走了半天也不见屋，倒见一片葱郁的苞谷林，里面有个人影晃动。原来这是来到了地里，真是鬼使神差。那个人正是他的冤家，冤家正在两家土地的分界处薅草，把地界挖成了一条深沟，泥土尽刨到自己一边。平地一声迅雷，一阵疾风，接着是两把锄头交锋，金属碰击撕咬的声音震撼着苞谷林，棵棵扬花吐须的苞谷树在瑟瑟颤抖。"啊？"矮子朗诵抒情诗一般激动得感叹一声，他的右脚踝骨和对方的锄头撞了一个满怀。撞得不轻，他就势瘫倒在地，那只脚再不肯支撑起他，反倒成了累赘。从此山里少了一根上好檀木，他多了一只脚。檀木移植到他的腋下，长而硬扎，直直地、有力地触到地上，宛若檀木再生。一个平稳的身子倾斜着，一个倾斜的日子平稳了。这只脚于他功过参半，毁了他又成全了他。毁了一只脚，并不惋惜，从中得到了更多的补偿：那个仇人要供养他一辈子，这就是最好的报复，值得。如此活着固然不好，但他愿意。他存在一天，那个人就一天不得安宁。

　　矮子就这样跛了，一跛七八年。他成了寨里唯一的贵族。他不用管事，尽可以坐享其成。偏坐不住，三只脚不安分，要带他出去，去巡视他的田土和树木。山间多路，路路相通，人们随时可能和他相遇。他样子着实骇人，远远停在路边主动让路是他的习惯，这本来是好心的，好心往往不得好报，陌生人都要起疑心，把他当作剪径者。他的目光毫无善意地盯着来人，两只三角眼简直就是两柄三角刀在逼视，而且手中拥有一根足以置人死地的拐杖，也许那就是他行动的武器。擦肩而过时，被让路的一方不得不加以提防，心里坦然实在做不到，除非莫遇见他。不遇见他只有晚上。他夜不出门，蜷缩在自己的火塘边，用呆坐打发长夜。不点灯，他的夜晚不需要照明。冬天就一笼柴火取暖。火是伴，是妻子，暖手暖脚，暖身子，也暖心。夏天，点一炷蒿把驱蚊。蒿草采自山里，晒干，束成小把，和商店里出售的各种牌号的蚊香有异曲同工之妙，一样杀蚊灭疫，一样人畜无害。无数个日子轻烟般飘逸，消散，化为永恒。那根接天通地的圆木仍在，在而无用，他的家什已从楼顶转移到了地面。他成了折断翅膀的鹰，再飞不上楼顶，窝藏在上面的梦也取不下来。路已荒芜了，布满青苔和野草，他只有用眼睛代替翅膀，完成一次次攀登。

以后，有消息传出，说矮子装跛，因有人发现他一个人在山里搬起拐杖飞跑，毫无跛相。这话听来不假，甚至把那根拐杖说成是专门用作助跑或者助飞也许有人当真。但当他一副可怜相出现在人们面前的时候，你无论如何也不敢相信他在装跛。他身子只差萎缩成一堆，三只脚也站立不稳，时时做飘摇状，仿佛整个生命全靠那根拐棍支撑，否则就会倒下，再也爬不起来。他移动一步是那样艰难，浑身颤颤的，同时脸上痛苦地抽搐。能相信一个人忍心把自己作践成这个样子吗？他的性情变了，乖戾而暴烈，动不动拉开拼命的架势，杀人放火难说干不出来。他自视命不如人，量无人肯和他以命相抵，所以有恃无恐。全寨人都不敢惹他，每每让步。拼命术一扫他往昔的晦气，无形中帮他建立了至高无上的地位。吃得苦中苦，方为人上人。他吃尽了苦，现在该是人上人了。连那个不可一世的人也畏惧他三分。在地里，二人是主仆关系，矮子做督头，那个人出苦力。矮子不知从哪里捡来一首古诗，背得很熟，一到地里就用自编的山歌调子哼起来："赤日炎炎似火烧，野田禾稻半枯焦，农夫心内如汤煮，公子王孙把扇摇。"他自命为公子王孙，反反复复吟唱，人躲在地边板栗树下歇凉，一边逍遥悠闲地摇着蒲扇，一边监视着心内如汤煮的仇人替他做田。仆人自认倒霉，被人打落了门牙还得吞进肚里。这还不算，在主人家里，他要如期送去油盐、柴火和水，一刻也不能怠慢；每次辛辛苦苦送货上门，主人还不给好眼，反而霍霍地磨刀以示迎接。主人磨的是全寨独一无二的快刀，能挥刀断草，过去专门砍火畲用，如今什么也不砍，却要天天磨砺，磨出一种渴望人血的锋利。比刀刃更锋利的是主人的两道目光，一触便令人胆寒，令人想起世界上没有穿刺不透的东西。"我要把他一家杀绝，把他的屋放把火烧了！"他逢人就这么凶狠地说，也这么想，可一直不见付诸行动。他仍磨刀霍霍，夜里做梦也不松懈，把牙床当磨刀石，咯咯咯咯。他的仇人自然不敢大意，严加防范着。他花老本豢养了四条狼狗，做保镖队，分别把守于自家的东西南北四个方向。狗皆是公狗，条条喂得膘肥体壮，且生性凶恶。没有主人允许，任何外人休想靠近屋场一步。保镖队忠心耿耿，颇得主人宠爱，有它们在，家里定万无一失了。然而矮子针锋相对地养了一条母狗，花色斑斓，漂亮至极。队长的保镖个个是好色之徒，一到母狗发情季节，心都花了野了，便都擅离职守来找母狗争相求欢。一支精干的保镖队未能经得住糖衣炮弹的袭击，轻而易举被一个异性拉下了水。俗话说，英雄难过美人关，看来此话不仅适用人类，而且适用狗类。队长的重点保护对象是两个均不足学龄的儿子，为免遭毒手，便于保镖们心花心野季节把儿子送到远方外婆家去寄养，待保镖们收了心，又接他们回来。这一切人们都看在眼里，预感到终会发生点什么。一个日子接一个日子平安地过去，加起来可以编几部年鉴，可是什么也没有发生。

十

冬天的夜晚来得快，刚放下饭碗，天就黑了，似哪个主妇刷完饭锅顺手一扣那样黑了。寨路上燃起点点火把，一亮一亮地亮到一堆去。这年月，少了会议，多了串门。白日，人们各忙各的，互不往来；晚上，就把心放到一处交流。聚会是自发性的，且风气渐盛。刚从外地归来的生意人，往往是聚会的核心。工分制年代，起早摸黑，日日不得空闲，田土总也做不完；如今田土依旧，人也依旧，不曾多不曾少，却家家不够做。有手脚闲不住，要找事做，于是从自家田土中伸出去，伸到山野捉蛇，不敢捉蛇的采金银花、挖螃蟹苑等等，凡进山总不会空手回来，完了就跑到大口岸贩卖，赚了钱的算运气好，亏了本的亦能聊以自慰："参观了祖国大好河山嘛。"还是赚。有空手外出谋业者会找窍门，将大把大把力气换成大沓大沓的票子。力气无穷尽，赚钱也无穷尽。日子过到这种份上，难免叫人不安。好比众人同去一个地方，有的原地未动，有的才行几步，有的却去得很远。打头的似乎摇身一变，一夜之间盖了大屋，置了船或者买了汽车，显出从未有过的、令人羡慕的阔气来。山外莫非是个金银成堆之地，不然光靠足下几亩田土是休想这般发迹的。于是众人效仿，纷纷弃田出山，将田土交给老弱病残者经营。到了归期，人人皆今非昔比，做一副衣锦还乡的绅士派头是自然的。彼此各奔前程后，再见面时竟有些陌生，衣着陌生腔调也陌生，只是脸面极熟，脸面天生造就，想变变不了，多遗憾。夜里，大家聚在一起，把油盐酱醋、妻子儿女之类过时话题抛开，专门天南海北地说来，末了又各自天南海北地去了。

矮子也一改往日惯例，成了聚会的常客。天一黑就一颠一颠颠进别人家里，找个黑暗角落坐下，用一对木偶的耳朵听天南海北的故事。独他不天南海北地去，其实是早去过的，他有一部天南海北的历史，不屑一提罢了。后来，他改了方式，照常夜夜必到，风雨无阻，但不是来参与聚会，而是查户口似的挨家挨户走一遭。过门不入，只骨碌碌睁着要看破世界的眼睛在人堆中搜寻，像是找一个人，又像怕找的人在场。当确信自己扑了空时，方放心离去。

矮子在找他的仇人，仇人是否在场，关系到矮子的利益。在场的话，意味着矮子存在某种危机。那个人和仓库共命运，现在都遭到了冷落。还好，任何一处聚会，都没他。他被排斥在这个世界之外，守着他的寂寥和孤独。他用剩余的精力折磨床板，惩罚罪人一样碾压得床板痛不欲生；他目光恶毒，对准天花板射出一粒粒嗟叹的子弹。他指望天花板出现穿孔，让希望之光照临。但黑暗太厚重了，死死地缠裹着他。他是难走出黑暗的了。他的家境日渐悲凉。妻子"七姊妹"满腹怨气，见人便诉苦，说如果继续下去，她就要如何如何如何。人们真想看她到底如何，大不了故伎重演再跳一次茅坑。但人们还是动了恻隐之心，决定帮一帮这位落难妇人。

"不是说他装跛吗，装跛还养他一辈子？"

"何以见得他装跛？又没抓到证据。"

"去医院复查一下，不就真相大白。"

"他不肯去，有什么办法？"

"探也探得出来的，不信他装得像。"

于是就有人开始研究矮子真跛假跛问题。研究者一半出于怜悯，一半出于好奇。他们想，无非和矮子玩一回游戏。

先是买通一守牛娃进山跟踪，探明矮子是否真有搬起拐棍飞跑之事。守牛娃是个被无数小侦察英雄故事醉心过的守牛娃，没想到自己也有当英雄的机会，所以极尽职。侦探几天无新发现，心里恨矮子故意不成全他。

又一日，矮子在山里走累了，把拐棍搁在一旁，背靠石头睡起觉来，守牛娃顿生一计，决定拿走那拐棍，看矮子缺了拐棍如何走路。蹑手蹑脚走拢去，未及动手，那拐棍却呼地跳起，一棍将他横扫在地。拐棍的主人十分得意："嘿嘿，我看你来！"

英雄反倒让矮子当去了。

守牛娃失利，便大人出马。一个捉蛇好手自告奋勇站出来接受使命。和蛇打交道的人少不了要在蛇上做文章，他将一条"犁牛尖"剔掉毒牙，藏于袖中，待一次矮子从跟前过身，行至十几步远，便突然将蛇放出，并惊叫："矮子，快跑！快跑！蛇来了！"想这回矮子要命就得跑，一跑就要原形毕露。矮子似不曾听见，仍一如既往走他的路。身后有了声音，才回首，见那蛇贴地蜿蜒而来，并不慌，也不跑，只将手中拐棍舞得呼呼作响，阻挡那蛇前进。那弯蛇终怕那直拐棍，半途中便转了弯。

夜里，矮子照例到各家去查户口，照例见不到那个人；而有一次，他破例被人留了下来。留他自有用意。何在？矮子的脚，跛脚。

有人说："矮子，我在城里碰到一个神医，专整骨折的，好多断手断脚都整好了。我们是认了朋友的，你跟我去，保准整得好你。"

又有人说："等你整好了脚，跟我学开车去吧，一月给你两百块钱，怎么样？"

不怎么祥。是诱惑。矮子毫不动心。他走了，矮子在家家户户的门口永远消失了。当人们的努力成为徒劳，也就忘记了他。

但是这一家是无论如何不会忘记他的。

"你走吧，我在家伺候他。""七姊妹"对丈夫说。

丈夫望着妻子，心里酸酸的。看妻子咬牙切齿的样子，他知道她是伺候不好他的，而且还会出事。

就在这个深夜，丈夫出了门，径自上了寨头的那座山坡。他的行动有些诡秘，像一只惯于夜间活动的野猫子。好在夜深，他避开了一切眼睛，没有人发现他的行迹。

他敲开了矮子的那扇柴门。

夜黑如漆，不见人，只见一道寒光横在门后。他知道是那把砍刀。

独木桥

297

他像是面对着一个幽灵，说："……哦，今天，我是来同你商量一件事情的。"语气平和，且有几分谦卑，完全失去了当年的威严。他同眼前这个幽灵已经多年不讲话了，尽管他们几乎天天见面，他供养着他，替他做着一切，也无一句话可讲。这些年，他们是在一种仇恨凝聚的默契中走过来的。

那道寒光似一道凝固的闪电，死死地镶嵌在夜的深处。

"我问你，你到底是真跛还是假跛？"

电光闪了一下，又嗖地划开一道弧线。他一动不动，静待着一次打击。打击倘若真的发生，必将是毁灭性的。但是，那声该响的霹雳沉默了，闪电也没有劈砍下来。电光被一股神力定在空中，抖落无数光屑。

他仍冷静地把话说下去："你若是真跛，那么我给你做一辈子长工，做儿子，孝敬你到老；命该如此，我认了，这没有什么好说的。若是假跛，我就劝你不要害自己，也不要害我们了。只要你愿意，我们合伙去做一件大买卖，置一条船，你当副手。你人还不到四十，有了钱该娶个媳妇好好过人的日子。你为什么一定要为赌一口气这样作践自己呢？过去都是我错了，我认错。今天你要答应我，我给你下跪，我全家人给你下跪，不答应我不起来。"

他真的跪了下去，膝盖在弯曲过程中经历了一段漫长的时间。一个高贵头颅伏在一道低贱的门槛上，他跪了很久很久，只感到黑暗在周围渐渐散开，眼前曙色初露，才缓缓地抬起头。那道电光已经熄灭。屋内空空，像根本无人居住过，潮湿的霉味冲鼻而来。

他乞求的那个人不见了，失踪了，不知去了哪里，再没有回来。在那堆狗窝一样的铺草中，他发现了一根拐棍。